입술이 너무해

초판 1쇄 인쇄일 2019년 01월 04일
초판 1쇄 발행일 2019년 01월 21일

지은이 | 갓녀
펴낸이 | 김기선

편집부 | 김아름, 박신혜, 김에너벨리, 유기웅, 배영주, 신현정, 전유정
디자인 | 뮤렐

펴낸곳 | 와이엠북스(YMBOOKS)
출판등록 | 2012년 7월 17일 (제2014-17호)
주소 | 서울시 도봉구 노해로 379, 1005호(창동, 대성빌딩)
전화 | 02)906-7768 / 팩스 | 02)906-7769
E-mail | ymbooks@nate.com

ISBN 979-11-322-4806-4 (04810)
ISBN 979-11-322-4805-7 (set)

값 11,000원

입술이 너무해 1

갓녀 장편소설

Ym BOOKS

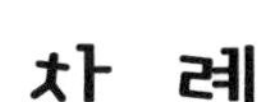
차 례

1. 꿈에서 본 입술

농염한 색을 품은 새빨간 입술이 남자의 입술을 담뿍 머금었다. 한 치의 틈도 없이 견고하게 맞물린 입술 사이로 폭발한 열감이 그의 육체를 빠르게 잠식하기 시작했다. 여자의 달콤한 숨결에 그의 얼음장 같은 가슴이 뜨겁게 녹아내렸다.

"넌 누구야."

입술을 뗀 남자가 커다란 손으로 새하얀 볼을 어루만졌다. 그 아래 부서질 듯 가느다란 목덜미에서는 믿기지 않을 만큼 향긋한 체취가 물씬 퍼졌다. 그 향기를 뚫고 남자는 여자의 목에 제 입술을 묻었다. 가늘게 비치는 푸른 정맥 위로 눌린 남자의 입술이 미세하게 떨렸다.

"제발 알려줘. 넌 누구야……."

간절하게 쓸어내리는 손길 끝에 고운 적갈색 머리카락이 애처롭게 감겼다. 그 떨림을 보았음에도 여자는 말없이 입꼬리만 부드럽게 말아 올릴 뿐이었다. 그녀는 길쭉하고 반들반들한 두 번째 손가락을 붉은 입술 위에 슬며시 갖다 대었다.

쉿.

남자의 눈가가 슬프게 일그러졌다. 그런 그의 맘을 아는지 모르는지 생글생글 웃는 여자. 남자는 그런 그녀의 잘록한 허리를 단번에 끌어안고 미끈한 입술을 강하게 집어삼켰다. 은밀하게 벌어진 여자의 입술 틈으로 말캉한 남자의 혀가 부드럽게 밀려들어 갔다. 탐험하듯 깊숙이 파고든 그는 곧 그 속의 꿀처럼 달콤한 혀를 거칠게 감아 당겼다. 남자는 무언가를 갈구하는 것처럼, 애정이 부족한 어린아이처럼, 그녀의 아찔한 입 안을 애달프게 훑었다.

"……."

그 순간 무언가가 툭 하고 끊겼다. 어스름했던 시야는 안개라도 낀 듯 흐릿해졌다. 천 근 같은 몸은 무언가에 묶인 듯 저릿저릿했다. 일순 정신을 차린 도훈이 상체를 벌떡 일으켰다. 그 반동으로 심란하게 흔들린 것은 그가 자고 있던 매트리스였다. 굳게 다물린 입술이 벌어지고 거친 숨이 가쁘게 몰아쳤다.

"하……."

축축해진 오른손으로 젖은 머리카락을 아무렇게나 쓸어 넘겼다. 이마에 송골송골 맺힌 땀이 현재 그의 심리 상태를 대변하는 듯했다.

"……또 그 여자 꿈."

도훈은 10년째, 같은 여자의 꿈을 꾸고 있다.

"오늘도 그 여자 꿈이야?"

"그래."

"와…… 거의 10년 됐나?"

진영은 도훈의 오래된 친구였다. 어린 시절부터 도훈과 막역하게 지내왔던 진영은 그가 끈질기게 집착하는 꿈속 여자의 존재를 알고 있는 유일한 사람이었다.

"근데 너 뭐 하냐?"

소파에 눕듯이 앉은 도훈은 노트를 펼쳐두고 볼펜을 휘적거리고 있었다. 진영이 혀를 차며 물으니 느지막이 대답이 들려온다.

"그려."

"뭘 그려."

"그 여자, 얼굴."

"하……."

진영이 질렸다는 듯 고개를 내저었다. 올해 32살인 도훈은 10년 전, 처음 그녀를 꿈에서 본 이후로 무언가에 홀린 사람처럼 날마다 수척해졌다. 그 기점으로 당시에 사귀던 여자친구와도 헤어지고 일 외의 모든 것에 무관심해지기 시작하더니, 시간이 지나면 지날수록 무표정해지고 사담은 점점 줄어들었다. 그는 가끔 멍하니 공상하는 듯하더니, 괴로워하기도 했다.

그렇다. 꿈에서 본 여자에게 흠뻑 반해버린 것이었다. 도훈은 지독히도 매력적인 그녀를 오래도록 외사랑했다. 실체 없는 매혹에 빠진 그는 이후 연애 한 번 하지 못하고 매일 꿈속의 여자만 좇으며 살기 시작했다. 현실에 있는지도 모르는 꿈에서 본 여자만을 바라보며 10년을 살아온 것이었다.

"자고 일어나면 흐릿해져. 그래서 잃어버리기 전에 그려야 해."

"그 여자가 그렇게 예쁘더냐? 어디가 제일 예쁘냐? 눈?"

"아니."

도훈이 손에 쥔 펜을 천천히 탁자에 내려놓으며 진영과 시선을 맞췄다. 수평을 이루고 있던 입꼬리가 부드럽게 말려 올라간다.

"입술."

꿈을 꾸는 듯한 황홀한 표정이다. 그런 그를 바라보는 진영의 눈빛에 안타까움이 서렸다. 귀신에 홀린 거지, 아주 단단히 홀린 거야. 혼잣속으로 중얼거리며 고개를 주억거렸다. 그러나 설사 그런 영적인 존재에 씌었다 하더라도 진영이 할 수 있는 것은 그저 안타까워하는 것이 전부였다. 이렇게 대책도 없이 10년이 흘렀으니 말이다. 화제를 바꾸기로 한 진영이 도훈의 펜

대를 살짝 잡아 멈췄다.

"뭐."

"단독주택으로 이사 오니까 어떠냐? 너 전에 살던 오피스텔이랑 뭔가 좀 달라?"

"그냥, 거기서 거기야."

꿈속 여자의 얘기를 할 땐 반짝거리던 눈이 금세 심드렁하게 변했다. 매사에 무감정한 그가 유일하게 인간적인 면모를 보이는 구석은 그녀가 전부였기 때문이다. 그런 태도가 익숙한 진영은 눈을 가늘게 뜨고 집 내부를 살피는 데만 열중했다.

"어디 보자……. 짐은 거의 다 푼 것 같고, 바닥이랑 벽은 새로 도배했냐?"

"아니, 귀찮아서."

"어이구, 귀찮아서 숨은 어떻게 쉬냐? 그냥 아가미로 호흡하셔."

"……."

도훈의 눈빛이 슬슬 매서워지자 진영이 살짝 움츠러들었다.

"그러게 왜 굳이 번거롭게 이사를 가. 그냥 살던 오피스텔에서 계속 살지."

진영은 도무지 이해할 수가 없었다. 그의 갑작스러운 이사에는 다른 이유가 있는 것도 아니었다. 더군다나 주택은 도훈의 생활 방식과 어울리지 않는 주거 유형이었고, 귀찮은 것을 질색하는 그의 손 아래 창밖 푸르른 앞마당의 미래는 어두컴컴했다.

"난 이 집 께름칙하던데, 몇 년 전에 여기 살던 일가족이 절명했다잖아."

"뭐…… 그렇다더라."

"주택에 살고 싶은 거면 당장 옆에도 하나 있고, 네 회사랑 더 가까운 데도 많잖아. 그 수많은 집 중에 왜 하필 이 집이야?"

"그냥."

종로구 새빛동 86-1번지, 처음엔 우연히 업무차 들렀던 새빛동이었다. 도훈은 그곳에서 이 집을 처음 발견했고, 그 순간 곧바로 든 생각은…….

"여기 살아야 할 것 같아서."

단지 그 이유였다.

"서연 씨, 여기 커피 좀 줘요."

"네!"

어떤 회사든 막내는 가만히 있는 법이 없다. 더욱이 번듯한 4년제 대학교 졸업생들에, 유학파 출신까지 쟁쟁한 스펙 사이에서 고졸 막내는 부려 먹기 안성맞춤인 먹잇감이었다. 그러나 서연은 온갖 치다꺼리를 다 하더라도 이 회사에서 일할 수 있다는 점에 감사했다. 평생 다시는 패션을 업으로 삼을 수 없을 거로 생각했던 서연에게 이 회사는 하늘에서 내려준 동아줄이나 마찬가지였다.

"커피 올리겠습니다."

조심스레 테이블에 커피를 내려놓는데, 나이가 지긋한 거래처 사장이 서연의 머리부터 발끝까지를 쭉 훑어 내리기 시작했다. 그러고는 쯧쯧 혀를 찬다.

"에이, 이런 건 아가씨가 따라줘야 맛인데……."

하여간 저 노친네, 역겨운 발언에 말없이 쟁반을 쥔 손을 꾹 오므렸다.

"아휴, 사장님도 참. 이 친구도 여자……."

"그럼 전 이만 나가보도록 하겠습니다."

가장 껄끄러운 단어가 상사의 입에서 튀어나오기 전에 얼른 선수를 쳤다. 이럴 땐 부리나케 인사를 마치고 응접실 밖으로 도망치는 것이 최선이었다. '여자', '남자' 이런 단어들이 세상에서 가장 싫었다.

"진짜 피곤하다……."

서연은 이분화된 범주의 그 어느 쪽에도 속하지 못한 변종이었기에.

"또, 지난 세레니티의 선호도별 조사에서도 가장 높은 선호를 보인 것은 역시 시즌 음료인 상위 두 메뉴였습니다."

엄숙한 분위기 속에서 발표하던 여자가 회의실 중앙에 앉은 도훈의 눈치를 흘끔 살폈다. 도통 속을 모르겠는 얼굴로 화면의 통계 자료를 묵묵히 쳐다보기만 하는 그의 눈빛에 여자의 손바닥이 땀으로 축축하게 젖어 들었다.

"이러한 소비자들의 선호를 토대로 두 시즌 음료를 정식 메뉴로서의 도입을 추진한다면, 저희 브랜드의 실적에서 긍정적인 발전을 기대할 수 있을 거라 생각됩니다."

발표를 마친 여자가 또다시 전전긍긍하며 눈으로 도훈의 기색을 좇았다. 회의실 곳곳에서 하나둘 터지던 박수는 도훈이 냉정하게 화면에서 시선을 돌리자 순식간에 맥없이 잦아들었다. 백도훈 이사가 외면한 사안은 언제나 재고의 여지없이 낙방의 고배를 마셨기 때문이었다.

경영지원본부 백도훈 이사. 그는 업계 1위를 자랑하는 국내 최대의 외식서비스 기업인 MS푸드의 최연소 임원으로서, 트렌드를 미리 읽고 대박과 쪽박을 구별하는 동물적인 감각을 가진 인물이었다. 일에 있어서 독보적으로 뛰어난 능력과 센스를 자랑했고, 추진하는 사안은 손대는 족족 새로운 신화를 써내려갔다. 그만큼 업계에서는 완벽을 추구하는 지독한 워커홀릭으로도 유명했다.

"최 비서. 내가 보고 올리라고 한 판타지아 검문 자료, 왜 아직도 소식이 없어? 오전 중으로 반드시 올리라고 말했을 텐데."

"죄송합니다, 이사님. 통계 자료 분석 때문에 보고가 지연되고 있다고 합니다."

그는 이사실로 돌아오기가 무섭게 다음 업무를 재촉했으나 아랫물이 그 속도를 따라가지 못했다. 도훈이 미간을 험악하게 구기자 긴장한 여진이 침을 꼴깍 삼켰다.

"그거 분석만 종일 할 건가. 감사팀 일 똑바로 안 하지."

그러나 정작 사내에서 이사 백도훈의 평판은 그리 좋지 못했다. 그저 싸가지 실종자. 사소한 오차도 대충 넘어가는 법이 없었고 성격은 지랄 맞기로 유명했다. 목소리와 표정은 찬바람이 쌩쌩 돌았고 부하 직원에게 인사라도 받으면 '어.' '그래.' '네.' 이 세 마디가 대답 유형의 전부였다. 쭉 뻗은 기럭지와 조각같이 잘생긴 얼굴 때문에 슬쩍 연정을 품는 신입사원들도 있지만, 회사에 다니다보면 불과 일주일 만에 그 마음이 싹 증발했다. 그러므로 그는 사내에서 눈만 마주쳐도 오금이 저리게 만든다는 공포의 백싸가지로 불렸다.

"오늘까지 보고 못 올리면 감사팀, 판타지아 담당 전부 주말에 추가 근무라고 전해."

"네……."

도훈이 냉기 서린 목소리로 엄포를 놓자, 그의 비서인 최여진은 힘없이 고개를 끄덕였다.

"나가 봐."

도훈이 건성으로 고갯짓하자 이를 바득 간 여진이 천천히 뒤를 돌아 나갔다. 홀로 남은 도훈이 큰 손을 들어 아무렇게나 머리를 쓸어 넘겼다. 수척한 얼굴이 수분감 없이 메말라 있었다.

"……하."

잠깐 무거운 눈꺼풀을 내린 도훈은 꿈속 여자의 얼굴을 머릿속에 그렸다. 그녀를 처음 본 순간부터 그의 머리와 가슴은 온통 그녀에게 잠식당해 버렸다. 꿈에서 본 여자에게 반했다는 것, 정신병자 취급당할 일이라는 것을 안다. 그런데도, 눈만 감으면 그녀가 생각나서 도저히 혼탁한 뇌리에서 그녀를 지울 수가 없다.

"대체 누구야, 너……."

억눌린 음성이 흘러나왔다. 도훈은 자꾸만 머릿속을 파고드는 그 여자를 찾기 위해, 지난 십 년간 갖은 노력을 다했었다. 가능한 모든 수단과 방법을 동원하여 그녀를 수소문했다. 현실에 존재하는지도 모르면서 미치도록 그녀만을 좇았다. 그렇게 10년을 바쳤다. 그런데 없었다. 이 세상 어디를 뒤져봐도 그녀는 없었다.

"정말 이 세상에 없는 건가……."

움켜쥔 주먹에서 힘줄이 애틋하게 불거졌다. 지금 자신이 정상이 아니라는 것쯤 도훈도 알고 있었다. 그래도 그만큼 그에게 그녀는 간절했다. 이유는 알 수 없지만 그 무엇보다도 간절하게 그녀를 원했다.

"현실에 없는…… 내 상상이 만들어낸 여자인가."

그렇다면 비극이다. 아주 큰 비극. 도훈은 더 이상 다른 여자는 사랑할 수 없게 되어버렸기 때문이다. 지독한 굴레에 빠진 듯 그녀만이 머릿속에 맴돌았기 때문이다.

"미치겠네……."

영캐주얼 의류 브랜드 모라비의 본사. 패션 회사답게 직원들은 각자 저마다의 독특한 개성을 자랑하고 있었고, 복장은 더할 나위 없이 자유로웠다.

"대체 CD(Creative Director)님은 왜 재를 특채로 뽑은 거야? 재가 뭐가 볼 게 있다고?"

물론 그 입 또한 깃털같이 자유분방했다. 서연이 속한 디자인 2팀의 임나희 대리는 서연을 유독 싫어하는 사람 중 하나였다. 모였다 하면 휴게실에서 서연의 뒷담화를 떠들어대는 것이 마치 일과와도 같았다.

"대학도 안 나온 애가 패턴을 배워봤겠어, 아니면 디자인의 기본을 배워봤겠어? 그냥 그림 대충 찍찍 그린 거로 인정받는 게 말이나 돼?"

"감각은 그래도 있던데……."

"있긴 무슨! 거기에 선머슴 같아서 피팅도 안 되잖아! 원래 그건 막내가 하는 게 원칙인데 지금 보영이 네가 계속하고 있고."

"그건 어쩔 수 없잖아요. 서연 씨는 키는 커도 몸이 일단 좀……."

한 사원이 말끝을 흐리며 어색하게 웃었다. 그와 동시에 휴게실의 모든 이들이 서연의 추레한 몰골과 납작하고 밋밋한 가슴을 떠올렸다.

"내 말이 그 말이야! 그렇다고 지가 진짜 남자라서 짐을 돌쇠처럼 옮기기를 해, 뭘 해? 깡마르고 음침한 주제에 고고한 척은 어찌나 하는지, 일 아니면 우리랑 말도 잘 안 섞잖아."

임 대리가 무릎을 치며 언성을 높였다. 유난스러운 반응에 누군가가 픽 웃음을 터뜨렸다.

"임 대리, 서연 씨 처음 들어왔을 때 남잔 줄 알고 반했던 거 쪽팔려서 그러는 거지?"

"네? 아니거든요! 그, 그건 걔가 꼬라지를 그렇게 하고 다니니까 좀 헷갈려서……. 아니, 여자면 머리도 기르고 좀 해야지! 그리고 다들 걔 가슴 봤어요? 아예 없던데? 본인만 여자라고 우기지 누가 걔를 여자로 봐요?"

"가슴은 좀 없긴 하더라고요. 완전 건전지인 줄. AAA."

"그렇죠? 무엇보다 어떻게 고졸인데 우리 회사를……."

벌컥, 휴게실 문 앞에서 제 험담을 엿듣고 있던 서연이 문을 활짝 열고 안으로 걸어 들어갔다. 갑작스러운 서연의 등장에 깜짝 놀란 세 사람이 귀신이라도 본 듯 숨을 멈췄다.

"우리 회사 주최 공모전 대상 받고, CD님 눈에 들어서 특채로 들어왔고요. 패턴도 뜰 줄 알고 디자인의 기본도 빠삭하거든요."

고개를 치켜든 서연이 세 사람을 차례로 응시하며 한 글자, 한 글자 또박또박 소리를 냈다.

"그리고 여자면 머리가 길어야 한다는 그 사고방식, 정말 후지네요. 제가 꼬락서니를 이렇게 하고 다니든 말든 임 대리님이랑 상관도 없는 것 같고요."

서연의 말에 살짝 움찔한 임 대리의 눈썹이 파르르 떨렸다.

"무엇보다 가슴 성형수술 시켜줄 거 아니면 남의 건전지에서 신경 끄시면 좋겠네요."

위협적인 경고에 사원들의 사지가 얼음처럼 굳어버렸다. 서연은 뒤도 돌아보지 않고 차갑게 휴게실 밖을 나섰다. 하여간 저, 저……. 뒤에서 들리는 적의에도 아랑곳하지 않고 태연하게 걸음을 옮겼다.

"하……."

그러나 짐짓 덤덤한 척 걷던 다리는 얼마 가지 못했다. 서연은 비상계단에 도착하자마자 한숨을 내쉬면서 천천히 주저앉아버렸다. 눈물이 날 것만 같아서 입술을 꼭 깨물었다.

"아니, 저것들은 내가 제 부모 원수야 뭐야? 왜 허구한 날 잡아 죽이지 못해서 안달이야, 진짜!"

신경 쓰지 말자고 주문처럼 되뇌어도 좀처럼 험담에는 익숙해지지 않는다.

"우울하다. 진짜……."

그녀의 이름은 강서연, 올해 27살로 21살 때 대학을 중퇴하고 온갖 아르바이트를 전전하다가 한 달 전부터 패션 디자인 회사 '모라비'에 입사하게 되었다. 운 좋게 취직했으나 당하고는 못 참는 성질과 대학 중퇴라는 짧은 학력이 그녀의 미래에 걸림돌이었다. 거기에 조실부모라는 재앙이 있었고, 입에 풀칠하기에도 급급해 주말에는 회사 몰래 식당에서 아르바이트까지 하고 있었다. 상황이 이렇다 보니 자기 관리라는 것은 뒷전이었고, 패션 디자인 회사에서 일하는 사람이 맞는지 의심스러울 만큼 형편없는 몰골을 하고 있었다.

그러나, 무엇보다 가장 큰 문제는 그녀의 몸. 서연이 까슬한 손바닥을 쭉 펼쳐서 자신의 가슴을 살짝 움켜쥐었다. 놀라울 정도로 밋밋한 절벽 가슴에 뜨거운 눈물이 핑 돌았다.

"아…… 죽고 싶다."

그녀는 점점, 남자가 되어가고 있다.

"업보야!"

"하……."

서연이 부르튼 입술을 바짝 물어뜯었다. 3년 전부터 찾기 시작한 이 점집의 무당은 자신을 보면 저 소리부터 지껄였다. 안 그래도 요즘 불행만 겹쳐서 신경이 곤두서 있는데, 이 무당은 불난 집에 부채질도 아닌 기름을 붓고 있었다. 남자로 변하는 그녀의 몸, 병원에서는 원인을 알 수 없다고 했다. 웃기게도 아무런 이상 없이 건강하게 서연의 몸은 남자가 되어가고 있었다!

"이 못된 년! 박복한 년!"

무당이 눈을 가늘게 뜨더니 립스틱 한 통을 다 바른 듯한 시뻘건 입술을 재게 놀렸다.

"알겠어요. 나 못됐고, 박복했어요. 그러니까 남자로 변하고 직장에서 왕따도 당하잖아. 심지어 얼마 전엔 실연도 당했어요. 이제 어떻게 해요?"

"몇 번을 말해. 넌 전생에 어떤 놈한테 엄청난 죄를 지었다고! 그놈을 찾아다가 빌라고, 싹싹. 껌딱지처럼 철썩 붙어서."

무당은 '껌딱지'라는 단어에 묘한 악센트를 두었다. 서연은 머리가 지끈아파 와서 눈을 살포시 감았다가 떴다.

"그러니까, 그 남자가 어디에 있는데요? 3년간 안 나타나요. 그 남자."

"닥치고 있어 봐. 지금 봐줄 테니까."

괄괄한 입에서 험한 말이 튀어나오자, 서연은 숨이 넘어갈 것만 같았다. 무당이 심각한 얼굴로 쌀을 이리저리 헤집자 두 사람 사이에 묘한 긴장감이 흐르기 시작했다.

"곧 나타나겠네. 이번 주 안으로."

"네? 이번 주요?"

서연의 눈이 휘둥그레졌다. 3년간 안 보이던 남자가 뜬금없이 이번 주에?

"몸을 줄 생각해. 깨끗이 씻고 정갈하게 준비해서 뒤틀림 없이 그놈 것이 되란 말이야."

무당의 눈이 매섭게 가늘어졌다. 그에 반해 서연의 눈은 더욱더 커지고 있었다. 놀란 동공이 갈피를 잡지 못하고 거칠게 흔들렸다.

"몸을 주긴 누구한테 줘요? 그냥 옆에 있기만 하면 된다면서요!"

"어허. 어디서 큰소리야?"

"……."

"곁에 있으면 그 수척한 안색이 밝아질 것이고, 정기를 나누면 일시적으로 원래 모습을 되찾을 것이고."

"일시적으로?"

"그래. 그리고……."

무당의 턱이 사형선고를 하는 판사처럼 느릿느릿하게 벌어졌다. 서연은 그 무시무시한 입을 아득한 심정으로 바라보았다.

"몸과 마음을 다 줘버리면 완전히 계집으로 돌아올 것이고."

아, 미친 게 틀림없다.

누가 그랬던가. 술은 마시고 싶어서 마시는 게 아니라 마실 수밖에 없는 거라고.

"언젠가는 백도훈 그놈 머리통을 콱! 후려갈겨 버릴 거야. 비서면 막 대해도 돼? 막 대해도 되냐고!"

여진이 술에 취해 잔뜩 꼬인 혓바닥을 아무렇게나 굴렸다. 옆에서 꾸벅꾸벅 딱따구리처럼 졸던 서연이 번뜩 눈을 뜨더니 소주잔을 치켜들었다. 이미 잔뜩 담겨 있던 알코올이 그녀의 행동으로 인해 찰랑 넘쳐버렸다.

"그래! 너는 그 백 이사인지 뭔지를 후려치고! 나는…… 나는……."

서연이 손아귀의 잔을 깨뜨릴 것처럼 억세게 쥐어 잡으며 말을 더듬더듬 이었다.

"가슴 수술할 거야. C컵으로."

"이미 상담 다녀왔잖아? 너 회복 안 되는 체질이라 성형이고 뭐고 못 한다며. 그 흔한 애교 살 필러도 못 맞는다며?"

"으허어으억……."

괴기스러운 소리를 내며 목 놓아 대성통곡하던 서연은 곧이어 차가운 철로 된 식탁에 이마를 쾅 틀어박고 발광하기 시작했다.

"그래! 난 박복한 년이라 성형도 못 해!"

여진이 들썩이는 서연의 등을 토닥토닥 두들겼다.

"김성찬! 김성찬 나쁜 놈…… 뭐? 헤어지자고? 우리가 몇 년을 사귀었는데! 몇 년을 사귀었는데!"

"그러게나 말이다. 20살 때부터 사귀고, 군대도 기다려주고, 취업도 도왔는데 어떻게 대리 달자마자 이별 통보냐?"

"쓰레기……. 진짜 쓰레기야. 개쓰레기."

서연은 자신의 상황이 한없이 비참하게 느껴졌다. 지금은 이렇게 초라해져 버렸지만, 서연에게도 한때 잘나가던 시절이 있었다. 대한민국 미술대학 중 최고 명문을 자랑하는 한일대학교 캠퍼스를 도도하게 거닐던 바로 그 시절. 서연이 갓 1학년으로 입학했을 당시 한일대의 남자들은 그녀의 신이 내린 듯한 8등신 보디라인과 입이 떡 벌어질 정도로 아름다운 얼굴에 열광했었다. 게다가 서연의 집안은 당대 최고의 규모를 자랑하던 SS어패럴로, 당시의 그녀는 학벌, 외모, 집안 삼박자가 더할 나위 없이 완벽했던 공주님이었다.

그렇기에 중학생 때부터 온갖 연예계 캐스팅 제의와 수없이 많은 남자의 대시, 그리고 당연한 듯 떠받들어주는 여왕 대접에 서연은 익숙해져 있었다. 남자친구였던 성찬 또한 하도 좋다고 따라다니는 바람에 하는 수 없이 수락해준 것이고, 그가 서연의 환심을 사려고 안달복달하는 것은 자연스러운 일이었다. 그렇다. 그 모든 것이 서연은 자신의 권력인 줄 알았다. 미친 외모와 미친 재력, 자신을 떠받들어주는 수많은 사람들. 하룻밤의 신기루처럼 전부 사라지고 나서야 깨달았다. 그건 진짜 권력이 아니었다고.

"걔가 나한테 뭐라고 헤어지자고 한 줄 아니?"

"뭐라고 하디?"

"가슴이, 없어도 너어무 없어서, 더러워서 못 만나겠대."

"뭐? 미친놈 아니니? 야! 지금 당장 불러. 내가 죽을 때까지 그 새끼 팬다."

"……."

서연의 커다란 눈에 눈물이 찔끔 고였다. 그녀가 소주병을 통째로 들더니, 그 안의 액체를 그대로 꿀꺽꿀꺽 목구멍 안으로 넘겨버렸다. 목으로 넘어가는 액체와 함께, 그녀의 처참한 인생이 파노라마처럼 흘렀다. 20살 가을, 서연은 브래지어가 헐렁해짐을 느꼈다. 그리고 잘록하고 말랑했던 허리가 묘하게 일자로 변하는 것을 느꼈다. 21살 봄, 머리카락에 껌이 붙어서 할 수 없이 자른 머리가 이상하게 전혀 자라지 않는 것을 느꼈고, 목과 팔목이 묘하게 굵어진 것을 눈치챘다. 21살 여름, 얼굴에 화장품을 바르면 여드름과 피부병이 오소소 돋아나기 시작했다. 가슴은 더욱 줄어들고, 엉덩이와 골반은 딱딱하게 쪼그라들어 처참했다. 야리야리하던 어깨까지 태평양처럼 떡 벌어지기 시작했다.

"내 팔자야!"

21살 가을, 주변의 시선과 수군거림에 못 이겨, 결국 대학 중퇴를 감행했다.

"이 기구한……!"

그리고 대망의 27살. 7년간 사귀던, 아니 열과 성을 바쳐 뒷바라지해줬던 남자친구 성찬에게 세계 최고 굴욕적으로 차였다.

'너랑 있으면 게이가 된 기분이야.'

"죽여버릴 거야! 김성찬!"

밤늦은 시간까지 술병을 기울이는 것은 도훈에게 일상이나 마찬가지였다. 점점 시끄러워지는 술집의 소음이 거슬릴 만도 한데, 빈 잔이 채워지는 속도는 느려질 기미가 없었다.

"야. 그만 좀 먹어라. 나 내일 낮에 큰 수술 들어가."

"넌 마시지 마, 그럼."

도훈은 쓰디쓴 알코올을 조그마한 잔에 따라 한입에 벌컥 들이켰다. 가슴이 답답해서 매일 술을 마시지 않으면 도저히 견딜 수가 없었다.

"너, 이런 말 어떻게 들릴지 모르겠는데. 내가 봤을 때 너……."

진영이 눈을 가늘게 뜨고 말끝을 길게 늘였다.

"귀신 들린 거야."

"……지금 그 소리가 고도로 발달한 현대 의학에 몸담은 인간이 할 말이냐?"

"아니면 정신병자."

"시비 걸기 위해 태어났지."

도훈이 어이가 없다는 듯 진영을 노려보더니 다시 술을 꿀꺽 꿀꺽 넘기기 시작했다.

"그만 마셔. 내일 출근 안 하게?"

"됐어."

"나랑 친한 정신건강의학과 교수님 계시는데, 상담 한번 받아보자. 내가 잘해주라고 특별히 부탁도 드려놓을게."

"됐다고."

진영은 대학병원 소속 의사였기 때문에, 언제든지 해당 분야의 유능한 교수에게 부탁해 유의미한 심리치료를 받게 해줄 수 있었다. 그러나 문제는 도훈이 그것을 수락하지 않는다는 점.

"하…… 그럼 어쩌자고. 10년으로도 모자라서 앞으로도 평생 그 여자 꿈에 허덕이며 살 거야, 이런 상태로?"

"……."

"집 나간 와이프 찾는 것도 아니고 있지도 않은 여자를 가지고 방방곡곡

수소문하고 다녀, 밤만 되면 상사병 도져서 술은 들입다 마셔! 계속 이렇게 살 거냐고?"

도훈은 선불리 대답할 수 없었다. 아니라고 대답하기에는 그녀에 대한 마음이 너무 깊었고, 그렇다고 말하기에는 앞으로 남은 미래가 암흑처럼 막막했다.

"네 멋대로 해라. 네 멋대로."

슬슬 짜증이 난 진영이 고개를 절레절레 내저었다. 그러든지 말든지, 도훈은 여전히 말없이 술만 홀짝일 뿐이었다. 띵똥, 그때 진영의 휴대전화가 때에 맞지 않게 경쾌한 벨소리를 내며 울렸다. 도착한 문자를 확인한 진영의 눈이 환희로 젖어 들었다.

"헉, 야. 나 지금 가봐야 해."

"뭐? 급한 환자라도 생겼어?"

갑자기 벌떡 자리에서 일어나더니 짐을 챙기는 진영을 보며 도훈이 물었다.

"노노."

진영이 큼지막한 두 번째 손가락을 좌우로 휘휘 저으며 씩 웃자 도훈의 얼굴이 못 볼 걸 본 사람처럼 썩어 들었다.

"클럽에서 만났던 여자가 자기 술 취했다고 데리러 오란다. 이 여자가 또 보통 쌔끈한 게 아니거든. 각선미가…… 와우."

"미친놈."

"어쨌든 나 먼저 간다? 너도 혼자 이러고 있지 말고 집에 들어가서 쉬어. 알겠지?"

"꺼져."

도훈이 얼른 사라지라는 듯 손을 설렁설렁 휘저었다. 손 키스를 마구 발사하던 진영은 이내 꽁지가 빠지게 사라졌다.

"하……."

도훈이 두 눈을 지그시 감았다. 잠깐 괜찮아졌나 싶더니 또다시 머리가 지끈거리기 시작했다. 내일도 출근하려면 정도를 지켜야 했기에 남은 술을 단숨에 마신 후 밖으로 나가 택시를 잡았다.

"김성찬. 성찬 오빠……."

한편 서연은 술에 잔뜩 취해 비틀거리고 있었다. 성찬의 이름을 나지막하게 중얼거리며 꽉 막힌 인도 한복판을 걸었다. 여진은 제 남자친구와 인생을 즐긴다며 서연을 버리고 떠난 지 오래였다.

"김성찬! 이 망할 놈! F컵한테 만신창이로 차일 놈."

얼굴에 분칠 좀 못 하면 어때서, 머리가 짧으면 어때서, 가슴 좀 없으면 어때서. 겨우 그딴 걸로 헤어지고 해. 몇 년을 사귀었는데 겨우 그딴 걸로.

"개새끼……. 길 가다가 자빠져 죽어버려라."

서연이 음산한 목소리로 웅얼웅얼 뇌까렸다. 붉게 달아오른 볼을 타고 흐르는 투명한 눈물을 까칠한 손등으로 아무렇게나 닦았다. 이미 그녀에게 이성이란 없었다. 그저 남은 것은 알코올에 마비된 처량한 육신뿐. 도통 왜 자라지 않는지 의문인 머리카락이 오늘은 혹시라도 자랄까 싶어 확 잡아당겨 봤다.

"아……."

그러나 자라지 않는다. 여전히 없는 가슴과 까슬한 피부. 아, 지옥이 있다면 바로 이곳이다.

"집에나…… 가자."

가시나무처럼 비틀거리던 서연이 길가에 신호를 기다리던 택시를 향해 터벅터벅 걸어갔다.

"택시……."

몽롱한 두 다리를 가까스로 지탱하고 벌컥 택시 문을 열었다. 그리고 그대로 좌석으로 무너져 내렸다.

"뭐야……!"

깜짝 놀란 도훈의 어깨가 솟아올랐다. 집에 가는 택시 안, 갑자기 문을 벌컥 열어젖힌 한 사람이 자신의 무릎 위에 몸을 던지는 것이 아닌가.

"이봐요. 이봐요!"

당황한 도훈이 서연을 마구 흔들며 깨웠으나, 완전히 술기운에 뻗어버린 그녀는 앞도 볼 수 없는 상태인 것처럼 보였다. 그 모습을 백미러로 보던 택시 기사가 빽 소리를 질렀다.

"아이, 진짜. 저건 또 뭐야! 그냥 대충 밖에 버리고 문 닫아요, 형씨."

신호가 파란불로 바뀌고, 뒤에서 쏟아지는 경적 때문에 아비규환이 따로 없었다. 도훈이 잠깐 서연과 뒤에서 난동을 치는 차들을 번갈아 보더니, 이내 그녀의 몸을 조심스레 끌어안아서 제대로 택시 안에 눕혔다. 그리고선 서둘러 차 문을 닫았다.

"뭐야. 형씨 아는 사람이에요? 왜 태워요?"

"……."

모르겠다. 왜 태운 거지……? 알 수 없는 제 행동에 미간을 팍 구긴 도훈이 고개를 내려 취객의 얼굴을 살펴보았다. 그때, 시트에 누워 있던 서연의 다리가 돌연 도훈의 굵직한 허벅지 사이를 불쑥 파고들었다. 소름 끼칠 정도로 이상야릇한 감각에 도훈이 몸을 움찔했다. 식겁한 그가 서연의 다리를 붙잡아 위로 번쩍 들어 올렸다.

"……뭐 하세요? 다리는 왜 찢어요?"

택시 기사가 서커스단처럼 서연의 가는 다리를 쭉 찢어 올린 도훈을 황당한 얼굴로 응시했다.

"네? 아니 그게 아니고. 이 여자가 지금……."

"여자요? 누가 여자예요? 그 술 취한 사람?"

"네. 지금 이 여자요."

여전히 서연의 다리를 잡아 올리고 있던 도훈이 천천히 그녀의 다리를 좌석 아래로 내렸다. 또다시 허벅지 사이를 침범하지 않도록 조심스레, 아주 천천히.

"하하, 형씨. 요즘 아무리 계집애 같은 남자들이 널렸다지만 저 친구가 어딜 봐서 여자예요? 딱 봐도 남자잖아. 딱 봐도."

택시 기사의 말에 도훈이 서연의 얼굴을 다시 한번 찬찬히 살펴보았다. 부드러운 적갈색 머리카락과 핏줄이 비칠 만큼 새하얀 피부, 술 때문에 새빨갛게 물든 양 볼과 입술이 묘하게 시선을 사로잡았다. 다소곳이 감긴 눈에 날개처럼 돋아 있는 속눈썹은 아주 길었다. 그리고 눈 밑에 있는 먹물처럼 진한 점.

"……."

점? 도훈이 느릿하게 손을 뻗어 그녀의 상체를 안아 올렸다. 훅 하고 치고 들어오는 알싸한 알코올 냄새에 살짝 미간을 좁혔다. 흐트러진 머리카락을 양쪽으로 치워서 서연의 얼굴을 제대로 확인했다. 그 순간 도훈의 마음속에는 커다란 파문이 일었다. 이 여자는…….

"형씨, 어디 아파요? 왜 그렇게 표정이……."

"……모르는 여자."

"네?"

"……."

택시 기사는 계속 알 수 없는 행동을 하는 도훈 때문에 눈살을 찌푸렸다. 귀신에 홀린 듯 몽롱해진 도훈은 서연에게서 조금도 눈을 뗄 수가 없었다. 분명히 모르는 여자였다. 난생처음 보는 얼굴이었다. 그런데 왜 이렇게 울컥 가슴이 시린 걸까. 확실히 처음 보는 여자인데, 어쩐지 아주 오래전부터 알고 지내던 사이 같은 느낌이 든다. 어딘지 모르게 낯이 익었다.

"으음……."

도훈의 품에 안겨 있던 서연이 몸을 이리저리 뒤척이더니 그의 넓은 가슴을 파고들었다. 깜짝 놀란 도훈이 그녀의 상체를 시트에 퍽 소리 나게 도로 던져버렸다.

"아니, 뭐 하세요? 대체?"

택시 기사가 황당한 듯 물어왔다. 그녀를 만졌던 손끝이 불에 덴 듯 화끈거렸다. 신체의 말단에서부터 시작된 묘한 전류가 찌릿찌릿 온몸을 휘저으며 퍼지는 듯했다.

"아……."

정말 모르겠다. 대체 왜 이러는 건지.

"모르는 사람이면 적당히 파출소 같은 데에 맡기고 가세요. 어디, 근처에 세워드릴까?"

중년의 택시 기사의 목소리가 명료하게 들리지 않았다. 마치 비디오테이프를 느리게 감는 것처럼 오감이 왜곡되고 뒤틀린 느낌이었다. 도훈이 눈을 지그시 감았다가 떴다. 여자는 여전히 도홍빛 입술을 살짝 벌린 채 어딘가 위태로운 숨을 내뱉으며 잠들어 있었다. 파출소에 이 여자를 두고 그냥 갈 수는 없는 일이었다. 이유는 모른다. 그냥 그런 기분이었다.

"이봐요. 집 어디예요?"

"……번지."

도훈이 서연의 어깨를 조심스럽게 살살 흔들며 물었다. 살짝 벌어진 입술 사이로 무언가 흐리멍덩한 음성이 잔뜩 뭉개져서 흘러나왔다. 도훈이 다시 한번 서연의 어깨를 흔들었다.

"집 어디냐고요."

"……빛동 팔십육……."

"네? 비똥팔신…… 뭐?"

"새빛, 새빛동……."

"새비새비……?"

"……에서 501번 버스 타면 16분 걸리는…… 상수역."

"……."

미친 여자였나. 도훈이 헛숨을 들이켰다.

"그러니까 한마디로 그냥 상수역에 산다는 겁니까?"

"……."

묵묵부답이었다. 도훈은 깊은 한숨을 내쉬었다.

"……기사님, 상수역 쪽으로 가주세요."

"이봐요. 몇 층이라고?"

"삼……."

결국 도훈은 서연이 산다는 상수역까지 타고 와서, 겨우겨우 그녀를 부축해 빌라 안까지 들어왔다. 술에 취한 서연은 겉보기보다 훨씬 무게가 나갔다. 뜬금없이 취객의 귀가를 돕게 되어버린 도훈은 짜증이 솟구치기 시작했다.

"여기야? 304호?"

서연의 고개가 조금씩 끄덕여지는 것을 보고 현관문을 쾅쾅 두들겼다.

"계십니까?"

"……."

"여보세요! 여기 여자분이 취해서 데려왔거든요. 아무도 안 계십니까?"

아무리 문을 두들겨도 돌아오는 것은 그저 음산한 고요뿐이었다. 도훈이 자신의 팔 안에 아무렇게나 널려 있는 서연을 제대로 일으켰다.

"이봐요. 혼자 살아요?"

"……응."

"하, 문 열어봐. 빨리. 키 없어요?"

도훈이 서연의 어깨를 가볍게 흔들며 재촉했다. 마치 해파리처럼 흐느적거리는 그녀의 몸이 도훈의 손길에 따라 이리저리 움직였다. 아무래도 서연에게는 자신의 키를 찾아 문을 딸 정신이 없어 보였다. 도훈이 잠깐 고민하더니, 서연의 몸을 벽으로 밀쳐 세웠다. 그리고 한 손으로 넘어지지 않도록 단단히 그녀의 몸을 지탱하고, 나머지 한 손으로는 그녀의 가방과 주머니를 뒤졌다. 모르는 사람이 본다면 강도 혹은 변태쯤으로 생각할 만한 자세였다.

"미치겠네."

열쇠는 서연이 입은 두툼한 검은 패딩 주머니에도 없었고, 커다란 시장바구니 같은 가방 안에도 없었다.

그리고 그 안에 입은 옷은 니트. 그렇다면 남은 보기는…….

"저기에 손대면 감방 가겠는데."

서연이 입은 청바지의 뒷주머니.

"아…… 진짜."

한 손은 여전히 서연의 어깨를 지탱하고, 나머지 한 손은 허공에서 손바닥을 쥐었다 폈다를 반복했다. 도훈은 지금 심각한 내적 갈등 중. 저 민망한 위치에 손을 댈 만큼 도훈은 그렇게 능숙한 남자가 아니었다. 잠깐 고민하던 그가 이내 결심이 섰는지 그녀에게 천천히 다가갔다. 몸이 닿을 것처럼 아슬아슬한 위치까지 다가간 도훈이 길쭉한 손을 뻗어 그녀의 뒷주머니 근처를 향했다. 그러나 그녀의 엉덩이는 벽에 닿아 있었기 때문에 뒷주머니를 살피기에는 문제가 있었다.

"……돌겠네."

그래도 이왕 해결해야 하는 문제, 빠르게 해결하자는 심정이었다. 도훈이 단단한 팔로 서연의 허리를 휘감아서 자신의 몸에 기대게 하였다. 비틀, 흔들리는 몸이 속절없이 도훈의 가슴에 폭 안겼다.

"……."

뜨겁게 전해져오는 체온 때문인지 묘하게 긴장이 되었다. 도훈은 저도 모르게 마른침을 삼켰다. 도훈이 패딩 자락 안으로 오른손을 쑥 집어넣었다. 식은땀을 흘리며 서연의 바지 뒷주머니를 살짝 더듬었다. 찰랑. 금속의 파찰음이 미세하게 들렸다. 얼른 그 안으로 손을 집어넣어 열쇠를 꺼냈다.

"하…… 됐다."

달칵, 구닥다리 열쇠를 문고리에 끼워 넣고 돌리자 등장하는 것은 낡고 비좁은 원룸이었다. 쥐나 바퀴벌레가 10마리쯤 산다고 해도 이상하지 않을 정도의 충격적인 외관이었다.

"……."

도훈이 집 안으로 들어가려고 하다가 멈칫했다. 생각해보니 아는 여자도 아닌데, 집 안까지 들어가는 건 좀……. 생각이 거기까지 미치자 서연을 제 몸에서 떼어내 현관 앞에 적당히 내려놓았다.

"음……."

그런데 그 순간, 가느다란 양팔이 뜬금없이 도훈의 목을 휘감더니 제 쪽으로 와락 끌어당기기 시작했다.

"잠, 잠깐!"

서연은 마른 몸을 가졌지만, 힘이 생각보다 굉장했다. 그녀의 팔이 점점 더 도훈을 자신 쪽으로 밀착시켰다. 당황한 도훈이 서연을 떼어내려고 했으나, 껌딱지처럼 달라붙은 육체는 떨어질 생각이 없어 보였다.

"오빠……."

코앞으로 다가온 붉은 입술이 은밀하게 벌어지며 알 수 없는 호칭이 흘러나왔다. 도훈이 숨을 훅 멈췄다.

"나랑 있어, 오빠……."

촉촉한 입술이 눈앞에서 느릿하게 움직였다. 순간적으로 기묘한 감각이 도훈을 예고 없이 덮쳐왔다. 서연의 입술 틈새로 새어 나오는 알코올의 향취에 도훈의 호흡이 가빠지기 시작했다. 야릇해진 분위기에 도훈은 눈을 감고서 길게 숨을 들이쉬었다. 그가 입술을 잘근 깨물고서 천천히 목에 둘린 그녀의 손을 풀었다. 그리고 그녀를 바닥에 고스란히 눕혔다.

"뭐야……."

그대로 뒤를 돌아 밖으로 재빨리 뛰어나가 버렸다. 무언가에서 도망치듯이 바쁘게 걸음을 놀리며 흥분된 심장을 차게 식혔다.

"이게 대체 뭐야……."

미친 듯이 박동하는 자신의 가슴을 움켜쥔 도훈은 그 어느 때보다 혼란스러웠다. 숨이 턱 끝까지 한꺼번에 차올랐다.

"저 여자…… 대체 뭐야!"

"으…… 머리야."

숙취는 항상 후회를 동반하며 찾아오기 마련이다. 서연은 과음한 것을 진심으로 후회하며 두들겨 맞은 듯 욱신거리는 몸을 억지로 일으켰다. 집 안으로 새어 들어오는 밝은 빛을 미루어 볼 때, 벌써 아침.

"아……. 잠깐만, 아침?"

소스라치게 놀라 알람시계를 덥석 들어 시간을 확인했다.

"아, 완전 다행. 한참 남았네."

현재 시각은 오전 6시 58분, 서연의 회사는 오전 10시까지 출근이었기에 그전까지 시간의 여유가 있었다. 서연이 안도의 한숨을 쉬며 고개를 푹 꺼트렸다.

"그보다……."

미쳤다. 또 필름이 끊기고 말았다. 전혀 기억이 나질 않는다.

"미쳤어. 강서연, 진짜 미쳤어."

집에는 어떻게 들어온 거지? 여진이가 데려다줬나? 아니, 여진이랑은 중간에 헤어졌던 것 같은데?

"아악!"

서연이 절규하며 자신의 뺨을 마구 후려치기 시작했다. 대체 어디서부터! 어떻게 필름이 끊겼고, 어떻게 집에 왔는지!

"정말 기억이 하나도 안 나……. 일단 세수라도 하고 와서 생각해보자."

현관에서 아무렇게나 널브러져 있던 서연이 자리에서 벌떡 일어났다. 어차피 앉아 있어 봐야 달라지는 것은 없었다. 세수하고 깔끔한 정신 상태에서 다시 생각해야겠다는 심산이었다. 욕실로 향한 서연이 몽롱한 눈으로 클렌징 폼을 서랍장에서 꺼내려는데…….

"으악!"

서연이 기겁하며 손에 들린 클렌징 폼을 툭 바닥으로 떨어뜨리고 말았다. 숨이 넘어갈 뻔했다.

"뭐, 뭐야? 지금 이거 나야?"

그녀가 공격적으로 거울을 양 손바닥으로 문지르며 소리쳤다. 거울에는 이전의 누리끼리하던 오줌 색 피부는 어디 가고, 백옥처럼 하얗고 보송한 피부만이 남아 있었다. 게다가 잔뜩 부르트고 피곤하던 입술은 붉고 도톰했다.

"뭐지?"

서연이 입을 떡 벌리고 거울 속에 비친 자신의 모습을 응시했다. 항상 썩어 있던 낯빛이 왜 갑자기 이렇게 밝아진 걸까? 보기 드물게 생기 넘치는 게 보약 한 사발 원샷한 느낌이었다. 그러고 보니 묘하게 얼굴과 목덜미의 선도 고와졌다.

"허……."

서연이 양손으로 두 볼을 감싸며 화장실 바닥에 주르륵 주저앉았다.

"어제…… 대체 무슨 일이 있었던 거지?"

한편 어제 서연을 집에 데려다주고 새벽이 되어서야 집에 도착한 도훈은 일찍부터 출근해야 했기 때문에 거의 잠을 청하지 못했다.

"그 여자……."

그리고 도훈은, 어제부터 계속 그 여자가 머릿속에서 떠나지 않아 말썽이었다. 꿈에서 본 여자 말고는 처음이었다. 이렇게까지 한 여자가 계속 신경 쓰이는 일은 없었다. 지금의 상황이 당혹스러운 도훈이 심각하게 턱을 괴고 골똘히 생각했다.

"대체 왜 그 여자가……."

그때, 어디선가 들려오는 휴대전화 소리에 도훈의 신경이 곤두섰다. 전화 오는 소리였다. 그런데 이상하다. 도훈의 휴대전화는 지금 그의 눈앞에 있었다. 울리지 않은 채 고요하게.

띠리리리- 띠리리리-

얼마 가지 않아 발각된 벨소리의 진원지는 뜻밖의 장소였다. 다름 아닌, 도훈의 가방 속.

"……."

도훈이 정체 모를 흰색 휴대전화를 들고 한참을 멍하니 바라만 봤다. 이 휴대전화, 아마 어제 그 여자 것 같았다. 언제부터 가방에 들어 있었던 걸까. 당혹스러움이 한가득하였다. 그가 넋을 놓고 손안의 흰색 쇳덩어리를 쏘아보았다. 전화는 집요하고 끈질겼다. 받을 때까지 계속해서 걸려왔다. 그러나 그런 그를 더 심각하게 만드는 것은 따로 있었다. 바로 휴대전화 액정에 찍힌 저장명이었다.

"여보……?"

이 간질간질한 호칭이 뻔뻔하게 액정에 걸려 있었다. 도훈의 눈이 충격으로 서서히 물들기 시작했다. 그가 심각한 음성으로 중얼거렸다.

"그 여자…… 유부녀였어?"

도훈의 눈썹이 세차게 올라갔다. 그런데 그 여자는 그 좁은 원룸에서 혼자 사는 것처럼 보였다.

"……따로 사는 부부?"

그렇게 진지한 얼굴로 생각하는 사이, 끈질기게 걸려오던 전화가 뚝 끊겨 버렸다. 시끄럽던 공간이 쥐 죽은 듯이 조용해졌다. 띵동, 뒤이어서 울리는 소리. 문자가 왔다.

"……."

도훈은 자신도 모르게 휴대전화의 잠금을 열고 문자를 확인했다. 모르는 사람의 휴대전화를 염탐하는 것은 예의가 아니란 것을 알지만 그는 지금 머리보다 손가락이 앞섰다.

[저녁에 시간 돼? 할 말이 있어.]

"……할 말?"

'우리 여보.'라는 사람에게 온 메시지였다. 할 말이 있다며 따로 만나자는 것을 보아 일반적인 부부가 아닌 것 같았다. 그럼 이혼한 전 남편?

"……전 남편."

도훈이 한참을 심각한 눈으로 그 문자를 노려보다가, 자신도 모르게 오른쪽 상단에 적힌 삭제 버튼을 꾹 눌렀다. 흠칫. '삭제되었습니다.' 하는 멘트와 함께 고무줄처럼 제자리로 돌아온 도훈의 이성.

"……지금 이걸 왜 지웠지?"

도무지 알 수 없는 자신의 행동에 깊은 혼란이 찾아왔다. 그의 새까만 눈동자가 미세하게 흔들렸다. 미친 건가? 남의 문자를 몰래 보는 것도 모자라 멋대로 지워버리다니. 도훈이 땅이 꺼지라 한숨을 푹 내쉬었다. 그래. 이게 다 잠을 제대로 못 자서 그런 거야, 그렇게 타협한 도훈이 휴대전화를 탁자에 내려놓고 제일 먼 곳으로 쑥 밀어버렸다. 건들지 않을 참이었다. 잡념을 없애기 위해 머리를 가볍게 좌우로 털었다. 업무에 집중하려고 책상 위에 산더미처럼 쌓여 있는 서류들에 손을 뻗었다. 띵동, 그때 휴대전화가 또 한 번 울렸다. 도훈이 서류를 쥐고 있던 양손을 슬쩍 내리더니 서연의 휴대전화를 물끄러미 응시했다.

"……."

그가 마른침을 삼키며 잠깐 뜸을 들였다. 이내 재빨리 휴대전화를 낚아채 문자를 확인했다.

[보고 싶어.]

"……."

〈메시지를 삭제합니다.〉

"어제 대체 무슨 일이 있었던 거야?"

씻고 나온 서연은 아침을 때울 생각도 하지 못하고 계속해서 심란해했다. 여전히 눈앞에 보이는 희고 탱탱한 살결이 제 것 같지 않고 낯설었다.

"몸, 몸은?"

작은 손을 펼쳐서 납루한 가슴에 갖다 대어 본다. 윽, 여전히 없다. 아무것도 없다. 그래도 얼굴색이 화사하게 좋아진 것이 어디인가. 이게 대체 몇 년 만에 보는 우윳빛 피부인지 알 수가 없었다. 미끈하고 보들거리는 감촉이 감격스러워서 눈물이 날 지경이었다. 그런데 왜 이렇게 변한 걸까? 대체 어제 무슨 일이 있었길래…….

'곁에 있으면 그 수척한 안색이 밝아질 것이고, 정기를 나누면 일시적으로 원래 모습을 되찾을 것이고.'

순간적으로 무당의 말이 서연의 뇌리를 파고들었다. 그녀의 미간이 조금 구겨졌다. 무당이 말한 그 남자가 어젯밤 옆에 있었다거나? 서연이 초조한 듯 연약한 엄지손톱을 잘근 물어뜯었다. 솔직히 그간 무당의 말을 온전히 믿지 않았다. 서연은 무교였고, 신당에 다니기 시작한 것도 울며 겨자 먹기로 살기 위해 찾아간 것이었다. 그만큼 간절했으니까. 그런데 진짜로 안색이 이렇게 달라지다니, 무당의 말이 온전하게 믿어지는 순간이었다. 정말 세상에 있었던 것이다.

"……."

나를 여자로 만들어줄, 단 하나의 열쇠 같은 남자가.

"이사님, 세레니티 마케팅 기획안입니다."

세레니티 마케팅팀의 김성찬 대리가 긴장된 얼굴로 도훈에게 보고서를 건넸다. 도훈은 항상 최초 기안자가 직접 결재를 맡으러 오게 하는 것으로 유명했는데, 그가 회사 내에서 공포의 시그니처가 된 이유 중 하나였다. 성찬의 쭉 찢어진 눈매가 열심히 앞에 앉아 있는 도훈의 반응을 살폈다. 그러나 도훈은 시선을 내리깔고 심각한 얼굴로 깊은 생각에 빠져 있었다. 보고서를 읽는 것 같지도 않았고, 한참 동안 그러고 가만히 있는 것이었다.

"이사님?"

성찬의 부름에 퍼뜩 정신을 차린 도훈이 초점 없는 눈으로 그를 응시했다.

"그래. 이따가 볼 테니까 두고 나가 봐."

"네? 아, 네."

성찬은 순간적으로 자신의 귀를 의심했다. 당황한 기색이 역력한 목소리로 어리바리하게 대답한 후, 이사실을 빠르게 떠났다.

"……하아."

문을 닫고 그 앞에서 푹 한숨을 내쉬던 성찬이 따가운 시선이 느껴져 옆을 돌아봤다. 아, 살기등등하게 저를 노려보는 최여진이다. 그는 더욱 허둥지둥 대며 헐레벌떡 그 자리를 피했다. 이래서야 제 명에 못 살 것 같다며 한탄하고 엘리베이터를 기다리는데, 뒤에서 나타난 여자 사원이 성찬을 넌지시 불렀다.

"성찬 대리님."

"아, 안녕하세요."

"백 이사님께 보고서 컨펌 받으셨어요?"

"아니요. 제대로 보지도 않으시고 나중에 오라고……. 항상 그 자리에서 수백 번 퇴짜 놓으시던 이사님이 무슨 바람이 부셨는지……."

성찬이 작은 목소리로 중얼거리자, 그녀가 주위를 살폈다. 아무도 없는 것을 확인하더니 앞으로 한 발짝 다가서서 비밀스럽게 속삭였다.

"그게요. 저도 아까 잠깐 일 때문에 뵀었는데 이상하다고 생각했거든요? 어디 홀린 사람처럼 계속 휴대전화만 보시는 거예요. 어디 전화 올 데가 있는 건지, 전화 걸 데가 있는 건지, 약간 나사가 풀려 계세요."

"그래요? 별일이네요. 저 일 중독자가……."

공장에 찾아가서 디자인 검토를 하는 일은 언제나 서연의 몫이었다. 거래하는 공장의 공장장이 상당히 우악스러운 성격이었기 때문에 다들 꺼리는 일이었지만 서연은 그곳으로 외근 가는 것을 꽤 좋아했다. 보통 점심시간과 맞물려 가기 때문에 밖에서 눈치 안 보고 편하게 밥을 먹을 수 있기 때문이었다.

"으아아……."

그런데 오늘은 밥 한 숟갈 뜨지 않았다. 매일 샌드위치나 김밥 같은 것만 먹더라도 끼니를 거르는 법은 없었는데 말이다.

"그럼 뭐해? 기억이 안 나는데!"

서연이 버스 기둥을 붙잡고 소리쳤다.

"기억이 안 나는데 어떻게 하냐고! 나가 죽어라, 강서연!"

서연이 짧은 머리카락을 쥐어뜯으며 절규했다. 그 열쇠가 정말로 어제 함께 있었다 한들, 필름이 똑 하고 끊겨버린 그녀에게 그의 정체를 알 길은 없었다.

"열쇠 놈…… 누구냐……."

서연의 목소리가 가늘게 떨렸다. 원래 모습으로 되돌아갈 것이다. 그 남자를 제물로 바쳐서라도, 아름다운 몸매와 얼굴을 가진 그 예전 모습으로 돌아갈 것이다! 찾아야만 한다. 반드시!

"그래. 전화!"

서연이 비장한 얼굴로 고개를 번쩍 들더니 주머니를 뒤적거렸다. 여진에게 물어볼 참이었다. 전날 자신이 어떤 남자를 만났었는지.

"아, 맞다……. 나 폰 잃어버렸었지."

하여간 지긋지긋한 인생이다.

"이거 셔츠 카라가 이렇게 뒤집히지 않도록 이쪽으로 잘 봉제해주세요."

"예, 예."

"단추도 저번에 불량 많았으니까 이번엔 신경 좀 써서 달아주시고요."

"네, 네, 네."

"그냥 설렁설렁 대답하지 마시고요. 저번에도 이 문제 때문에 컴플레인 폭주했었단 말이에요."

"알겠어요, 알겠어. 걱정하지 말아요!"

"진짜죠? 저 사장님 믿습니다?"

"아휴, 하여간 의심만 많아! 믿어, 믿어!"

수도 없이 확답을 받아낸 서연이 그제야 안심하고 공장을 떠났다. 다시 돌아가는 지하철에 몸을 맡긴 그녀가 땅이 꺼져라 한숨을 몰아쉬었다. 어금니를 있는 힘껏 깨문 그녀의 눈에 자조의 빛이 스쳤다.

"정말 술 좀 적당히 마셔야 해, 난……."

알코올 중독자도 아니고, 허구한 날 기억이 말끔하게 사라져버리니 문제가 심각했다.

"근데 누굴까?"

그 열쇠. 혹시 술집 종업원? 키 작고 안경 쓴? 대학생으로 보이던 흔하게 생긴 남자를 조심스레 떠올리고 있는데, 한 노파가 그녀에게 소리 없이 다가왔다.

"저기, 아가씨. 껌 좀 하나 사줘."

노인이 쪼글쪼글한 손을 불쑥 내밀었다. 서연의 눈이 커졌다. 놀란 동공이 거칠게 흔들렸다.

"할머니…… 지금 저한테 아가씨라고 하셨어요?"

서연의 입이 떡 벌어졌다.

"제가, 제가 여자로 보이세요?"

서연이 양손으로 입을 틀어막았다. 노파가 의아한 얼굴을 짓고 천천히 입을 열자 서연이 귀를 쫑긋 세웠다.

"아니야? 총각이야?"

"헉……."

"아가씨처럼 생겼는데, 총각이었어?"

노파의 물음에 서연의 표정이 멍해졌다. 곧 그녀의 입에서 웃음이 픽 하고 터져 나왔다.

"아니요! 여자 맞아요! 맞아요! 저 여자예요!"

서연이 노파의 손을 꼭 잡고 붕붕 흔들더니 실성한 사람처럼 웃어댔다.

"으하하하하."

할머니가 이상한 눈으로 그녀를 바라봤으나 서연은 개의치 않고 껄껄 웃어 재꼈다. 하다하다 할머니의 볼에 갑자기 뽀뽀를 하고 웃었다. 기겁한 노파가 목을 거북이처럼 뒤로 쭉 뺐다.

"이히히히히! 할머니! 사랑해요!"

"성추행하지 마, 이것아!"

"후후후, 너무 좋아 죽겠네. 이제 강서연의 해피 라이프가 시작되는 건가? 남자들, 내 뒤로 줄 서!"

기분이 급격하게 좋아진 서연이 낭창낭창한 걸음걸이로 회사에 들어섰다. 엘리베이터 앞에서 익숙한 뒷모습을 발견한 그녀가 헤헤 웃으며 그녀에게 다가갔다.

"아, 소미 언니! 잘 만났다. 저 전화 좀 빌려주세요!"

"아, 서연 씨 안녕. 전화는 왜?"

디자인 3팀의 막내 유소미는 사내에서 유일하게 서연에게 호의적인 사람이었다.

"저 휴대전화 잃어버렸거든요. 으하하하."

소미는 휴대전화를 잃어버렸으면 죽상을 하고 있어도 모자랄 마당에, 깔깔거리는 서연이 경이로웠다.

"그래. 요즘 일이 많이 힘들지? 괜찮아, 살다 보면 좀 미치고 그럴 수 있지. 전화 빌려줄 테니 써."

소미가 혀를 끌끌 차며 자신의 휴대전화를 건넸다. 서연은 여전히 실실 웃으며 휴대전화를 받아 들었다.

익숙한 자신의 번호를 꾹꾹 누르자, 낮은 연결음이 길게 울렸다. 아무도 안 주웠나? 받을 기미가 없어 보였다. 누군가가 주워서 가지고 있기만을 간절하게 바랐는데, 아무도 줍지 않은 모양이었다. 연결음은 끊길 줄 모르고 오랫동안 울렸고, 단념하고 끄려는데…… 달칵. 누군가가 받았다.

-…….

수화기 건너편은 말이 없었다. 서연이 살짝 미간을 좁혔다.

"여보세요?"

-…….

"여보세요? 제가 그 휴대전화 주인인데, 혹시 제 폰 주우셨어요?"

여전히 말이 없었다. 작은 숨결이 들리는 것을 봐서 뜸을 들이고 있는 것 같았다. 서연이 눈을 가늘게 뜨고 수화기에 집중했다.

-……네.

낮고 차가운 음성이었다. 동굴처럼 깊고 오싹한 목소리가 서연의 귓가를 찔렀다.

"아, 일단 고맙습니다. 제가 그 휴대전화 받으러 갈게요. 거기가 어디죠?"

서연의 질문에도 남자는 한참 동안 대답이 없었다. 슬슬 답답해지기 시작한 서연이 다시 입을 열었다.

"그럼 어디 카페에서라도 만날래요?"

-…….

"대답 좀 해주세요."

-알았어요. 그럼 그쪽이 가고 싶은 카페에서 만나요.

남자는 서연의 재촉에 마지못해 대답했다. 다행히 말은 할 줄 아나 보네.

"그럼 이따가 8시쯤 강남역 로즈카페 어떠세요? 괜찮으신가요."

-……네.

뚝, 남자는 그 말을 끝으로 인사도 없이 매정하게 전화를 끊어버렸다. 서연이 황당하다는 듯한 얼굴로 수화기를 노려봤다.

"왜, 무슨 일인데?"

"몰라요. 무슨 사회 부적응자 같은 사람이 전화 받았어요."

"너 같은 사람?"

소미가 피식 웃으며 물었다. 서연이 입술을 비죽 내밀며 불만을 표출하다가, 이내 씩 웃었다.

"폰도 찾고, 얼굴도 좋아지고. 언니, 저 이제 잘 풀리려나 봐요!"

로즈카페는 강남역 한복판에 있었다. 더욱이 가장 손님이 많을 평일 저녁이었으니, 밖에서 보기에도 카페 안에는 사람이 아주 많았다. 서연은 이 엄청난 인파 속에서 어떻게 그 사람을 찾을지 막막하기만 했다. 이럴 줄 알았으면 무슨 옷 입고 올지라도 물어보는 건데. 한숨을 푹 내쉬며 안으로 들어선 서연은 시끌벅적한 카페 안에서 혼자 앉아 있는 남자를 찾기 위해 두리번거렸다.

"아, 저 사람인가?"

창가 맨 끝의 구석 자리에 혼자 앉아 있는 남자의 뒷모습이 보였다. 생각보다 쉽게 찾아 기분이 좋아진 서연이 씩 웃으며 그에게 다가갔다. 그런데 그의 어깨를 차지하고 있는 날파리가 그만 그녀의 시선을 강탈하고 말았다. 서연이 무심결에 남자의 어깨를 툭 치자, 그가 화들짝 놀라며 뒤를 돌아봤다. 서연의 눈이 동그랗게 커졌다. 새까만 머리카락과 강하고 선명하게 자리한 눈, 오뚝하게 솟은 코와 굳게 다물어진 입매. 당연히 어제 술집 종업원 같은 흔한 남자 1이 등장할 줄 알았는데, 지금 눈앞의 이 남자는 잘생겨도 너무 잘생겼다. 스크린에서 갓 튀어나온 것 같은 외모가 서연의 눈을 사로

잡았다. 특히 저 칠흑같이 새까만 눈동자가 늪처럼 오감을 빨아들였다. 눈빛이 먹혀버릴 것 같이 강렬하게 느껴졌다. 서연이 저도 모르게 넋을 놓고 도훈을 뚫어져라 바라보았다. 살짝 미간을 찌푸리고 있던 도훈도 서연과 눈을 맞추고 지그시 그녀를 주시했다. 잠깐의 정적이 흘렀다. 말없이 서로를 바라보던 두 사람, 그 정적을 깬 사람은 다름 아닌 도훈이었다.

"이혼했어요?"

"……."

멍하니 도훈을 바라보던 서연의 동공이 더욱 커졌다. 코끼리만 한 쇠망치로 뒤통수를 한 대 탁 얻어맞은 기분이었다. 충격도 이런 충격은 난생처음. 어안이 벙벙하다는 말은 딱 이런 상황을 위해 만들어진 걸까? 초면에 대뜸 이혼이라니! 결혼도 안 한 처녀한테 지금 이혼? 이호온?

"그쪽은 몇 살에 고래 잡았어요?"

"……."

"이거랑 똑같은 질문인 것 같은데, 지금."

도훈의 미간에 패인 실금이 더욱 깊어진다. 그러는 와중에도 서연의 얼굴에서 조금도 시선을 떼지 않았다. 무언가 이글이글 타오르는 눈빛으로 서연을 잡아 죽일 듯이 응시한다. 그러거나 말거나, 서연은 도훈의 건너편으로 가서 의자를 쭉 빼고 털썩 앉았다.

"제 휴대전화, 주워주신 분 맞아요?"

"……."

"맞네."

저건 눈으로 레이저를 쏴서 죽이려고 쳐다보는 눈인가. 아니면 첫눈에 반한 남자의 눈인가. 그래. 다른 건 몰라도 후자는 아니다.

"그렇게 빤히 쳐다보면 제가 좀 부끄러운데."

"……."

서연이 피식 웃었다.

"과묵한 게 컨셉? 아니면 낯을 많이 가리나?"

서연이 오른 다리를 척 하고 꼬아 왼 다리에 올렸다. 질문에 드디어 대답할 모양인지 굳게 다물어져 있던 도훈의 입이 천천히 열렸다.

"그 눈 밑에 점은 원래부터 있었어요?"

점? 서연의 입매가 비틀렸다.

"저기요, 선생님. 우리 지금 대화 중인 거 맞죠?"

"점이 낯이 익어……."

"하하하. 의사소통 방식이 굉장히 독보적이시네요. 원래 남의 말은 잘 안 듣는 스타일이신가?"

"몇 살이에요?"

"네?"

"몇 살이냐고."

비꼬는 서연의 말투에도 아랑곳하지 않고 제 할 말을 하는 도훈이었다. 서연이 저도 모르게 미간을 찌푸렸다.

"……스물일곱인데요."

"이름은 뭐예요?"

"강서연이요."

뜬금없이 시작된 호구조사. 근데 어쩐지 저도 모르게 답하게 된다. 서연의 대답을 들은 도훈이 또다시 그녀를 뚫어지라 뜯어보기 시작했다. 아, 저 시커먼 눈빛. 이상하게 부담스럽다. 아니, 묘하게 사람을 긴장시킨다. 저 입술에서 또 무슨 질문이 튀어나올지 궁금했다. 서연이 다시 천천히 벌어지는 도훈의 입술을 빤히 응시했다.

"나 알아요?"

충격적인 질문에 서연의 입이 쩍 벌어졌다. 이건 그냥 미친 사람인가.

"알아요?"

"……사람 당황하게 하는 재주가 있으시네. 누구신데요? 그쪽은 저 알아요?"

도훈의 눈이 가늘어졌다.

"……나도 당신을 처음 봐."

그는 심각한 음성으로 중얼거렸다. 말이 안 통했다. 잘생긴 남자인가 싶더니 이건 그냥 미친놈이었다. 서연이 고개를 절레절레 내젓더니 남자가 손에 쥐고 있는 자신의 휴대전화를 휙 낚아챘다. 이리저리 꼼꼼히 살펴보았으나 새하얀 휴대전화는 흠집 하나 없이 깨끗했다. 혹시라도 바닥에 떨궈서 액정이 박살 났을까 봐 노심초사했으나, 다행히도 전혀 이상 없이 멀쩡했다.

"뭐, 찾아줘서 고마워요."

"……."

"근데 혹시 안에 안 보셨죠?"

서연이 눈을 가늘게 뜨고 살며시 도훈을 올려다봤다. 그 눈빛에 도훈이 짧은 숨을 터뜨렸다. 동그랗고 커다란 눈 안에 절묘하게 자리한 진한 갈색 눈동자. 어젯밤 본 그녀는 눈을 계속 감고 있었기 때문에 뜬 눈을 보는 것은 오늘이 처음이었다. 저 기묘한 눈동자에 도저히 눈을 뗄 수 없었다. 서연의 눈동자가 도훈을 빨아들이고 있었다.

'그 여자…… 그 여자 눈이야.'

꿈속의 여자. 토끼처럼 커다란 눈을 길게 늘이며 웃어주던 그녀. 그 관능적인 눈으로 도훈을 끝없이 매혹하던 그녀. 지금 이 눈앞의 여자와 그녀의 눈이 조금씩 겹쳐 보이기 시작한다.

"저기요?"

도훈은 넋이 나간 듯 서연의 눈을 멍하니 바라보았다. 서연이 손바닥을 펼쳐 도훈의 앞에 설렁설렁 휘저었다.

'머리…… 아파.'

도훈이 눈을 감고 커다란 손으로 열 오른 이마를 짚었다. 그가 서연을 만난 이후로 처음 시선을 거둔 것이었다.

"어디 아파요?"

서연의 목소리에 도훈의 심장에 알 수 없는 전기가 찌릿하고 흘렀다. 온몸이 저릿저릿 아파왔다. 도훈이 다시 서연과 시선을 마주쳤다. 이 여자, 꿈속의 여자와 어딘가 닮았다. 분위기와 스타일은 확연하게 다른데, 이상하게, 아주 미묘하게 비슷한 부분이 있었다. 서연이 가느다란 손을 뻗어 도훈에게로 가져갔으나 그 손이 채 닿기도 전에 그는 자리를 박차고 벌떡 일어났다. 흠칫 놀란 서연이 눈을 동그랗게 뜨고 멀뚱멀뚱 도훈을 바라봤다.

"왜, 왜요."

"……."

자리에 선 그는 사람을 죽일 듯이 노려보더니, 뒤도 돌아보지 않고 카페 밖으로 휭 나가버리는 게 아닌가! 서연이 입을 떡 벌리고 나가는 그의 뒷모습을 황당하게 바라봤다.

"뭐야, 저게? 요즘 현대인들이 다 정신병을 갖고 산다던데, 저기 있었네. 저기."

어이가 없다는 듯 콧방귀를 뀐 서연이 탁자에 놓여 있는 도훈의 아이스커피를 휙 집어 들었다. 그리고 뚜껑을 열어 그의 커피를 꿀꺽꿀꺽 마시는데…….

쾅.

갑자기 성큼성큼 걸어서 다시 곁으로 돌아온 도훈이 탁자를 양손으로 부서뜨릴 듯 내리쳤다.

"푸후!"

그와 동시에 고운 입술을 타고 분출하는 묽은 갈색 액체, 그대로 도훈의 얼굴로 다이빙했다.

"……."

순식간에 서연이 뿜은 커피를 온통 뒤집어썼다. 도훈이 얼굴에 잔뜩 튄 액체에 잠깐 눈을 꾹 감았다가 떴다.

"어머, 어떡해요! 죄송해요."

그의 얼굴에 묻은 물방울이 애처롭게 주르륵 흘러내리는 것을 보며 기겁해서 서둘러 옆의 냅킨을 뽑아 드는데…….

"우리 술 한잔해요."

"……네?"

"술 한잔하자고."

하, 대체 뭐 하는 인간이야, 이 인간.

강남역 근처의 음악이 느리게 흐르는 와인바. 10시가 조금 넘은 시간.

사람이 별로 없는 비싼 와인바에 서연과 도훈이 마주 앉아 진한 레드 와인을 두 병째 마시고 있었다.

"32살. 32살이구나. 백도훈 씨. 32살 백도훈 씨."

서연이 상기된 볼을 씰룩이며 중얼거렸다. 발음이 굴러가는 게 부정확했다.

"……평소에 술 약하단 말 많이 듣죠?"

"내 친구 상사랑 이름이 같네. 특이해."

뻔히 들어놓고 못 들은 척하는 서연을 보며 도훈이 작게 한숨을 내쉬었다. 와인을 맥주 마시듯이 단숨에 콸콸 들이켜는 그녀를 보며 꿈속의 여자와 겹쳐 보았던 자신을 저주했다.

"아, 근데 제 휴대전화 어디서 주웠어요?"

서연이 마시던 유리잔을 쨍 소리 나게 탁자에 내려놓았다. 일자로 다물어져 있던 도훈의 입술이 느리게 움직였다.

"기억 안 나요?"

"네. 실은 제가 어제 술을 진탕 마셔서 매직처럼 필름이 끊겼거든요."

서연이 도훈의 잔에 와인을 콸콸 따라 주며 말했다. 도훈은 그녀의 하얀 손을 빤히 보다가 다시 작은 얼굴을 관찰하기 시작했다. 서연은 눈을 조금 내리깔고 술을 따르고 있었다. 어스름한 조명 아래 붉게 상기된 볼, 그리고 레드 와인으로 인해 발갛게 꽃물이 든 도톰한 입술이 도훈의 시선을 사로잡았다.

'오빠…….'

갑자기 떠오른 어젯밤의 기억. 확 하고 풍기던 서연의 알싸한 체취, 뜨거운 체온. 그리고 기묘한 호칭. 표정 없는 얼굴로 서연을 바라보던 도훈이 슬쩍 고개를 옆으로 돌렸다. 딴청을 부리는 모습이 굉장히 수상했다.

"뭐예요? 제 폰 어디서 습득하셨냐고요."

"모르는 게 그쪽 정신 건강에 좋을 건데."

여전히 다른 곳을 쳐다보며 중얼거렸다. 서연의 안면이 딱딱하게 굳었다.

"제가 무슨 실례라도…… 했나요?"

그는 대답 없이 한숨을 푹 내쉬더니 와인잔을 들어 입가에 갖다 댄다. 서연은 뒷목의 근육이 오싹하게 오그라드는 것을 느꼈다. 했구나. 했네. 실례했어. 서연이 고개를 푹 숙이며 도톰한 입술을 꽉 깨물고 자책했다.

'이런 개진상녀……. 어제도 있는 대로 개진상 부리고 왔구나.'

워낙 술이 약했기 때문에 지금까지 술 마시고 실신한 적이 한두 번이 아니었다. 분명히 집에 가다가 이 남자에게 실수한 것이다. 그게 뭔지는 몰라도……. 잠깐, 그렇다면 왜?

"근데 왜 저한테 술 마시자고 한 거예요?"

서연이 수상하다는 듯 도훈을 응시했다. 서연이야 공짜 술을 마다하기 싫어서 흔쾌히 따라온 것이었지만, 이 남자에게는 굳이 제 돈 들여 저와 술자리를 가질 이유가 없어 보였다.

"……."

대답이 없으니 더 수상했다. 이게 대체 무슨 상황이지? 서연이 눈알을 이리저리 굴리다가 자신이 생각할 수 있는 보기를 떠올렸다. 첫째, 이 남자가 미쳐서. 둘째, 이 남자가 게이라서. 셋째, 이 남자 취향이 보이시한 여자라.

'아, 둘째인가.'

"저……. 지금 뭔가 오해를 하고 계신 것 같은데요. 저 여자거든요."

서연이 양손으로 제 가슴을 가리키며 말을 이었다.

"제가 비록 이렇게 가슴도 없고 남자같이 생기고……. 좀 별로일 수는 있는데요. 엄연히 생물학적으로 여자거든요."

"예쁜데요."

"……네?"

"남자 안 같다고."

"……."

서연의 입술이 굳게 다물어졌다. 순간적으로 할 말을 잃어버렸다.

"말을…… 참 예쁘게 하시네요."

비꼬는 말이 아닌 진심이었다. 예쁘다, 몸이 남자처럼 변한 이후로 처음 들어보는 말이었다. 심지어 남자친구였던 성찬도 서연에게 예쁘다고 말해준 적이 없었다.

'너랑 있으면 게이가 된 기분이야.'

뜨끔하고 울리는 심장을 날카롭게 파고드는 성찬의 말. 그녀가 입술을 꼭 깨물었다.

"나 지금 좀 당황스러운데……. 혹시 급전 필요해요? 아니면 옥 장판이라도 사줘요?"

"……."

"그것도 아니면 그냥 개수작인가?"

도훈의 대답을 기다리며 서연이 마른침을 꼴깍 삼켰다. 그러나 기다리던 대답은 그녀가 생각한 것과 전혀 달랐다.

"잠깐 화장실."

"하……."

화장실에 들어선 도훈은 세면대에 손을 짚고서 복잡한 얼굴을 했다. 어느덧 이마에는 땀이 송골송골 맺혀 있었다. 꿈속의 여자는 단 한 번도 그에게 목소리를 들려준 적이 없었다. 항상 말없이 웃으며 그를 여유롭게 바라볼 뿐이었다. 그 여자를 현실에서 만난다면 어떤 성격일 것이라고 상상만 했지, 그녀에 대해 제대로 아는 것은 전혀 없었다. 10년, 무려 10년이나 꿈에서 만났는데도 말이다. 지금껏 상상해온 꿈속 그녀의 성격은 과묵하고 온화한 느낌에 가까웠다. 오늘 겪은 강서연의 성격과는 정반대의 성질이었기에 조금 당황한 것은 사실이다. 하지만 동요는 잠깐, 그 여자가 상상과 다르게 강서연 같은 성격일 수도 있는 것이다.

"강서연……."

도훈은 서연과 꿈속 여자의 얼굴을 동시에 떠올렸다. 고개를 사선으로 숙이고 있던 도훈이 천천히 머리를 들었다. 거울 속에서 심각한 얼굴을 내비친 자신과 눈이 마주쳤다.

"……뭔가 있어."

강서연에게, 분명히 뭔가가 있다. 아마도 꿈속 여자에 대한 단서.

"……."

알아내자, 저 여자 정체. 반드시 알아내야겠어.

한편 홀로 남은 서연은 한참을 돌아오지 않는 도훈을 기다리며 그저 와인만 홀짝홀짝 들이켰다. 그런 식으로 두 병째를 전부 혼자 마셔버렸다. 그것도 모자라 도훈의 와인잔에 남아 있던 와인까지 흔적도 없이 배 속에 집어넣었다. 정신이 몽롱하게 혼탁해지는 것을 느꼈다. 시야도 뿌옇게 흐려지는 것이, 취했다는 것을 취중에서도 온전히 느꼈다. 늘 술을 마시지 않으면 참을 수가 없었다. 지금은 더더욱 그랬다. 지금 화장실로 날라버린 저 남자가 이상하게 서연을 뒤흔들었기 때문이었다. 그리고 떠오르는 지난 시간 동안 성찬이 무심코 내뱉었던 말들. 날을 세워 서연의 가슴을 난 도질했던 그 말들.

'밖에선 손잡지 말자. 사람들이 이상하게 보잖아.'

"으……."

'여자라고 명찰이라도 달고 나오면 안 되겠냐? 넌 왜 점점 남자가…….'

"하……."

'너랑 있으면 게이가 된 기분이야.'

"기분 잡쳤어."

서연이 이를 바득 갈았다. 주책없이 또 눈물이 터질 것만 같아서 고개를 더욱 숙였다. 그래, 어차피 저 남자도 날 놀리는 거겠지. 서연이 깊은 한숨을 내쉬며 와인을 하나 더 주문했다. 그녀의 곁으로 온 종업원이 코르크 마개를 능숙하게 따는 것을 멍하니 쳐다봤다.

"그만 마셔요."

그때, 갑자기 나타난 도훈이 낮은 음성으로 말했다. 서연이 고개를 들어 도훈과 시선을 마주했다. 허공에서 실타래처럼 어지럽게 뒤엉키는 건 서로의 덤덤한 눈빛이었다. 도훈이 손짓해서 종업원을 도로 돌려보냈다.

"……."

도훈과 서연은 여전히 말없이 서로를 응시하고 있었다. 서연은 그의 눈빛에 심장이 타닥타닥 타들어가는 것을 느꼈다. 빈말이라도 다시 듣고 싶었다.

"내가 예뻐요?"

"네."

도훈은 조금의 망설임도 없이 단호한 음성으로 말했다.

"……미친 사람인 줄 알았더니 구렁이만큼이나 능숙한 사람이네."

서연이 빼근한 목을 뒤로 죽 꺾었다.

"그래. 내가 어디가 그렇게 예쁜데?"

고개를 들어 도훈을 정면으로 올려다보며 물었다.

"……."

그는 그저 말없이 뚫어져라 서연의 얼굴을 바라보았다. 애초에 예쁘다는 말을 믿지 않았는지 서연의 입가에는 괴로운 비소가 그려져 있었다. 열릴 기미가 없이 굳게 닫힌 그의 입매를 보며, 서연이 그럴 줄 알았다는 듯 피식 웃었다. 종업원이 코르크를 따고 간 새 와인을 덥석 집었다. 그리고 멍하니 자신의 잔에 술을 따라서 그것을 블랙홀처럼 모조리 삼켰다. 쨍, 와인잔을 내려놓은 서연이 뿌리 깊은 한숨을 내쉬었다.

"후……."

동그랗게 말린 서연의 입술에 묻은 붉은 와인, 그 위가 마치 기름칠한 것처럼 반짝 빛났다. 도훈이 커다란 손을 그녀의 촉촉한 입술로 느리게 가져갔다. 아주 느리게…….

"입술."

서늘한 엄지가 뜨거운 서연의 입술을 천천히 쓸고 지나갔다. 뜬금없이 덤벼오는 낯선 감촉에 깜짝 놀란 서연의 눈이 휘둥그레졌다. 딸꾹.

"입술 예쁘네."

서연의 입술을 스치고 멀어진 손가락, 그녀의 심장이 아랫배로 쿵하고 추락했다. 놀란 그녀의 몸이 딱딱하게 굳어버렸다. 거칠게 동요하는 눈동자를 막을 길이 없었다.

딸꾹.

놀라도 너무 놀란 탓에 시작된 예고 없는 딸꾹질. 서연이 급한 숨을 들이켜며 재빨리 양손으로 제 입술을 가렸다. 자신의 입술을 물끄러미 지켜보는 그의 시선에 묘하게 몸이 달았다. 단지 저 한마디로 인해 온몸의 신경세포들이 전부 입술로 달려드는 것 같았다.

딸꾹.

'뭐, 뭐라는 거야. 저 남자…….'

생전 처음 겪는 강한 충격에 숨 쉬는 것조차도 힘들었다. 심장이 곧 터지려는 듯 빠르게 고동쳤다. 서연이 떨리는 아랫입술을 앞니로 꼭 쥐어 물었다. 왜 저렇게 보는 거야? 도훈은 서연을 당장에라도 잡아먹을 듯한 눈빛으로 노려보고 있었다. 어둑한 조명 아래에서 더 어둑하게 타들어 가는 눈동자를 마주하기 힘들었다. 두근, 두근, 서연은 귓가를 두드리는 자신의 심장 소리에 숨까지 턱턱 막히기 시작했다.

"앗!"

갑자기 커다란 손이 서연의 손을 강하게 쥐었다. 놀란 서연이 뭐라고 입을 열기도 전에 도훈은 그녀의 손을 잡고서 성큼성큼 술집 밖으로 걸어 나갔다. 딸꾹. 이 와중에 시작된 딸꾹질은 멈추지도 않고! 당황한 서연이 도훈의 뒤통수만 멀뚱멀뚱 바라보고 있는데…….

"타요."

들려오는 낮은 음성. 도로로 나간 도훈이 택시를 잡고 얼떨떨한 얼굴의 서연을 뒷좌석에 태웠다.

"잠시만……."

딸꾹. 정신을 차리고 나니 이미 택시 뒷좌석에 완전히 착석한 후다. 이게 대체 무슨 일? 도무지 지금 이 상황을 이해하기가 어려웠다.

"상수역 근처에 있는 큰 사거리 있죠. 거기로 가주세요."

도훈이 택시 기사에게 말하며 지갑에서 오만 원권 한 장을 건넨다. 그 말에 여린 심장은 또 놀라고 말았다. 서연이 동그란 눈을 더욱 동그랗게 뜨고 도훈을 쳐다봤다.

"우리 집은 어떻게 알……."

"쉿."

길쭉한 두 번째 손가락이 다시 입술에 다가오자 서연이 호흡을 멈췄다. 도훈의 손가락은 서연의 입술 바로 앞에서 우뚝 멈추었다. 그 아래 입술이 미세하게 떨렸다.

"일단 집에 가서 잠이나 자요. 술 좀 그만 마시고."

"네?"

당황한 얼굴로 되물었으나, 그냥 감탄사 정도로 생각했는지 답이 없었다. 도훈은 뒷좌석 문에 손을 올리고 허리를 굽혀 서연과 눈을 맞췄다. 서연이 저도 모르게 흠칫해서 살짝 뒤로 물러났다.

"그리고, 아까 나한테 개수작이냐고 물었죠?"

"……."

농밀한 목소리가 서연을 한순간에 끌어당겼다. 코앞으로 다가온 그의 얼굴에 미묘한 떨림이 서연을 불시에 덮쳤다. 눈을 깜박이는 것조차 잊어버리고 그의 눈동자를 홀린 듯 응시했다.

"그래. 나 너한테 개수작 중이야."

쾅.

차 문이 닫혔다.

2. 불씨는 노크 없이

집으로 향하는 택시 안, 서연의 갈색 눈동자가 혼란스럽게 흔들렸다.

'입술.'

갈피를 잡을 수 없는 떨림이 그녀의 심장을 바늘로 콕콕 찌르고 도망간다.

'입술 예쁘네.'

"으아……."

서연의 심장이 점점 폭동을 일으키기 시작한다. 그녀가 양손으로 머리를 감싸고 혼란스럽게 소리쳤다.

"미친 거 아냐? 뭐야, 진짜……."

불과 몇 분 전만 해도 술기운에 해롱거리던 머리가 해장국 한 그릇 비운 듯 번쩍하고 깼다. 맨 정신에 곱씹는 도훈의 말은 더욱더 충격적이고 자극적이었다.

"그 남자 진짜 뭐야……. 무슨 거짓말을 그렇게 진담처럼 하냐……."

토마토처럼 새빨갛게 달아오른 작은 얼굴을 두 무릎에 묻고 웅얼웅얼 중얼거렸다. 귓바퀴가 불에 덴 듯이 뜨거웠다.

“하……. 입술은 무슨 입술. 내가 입술이 예쁘긴 뭐가 예뻐…….”

말은 그렇게 하면서 은근슬쩍 휴대전화의 카메라를 틀었다. 셀카 모드로 변경한 뒤 자신의 얼굴을 비쳤다.

“봐봐. 이 못생긴…….”

응?

“……취했나?”

서연이 눈을 꼭 감았다가 다시 떴다. 미간까지 잔뜩 좁히며 맑은 눈으로 다시 카메라를 응시했다.

“……헐.”

카메라 속 자신과 눈을 마주친 서연이 입을 떡 벌렸다. 충격으로 가득 찬 서연은 들고 있던 휴대전화를 툭 떨어뜨렸다.

“이, 이게 뭐야!”

서연의 눈동자가 파도처럼 거칠게 일렁였다. 한 손으로 입을 콱 틀어막고 휴대전화를 도로 주워 천천히 카메라를 확인했다. 한순간의 착각이었을까 봐 무서워서 눈을 가늘게 뜨고 곁눈질을 하기 시작했다.

“……자랐어.”

몇 년간 성장하지 않던 머리가 아주 조금이나마 자랐다. 귀가 절반 이상 보이던 짧은 적갈색 머리카락이 지금은 거의 3분의 2를 넘게 덮는다.

“지, 지금 머리카락이 자란 거지?”

본인이 아니면 알아채지 못할 만큼 미세한 차이였으나, 워낙 머리카락에 집착하던 서연인지라 그 변화를 귀신같이 알아차렸다.

“허, 이게 뭐야? 이게 뭐야!”

6년간 단 1밀리도 자라지 않던 머리카락이, 단 몇 시간 만에 2센티 이상 자란 것이다! 너무 놀라면 말도 나오지 않는다고 했던가? 서연은 그저 입을 쩍 벌린 채 혼란스러워했다. 숨을 크게 몰아쉬며 혼돈으로 가득 찬 머리를 바로잡으려고 노력했다.

'곁에 있으면 그 수척한 안색이 밝아질 것이고, 정기를 나누면 일시적으로 원래 모습을 되찾을 것이고.'

"설마!"

서연이 양손으로 머리를 감싸 쥔 채 소리를 질렀다.

"아까 그 남자!"

그 남자가 무당이 말한 열쇠?

집에 도착한 서연은 차가운 냉수를 한잔 따라서 냉큼 입 속으로 털어버렸다. 생각이 복잡해져서 머리를 마구 헝클었다.

"아아, 아니야. 아직 확실한 건 아니잖아. 어젯밤 백도훈이 아닌 다른 남자를 만나고, 그 이후로 시간을 두고 천천히 변했다……. 이런 걸 수도 있잖아."

서연은 최대한 이성적으로 생각하려고 노력했다. 검지로 자신의 아랫입술을 슬쩍 문질렀다. 손가락 끝이 미세하게 떨렸다.

"그렇지만…… 혹시라도 그 남자가 진짜 날 여자로 만드는 열쇠라면……."

서연이 망설이는 말투로 말끝을 흐리며, 새빨간 혀로 자신의 아랫입술을 할짝댔다.

"그, 그러면……."

말을 더듬으며 잔에 담긴 물을 다시 입에 머금었다. 차가운 액체가 입 안을 화하게 에워쌌다.

'몸과 마음을 다 줘버리면 완전히 계집으로 돌아올 것이고.'

주르륵. 무당이 했던 말이 떠오르자, 작은 입술에 머금었던 물이 그대로 새어 나왔다. 서연이 닦을 생각조차 하지 못하고 심각한 얼굴로 몸을 바들바들 떨었다. 몸과 마음을 줘버린다니, 대체 그게 무슨…….

"어, 어떻게 해야 하는 거지……."

"뭐? 꿈속 그 여자에 대한 단서?"

"그래."

도훈이 소파에 앉아 눈을 감고 대답했다. 진영은 잔뜩 호기심이 일었는지, 제대로 경청 모드에 돌입했다.

"뭔가 닮았어. 완전히 다른 사람인데, 뭔가가 닮았어."

"오……. 그 여자가 널 상사병으로 몸져눕게 한 관능의 팜므파탈을 닮았구나?"

진영이 장난기 넘치는 목소리로 실실거리며 묻자, 도훈이 정색을 하며 그를 노려봤다.

"죽는다."

"근데 별일이네. 그렇게 예쁜 여자가 왜 술에 절어 사는 건데?"

"……."

진영의 질문에 도훈의 표정이 일순 심각해진다.

"글쎄……."

강서연, 그 여자는 처음 봤을 때부터 세상 근심은 혼자 다 짊어진 양 만취한 상태였다. 두 번째 만났을 때도 역시나 고통에 찌든 사람만이 지을 수 있는 표정을 내내 짓고 있었다.

"그 여자에 대해 좀 더 알아봐야겠어."

신경 쓰이다 못해 흥미가 돋기 시작했다. 도훈의 까만 눈에 어렴풋한 섬광이 번쩍 띄는 것을 목격한 진영이 놀라 입을 떡 벌렸다. 저 눈빛, 지금껏 도훈이 꿈속 여자에게만 보이던 눈빛이었으므로.

"뭐? 무당이 말한 남자를 찾은 것 같다고?"

여진의 얼굴은 흥미로움으로 가득했다.

-응. 이름이 너희 상사랑 똑같더라. 좀 많이 잘생겼어.

"백싸가지랑 이름 똑같다고? 어휴, 싫어라……."

회사 점심시간, 잠깐 탕비실에서 커피를 마시며 서연과 통화를 하던 여진이 한숨을 푹 내쉬었다.

"근데 솔직히 난 믿기가 어렵다. 어떻게 사람이 남자랑 있다고 머리카락이 자라고 그러냐? 너 뭐 엄청나게 야한 생각한 거 아냐?"

-뭐? 아니야, 그런 거!

"그 남자랑 막 얼레리 꼴레리 19금 짓 하는 상상을 했다거나, 으흐흐……."

-아니라고! 나 진짜 옛날 모습 비슷하게 돌아왔었다니까? 피부도 막 탱탱하고 하얗고!

"왜 과거형이야?"

여진의 질문은 예리했다. 서연이 움찔하며 대답을 망설였다.

-지금은…… 원래대로 돌아왔지만.

"……."

-근데 진짜 어제만 해도 완전 괜찮았거든.

"그래?"

여진의 눈매가 의심스럽게 길어졌다. 서연은 답답해서 숨이 넘어갈 것만 같다는 듯 소리쳤다.

-그렇다니까? 사람이 말하면 좀 믿어라.

"흠……."

여진은 잠시 생각하는 듯하더니 명쾌하게 답을 내렸다.

"야, 밑져야 본전이지. 이렇게 된 거 그냥!"

-그냥?

서연이 되물었다. 여진의 입꼬리가 음흉한 곡선을 그리며 상승했다.

"침대로 자빠뜨려버려."

-…….

댕, 댕, 서연은 머릿속에 종이 울리는 경험을 했다. 화르륵, 아주 밑바닥부터 불이 붙어 올랐다.

-자, 자빠뜨린다니! 뭘 자빠뜨려!

노골적인 말투에 당황한 그녀가 말까지 더듬으며 빽 소리를 질렀다.

-미쳤어. 진짜 미쳤어!

"왜 미쳐?"

-야, 아무리 내가 절실해도 처음 본 남자를 대뜸 잡아먹지는 않아! 헛소리 좀 그만해, 진짜!

낯부끄러운 단어에 못 견디게 창피해진 서연이 버럭 소리를 질렀다. 휴대전화를 터뜨릴 듯 소리치는 서연 때문에 여진이 한쪽 손으로 귀를 틀어막고 입술을 비죽 내밀었다.

"아, 뭐가 헛소리야? 너 평생 남자도 여자도 아닌 몸으로 살래? 뭔가 노력을 해보라고, 노력을……."

"최 비서나 노력을 좀 하는 게 어때?"

"헉! 이, 이사님."

그때, 기척 없이 등장한 도훈의 목소리에 여진이 소스라치게 놀라며 휴대전화를 떨어뜨렸다. 도훈의 험악한 표정을 마주하자 여진의 정신이 아득해졌다.

"지금이 대체 몇 시야! 오후에 바로 아래에서 차 대기하고 있으라고 말했던 거 잊었나?"

여진은 사색이 되었다. 완전히 까먹고 있었다. 바닥에 떨어진 휴대전화를 주울 생각도 하지 못하고 도훈의 눈치를 살폈다.

"아, 죄, 죄송합니다. 이사님……."

여진은 비굴하게 머리를 조아리며 말을 더듬었다.

"이러다 내가 최 비서 일정을 관리하게 생겼어. 정신 똑바로 못 차리지?"

-…….

휴대전화가 떨어짐과 동시에 눌러진 스피커폰, 서연은 어찌할 줄 모르며 사죄하는 여진의 목소리를 듣고 있었다.

"그리고 품위 없이 뭐? 침대로 자빠뜨려? 별…… 누구를 자빠뜨려, 누구를! 직장에서 못 하는 말이 없지?"

도훈이 언성을 높이며 소리쳤다. 여진은 가는 어깨를 바들바들 떨며 그저 자신의 구두 앞코만 바라보고 있을 뿐이었다. 도훈이 여진의 눈을 똑바로 바라보며 경고하는 투로 말을 이었다.

"그런 말은 집에 들어가서 이불 뒤집어쓰고 혼자 해. 왜 회사에서 풍기문란이야!"

"죄송합니다. 시정하겠습니다."

여진이 바짝 꼬리를 내렸다. 도훈이 탐탁지 않은 얼굴로 뒤를 돌아 걸어갔다.

"10분 준다. 움직여."

"네, 네!"

여진이 허둥지둥 바닥에 떨어진 휴대전화를 주워 들었다. 그 모든 대화를 전화상으로 엿들은 서연이 꺼림칙한 목소리로 중얼거렸다.

-와…… 무섭다. 성질도 더럽고.

그리고 목소리가 어딘가 익숙하고.

"서연아, 내가 이따가 다시 전화할게! 미안!"

성큼성큼 제 사무실로 향하던 도훈이 뒤에서 들리는 이름에 우뚝 멈춰 섰다.

"……서연?"

거래처와 미팅을 마치고 회사로 돌아가는 길, 도훈은 뒷좌석에 앉아 창밖을 바라보며 사색에 잠겼다. 조금 전 최 비서가 서연이라고 말한 이후로 계속해서 '서연'이라는 이름이 머릿속에 저주처럼 맴돌기 시작했다. 꿈속 여자 이후로 이렇게까지 사람을 신경 쓰이게 하는 여자는 처음이었다. 그냥 지나가다가 들리는 그녀의 이름에도 예민하게 반응하기 시작하다니.

"최 비서. 최 비서가 올해 나이가 어떻게 되지?"

"네? 아, 스물일곱입니다."

"스물일곱……."

그 여자도 27살이라고 했었지.

"그…… 혹시 말이야."

"예?"

"혹시……."

도훈이 뜸을 들였다. 조수석에 앉은 여진이 백미러로 도훈을 응시하며 고개를 갸웃했다.

"아니야."

"아, 예……."

아까부터 살짝 상태가 이상해 보이는 도훈 때문에 여진이 미간을 좁혔다. 그는 요즘 들어 부쩍 생각이 많아진 것처럼 보였다. 잠깐 말없이 창밖만 바라보던 도훈이 무언가 결심한 듯 고개를 끄덕였다.

"난 이 길로 퇴근할 테니 최 비서랑 김 기사도 바로 들어가지."

"네? 회사로 안 돌아가시고요?"

"어. 들를 곳이 있어."

어디를? 두 사람 모두 궁금했지만 차마 묻지는 못하고, 내일 뵙겠다며 꾸벅 인사를 했다. 김 기사에게 키를 건네받은 도훈은 운전석에 올라탔다. 구둣발로 액셀을 밟는 행위에 일말의 주저나 망설임도 없었다. 목적지는 확실했기 때문이었다.

퇴근길의 서연은 어수선한 기분이었다. 회사 선배들의 독창적인 갈굼이 하루 이틀도 아니고, 굳이 슬퍼하며 눈물짓는 건 새삼스럽지 않은 일이었으나 오늘은 좀 달랐다. 어김없이 오늘도 임 대리를 중심으로 그녀에 대한 뒷담화가 이루어졌고, 서연은 그 험담을 문 너머로 다 듣고 있었다.

'하, 나 진짜 기가 막혀서! 내가 걔 지갑 꼬질꼬질하다고 바꾸라고 한마디 했다

고 눈에 불을 켜고 달려드는 거야, 진짜!'

'지갑? 아, 그거 유품인가 그럴걸요. 부모님 두 분 다 안 계신다잖아요.'

'아, 그래? 어쩐지 가난해 보이더라니.'

다만 다른 점이 있다면, 오늘은 당당하게 들어가 따지지 못했다는 점이었다. 그저 그 앞에서 주먹만 꽉 쥐고 화를 삭일 뿐이었다. 당당할 수가 없었다. 서연에게 돌아가신 부모님이란 씻을 수 없는 죄책감이었기 때문이었다. 수년 전 남자로 변하기 시작하면서 온전히 자신의 편이었던 그들에게 얼마나 많은 히스테리를 부리고 상처를 줬는지 모른다. 대학을 자퇴할 때, 서연의 몹쓸 병이 전부 제 탓이라며 눈물짓던 어머니의 표정을 평생 잊을 수가 없다. 그래서 서연은 더더욱 예전의 모습으로 돌아가고 싶었다. 망가진 것들이 조금씩 제자리를 찾으면, 언젠간 세 가족이 화목하고 행복했던 그때로 돌아갈 수 있을 것만 같았기에……. 그러나 문제는 단서로 추정되는 백도훈에 대해 아는 것이 아무것도 없다는 점이었다.

아는 건 이름, 얼굴, 나이가 전부인데 어떻게 찾아? 착잡했다. 도훈이 진짜 무당이 말한 열쇠인지 아닌지는 둘째 치고, 그에 대해 아는 게 전혀 없었다. 어디 사는지도, 직업이 뭔지도, 심지어 휴대전화 번호도. 아무것도 몰랐다.

"어떡하긴 뭘 어떡해. 그냥 여기서 끝이지, 뭐."

원래 모습으로 되돌아가려면 실낱같은 희망이라도 쥐고 발버둥을 쳐야 하는 게 맞다. 그런데 왠지 그 남자에게는 그렇게 추잡스러워지고 싶지 않았다. 그냥 그런 기분이었다. 하긴, 어차피 이제 못 볼 사이인데 이런 생각을 하는 것도 전부 쓸모없는 거지.

"짜증 나……."

지끈거리는 머리를 한 손으로 짚으며 힘겹게 걸음을 옮겼다. 몸이 물먹은 솜처럼 무거웠다. 왜 이렇게 힘겹고 다 짜증이 나는지 모르겠다. 날씨도 우중충한 게 금방이라도 비가 쏟아질 것만 같다. 새까만 하늘이 보기만 해도 재수가 없다. 서연이 짧게 한숨을 토해내며 고개를 뒤로 쭉 젖혔다.

"앗 차가워!"

톡, 하고 투명한 물방울이 촘촘한 속눈썹 위에 조용하게 앉았다. 놀란 서연이 눈을 번쩍 떴다. 톡, 톡, 톡. 하늘에서 떨어지는 물방울의 양이 점점 많아지더니 이내 한차례 엄청난 소나기가 내린다.

"아, 진짜 재수가 없으려니!"

작렬하는 빗방울을 피해 가느다란 다리를 열심히 움직였다. 쏟아지는 차가운 빗줄기에 마른 몸이 서서히 젖어 들기 시작했다. 차가운 냉기에 등골이 오싹해졌다. 심지어 하얀 셔츠가 빗물을 잔뜩 먹어 속살을 드러내기 시작했다. 당황한 서연이 코트의 앞섬을 허둥지둥 쥐었다. 이대로 집까지 가는 것은 무리라고 판단해서 편의점 입구로 달려가 그 앞에 섰다. 입구 부분의 톡 튀어나온 천막은 잠깐이나마 비를 피할 수 있게 해주었다. 우산을 살까 해서 슬쩍 편의점 안을 훔쳐보았는데, 일회용 우산은 어디로 도망갔는지 전부 만 원을 넘는 비싼 우산뿐이었다. 당장 생활비도 없어서 골골대는 상황에 저런 우산은 사치였다. 차라리 비를 다 맞고 돌아가는 한이 있더라도.

"그냥 뛰어가자. 내 주제에 무슨……."

땅을 파고 들어가는 자존감은 도저히 잡을 길이 없다. 서연이 입을 꾹 다물고 천천히 호흡했다. 하나, 둘!

빵빵!

다시 빗속으로 뛰어 들어가려는데, 뒤에서 경적이 크게 울렸다. 서연이 우뚝 멈춰 서서 뒤를 돌아봤다. 흠칫, 자신을 발견하고 놀란 토끼 눈을 하는 서연의 모습이 도훈은 조금 귀엽게 느껴졌다. 그는 저도 모르게 희미한 웃음을 지었다. 귀신이라도 본 얼굴로 떨떠름하게 서 있는 서연을 똑바로 응시하며 창문을 조금 내렸다.

"타요."

느리게 움직이는 도훈의 입술을 보며 서연이 침을 꿀꺽 삼켰다. 현실감이 없었다. 이건 우연인 걸까? 갑작스러운 도훈의 등장으로 그녀의 심장이 빳빳하게 오그라들었다. 서연이 잠깐 망설이며 주춤거리더니, 천천히 조수석에 올라탔다.

"……."

차 안의 공간은 밖의 세상과 단절된 듯이 평화로웠다. 비도 안 오고, 고요했다. 그러나 오히려 밖에 있을 때보다 서연의 몸은 더욱 사시나무처럼 떨렸다. 손가락 끝이 가늘게 떨리는 것을 은연중에 느껴서, 열 손가락을 최대한 조그맣게 접었다.

"안녕하세요."

서연이 아무렇지 않은 척하며 시치미를 뚝 떼고 인사를 건넸다. 아, 오늘 생긴 거 최악인데.

"……."

서연의 인사에도 도훈은 말없이 그녀를 뚫어져라 응시할 뿐이었다. 윽, 저 눈빛. 저번에 봤을 때부터 생각하는 건데, 저 남자 눈은 볼 때마다 심장이 아프다. 사람을 긴장시키는 재주가 있는 눈이다. 왜 저렇게 보는 거야, 진짜? 숨 막혀.

"젖었네."

그 한마디에 서연의 호흡이 순간적으로 뚝 하고 끊겼다. 기분이 묘해질 정도로 야하게 들리는 말이었다.

'침대로 자빠뜨려버려.'

서연의 볼이 순간적으로 사과처럼 발갛게 물들었다. 최여진! 왜 쓸데없는 소리를 해서…….

"……."

도훈이 서연의 이마에서부터 볼, 그리고 촉촉한 붉은 입술을 지나 하얀 목덜미까지 또르르 흐르는 물방울을 집요하게 응시했다. 두근. 두근. 그 뜨거운 시선에 서연의 몸이 서서히 달아오르기 시작했다. 더 탐색하듯 내려간 도훈의 눈동자는 최종적으로 서연의 가슴팍에 꽂혔다. 젖어서 찰싹 달라붙은 흰 셔츠 안으로 서연의 밝은 살결이 드문드문 비쳤다. 그것을 보자 도훈이 입술을 꾹 다물고 정면으로 시선을 돌렸다.

"닦아요."

도훈이 안에서 손수건을 꺼내 서연에게 건넸다. 서연은 그 손을 물끄러미 바라보다가 마른침을 삼키며 집어 들었다.

'손…… 크네.'

밝은 곳에서 자세히 본 도훈의 손은 아주 컸다. 남자처럼 변한 자신도 도훈 앞에서는 작은 체구의 여자가 된 기분이었다.

"저 여기 있는지 어떻게 아셨어요?"

서연이 살짝 경계하는 목소리로 묻자 도훈이 피식 웃었다.

"우연이지. 나 그렇게 무서운 사람은 아니에요."

"우연이요? 이 근처에 볼일이 있으셨나 봐요. 어디 가는 중이셨는데요?"

서연이 손수건으로 볼에 흐르는 빗방울을 빠르게 닦아내며 물었다. 아무 생각 없이 휙 고개를 돌렸는데, 생각보다 도훈의 얼굴이 너무 가까이에 있어서 흠칫 놀랐다. 도훈은 서연을 빤히 바라보고 있었다. 느긋하게 다물려 있던 입술이 느릿하게 벌어졌다.

"당신 집."

아, 곤란해. 이 남자.

"……."

한껏 당황한 서연이 식은땀을 비죽 흘렸다. 빗물에 젖은 갈색 눈동자가 흔들리는 것을 감출 수 없었다. 동요하는 서연과 달리 도훈은 무덤덤한 얼굴이었다.

"우…… 우리 집은 왜요?"

"왜긴 왜예요?"

당연한 걸 왜 묻느냐는 듯한 말투였다.

"강서연 씨 보러 왔겠지."

그니까 왜! 더욱 미궁 속으로 빠져들었다. 답답한 마음에 속으로 수도 없이 절규했다. 대체 저 머릿속에 무슨 생각을 품고 있는 건지, 혼란스러워 미칠 것만 같았다. 그런 서연의 심경을 아는지 모르는지, 도훈은 그저 촉촉하게 젖은 서연의 머리카락을 무심하게 응시할 뿐이었다.

"감기 걸리겠어."

"……."

"데려다줄게요."

"……아, 감사합니다."

집에 가는 동안 서연과 도훈은 아무 말이 없었다. 그 때문인지 좁은 차 안에는 기묘한 분위기가 흐르고 있었다. 어지간해서는 긴장을 잘 하지 않는 서연에게 도훈이라는 존재는 유일한 긴장 촉발제였다. 호흡하는 것도 신경 쓰이고, 그저 침 한번 삼키는 것도 신경 쓰였다. 도무지 속을 알 수가 없는 남자. 이 남자가 자꾸 예고 없이 훅 치고 들어오니 연약한 심장이 남아나지 않았다. 무엇보다, 아무리 머리를 굴려 봐도 이 남자가 자신에게 이러는 이유를 알 수가 없었다. 남자처럼 변하고 난 뒤 여자가 작업을 걸면 걸었지, 남자가 작업을 건 적은 한 번도 없었기 때문이었다. 애초에 서연을 여자로 보는 남자조차도 없었다.

"온도 좀 올릴까요."

"네?"

"추워 보이길래."

긴 손끝으로 올라가는 실내 온도와 함께 서연의 머리에는 피가 쏠렸다.

"고맙습니다."

이 남자가 불편한 이유는 바로 여기에 있었다. 의도를 알 수 없는 그의 행동, 사람을 밑바닥까지 꿰뚫어 보려는 듯한 그의 눈빛, 그리고 무엇보다도…….

'덮치긴 내가 누굴 덮쳐! 못 덮쳐! 딱 봐도 견적 나오잖아. 이 남자 보통이

아니야.'

속으로 여진에게 대꾸하니 어금니가 꽉 깨물렸다. 수백 가지의 생각이 그녀의 머릿속을 부유하다가 아래로 뚝 추락했다.

"집, 여기 맞죠?"

이 남자는 고단수다.

"다 왔어요."

"데려다주셔서 감사해요. 그럼 안녕히 가세요."

집에 도착하자 서연이 도훈의 눈을 쳐다보지 않고 바보처럼 고개만 꾸벅 숙여 인사했다. 그리고 조수석 문을 재빨리 열고 도망치듯 나가려는데,

"내가 강서연 씨 집에 가는 중이라고 아까 말했었는데."

뒤에서 도훈의 낮은 음성이 들려왔다. 그대로 뻣뻣하게 굳어버린 서연이 침을 꼴깍 삼켰다.

"커피 한 잔 줘요."

"네?"

당황한 서연이 눈을 동그랗게 떴다. 도훈은 웃음기 하나도 없는 진지한 얼굴로 그녀를 내려다보고 있었다.

"실례인가?"

"아, 아니 그런 건 아닌데요."

미치겠네. 이 남자 정말 왜 이러는 거야. 안 그래도 혼란스러워 죽겠는데, 서연을 더 뒤흔들어 놓는 도훈 때문에 가슴이 뾰족해졌다. 혹시 자신의 사정을 알고서 일부러 놀리는 것이 아닌가, 하는 바보 같은 의심마저 들었다.

"아…… 제가 가족이랑 같이 살아서요. 집에 가족이 있어요."

"가족?"

그녀의 말에 도훈의 눈썹이 움직였다. 그가 잠깐 서연을 물끄러미 보다가 무미건조한 음성으로 물었다.

"누구. 남편?"

쿵.

심장에 또 돌덩이가 내려앉았다. 저런 건 왜 묻는지! 모르긴 몰라도 지금 분명히 얼굴이 빨개지고 있을 것이다. 애써 태연한 척하며 한쪽 손으로 입을 가리고 어색하게 웃었다.

"네? 어우, 무슨 말씀이신지…… 하하하."

"남편 안에 없으면 커피 한잔해요."

"……."

"안 건드려."

서연의 좁은 원룸에는 성찬이 아닌 다른 남자가 온 적이 없었다. 21살부터 그녀에게 안 건드리겠다며 커피 한잔 달라고 수작 거는 남자는 단 한 명도 없었기 때문이었다. 서연이 눈동자를 도로록 굴렸다. 바닥에 앉아 있는 도훈을 잠깐 훔쳐보고 눈 마주치기 전에 시둘리 눈앞의 커피로 시선을 돌렸다. 일전에 마트에서 대량으로 사둔 인스턴트커피였다. 없었으면 민망할 뻔했는데 다행히도 딱 두 스틱이 남아 있었다.

"대충 줘요."

"아! 예, 예."

서연이 입술을 잘근 씹었다. 긴장으로 물을 끓이는 손동작이 뻣뻣하고 부자연스러웠다. 안절부절못하는 서연을 보며 도훈의 입가에 희미한 웃음이 서렸다. 서연이 그런 도훈의 눈치를 보다가 커피가 담긴 머그잔 두 개를 가지고 종종걸음으로 그에게 향했다. 두 머그잔은 내외하는 남녀처럼 소리 없이 얌전하게 탁자에 내려앉았다. 하나는 서연의 앞, 하나는 도훈의 앞.

"뜨거워요. 조심해서 드세요."

도훈은 고개를 가볍게 끄덕인 후 느릿느릿하게 커피잔을 들었다. 커피를 마시는 동안에도 그의 눈은 정도를 모르는지, 끈질기게 서연만을 향해 있었다. 보통 남의 집에 오면 가구를 본다거나, 주변 물건을 본다고 두리번거리는 게 정상일 텐데 도훈은 전혀 아니었다.

"집이 좀 많이 좁죠? 혼자 살아서……."

말끝을 흐리자 그의 입술이 천천히 벌어졌다.

"혼자?"

"……."

"아깐 가족이랑 같이 산다면서."

아차, 싶었다.

"잘했어요."

거짓말에 대한 그의 보상은 칭찬이었다.

"낯선 남자가 집에 들어오겠다고 하는데, 당연히 가족이랑 같이 산다고 해야지."

"미안해요, 일부러 거짓말한 건 아니에요."

"알아요, 신경 안 써요."

툭, 그 말과 동시에 서연의 등 뒤 옷걸이에서 점퍼가 떨어지는 소리가 들렸다. 순간 심장에서 난 소음으로 착각한 서연은 움찔했다.

"아, 이건 왜 또 떨어지지, 하하하."

어색하게 웃으며 점퍼를 구석으로 던졌다.

"정리를 못 해서 더러워요."

"뭐……."

그의 짙은 눈은 새하얀 눈밭에 서연만 덩그러니 놓여 있다는 듯, 여전히 그녀만을 고집스럽게 응시하고 있었다.

"좋은데요."

야윈 몸 위를 덮은 타월 끝자락이 긴장한 듯 떨렸다.

"……저 잠깐 옷 좀 갈아입고 올게요. 비를 너무 많이 맞아서."

"그래요."

도훈의 허락이 떨어지자마자 서연이 시선을 아래로 내리깔고 화장실로 직진했다. 달칵, 문이 닫히는 소리와 함께 서연의 몸이 주르륵 흘러내렸다.

"아, 죽겠다."

도둑이 제 발 저리다고 했던가? 저 남자가 무당이 3년 동안 말해온 그 남자일지도 모른다는 의심이 점점 선명해지자 긴장이 배를 더하기 시작했다. 그의 의미 없는 말 한마디 한마디에 온 신경이 곤두섰다. 여진의 말과 무당의 말이 번갈아서 그녀의 뇌리를 해일처럼 파고들었다. 그래서 더욱 도훈과 함께 있으면 괜히 움츠러들고 소심해졌다.

'내가 원래 이렇게 소심한 성격이 아닌데……. 강서연! 당장 정신 못 차려?'

최여진이라면 여기서 말하겠지, '이건 신이 주신 기회야! 온 힘을 다해 놈을 잡아먹어!' 라고.

"아아, 됐어. 그냥 저 남자가 가면 천천히 방법을 생각해보자."

피부에서 옷자락을 벗겨내며 빳빳하게 마른 티셔츠를 집어 들었다. 정신을 똑바로 차리자, 똑바로. 속으로 주문처럼 되뇌면서.

"……."

한편 도훈은 서연이 시야에서 사라지자, 그제야 집 안을 관찰하기 시작했다. 전에 왔었을 때는 스산하다고 생각했으나 지금 보니 그저 좁고 열악할 뿐이었다. 혹시나 꿈속 여자에 대한 단서가 있을까 싶어서 더욱 샅샅이 살펴보던 그의 시선은 이내 한군데에서 멈추었다.

'이건 뭐지?'

도훈이 탁자의 구석에 혼자 덩그러니 올라와 있는 분홍색 크림 통을 들었다. '시크릿 우먼스 크림'이라고 적혀 있었는데, 정확히 무슨 용도인지 알 수 없는 크림이었다. 반질반질한 플라스틱 케이스에는 유치한 분홍색에 꽃이 곰팡이처럼 잔뜩 그려져 있었다.

〈많이 주물러줄수록 효과가 좋습니다. 둥근 원을 그리듯이 마사지해주세요.〉

아래에 적혀 있는 글은 더 의아했다. 이게 대체 무슨 용도지……?

"으아, 잠깐잠깐, 잠깐만!"

그때 화장실에서 나오던 서연이 기겁을 하며 플라스틱 통을 그에게서 빼앗았다.

"이, 이건 보지 마요!"

발작적으로 뺏어 들더니 등 뒤로 삭, 하고 감춘다. 도훈이 물끄러미 서연을 쳐다보자 뻘쭘해진 그녀가 눈알을 이리저리 굴리다가 아무 말이나 내뱉었다.

"아, 저, 그, 배고프세요? 제가 뭐라도 대접을……."

"그냥 커피만 마실게요."

"앗, 네……."

"계속 서 있어요?"

"네?"

"앉아서 드세요, 커피."

"아, 커피."

서연이 은근슬쩍 크림을 저쪽으로 쭉 밀어놓고 그의 옆에 털썩 주저앉았다. 좁아터진 바닥은 커다란 몸집 옆에 서연이 앉으니 딱 만석이었다. 어쩔 수 없이 바싹 좁혀진 거리는 긴장을 배로 했다. 서연이 약간 혼미한 정신으로 따뜻한 머그잔을 들었다.

"……."

서연은 눈을 아래로 내리깔고 커피를 홀짝 마셨다. 가느다란 속눈썹이 촘촘하게 고운 눈매를 따라 붙어 있었다. 도훈이 그녀의 속눈썹에서 시선을 떼지 못하고 입술만 움직여 말을 했다.

"그 컵 제가 마시던 건데."

"……아!"

화들짝 놀란 서연이 입술에서 커피잔을 훽 떼어냈다.

"어머, 내 정신 좀 봐."

시선을 내리니 바로 왼쪽에 한입도 마시지 않은 자신의 커피잔이 놓여 있다. 손에 들려 있는 건 아까부터 그가 마시던 잔이었다.

"아, 진짜 죄송해요. 제 잔인 줄 알고……. 입 대서 어떡하죠, 새 잔에 다시 타드릴게요."

"괜찮아요. 그냥 마셔도."

도훈이 서연의 손에서 제 잔을 도로 빼어갔다.

"엇……."

낯선 여자의 타액이 진득하게 묻은 입구가 께름칙하지 않은지, 그는 망설임 없이 머그잔의 입구에 입술을 갖다 댄다.

"……."

서연은 자신의 입이 닿았던 뽀얀 도자기 표면에 그의 입술이 촉 달라붙는 광경을 아득하게 지켜보며 가느다란 손가락을 꼼지락거렸다. 도훈은 그런 그녀의 손가락을 내려다보며 여유롭게 말했다.

"맛있네요."

도훈이 빨간 혀로 입술을 살짝 핥으며 중얼거렸다. 그와 동시에 서연의 어깨는 움츠러들었다.

"아…… 인스턴트커피라 입맛에 안 맞으실 줄 알았는데, 다행이에요."

쿵쾅쿵쾅 폭동을 일으키는 심장을 필사적으로 진압하며 더듬더듬 제 잔을 찾아 들었다. 온몸을 휩쓰는 긴장과 당황을 억지로 눌러 내린 서연이 겨우 차분하게 입을 열었다.

"근데 우리 집 어떻게 알았어요?"

아까부터 정말로 묻고 싶었던 질문이었다. 그리고 또 한 가지 더, 백도훈이 정말로 그날 밤 함께 있었는가! 처음으로 외양에 변화가 있었던 그날 밤!

"혹시 제 휴대전화 주우신 날에 저 집으로 데려다준 사람이 백도훈 씨예요?”

도훈이 고개를 들어 서연과 눈을 맞췄다.

“네.”

“역시…….”

서연이 눈을 꼭 감았다가 떴다. 이 남자가 무당이 말한 열쇠남일 가능성이 더욱 커졌다. 그렇다면 쐐기를 박아야겠지. 이 남자와 내가 그날 무엇을 했는가.

“저, 뭐 하나만 물어볼게요. 이런 질문 이상하게 들릴 수는 있는데요.”

“하세요.”

“혹시 제가 그날 백도훈 씨에게 어떤 실례를 했나요?”

“실례?”

“네. 예를 들어…….”

서연이 말끝을 흐리며 망설이는 투로 말했다. 도훈은 재잘재잘 움직이는 그녀의 도톰한 붉은 입술을 빤히 주시했다.

“키…… 스를 했다거나.”

쿨럭. 커피를 마시던 도훈이 저도 모르게 기침을 했다. 계속해서 무표정으로 일관하던 도훈의 얼굴에 당황한 기색이 흐릿하게 비쳤다. 서연은 차마 도훈을 쳐다보지 못하고 머그잔만 내려다보고 있었다. 도훈이 서연의 촉촉한 입술을 흘끗 바라보고 큼큼 헛기침하며 시선을 돌렸다.

“아니에요. 그냥 제가 우연히 그쪽을 만나서 집에 데려다준 거예요.”

“역시 그렇죠? 하하하.”

본인이 말해놓고 부끄러운지, 붉게 꽃물이 든 서연의 귓바퀴를 보며 도훈은 저도 모르게 픽 웃음을 흘렸다. 아까부터 조금 귀엽다, 이 여자.

“제가 실은, 전 애인이랑 헤어진 지 얼마 안 돼서 술만 마시면 엄청 들이댄답니다? 하하하. 그래서 백도훈 씨한테도 혹시나 실례했나…… 싶어서 물어봤어요.”

서연이 잠깐 숨을 고르고 말을 이었다.

"저번에, 이혼했냐고 물었죠? 왜 그런 걸 물었는지 모르겠지만…… 저 결혼도 안 했어요."

"……."

"다만 그 헤어졌다는 애인이랑 조금 오래 사귀었어요. 근데 예고도 없이 뻥 차였지."

서연이 픽 웃었다. 지금 이 남자한테 이 말을 하면 마이너스겠지? 그런데 하고 싶다. 대체 이 남자가 무슨 생각인지 알고 싶기에.

"뭐라고 하면서 찬 줄 알아요?"

서연이 깊은숨을 내쉬고 도훈을 응시했다.

"나랑 있으면 게이가 된 기분이라 싫대."

도훈의 눈썹이 살짝 들려졌다.

"쓸데없이 솔직한 거지. 아무리 그래도 어떻게 면전에 대고."

상처받은 얼굴을 하자 그의 미간에 깊은 주름이 잡혔다.

"진짜 충격이죠? 내가 이 정도로……."

매력 없는 여자야. 뒷말은 비참해서 삼키기로 했다. 명백히 그가 필요한 쪽은 서연이었다. 그런데 서연 자신보다 그가 오히려 더 적극적으로 보였다. 그리고 서연은 그런 도훈이 의아했다. 이해가 잘 되지 않았다. 개수작 중이라고? 이런 상남자 같은 얼굴로 당신 같은 남자한테 개수작을 받는 게 말이 돼?

"하나만 물을게요. 그쪽은 저한테 왜 그래요? 얼굴 보니까 주변에 여자가 넘쳐 날 것 같은데."

"……."

"이제 평범한 여자는 질리나 봐요? 개척정신이 있으시네."

자기도 모르게 목소리에 날이 섰다. 김성찬 놈 때문에 예민해진 탓일 것이다. 그리고 이 남자가 지금 자신을 놀리는 걸지도 모른다는 생각 또한. 그러나 그는 불쾌한 기색이 없어 보였다. 조금의 동요도 없이 머그잔을 탁자에 내려놓을 뿐이었다.

“나 여자 많이 안 사귀었었어요.”

“네?”

도훈이 피곤한 눈을 감았다가 떴다. 그 자리에 서연의 얼굴이 한가득 담겼다.

“내 머릿속에 10년 동안 자리 차지하고 떠나지 않는 여자가 있거든.”

다소 멍한 음성이었다.

“그 여자 짝사랑만 10년째예요.”

그는 마치 매료된 듯이 속삭이고서 미소 지었다. 처음으로 그가 제대로 웃었다. 서연이 입술을 꾹 감쳐물었다.

“하하, 그렇게 안 생기셔서 되게 로맨틱하시네요.”

“…….”

“뭐 하는 사람인지 궁금하네. 예뻐요?”

잠깐이나마 품었던 환상이 깨진 느낌이었다. 서연은 지금껏 혼자 착각한 것 같아서 기분이 별로 좋지 않았으나, 최대한 아무렇지 않은 척하며 넌지시 물었다.

“응. 예뻐요. 세상에서 제일.”

도훈이 또 한 번 입가에 미소를 띠었다. 그 웃음을 볼 때마다 서연은 심장이 쑥 하고 아래로 치닫는 느낌을 받았다.

“……하하, 되게 좋아하나 보다. 표정이 아예 달라지네.”

서연이 시선을 아래로 떨구었다.

“근데 어떻게 사람이 10년 동안 짝사랑을 할 수가 있지? 강산도 변한다는 세월을. 나라면 못 하는데…….”

하긴 긴 세월이지……. 도훈의 뇌리에 꿈속 그녀가 살풋 떠올랐다. 일순 피곤이 몰려와서 곧은 등을 비스듬히 젖혔다.

“하고 싶어서 하는 거 아니에요.”

저건 또 뭔 소리야?

"……그럼요?"

"그런 게 있어요. 되게 지독한 거."

"그게 뭔데요?"

"가슴에 틀어박혀서 떠나지 않는, 아무리 노력해도 지워지지 않는……."

"……."

"바이러스 같은 거."

도훈이 턱을 괴고 서연의 맑은 갈색 눈동자를 응시했다. 오늘도 어김없이 그녀와 겹쳐 보이는 서연의 갈색 눈동자를 멍하니 응시하며 천천히 말을 이었다. 그의 입술이 느릿느릿하게 벌어졌다.

"병 걸린 것처럼 머릿속에 떠오르는 건 그 여자뿐이거든."

"……진짜 좋아하나 보다."

서연이 설핏 웃었다.

"오늘은 그분 안 만나요? 짝사랑하는 상대라면 보통 맨날 찾아가고 그러지 않나."

"……만나고 싶다 해서 만날 수 있는 상대가 아니니까."

"되게 어려운 사람인가 봐요."

"네."

"설마 오바마 여사님은 아닐 테고…… 누구지? 연예인? 재벌 3세?"

"……."

"아, 너무 취조하듯 물었나. 말하기 싫으면 안 해도 되구요."

서연이 정도를 지키자마자 도훈의 턱 끝이 살짝 당겨졌다. 먹물처럼 까만 앞머리가 잘게 흔들렸다.

"……글쎄요."

도훈과 서연의 시선이 더운 허공에서 덩굴처럼 뒤엉켰다.

"누굴까."

그는 말을 참 어렵게 한다. 새까만 눈동자가 그 끝을 알 수가 없이 깊어 보여서 서연의 심장이 뜨끔했다. 저 눈빛을 견디는 게 왠지 힘들었다. 또다시 정적이 흘렀다. 대화와 대화 사이에 섞이는 침묵은 서연의 목을 옭아매는 듯했다. 단 1초도 떨어지지 않는 집요한 시선에 반해 그의 혀는 꽤나 과묵했다. 아래를 바라보며 손가락만 꼼지락거리던 서연이 씩 웃으며 다시 도훈과 눈을 맞췄다.

"우리 친구 할래요?"

"……."

"친구 하죠. 이렇게 만난 것도 인연인데. 같이 나이 먹어 가는 팔자에 5살 차이는 그냥 넘어가주고."

서연이 고운 입꼬리를 부드럽게 말아 올렸다.

"가끔 서로 힘든 일 있을 때 만나서 술 먹고 얘기 들어주고요. 여자 맘은 여자가 잘 안다고, 내가 또 그 여자분에 대해 연애상담도 해줄 수 있고."

"음……."

"어때요? 친구?"

서연이 조금 더 예쁘게 웃었다. 그 유려한 입매를 바라보는 도훈은 선뜻 대답을 하지 않았다.

"글쎄."

그가 서늘하게 눈웃음을 지었다.

"두고 봐야지."

쿵쿵쿵, 서연은 심장이 널뛰는 것을 느꼈다. 피의 흐름이 빨라지는 착각이 일었다.

"……그거."

무슨 뜻이에요? 속으로만 묻고 삭이는 건 서연의 버릇이었다. 그런데 지금은 뭐에 홀린 건지 입 밖으로 뱉은 것이다. 오히려 놀란 서연이 제 입을 틀어막았다. 눈을 몇 번 깜빡이며 그를 올려다보았으나 어김없이 대답은 없었다. 기에 눌려 침만 삼키고 있자니 도훈이 허리를 쭉 세웠다.

"이제 가볼게요."

"아, 네네."

"그럼 쉬세요."

벗어두었던 재킷을 입는 동작이 군더더기 없이 깔끔했다. 서연은 자리에서 일어난 도훈을 따라 현관으로 향했다.

"나오지 마세요."

"그래도 배웅은 해야죠."

슬리퍼에 발을 끼워 넣는 서연의 어깨 위로 도훈의 손이 소리 없이 내려앉았다.

"있어요, 그냥."

도훈의 입술이 최소한의 반경으로 움직였다. 그 칼같이 정돈된 습관은 그를 더욱 서늘하게 보이게 하는 데 일조했다. 그 온도에 얼어붙은 듯 서연이 잠깐 멍하니 있다가, 곧 제 쪽으로 뻗어지는 손에 놀라 숨을 훅 멈추었다. 그의 손은 그녀의 입을 지나, 볼을 지나, 귓가로 향했다. 손끝에 살짝 닿은 살결이 불에 덴 듯 뜨거웠다.

"뭐가 묻었길래."

귓가가 간질간질했다. 서연이 아마도 빨개졌을 제 귀를 한 손으로 가렸다.

"또 봐요."

나직한 목소리가 눈처럼 서연의 가슴으로 내려앉았다.

도훈이 서연의 집을 나선 시간은 이미 늦은 밤이었기에 밖은 한 치 앞도 보이지 않을 만큼 어두컴컴했다. 이사한 지 얼마 되지 않은 탓에 순간 커다란 단독주택이 제집 같지 않아 하마터면 지나칠 뻔했다. 차를 주차한 도훈이 빼근한 고개를 드니 웅장한 새집이 눈에 들어왔다. 주거공간은 총 2층으로 되어 있었는데, 오묘한 빛의 벽돌이 외벽을 보기 좋게 장식했으며 심플한 테라스는 아담하게 튀어나와 함께 자리를 지키고 있었다. 그 앞에 잘 정돈된 정원이 있었고, 대문은 빳빳한 나무로 덧대고 그 자리를 지탱하는 철골로 견고하게 이루어져 있었다. 외형상 특별할 것은 없는 집, 그런데도 이 집을 선택한 것은……. 끼이익, 도훈은 대문을 열고 집 안으로 들어갔다. 끌리는 데 이유 같은 게 있을 리가.

씻고 옷을 갈아입은 도훈은 소파에 파묻혀 텔레비전을 틀었다. 그러나 눈앞을 지나는 형형색색의 영상들은 도훈의 신경을 빼앗지 못했다. 눈은 분명히 TV 스크린을 향하고 있었지만, 도훈의 머릿속을 가득 메운 것은 서연에 관한 것이었다. 몇 번이고 부딪치면 꿈속 그녀와의 관계성을 알 수 있을 거로 생각했으나 오늘도 소득은 없었다. 어쩌면 강서연은 그저 꿈속 그녀와 조금 닮은 사람에 불과할지도 모른다. 그런데도 그 여자가 점점 더 신경 쓰이는 이유는 뭘까.

"하……."

신경이 날카로워진 탓에 TV 소리도 시끄럽게 느껴졌다. 도훈이 탁자에 놓여 있는 리모컨을 들고 전원 버튼을 꾹 누르려는데, 순간 눈앞에 익숙한 분홍색 통이 번개처럼 스쳐 지나갔다. 홈쇼핑 광고는 분홍색 케이스의 크림을 선전하고 있었다. 오른쪽 상단에 적힌 '시크릿 우먼스 크림'이라는 상호가 시선을 끌었다.

"저건……. 아까 강서연 집에 있던……."

'으아, 잠깐잠깐, 잠깐만! 이, 이건 보지 마요!'

몹시 당황하며 크림 통을 빼앗아 뒤로 숨기던 서연의 모습이 떠올랐다. 조금 전 그녀의 집에서 도훈이 집었던 그 크림과 똑같았다. 대체 저게 뭐길래? 집중해서 보고 있자니 쇼호스트는 양손을 오목하게 쥐고 제 가슴 앞에서 두 번 원을 그렸다.

-자, 크림을 적당량 취하시고, 이렇게 원을 그리듯이 쪼물딱 쪼물딱 주물러주시면…….

뭐……. 도훈이 미간을 좁혔다.

-가슴 커지는 크림! 절찬 판매 중입니다!

"……."

띵똥.

서연이 수건으로 젖은 머리를 털며 화장실에서 나오니, 경쾌한 전자음이 들려왔다. 확인한 액정 위로 새 문자 메시지가 선명하게 떠올랐다.

"모르는 번호……."

[오늘 비 많이 맞았으니까 따뜻하게 하고 자요. 혼자 사는데 아프면 서러워.]

"이건……."

번호는 저장되어 있지 않았지만, 이 문자를 보낸 사람이 누군지 확신할 수 있었다. 서연이 작게 헛웃음 쳤다.

[나 배도훈이에요. 저장해요.]

곧 이어온 메시지.

[잘 자요.]

"……."

그 문자를 뚫어져라 응시하니 어쩐지 힘이 빠져 침대로 풀썩 쓰러졌다. 무언가 간질간질한 것이 가슴속에서 아지랑이가 피어오르는 느낌이었다.

"좋아하는 여자 있다면서 나한테 왜 이래?"

보드라운 이불을 들쳐서 머리끝까지 꽁꽁 덮었다. 서연은 머리가 어질어질했다. 마치 빈혈이 오는 것만 같았다. 그의 말은 어디서부터 어디까지가 진실인지 모르겠다. 심란한 맘에 크게 숨을 들이쉬었다. 이불 속에서 몸을 조그맣게 말고서 눈을 꼭 감았다.

"잠 안 온다……."

평소에는 피곤해서 침대에 들어가기만 하면 바로 곯아떨어지던 서연인데, 이상하게도 또랑또랑한 눈은 전혀 감길 기미가 없었다.

"10년째 짝사랑이라…… 그게 가능한가?"

쉽게 거짓을 말하는 사람이 아니라는 것은 그의 눈만 봐도 알 수 있었다. 10년, 10년……. 그녀가 깊은 심연에 빠진 듯 멍하니 허공을 응시했다.

"자자, 자자!"

이러다 날밤 새우겠어. 서연이 몸을 뒤척이고 이불을 가슴께까지 내린 후 다시 눈을 스르륵 감았다.

"……."

'글쎄, 두고 봐야지.'

그때, 그녀의 고막에 똑똑 노크하는 것은 도훈의 점잖은 목소리였다. 감은 눈을 도로 뜬 것은 불가항력이었다. 천장에 도훈의 얼굴이 둥둥 구름처럼 떠다니고 있었다. 두근, 두근, 심장이 뛰는 소리가 귓가에 메아리처럼 울려 퍼졌다.

"으아아, 왜 이러는 거지! 미친 건가!"

역시 커피를 너무 많이 마셨나 봐.

"진정하자, 진정해. 강서연."

서연이 상체를 벌떡 일으켜서 천천히 숨을 골랐다.

"근데, 그 남자가 진짜…… 무당이 말한 남자가 맞는 걸까……."

무당은 서연이 그 남자에게 전생에 큰 죄를 지었다고 했었다. 그리고 그 업보가 현생에까지 남아서 이렇게 서연을 괴롭히고 있다면, 그 남자에게도 무언가 증상이 있지 않을까?

"아, 모르겠어!"

생각이 복잡해지자 머리가 지끈지끈 아파져서 도로 침대에 벌러덩 드러누웠다. 잠깐 천장을 생각 없이 노려보다가, 이내 휴대전화를 잽싸게 켰다. 환한 불빛에 서연의 눈가가 찌푸려졌다.

"근데 김성찬 이놈은 어떻게 연락 한 번이 없냐?"

헤어진 지 약 2주가 지났다. 문자도 없고, 전화도 없고, 진짜 해도 해도 너무하다. 지난 시간 동안 성찬에게 제대로 선물도 한번 못 받아봤던 서연이었다. 친구랑 술 마신다고 나가서 연락 한번 안 돼도 다 이해해줬었고, 헤어지자고 수백 번을 말해도 다시 사귀자고 수백 번을 붙잡으면 호구처럼 붙잡혀준 서연이었다.

'가슴에 틀어박혀서 떠나지 않는…… 아무리 노력해도 지워지지 않는.'

귓가에 맴도는 도훈의 목소리에 눈을 감았다가 떴다.

'바이러스 같은 거.'

"그래. 너한테 내가 바이러스가 아니었던 거지."

서연이 바람 빠지듯 픽 하고 웃었다.

"잘 가라. 김성찬."

〈연락처가 삭제되었습니다.〉

한편, 도훈은 차 한 잔을 마시고 잔업을 보다가 막 잠자리에 들었다. 정자세로 침대에 곱게 누운 몸은 곧 뒤척이며 매트리스 위를 짓눌렀다.

"……큭."

눈을 감고 있던 도훈의 입에서 한줄기 웃음이 픽 터져 나왔다.

"큭, 하하하."

툭 터져 나온 웃음이 점점 커지더니 아예 큰 소리로 터져버렸다. 아까 죽기 살기로 그 크림 통을 빼앗아 들길래, 대체 그게 뭔가 했더니.

"하하하하!"

가슴 커지는 크림이라니, 그래서 그렇게 필사적으로 뺏은 거였어? 큰 눈을 동그랗게 뜨고 크림 통을 황급히 숨기던 서연의 얼굴을 떠올리니 올라가는 입꼬리를 막을 길이 없었다.

'아, 저, 그, 배고프세요? 제가 뭐라도 대접을……'

황급히 말을 돌리던 양 볼이 빨갛게 달아올라 있었다. 그건 부끄러워서 그랬구나. 얼굴이 마치 놀란 토끼 같았다.

"미치겠다, 하하하."

도훈은 너무 오랜만에 크게 웃어 입꼬리에 마비가 올 지경이었다. 평생 웃을 만큼의 양이 한꺼번에 터진 듯 도저히 흘러나오는 웃음을 참을 수가 없었다. 이렇게까지 웃어본 게 도대체 얼마 만인지.

"하, 진짜……."

왜 그렇게 귀여운 거야? 그 여자.

사무실에서 오전을 보내고 있는 도훈은 평소보다 멍한 상태였다. 본래 업무용으로 비치된 메모지 한 장은 도훈의 펜 아래에서 글씨가 아닌 그림의 형태로 물들고 있었다. 곧 메모지 위로 여자의 얼굴 윤곽이 드러나자 밖에서 똑똑, 노크 소리가 들려왔다. 메모지를 떼서 재킷 안주머니에 넣고 응답하니 최 비서가 안으로 들어왔다.

"부르셨습니까, 이사님."

"그래."

아까 뭔가를 그렸던 메모지의 바로 아래 장을 뜯어 펜을 놀렸다.

"여기 내가 이사한 주소, 이걸로 다 바꿔."

"네."

도훈이 건네는 종이를 받아 든 여진의 입술이 살짝 벌어졌다.

"새빛동 86-1번지……."

"왜."

"아, 아뇨. 뭔가 익숙한 주소라."

저 주소를 어디서 많이 들었더라? 여진이 잠깐 종이를 들고 생각하는 사이, 불호령 같은 시선이 떨어지자 퍼뜩 정신을 차렸다.

"새 주소로 신속히 처리하도록 하겠습니다."

"그리고 성산물산 미팅, 30분 있다가 내려갈 거니까 미리 차 대기시켜."

"네, 알겠습니다."

여진이 허리를 숙이고 뒤를 돌아 나갔다. 탁, 문이 닫히는 소리와 함께 도훈이 옆에 치워놨던 휴대전화를 끌어당겼다.

[주말엔 뭐 해요?]

톡톡톡, 책상을 두드리는 손가락에 초조함이 묻어났다. 기다리는 입장이 되어본 적이 없는 도훈에게 이 상황 자체는 낯설고 어색했다.

[이번 주말에는 아는 분이 알바 대타해달라고 해서요. 일하러 가요.]

"아르바이트……."

[저번에 회사 다닌다고 하지 않았나?]

[네. 그런데 사정이 있어서 주말에도 일하고 있어요.]

도훈은 액정을 가만히 내려다보며 잠깐 생각하는 듯하더니. 다시 손가락을 느릿하게 움직였다.

"……."

보내기 버튼 하나를 목전에 두고 한참 망설이다가, 그냥 도로 책상에 내려놓았다.

띠리리리, 띠리리리, 끊기지 않는 소음에 서연이 미간을 찌푸렸다.

"아…… 진짜."

맞춰놓은 알람을 꾹 눌러 끄자 지옥이 펼쳐졌다. 평일에 이리저리 굴러다니며 혹사한 몸은 주말에도 어김없이 노동의 현장으로 출동이었다.

"아, 왔어요?"

"네. 안녕하세요."

서연이 주말에 일하는 곳은 일반가정식을 연상시키는 한식당으로, 그녀가 취직하기 전부터 몸담아왔던 장소였다. 짜다 못해 입에 담기 부끄러울 수준인 회사의 월급으로는 들어놓은 적금의 액수를 충당할 수 없었기 때문에 주말의 노동은 선택이 아닌 필수였다.

"어서 오세요, 몇 분이세요?"

"3명이요."

"아……."

"네?"

"이쪽으로 안내해드리겠습니다."

일하는 데서 아는 사람을 만나는 것은 달갑지 않은 상황이었다. 들어올 때부터 어디서 많이 본 얼굴이다 싶었더니 저 셋은 서연의 고등학교 동창들이 틀림없었다. 그것도 꽤 친했던 아이들이었다.

"저희 B세트로 세 개 주세요."

물론 그들이 이렇게 망가져버린 서연의 얼굴을 알아볼 리는 없었다. 중요한 건 눈의 동요, 이 동요만 숨기면 잘 넘어갈 수 있었다.

"실례하겠습니다."

일부러 멀찍이 떨어져 있다가 트레이를 들고 근처로 다가가니 한참 떠들썩한 분위기였다. 들뜬 얼굴들을 보니 오랜만에 모인 모양새였다.

"너도 연락 안 된다고?"

"응. 나 저번 달에 동창회 갔었는데, 걔랑 연락되는 사람 한 명도 없대."

"소문만 무성하지, 성형 부작용으로 얼굴 완전히 망가졌다는 둥, 빚쟁이에 쫓겨서 도망자 생활 중이라는 둥, 근데 정작 실제로 본 사람은 없대."

"뭐? 그럼 혹시……."

강서연 걔 죽은 거 아냐?

달각, 갑자기 튀어나온 제 이름에 탁자에 내려놓은 접시에서 큰 소리가 터졌다.

"……죄송합니다."

쏠린 시선 끝에 고개를 깊숙이 숙였다.

"즐거운 시간 되십시오."

동요는 비참함을 동반하고 짙어만 갔다. 서둘러 뒤를 돌아 자리를 뜨고 일에 매진하는 것이 유일한 도피였다.

"계산 도와드리겠습니다."

마지막까지 동창들과 눈을 마주치지 않고 카드를 긁었다. 자연스레 아래로 내리깐 시선은 카드를 돌려받는 동창의 때 묻지 않은 손에 꽂혔다. 굳은 살 하나 박히지 않은 곱디고운 손이었다.

"감사합니다. 안녕히 가세요."

부럽지 않다면 거짓말일 것이다. 때 타고 싶어서 때 탄 사람이 어디에 있을까. 퍼석하게 갈라져 가뭄이 일은 손이 맘에 들 리가 없다. 고무장갑에 난 구멍 때문인지 최근엔 주부습진마저 생겨버렸다. 굳은살에 물집에 갖은 상처들이 가득한 손이 못 견디게 부끄러웠다. 하지만 이제 와서 관리할 생각은 없었다. 그런 단어는 서연에게서 멀어진 지 오래였다. 당장 눈앞에 닥친 현실이 천근만근이었기 때문이었다.

바득바득 아르바이트를 마치고 좀비 같은 몸으로 편의점 대타를 가기 위해 버스에 올라탔다. 평소라면 빠르게 바뀌는 창밖 풍경을 멍하니 바라보는 게 일이었지만, 오늘은 창밖이 아닌 창문에 비친 자신의 얼굴을 한참 동안 들여다보았다. 손끝에서 피부가 퍼석하게 쓸렸다.

"흉측한 꼬락서니……."

얄미운 임나희 대리가 허구한 날 옷은 맨날 그것만 입냐, 기분 나쁘다, 음침하다 욕하는 것도 이 몰골을 보면 이해가 갔다. 하지만 여유가 없었다. 매일 쫓기듯 사는 삶은 당연했으며, 단순히 만 원짜리 티셔츠 한 장을 사더라도 한참 동안 고민하다가 결국은 내려놓았다. 그게 27살 강서연의 수준이었다. 구질구질하고 비참한 수준.

편의점에 막 도착해서 전 타임 근무자와 인수인계를 마치고 교대한 서연은 손님이 없는 틈을 타 잠깐 숨을 돌리며 기지개를 켰다. 어깨는 몽둥이로 맞은 듯 쑤셨고, 손목은 하도 혹사당해 너덜너덜한 지경이었다. 역시 이 대타는 하지 말걸 그랬나, 며칠 새 잠을 설친 바람에 몸에 피로가 테트리스라도 하듯 차곡차곡 촘촘하게 누적되었다. 그 때문에 다리는 휘청휘청, 눈은 반쯤 감기고 있었다. 딸랑, 탈출하려던 정신은 새 손님을 알리는 나직한 종소리에 얼른 제자리를 찾았다.

"어서 오세……."

입구에 들어온 사람을 알아본 서연의 눈이 휘둥그레졌다.

"백도훈 씨……?"

주말이라 그런지 평상시에 항상 봤었던 슈트 차림이 아닌 사복을 입은 모습이었다. 그의 매끈한 피부와 대조되는 새까만 폴라 티와 짙은 그레이 컬러의 롱 카디건이 눈이 시리게 잘 어울렸다. 그 탓일까, 눈이 마주쳤을 때 심장이 철렁 내려앉았다. 카운터에 서 있는 서연을 발견한 도훈은 잠깐 멈칫하고 고개를 한 번 쭉 꺾더니 성큼성큼 다가섰다. 갑작스러운 돌진에 서연이 저도 모르게 뒷걸음질 쳤다.

"어…… 안녕하세요?"

"네, 안녕하세요."

"와하하. 신기하다. 여기서 이렇게 만나네, 또. 완전 대박 우연."

"그러게요. 주말에 알바 대타한다는 곳이 여기였어요?"

서연은 갑작스러운 만남에 아직도 심장이 벌렁벌렁한데, 그에 반해 도훈은 태연해도 너무 태연한 모습이었다. 서연이 서둘러 유니폼 조끼의 끝자락을 잡고 옷매무새를 다듬었다.

"네, 네. 여기예요. 이 편의점에서 되게 오래 일했었거든요. 오늘은 점장님이 급하게 땜빵 부탁하셔서."

"여기 집에서 멀지 않아요?"

"아뇨, 엄청 멀지는 않아요. 버스 타면 한 16분쯤? 바로 가는 버스 있거든요."

"그래도 집 근처가 일하긴 편할 텐데."

"그건 그렇죠, 하하. 뭐 오늘은 어차피 하루 나오고 마는 대타니까요."

요 근처에 사나? 서연이 도훈의 캐주얼한 복장을 보며 추측했다. 각 잡힌 슈트가 아닌 이런 편안한 사복 속에서도 허우대 좋은 그는 부골스러운 태가 났다.

"근데 저도 옛날에는 여기 살았었어요, 새빛동."

"그래요?"

도훈의 입술이 미세하게 길어졌다. 저건…… 웃은 건가?

"난 지금 여기 사는데."

애매했다. 그 건조한 목소리에 서연이 눈을 한 번 깜빡였다.

"얼마 전에 새빛동으로 이사 왔어요."

"우와 되게 부럽다. 저도 여기로 다시 이사 오고 싶거든요."

어렸을 때부터 오랫동안 살았었던 동네였고, 미련이 남는 건 당연했다. 집값이 비싸기로 정평이 나 있었기 때문에 집안이 부도난 이후 내쫓기듯 이사 갔던 과거가 떠올랐다. 물론 생각하고 싶지 않은 과거였다. 더듬으면 눈시울부터 뜨거워졌기 때문에 얼른 억지로 미소를 지었다.

"새빛동 여기 살기 되게 좋은데…… 어? 손님 왔다!"

또 한 번의 종소리와 함께 서연의 고개가 오른쪽으로 돌려졌다. 익숙한 낯의 여고생은 가게 안으로 깡충깡충 들어와 서연에게 아는 척을 했다.

"어? 오빠! 진짜 오랜만! 다시 여기서 일하시는 거예요?"

"그러게, 오랜만이다. 잠깐 대타로 오늘만……."

서연은 건성으로 대답하고 도훈의 눈치를 흘끔 봤다. 도훈은 곧 재잘대는 여고생 옆을 비켜 나가 제일 안쪽 매대를 향해 묵묵히 걸어갔다. 공부하느라 너무 지친다는 둥, 졸려서 껌이라도 씹어야지 안 되겠다는 둥, 입에 침이 마르게 떠들어대는 소리를 배경음으로 도훈의 뒷모습만 뚫어져라 쳐다보았다. 뭘 사는 거지…….

"그럼 저 갈게요! 오빠 나중에 또 봐요!"

한참 떠들던 여고생이 발랄하게 손을 흔들고 사라지자 또다시 편의점 안에 단둘이 되었다. 널찍한 어깨와 거대한 체구는 한참 안쪽에서도 가려지지 않고 서연의 시야를 한가득 메웠다.

"고르셨어요?"

도훈은 말없이 고개만 한번 끄덕였다.

"계산해 드릴게요."

멀리서부터 서연의 얼굴만 빤히 쳐다보며 가까이 걸어오는 바람에 괜히 뜨끔해서 아래로 얼른 시선을 내리깔았다.

"저 학생, 강서연 씨 아는 사람?"

"아, 방금 나간 여자애요?"

"네."

"그 친구라면 저 옛날에 알바할 때 자주 들르던 애라 안면이 좀 있어요. 귀엽죠? 하하하."

서연이 너털웃음을 지었으나 도훈의 눈빛은 여전히 시니컬했다. 그가 계산대 아래쪽으로 느릿하게 손을 뻗더니 비치된 껌 하나를 집어 슬로모션처럼 천천히 올렸다.

"근데 왜 오빠?"

시선은 여전히 서연을 향한 채로.

"네?"

"저 학생이 강서연 씨 부르는 호칭이요."

"그거야 저 친구가 절 남자로 알고 있어서. 원래 여자라고 말 안 하면 다들 외관상으로 남자라고 생각하니까……."

"남자?"

툭, 껌을 계산대에 떨어뜨린 도훈이 바코드 스캐너를 쥔 서연의 손등을 길쭉한 검지로 미끈하게 쓸었다. 움찔, 이상야릇한 감촉에 순간 긴장한 것은 서연의 본능이었다.

"강서연 씨가 어떻게 남자야."

방금 일부러…….

"누가 봐도 여잔데."

만진…….

"……네?"

서연이 저도 모르게 바코드 스캐너를 계산대에 떨어뜨렸다. 엄청난 소리가 귀를 찔렀다. 흠칫 놀란 그녀가 황급히 다시 주워 들었다.

"어……. 음……."

뭐라 해야 할지 몰라서 허둥대는데, 계산해 달라는 도훈의 말에 입술을 꾹 다물고 바코드를 하나하나 찍었다. 파스, 에너지 드링크 하나, 껌 하나, 그리고…….

"무슨 우유를 이렇게 많이 사요?"

흰 우유, 딸기 맛, 바나나 맛, 초콜릿 맛, 커피 맛. 종류별로 다섯 개의 우유가 도미노처럼 줄지어져 있는 것은 좀처럼 흔한 광경이 아니었다.

"이 정도면 컬렉터다, 컬렉터. 우유 되게 좋아하시나 보다. 그래서 키가 이렇게 무럭무럭 자라셨나?"

농담조로 가볍게 물어도 도훈은 그저 멀뚱히 서서 서연을 쳐다볼 뿐이었다. 또, 또 대답 안 하지.

"강서연 씨는 좋아해요?"

"예?"

동문서답에 흠칫한 서연의 손이 포스기 위에서 뻣뻣하게 굳었다.

"뭐, 뭘요? 뭘 좋아해요?"

"우유요."

"아……. 우유."

도훈에게서 떨리는 손으로 카드를 받아 들었다. 말을 제대로 해야지, 저번부터 이 남자 헷갈리게…….

"네, 좋아해요. 자주 마셔요."

"무슨 맛?"

"딸기우유요. 제가 좀 유아 입맛이라서. 그게 제일 달달하고 맛있잖아요?"

"딸기……."

나직하게 중얼거리는 목소리에 서연이 도훈을 물끄러미 올려다보았다. 설마…….

"봉투 담아드려요?"

"네, 제가 담을게요."

도훈이 서연의 손에서 봉투를 가져가 아귀를 열었다. 설마 날 주려고……? 서연의 기대에 부응하듯 도훈의 손은 딸기우유 위를 더듬었다. 그녀의 눈동자가 묘한 설렘으로 조금 떨렸다.

"나머지 전부 강서연 씨 드세요."

그가 파스와 껌, 에너지 드링크, 그리고 다섯 개의 우유 중 정확히 딸기우유 하나만 봉투에 넣고서 편의점 밖으로 휙 나가버렸다.

"……."

……뭐야 저게? 본래 유치한 사람도 아니었기에 이런 상황은 당혹스러워서 눈동자만 망연하게 굴렀다. 잠깐 한 대 얻어맞은 얼굴로 네 개의 우유를 내려다보고 있는데, 딸랑, 문이 도로 열렸다.

"근데 일 몇 시에 끝나요?"

"열한 시……."

도훈이 좁아진 눈가로 시간을 확인했다.

"그럼 수고해요."

그 말을 끝으로 돌아서서 떠나는 도훈의 뒷모습에 서연의 머릿속은 물음표로 가득 찼다. 정말로 놀랍게도 그는 그것을 끝으로 돌아오지 않았고, 서연은 선물 받은 우유 네 개를 어떻게 할까 고민하다가 집에 가져가서 아껴 먹기로 했다.

"아, 삭신이야……."

다행히 남은 근무시간 동안 큰 어려움 없이 순탄하게 일을 마친 서연은 인수인계까지 마무리 짓고 유니폼을 벗었다. 하루 종일 서 있었더니 몸이 부서질 것 같았다. 쓰러지지 않는 게 용할 지경이다.

"수고하세요. 저 갈게요."

"네, 가세요."

딸기 맛 빼고 다 있는 우유 봉투를 달랑달랑 들고 문밖을 나서는데, 고단

한 다리에 그만 힘이 풀려 문턱에 발을 헛디뎠다.

"아!"

그 순간 엄청난 힘이 어깨를 감싸 확 끌어당기는 바람에, 그쪽으로 몸이 쓰러지듯 안겼다. 윽, 코끝을 찌르는 화한 남자의 체향과 함께, 서연의 콧대 위로 단단한 가슴 근육이 지그시 눌렸다.

"으앗!"

뜨거운 온기에 서연이 화들짝 놀라 도훈의 가슴에서 얼굴을 휙 떼어냈다. 그러나 도훈의 커다란 손은 여전히 서연의 어깨를 꾹 감싸 안은 모양 그대로였다.

"괜찮아요?"

"네, 네네! 죄송합니다!"

밖에 서 있었던 건가? 한참의 시간이 흐른 뒤였다. 도훈의 품에서 한 발짝 빠져나온 서연이 저를 내려다보는 그의 눈동자를 초조하게 살폈다.

"설마 기다린 거예요?"

"네."

"왜요, 왜 절……."

"그야 당연히."

곧바로 튀어나오는 대답은 마치 이미 준비된 듯 완벽하게 정제되어 있었다.

"일이 끝나야지 나한테 시간을 내줄 테니까."

대체 무슨 꿍꿍이인지는 알 수 없었으나, 저런 서늘하고 날카로운 눈빛에는 이상하게 가슴이 떨렸다. 정신이 나갈 것만 같아서 입술만 잘근잘근 씹다 보니 어느새 서연은 도훈과 함께 편의점 앞 테이블에 나란히 앉아 있었다.

"아니 대체…… 왜 날 기다렸어요?"

테이블 한복판에 올라온 건 아까 그가 계산하고 가져갔던 딸기우유였다. 마디가 굵은 손가락이 그 우유를 뜯는 장면에 서연은 뒷목이 콕콕 쑤셨다.

"1분 1초가 아까운 황금 같은 주말에 쓸데없이 왜 시간을 낭비하고 그래요."

쩌억, 도훈의 손끝에서 우유팩의 입구가 벌려지자 그 안으로 은은한 분홍색이 아롱아롱 비쳤다.

"내가 바보도 아니고."

도훈은 그 우유를 들어 서연의 작은 손에 쥐여주었다.

"아무 이유도 없이 여기 와서 시간 낭비를 할까."

"……."

"마셔, 너 주려고 기다렸어."

서연의 눈동자가 까맣게 일어났다. 천천히 입술로 우유팩의 아귀를 갖다 댄 그녀가 핑크빛 액체 위로 더운 숨을 후우 뱉어냈다. 꼴깍, 꼴깍, 꼴깍, 달콤한 액체가 미뢰를 끈적하게 감싸자 심장이 쿵쿵 뛰었다. 마시는 내내 서연은 도훈의 얼굴을 살폈다.

"하아……."

터진 숨과 함께 테이블에 우유를 내려놓은 서연은 도훈의 입 속에서 아까 산 껌이 질겅질겅 씹히고 있다는 것을 눈치챘다. 형체는 보이지 않았지만 날렵하게 딱딱 다물어지는 턱을 보아 분명했다. 그 턱이 딱딱 씹힐 때마다 저 자신의 심장도 마구잡이로 도훈에게 씹히는 기분이었다.

"……달콤하네요."

서연이 손등으로 붉은 입술 위를 훔쳤다.

"맛있어요, 우유."

도훈은 대답 대신 묵묵히 서연을 바라보았다. 잠깐의 침묵이 있었다. 이내 그는 서연을 지그시 응시하며 입을 열었다.

"얼마 전에 집에 갔을 때 보니까, 천 샘플 같은 게 있던데. 의상 쪽에서 일하나 봐요."

"아, 보셨구나. 제가 원래 패션 디자인 쪽에 몸담고 있어요. 그렇게 안 보이지만, 하하하."

"일은 안 힘들어요? 회사도 다니고 알바도 하려면 지칠 것 같은데."

"아우 죽죠, 죽어."

서연이 허탈하게 웃었다.

"그래도 전 나름 저만의 노련한 에너지 충전 방법이 있어요. 혹시 그쪽도 회사 다녀요?"

"네, 회사원이에요."

"와, 그럼 이거 완전 꿀팁인데. 백도훈 씨한테만 특별히 말해줄게요."

서연이 로또 번호라도 알려주려는 듯 엄숙한 표정을 짓자 도훈이 픽 흐릿하게 웃음을 터뜨렸다.

"별것도 아닌 거로 트집 잡혀서 상사한테 억울하게 까일 때 있잖아요. 아니면 너무 피곤해서 죽을 것 같은데 일이 많아서 야근 확정일 때."

사실 관리자 위치인 도훈에게는 거리가 먼 얘기였지만, 그 사실을 꿈에도 모르는 서연은 웃음기 담은 목소리로 말을 이었다.

"그럴 때 나중에 한 10년 후를 상상하면 행복해져요. 힘들어 죽을 것 같고 막 미칠 것 같은 데도 먼 미래 생각하면 웃음이 실실."

"10년이나 멀리 가요?"

"네, 안타깝지만 당장 제 인생은 1, 2년으로 해결될 문제가 아니거든요."

도훈은 마치 술을 들이켜듯 우유를 바닥까지 단번에 마시는 서연을 보며 한쪽 눈썹을 찡그렸다.

"로또에 당첨되지 않는 이상은요. 하하하."

서글프게 웃는 입술 위로 딸기우유가 아침 이슬처럼 투명하게 고였다. 도훈이 그 입술을 보며 삐딱하게 턱을 괴었다.

"입술에 묻었다."

"네? 어디요?"

서연이 혀끝을 내밀어 입가를 핥았으나 입술 한편으로 밀려난 액체는 그대로였다. 붉은 혀가 열심히 입술을 핥는 동안 도훈의 엄지는 예고 없이 서연의 입술 위로 찰싹 달라붙었다. 놀란 서연이 서둘러 혀끝을 입 안으로 집어넣었다.

'깜짝이야…….'

하마터면 혀가 닿을 뻔했다. 큰 엄지는 촉촉하게 젖은 입술 위를 꾹 눌렀다가 쓱 쓸고서 멀어졌다.

"됐다."

원래 모든 여자에게 스스럼이 없나? 점점 몸이 달아오르는 탓에 머리가 찌르르 울렸다. 습윤한 기운이 남아 있는 서연의 입술이 바르르 떨렸다.

"무리하지 마요."

뻣뻣하게 굳은 서연에 반해, 조금의 표정 변화 없이 태연한 도훈은 파스의 포장을 뜯는 동작마저 거침없었다.

"얼굴에 쓰여 있어. 힘들다고."

원래 조금 거침없는 성격인가. 아니면…….

"잠깐 실례할게요."

시선을 내리깐 도훈은 서연의 작은 손을 부드럽게 움켜쥐고 테이블 위로 훅 당겼다. 서연의 상체가 속절없이 그의 쪽으로 기울었다.

"뭘……."

도훈은 서연의 부러질 듯 얇은 손목을 잡고 니트 소매를 쭉 밀어 올렸다. 공기 중에 드러난 새하얀 손목은 커다란 도훈의 손바닥 안에 딱 알맞게 감겨 들어왔다. 곧 뼈가 도드라진 서연의 살결 위로 차가운 감촉이 화하게 에워쌌다. 파스를 서연의 손목에 붙인 도훈은 그 위를 꾹 눌러 한 번 더 고정했다.

"왼쪽 손목 아픈 것 같아서."

그의 손가락 마디마디가 서연의 살결을 쓸고 지날 때마다 서연의 속눈썹이 떨렸다. 뜨거워…….

"좀 나아요?"

"네, 고맙습니다."

서연이 어색한 듯 웃어 보이자 도훈은 그녀의 팔 중간까지 올려놓은 니트 소매를 도로 접어 아래로 단정하게 내렸다.

"10년 후에 행복한 것도 좋지만……."

"네?"

"지금 당장의 행복도 중요하지 않아요?"

도훈의 말에 서연의 동공이 흔들렸다.

"행복을 나중으로 미루고 지금 당장은 이렇게 몰아붙이면, 결국 미래의 하루는 행복해도 오늘 하루는 힘들잖아요."

그는 천천히 고개를 뒤로 꺾었다.

"오늘 하루, 지금 이 순간 행복할 기회는 이제 다시 안 와."

불과 1초 전의 일도 이미 과거가 되어버리는 현실이기에.

"미래의 하루가 오늘 하루보다 값지다고 확신해요?"

우람한 목울대로 시선이 떨어진 서연은 눈가가 시큰거려 콧대를 찡그렸다. 어쭙잖은 희망으로 괜찮은 척 살아가는 것도 6년이면 질릴 대로 질렸다. 지쳐, 나도 이제는 행복해지고 싶어, 처음으로 문드러진 맘을 관철당하고 말았다.

"그러니까 한마디로 말하면."

겨우 안 지 일주일 된 이 남자에게.

"밥 잘 먹고 다니라고."

욱신거리는 손목으로 따스한 온기가 부드럽게 스며들었다.

"너무 말랐어."

서연은 사람 목소리를 듣는 것만으로도 심장이 녹아내릴 수 있다는 걸 깨달았다. 견고하게 굳은 얼음덩어리는 세상에서 가장 서늘한 불씨로 인해 타닥타닥 속에서부터 함락당하기 시작했다. 집에 도착해 옷까지 갈아입고 침대에 편하게 누웠으나, 그가 파스를 붙여준 손목에는 여전히 기묘한 감각이 남아 있었다.

[오늘 감사했습니다. 우유도 잘 마셨고, 파스도요.]

"이러다가……."

띵동.

좋아하게 될 것 같아, 입 밖으로 뱉어선 안 되는 금기어는 집 안을 시끄럽게 울리는 초인종 소리에 도로 삼켜졌다.

"……누구지? 12시가 다 됐는데……."

띵동, 초인종이 또 한 번 울렸다. 이 야밤에 그녀의 집을 찾아올 사람은 없었다. 더욱이 범죄가 잦은 원룸촌이었으니, 등골이 오싹해지는 것은 당연한 수순이었다. 띵동. 띵동. 띵동. 초인종 소리는 멈출 기미 없이 울려왔다. 서연은 바닥에 나뒹굴고 있던 커다란 평붓을 양손으로 뽑아 들고 일어났다. 그리고 천천히 현관문으로 다가갔다.

"서연아, 강서연……."

……김성찬?

MS푸드 본사의 대회의실, 자 브랜드 중 하나인 세레니티의 중국 진출을 앞두고 도훈을 포함한 모든 부서가 회의에 참석했다. 여진도 넓은 회의실 뒤의 구석에 앉아 있었다.

"디저트 카페 세레니티는 다양한 색의 메뉴 개발을 통해 시각적 즐거움을 선사하고, 차별화된 서비스를 바탕으로 국내에서 유의미한 성과를 거두는 데 성공하였습니다. 이번 베이징 진출에서는 그것과 더불어 메뉴 개발의 현지화 전략이 중요한 문제로 대두되고 있습니다."

발표하는 남자는 도훈의 눈치를 한 번 살피고선 말을 이었다. MS푸드에서 사실상 가장 큰 권력을 지닌 사람은 경영지원본부의 백도훈 이사였기 때문이었다. 게다가 어느 것 하나 허투루 넘어가는 법이 없기로 유명한 그였기에, 남자의 신경이 쏠리는 것은 당연지사였다.

"현지화된 메뉴 개발도 중요하지만……."

도훈이 입을 열자 회의실 내의 모두가 바짝 긴장으로 곤두섰다.

"세레니티가 그보다 더 초점을 두어야 하는 것은 브랜드 이미지를 현지인들에게 얼마나 호감 있게 각인시키냐는 점입니다."

그의 손에 들린 펜과 손가락이 이룬 각도가 예리했다.

"세레니티가 글로벌 브랜드로 성장하려면 브랜드 전략이 지금보다 훨씬 자세하고 확연하게 수립되어야 합니다."

회의실 모두가 그의 말 한마디 한마디에 집중했다. 기저에 힘이 깔린 도훈의 어투는 일말의 망설임도 없었다.

"불필요한 메뉴 개발 비용에서 군살을 빼고 세레니티의 브랜드 컬러를 강조한 시각적인 마케팅과 고품격화를 전략으로 이용한 브랜드 이미지 메이킹에 힘을 들여야 할 것입니다. 현지화 메뉴 개발보다 이러한 방향의 전략이 더 효용 가치가 클 것입니다."

신메뉴 개발보다 브랜드 이미지 강화에 주력하자는 도훈의 말에 회의실 안의 모든 사람들이 고개를 끄덕이며 수긍했다. 구석 귀퉁이에서 등을 쭈그리고 눈치를 보며 앉아 있던 여진이 작게 입을 벌리고 감탄했다. 회의에 참석한 사람들 사이에서 단연 빛나는 자신감과 유능함이었다. 한순간에 분위기를 압도하는 그의 기백을 보며, 여진이 개인적 미움을 떠나 마음속으로 박수갈채를 보냈다.

"백싸가지가 좀 멋있긴 하더라, 진짜. 회의하는데 보니까 포스가…… 후덜덜이야."

"그래?"

그날 밤, 서연과 여진은 간단하게 시원한 맥주에 담백한 치킨 한 마리를 뜯으며 밤을 보내고 있었다.

"응. 그 내일모레 죽을 것 같은 고집불통 늙다리들 속에서도 전혀 주눅 들지 않더라. 오히려 그 늙다리들이 백싸가지 눈치를 엄청 봤다니까?"

"어? 백싸가지가 어려? 당연히 50대인 줄 알았는데, 40대나."

"내가 말 안 했어? 그러니까 더 열 받는 거지. 몇 살 차이도 안 나는 주제에 완전 전봇대 대하듯 까칠하게 구니까. 인성 진짜 전설적이야, 전설적."

"그렇게나 어리다고? 몇 살인데?"

"서른둘이래. 서른둘."

여진이 치킨 껍질을 우악스럽게 뜯어 먹으며 부정확한 발음으로 말했다. 일순 멈칫한 서연이 고개를 치켜들었다. 그러고 보니 그 남자도 서른둘이라고 했던 것 같은데……. 백도훈, 백도훈, 이름도 똑같고……. 서연의 좁아진 미간 사이에 문득 의심의 빛이 돋아났다. 그러나 뇌리에 도훈의 얼굴이 떠오르자 곧 머리를 절레절레 흔들어 지워버렸다. 그 조각 같은 얼굴로 대기업 이사라니, 있을 수 없는 일이었다.

"근데 서른둘에 임원이라니…… 뭐야, 금수저야?"

"몰랐어? 대표님 아들."

"대박……."

"그것도 처음엔 뭐다, 뭐다 소음 많았는데, 백싸가지가 경영에 뛰어들자마자 업계 1위 탈환하면서 실력으로 이 바닥 군말 다 없앴지. 그 점은 솔직히 대단하다고 생각해."

"웬일로 네가 칭찬을 엄청 하냐? 미운 정이라도 들었냐?"

"미쳤냐? 싸가지 바가지 백싸가지한테 정들게? 아, 몰라, 몰라. 먹어."

여진이 치킨 한 조각을 서연의 입에 쿡 넣어주었다. 얼씨구? 부정하긴. 살풋 웃음이 터진 서연이 입에 물린 치킨을 고쳐 들고 한입 제대로 물었다.

"야, 근데 너 그 남자 어떻게 됐어?"

"누구?"

"누구긴 누구야. 네가 같이 있으면 예뻐진다는 남자. 얼른 자빠뜨려야지."

여진의 장난스러운 말투에 서연이 양 볼을 능금처럼 발갛게 붉혔다. 화끈 달아오른 얼굴을 손바닥으로 가리며 흘끗 여진을 흘겨봤다.

"아, 됐어. 그냥 마시기나 해."

"아휴, 답답이. 이래서 언제 그 남자 몸에 빨대 꽂고 정기를 취하나 몰라요."

"시끄러워, 시끄러."

서연이 손을 쭉 뻗어서 여진의 입을 억지로 틀어막았다. 그러고선 짧게 한숨을 내쉬고 의자를 드르륵 끌었다.
"나 화장실 갔다 온다."
"그래. 다녀와."
여진은 치킨 껍질을 발라당 벗겨서 입 속에 쏙 넣었다. 그런 그녀를 보며 서연이 고개를 절레절레 내저으며 화장실로 유유히 사라졌다. 서연이 시야에서 온전히 사라지자, 여진은 화장실 쪽의 눈치를 살피며 재빨리 검은 탁자 위에 놓여 있는 서연의 휴대전화를 매처럼 낚아챘다.
"미숙한 계집애. 남자의 'ㄴ'도 모르는 미숙한 계집애야, 하여간."
여진이 휴대전화를 열어 메신저를 클릭했다.
"남자를 꼬시는 기술을 이 언니가 손수 전수해줘야겠어! 어디 보자, 백싸가지랑 이름이 똑같다고 했으니까…… 아, 여기 있네."
최근에 나눈 메시지 내용을 확인하니 바로 밑에 '백도훈 씨'라는 저장명과의 대화가 눈에 띄었다.
"잘 자요, 와. 이 남자 스윗 가이네, 스윗 가이! 이런 스윗 가이한테 걸맞은 문체가 있지, 암."
여진이 키득키득하며 서연의 휴대전화로 도훈에게 문자를 보냈다.

띵똥.
"야, 너 문자 왔다."
양치하던 진영이 소파에 인절미처럼 퍼져 있는 도훈을 발가락으로 콕콕 찔렀다. 도훈이 짜증스럽게 진영을 노려봤다.
"발가락 치워."
"아, 네……. 문자 읽으십시오. 형님."
도훈이 옆에서 굽실거리는 진영의 손에서 자신의 휴대전화를 받아 심드렁한 얼굴로 문자를 확인했다. 당연히 비즈니스 문자일 것으로 생각하며 한숨을 쉬고 확인한 문자는……. 강서연? 의외의 발신인에 도훈의 눈이 커다래졌다. 저도 모르게 소파에서 벌떡 일어난 도훈이 양손으로 휴대전화를 꼭 붙잡았다. 두근, 두근. 갑자기 심장의 움직임이 빨라진 것 같은 착각이 들었다. 침을 한번 삼키고서 천천히 그녀의 문자를 확인했다.

[도훈 오빠! 서연이 완죠니 취해떠용! 이쁜 서연이 데리러 날아와 주시면 안 돼용? 여기는 망원동 플라잉치킨! 우웅~ 오빠 기. 다. 릴. 게. 용♥]

"……."

"뭐 해? 휴대전화 들고 기도하냐?"

그대로 일시 정지. 석고상처럼 딱딱하게 굳은 도훈이 잠깐 한 대 얻어맞은 사람처럼 멍하니 문자를 응시했다.

"아……."

도훈의 입술이 슬며시 벌어지고, 동그랗게 커졌던 눈이 천천히 제자리를 되찾았다. 진영은 평생을 감정 불구처럼 살던 도훈이 이렇게 버라이어티한 반응을 보이는 것이 낯설어서 그를 멀뚱히 응시했다.

"왜 그래? 복권 당첨됐냐?"

"야, 나 나간다."

"뭐? 어디 가는데!"

갑자기 차 키를 주머니에 찔러 넣은 도훈은 대충 겉옷을 걸쳐 입더니 성큼성큼 다급하게 집을 나서기 시작했다. 진영이 그 뒤에서 소리치자 신발을 신던 도훈이 뒤도 돌아보지 않고 나직한 음성으로 말했다.

"나도 몰랐던 여동생 데리러."

어딘지 즐거워 보이는 목소리였다.

3. 기대고 싶은 남자

"하……."

화장실 세면대에서 손을 씻는 서연의 눈앞이 뿌옇게 흐려졌다. 복잡한 머릿속으로 어젯밤의 기억이 혼탁하게 떠올랐다.

'서연아, 문 좀 열어줘, 할 말이 있어…….'

자정이 가까운 시각. 문밖에서 들리는 목소리는 틀림없이 서연의 전 남자친구, 성찬이었다.

'서연아…….'

침대에 웅크리고 누워 그저 외면했지만, 서연의 귀에 계속해서 자신의 이름을 부르는 성찬의 목소리가 들려 잠을 잘 수가 없었다. 문 좀 열어줘. 서연아, 서연아, 제발.

'보고 싶어…….'

그 말과 동시에 이성의 끈이 흔적 없이 댕강 끊어져서 거칠게 문을 열어젖혔다.

'죽고 싶지? 여기가 어디라고 찾아와?'

문에 얼굴을 부딪쳤는지 고개를 숙인 채 아파하는 성찬의 모습에 서연은 한숨을 푹 내쉬고 문을 도로 닫으려고 했다.

'자, 잠깐!'

성찬이 필사적으로 콱 움켜쥔 문 사이로 두 사람의 눈이 마주치자, 그의 눈이 휘둥그레졌다.

'어?'

성찬은 제 눈을 싹싹 비볐다.

'뭐지? 내가 취했나?'

혀가 배배 꼬인 것으로 미루어 보아, 술을 얼마나 마신 건지 어렴풋이 예상할 수 있었다.

'너 얼굴 왜 그래?'

'뭐가.'

무례하게 삿대질하던 손가락이 불쾌했다.

'왜 그렇게 예뻐졌어? 성형했어? 아니면…… 경락이라도 받았어?'

얼굴에 생기가 돌아온 날 이후로 한 번도 만난 적이 없었던 성찬이었기 때문에, 예뻐진 서연의 얼굴을 처음으로 마주하는 순간이었을 것이다. 볼에 성찬의 손이 살짝 닿자, 서연은 기겁하며 그의 손등을 내려쳤다.

'뭐라는 거야, 진짜. 당장 여기서 안 꺼지면 나 경찰에 신고할 거야.'

'그러지 말고……. 근데 너 지금 예쁘다. 20살 때 얼굴 살짝 나오는 것 같아.'

빙글빙글 웃으며 팔뚝을 부드럽게 잡는 손길이 서연은 너무 싫었다. 참을 수 없을 만큼 부아가 치밀었다. 같은 접촉임에도 불구하고 도훈과 성찬은 느껴지는 온도가 달라도 너무 달랐다. 불덩이 같은 성찬의 손보다 도훈의 손이 훨씬 서늘했지만, 서연은 도훈의 손이 비교도 할 수 없을 만큼 훨씬 따뜻하다고 느꼈다. 속이 부글부글 끓었다.

'우리 서연이…… 헤헤.'

'왜 그러는데? 밤 되니까 온기가 그리워졌니? 네 그 낙타 같은 면상으로 클럽 가서 여자나 꼬시고 놀지, 여기는 왜 왔는데?'

'그렇게 말하지 마. 내가 널 얼마나 보고 싶어 했는데…….'

'아!'

확 그에게 끌어 안겨진 몸과 함께 극심한 무력감, 수치심, 온갖 졸렬한 감정들이 서연을 한순간에 덮쳤다.

'이거 놔! 건들지 마!'

발작적으로 소리를 지르며 그의 품에서 빠져나오려고 발버둥 쳤으나 움직이면 움직일수록 성찬의 팔뚝에는 더더욱 힘이 들어갔다.

'놓으라고!'

'서연아…….'

'내 몸에 털끝 하나 손대지 마! 오빠가 나한테 어떻게 상처를 줬는지 벌써 잊었어?'

'미안해. 그때는 내가 심했어. 요즘 일도 너무 많고 하다 보니까 나도 모르게 그렇게 말을 하게 된 거야.'

'그만해, 듣기 싫어.'

'몇 주간 너랑 연락 끊고서 깨달았어. 난 진짜 네가 없으면 안 되겠다고. 다시 시작하고 싶다고.'

서연아, 우리 지금까지 잘해왔잖아. 그 뒷말에 서연은 허탈한 표정으로 헛웃음 쳤다. 전 남자친구의 알량한 밑바닥을 보는 순간이었다.

'대체 뭘 잘해왔는데?'

'…….'

'그건 전부 내 희생이 있었기 때문이었어. 그런데 뭐? 우리 지금까지 잘해왔잖아?'

외로워서 누구에게든 사랑받고 싶다는 욕심 하나로 여자친구라는 이름의 호구 노릇을 자처했었다.

'넌 내가 그렇게 우습니?'

성찬은 서연의 그 일면을 깊숙이 파고들어 누구보다도 교활하게 이용한 사람이었다.

'난 너 아니면 평생 사랑 못 받을 것 같지? 보자보자 하니까 그따위로 대해도 되는 수준 같고, 그렇지?'

분하게도 눈시울이 촉촉하게 젖어 들고 있었다. 허울뿐인 애정이어도 좋았던 때가 있었다. 가짜로라도 사랑한다고 들으면 그제야 가슴이 놓였었다.

'이제 오빠한테 이용당하는 것도 지쳤어. 그만하자.'

그렇게라도 사랑을 구걸하지 않으면 미칠 것 같았기 때문에. 그러나 이미 상처투성이가 된 맘은 더 이상 이런 허상 같은 관계를 원하지 않았다. 금방이라도 또르르 떨어질 것처럼 눈물이 고이자 얼른 고개를 돌렸다.

'돌아가. 나 피곤해.'

문을 닫으려고 손잡이를 당긴 순간, 제 맘대로 풀리지 않아서 화가 났는지 씩씩거리던 성찬은 씹듯이 음성을 내뱉었다.

'……너 지금 사람 버러지 취급하냐? 내가 좀 기어들어 가니까 눈에 뵈는 게 없어?'

뭐라고 하든 더 이상 상처받지 않으려고 했다.

'어차피 여자로서 수명은 끝난 주제에.'

결국 또 가슴은 형편없이 찢어졌다. 철렁 내려앉는 심장과 함께 도훈으로 인해 들떴던 기분은 착 가라앉았다. 쾅. 문을 닫고 우울하게 침대에 누웠던 그 순간, 눈앞에 어른거린 것은 성찬이 아닌 도훈의 얼굴이었다. 좋아하게 될지도 모른다는 생각.

"……."

좋아해서는 안 된다는 생각. 화장실에서 돌아온 서연에게 가장 먼저 보인 것은 음흉하게 웃는 여진의 얼굴이었다. 그 웃음을 보고 서연이 미간을 일그러뜨렸다.

"뭐야? 왜 그렇게 변태처럼 웃어?"

"으흐흐흐…… 글쎄? 왜 그럴까?"

"불길하게 왜 저래……."

서연이 짧게 한숨을 토해내며 의자에 힘없이 털썩 주저앉았다. 축 가라앉은 기분은 더 내려갈 구석조차 없었다.

"야, 근데 그 남자 뭐 하는 사람이야?"

"회사원, 회사원."

초롱초롱 빛나는 여진의 눈동자를 차마 외면할 수 없어서 설렁설렁 대답했다.

"오늘은 그만 일어나자. 나 컨디션이 좀 별로야. 너도 내일 중국 투자자 미팅 간다고 컨디션 조절하라고 했다며. 네 상사가."

"뭔 상관이야. 백싸가지가 어떻게 알겠니? 내가 지금 술을 마시는지, 집에서 컨디션 조절을 하는지. 진탕 마신 다음 해장국 하나 해치우고, 광나게 씻고 가면 절대 몰라."

여진이 잔뜩 격양된 목소리로 생맥주를 추가로 더 주문했다. 서연이 한숨을 쉬며 치킨을 하나 집어 들자, 여진이 빠르게 그녀의 손을 제지하며 '안주빨 세우기 금지!'를 외쳤다.

"오늘 왜 이러셔? 내일 없어?"

"자자, 우리 서연이에게 용기와 자신감을!"

여진은 영문 모를 소리만 목이 터져라 외치며 맥주잔을 치켜들었다. 그녀는 서연이 곧 이곳에 도착할 남자를 뼛속까지 정복하길 바라며 잔뜩 서연에게 술을 먹이기 시작했다. 술에 취하지 않고는 미숙한 서연이 그 남자를 유혹할 수 없을 게 분명했기 때문이다.

'강서연. 넌 진짜 친구 잘 둔 줄 알아. 후후.'

"기어코 따라오냐? 거머리 같은 놈."

같이 가자며 마구잡이로 도훈의 차 조수석에 몸을 밀어 넣은 진영이었다. 서연이 기다릴까 봐 지체하지 못하고 할 수 없이 그냥 출발했으나, 도훈은 진영의 동행이 몹시 거슬렸다.

“나도 그 여자 얼굴 궁금하다니까? 꿈속 여자를 닮았다는 그분! 할 일도 없고. 흑, 불쌍한 진영이 홀로 두고 가면 슬퍼요.”

“제발 입 좀 다물어.”

묘하게 방해받는 느낌이 들어 짜증이 난 도훈이 그를 날카롭게 째려보았다. 그 눈빛에 주눅이 든 진영이 몸을 작게 구기며 차 구석으로 고개를 슬쩍 돌렸다.

“가게 도착하면 넌 밖에 있어라. 들어오면 죽는다.”

“네…….”

여진은 1초마다 계속해서 술집의 앞문을 흘끔흘끔 훔쳐보았다. 도훈을 기다리는 것이었다. 물론 그녀가 문자를 보낸 남자와 그녀의 상사 백도훈 이사가 동일 인물이라는 것은 꿈에도 모른 채.

“슬슬 올 때가 됐는데…….”

투명한 유리로 된 앞문에 고양이 같은 눈을 빈틈없이 고정한 여진이 중얼거렸다.

“왜 그러는데? 똥 마렵냐?”

아까부터 가만히 있지 못하고 자꾸 미어캣처럼 주위를 두리번두리번하는 여진 때문에 서연도 정신이 없어지던 참이었다.

“너 혹시 네 남친 부른 거 아니지?”

“뭐? 남친?”

“그 왜 얼마 전에, 네가 나 버리고 야밤에 만나러 간 남자.”

“어…… 그게 누구지?”

여진이 잘 모르겠다는 듯 고개를 갸웃하자 서연이 알 만하다는 듯 혀를 끌끌 찼다.

“네 옆구리 또 바뀌었냐? 기억도 안 나?”

곰곰이 생각하더니 퍼뜩 기억이 났는지 여진이 손뼉을 짝 내리쳤다.

“아, 저번 주에 그 남자? 생각났다, 생각났어.”

“아무리 그래도 남자친구였는데 너무한 거 아니냐?”

“뭐? 헐. 남친은 무슨! 그런 끔찍한 소리 하지 마라. 클럽에서 만난 남자야.”

“왜 그렇게 한 사람에 정착을 못 하셔?”

“아니 정착을 왜 해, 귀찮게? 서로 심심하니까 그냥 같이 노는 거지.”

“그러고 다음 주엔 다른 놈 잡아서 놀고?”

“그렇지이! 언제나 신선한 만남. 좋잖아?”

여진이 픽 웃었다. 곧 자신만만한 표정을 안면에 내세우고 당당하게 말을 이었다.

“너도 기다려봐. 김성찬퀴벌레 그딴 거 잊고, 이제 신선한 만남. 달콤한 만남.”

“뭔 소리야?”

“쉿, 그저 이 언니가 네 인생의 귀인이라는 것을 확신시켜줄…… 헉.”

순간, 여진의 표정이 귀신이라도 본 것처럼 서늘해졌다. 온몸에 소름이 곤두서며 딱딱하게 굳어버렸다.

지금 앞문에서 보이는 저 남자, 아무리 봐도…….

‘백싸가지! 왜 여기에?’

앞문에서 흐릿하게 보이는 상사의 실루엣에, 그야말로 혼비백산이었다. 내일 중요한 미팅 때문에 컨디션 조절하라고 했음에도 불구하고, 여기서 술 마셨다는 것을 들키면 분명히 죽을 때까지 깨지고 말 것이다. 사색이 된 여진이 본능적으로 벌떡 자리를 박차고 일어났다. 옆에 있던 짐을 재빨리 주워 들고 뒷문을 향해 전력 질주했다. 서연은 뜬금없이 사냥꾼을 만난 사슴처럼 헐레벌떡 도망가는 여진의 뒷모습을 황당하게 바라봤다. 장난치는 건가 싶더니, 아예 술집 밖으로 쥐도 새도 모르게 사라져서 돌아오지 않는다.

"최여진 저 또라이, 지금 파산 1분 전인 나한테 결제를 떠맡기고 튄 거냐? 허허허."

하도 어이가 없어서 헛웃음이 새어 나왔다. 고개를 절레절레 흔들며 눈앞의 치킨과 맥주를 허망하게 응시했다.

"그래. 내 피 같은 돈, 아까운데 혼자라도 다 처먹고 가자."

서연이 고개를 푹 숙이고 젓가락을 드는데, 느닷없이 음식 위로 어둑하게 그림자가 졌다.

"저기요."

웬 남자가 빙글빙글 웃으며 다가서더니 서연의 앞자리에 대뜸 턱 앉는 것이다. 깜짝 놀란 서연이 껄렁대는 남자를 꺼림칙하게 바라봤다. 이 남자 뭐지?

"아까부터 지켜보고 있었는데, 마침 일행분도 가셔서 용기 내서 왔거든요."

"……예?"

설마…… 작업 거는 건가? 헌팅?

"사실은 저희 내기했거든요. 그쪽이 여자인가, 남자인가."

"……하."

역시 그럴 리가 없지. 순간적으로 울컥, 하고 감정이 치받쳐 올라와서 입술을 꾹 깨물었다.

"저는 누가 봐도 남자라고 생각했는데, 제 친구는 또 약간 여자 같다네요?"

남자가 서연의 심기를 파악하지 못하고 실실 웃으며 말을 이었다. 꽉 힘주어 쥔 서연의 주먹이 분노로 바들바들 떨렸다. 김성찬이나 이 남자나, 세상 남자들 정말 한결같이 너무하다. 해도 해도 너무한다. 무례가 끝을 달리는 것들, 하여간 이런 여자가 제일 우습지? 머릿속에 성찬의 만행들이 겹쳐지면서 더더욱 비참한 감정들이 고개를 치고 들어왔다. 앞에서 빙글거리며 웃는 남자가 몹시 혐오스러워지는 순간이었다.

"아니 왜 말이 없어요?"

"……이봐요."

"만 원 빵인데 빨리 말해줘요. 남자 맞죠? 그죠…… 악!"

남자는 말을 이을 수 없었다. 갑자기 등장한 도훈이 서연의 앞에 앉아 있던 남자의 뒷덜미를 콱 움켜쥐었기 때문이었다. 이내 짐짝 끌듯이 남자를 휙 던진 도훈은 그 자리에 무표정으로 앉았다.

"뭐, 뭐야!"

아연실색한 남자가 찢어지는 듯한 목소리로 도훈에게 꽥 소리쳤다. 그러든지 말든지, 도훈은 그쪽으로 시선도 주지 않고, 그야말로 철저하게 무시하며 마주 앉은 서연과 눈을 마주쳤다. 도훈의 입술이 느릿하게 열렸다.

"자기야."

쿵, 서연의 연약한 심장이 떨렸다. 도훈은 서연의 작은 얼굴을 두 눈에 오롯이 담고 달콤하게 씩 웃었다.

"……."

자…… 뭐? 서연은 너무 놀라 숨을 쉬는 것도 잊어버리고 도훈을 응시했다.

"여기 있었네? 전화는 왜 안 받아."

서연이 입을 떡 벌리고 멍하니 도훈에게 시선을 고정했다. 남자 또한 어처구니가 없다는 듯한 얼굴로 도훈을 쳐다봤다.

"치맥 중이었구나. 그래, 치킨엔 맥주지."

심드렁한 말투로 중얼거리더니 서연의 젓가락을 휙 뺏어서 치킨 한 조각을 집는다. 서연은 그 치킨을 태연하게 물어뜯는 도훈을 보며 그야말로 패닉에 빠지고 말았다. 뭐지, 대체 지금 이 상황? 머릿속에 온통 물음표만 떠다니고 있는데, 헛숨을 토해낸 남자가 어이가 없다는 듯 서연 쪽으로 몸을 휙 돌렸다.

"저기요. 이 사람이 그쪽 남자친구예요?"

"네? 아니, 그게……."

"예. 그런데요."

남자의 질문에 서연이 뭐라고 응답하기도 전에 도훈이 퉁명스럽게 대꾸했다.

"뭐, 왜요."

도훈과 눈이 마주치자 그의 매서운 눈빛에 흠칫 놀란 남자는 주춤 뒤로 물러섰다. 경고를 보내는 듯한 까만 눈동자는 차갑다 못해 공포감마저 일으켰다. 등골이 서늘해지는 오싹한 시선에 눌린 남자가 당황하며 서연과 도훈을 번갈아 응시했다.

"아, 아니 그…… 치킨 맛있게 드시라고요. 그럼 이만……."

남자가 뒷걸음질 치며 바보처럼 말을 더듬더니, 서둘러 줄행랑을 쳐서 밖으로 나가버렸다. 남자가 사라진 후에도 서연은 상황 파악이 되지 않아서 멍하니 허공만 응시하고 있었다.

"……제가 지금 꿈을 꾸고 있는 건가요?"

넋이 빠진 듯한 목소리는 어수선한 서연의 심정을 대변했다.

"아니면 취했나? 왜 이렇게 현실감이 없지, 요즘?"

갑자기 어디서 나타난 거야. 이 남자! 게다가 영문 모를 남자친구 연기라니……. 서연은 두 눈을 부릅뜨고 도훈의 얼굴을 꼼꼼하게 관찰하기 시작했다. 그의 표정에서 의중을 읽으려고 노력했다. 대체 여기는 어떻게 알고 왔으며, 왜 남자친구라고 말했는지…….

그때, 도훈의 서늘한 오른손이 서연의 볼을 부드럽게 감싸 안았다. 단단한 팔뚝이 서연의 가까이에서 느릿하게 움직이자 여린 어깨가 작게 움츠러들었다. 뭐지? 뭐 하는 거지? 서연은 도훈의 얼굴이 점점 가까이 다가오는 것을 느꼈다. 미끄럼틀처럼 쭉 흘러내린 그의 커다란 손은 서연의 턱부터 목까지를 느슨하게 덮었다. 덜거덕 소리와 함께 그녀의 심장은 멈춰버린 듯했다. 코앞까지 덮쳐온 도훈의 얼굴에 서연이 마른침을 꿀꺽 삼켰다. 그가 토해내는 뜨거운 숨결에 여린 눈꺼풀이 화끈거렸다.

"백…… 도……."

너무 가까이 다가온 그의 얼굴 때문에, 서연은 양 볼이 불덩이처럼 달아오르는 것을 느꼈다. 설레선 안 된다고 명령하는 머리와 달리 그의 모든 행동에 떨리는 몸은 솔직했다.

"후으, 씨 정말……!"

도훈의 깊은 눈이 서연의 적갈색 눈동자를 뚫어져라 응시했다.

"……사람 심장마비로 황천길 보낼 생각 아니면 좀만 뒤로 가줄래요?"

혼미한 정신으로 고개를 살짝 비틀었다. 부탁에도 여전히 멀어지지 않은 도훈의 얼굴을 곁눈질로 보자 미칠 것만 같았다. 이 남자, 도대체 무슨 생각을 가지고 자꾸 이러는지 알 수가 없다.

"소주 냄새는 안 나는데."

그의 입술이 부드럽게 움직였다.

"그러면 맥주 먹고 취한 건가?"

"……네?"

서연은 뒤통수를 한 대 맞은 듯한 얼굴로 멍하니 도훈을 응시했다.

"탄산수 한 병 주세요."

도훈이 서연에게서 얼굴을 떼고, 옆에 지나가던 점원에게 말했다. 서연이 눈을 혼란스럽다는 듯 깜빡였다.

"취해요? 누가? 설마 내가?"

갑자기 뜬금없이 등장한 것도 당황스러운데, 멀쩡한 사람에게 취했다고 누명을 씌운다. 동그랗게 뜨여진 커다란 눈을 보며 도훈이 픽 하고 웃었다.

"응. 취했다고 데리러 오라면서."

"저 그런 적 없는데요? 어휴, 생사람 잡네!"

그보다 도대체 어떻게 이 남자는 매일 우울해질 때면 귀신처럼 말없이 등장하는 걸까! 서연은 진심으로 도훈의 정체에 의심이 가기 시작했다.

"혹시 진짜 귀신? 내 눈에만 보이나?"

서연이 돌연 손가락을 뻗어 도훈의 뺨을 콕 찔렀다. 뜬금없이 볼을 찔린 도훈이 눈가를 좁혔다.

"……뭐 해?"

콕, 콕, 단단한 뺨을 두 번 더 찌르자 서연의 눈은 점점 더 놀라움으로 커져갔다.

"와, 사람이다."

하, 도훈은 웃음이 나왔다. 제 볼을 아무렇지 않게 세 번이나 찌른 여자는 난생 서연이 처음이었다. 그것도 저렇게 순진무구한 얼굴로 찌르다니.

"그럼 혹시 GPS 추적, 뭐 그런 거 달아놓은 거 아니죠? 자꾸 불쑥불쑥 나타나, 무섭게!"

"문자로 가게 이름도 말해줬잖아요? GPS 추적보다 더 정확하게."

"저 문자 보낸 적 없다니까요?"

"기록 다 남는데 발뺌하네. 확인해봐요."

도훈이 낮게 웃으며 곧은 등을 등받이에 천천히 기댔다. 서연이 툴툴대며 휴대전화를 꺼내 들었다. 문자를 확인하는 그녀의 미간이 어렴풋하게 좁아졌다. 어? 진짜 기록이 있네? 10시 03분…… 뭐지, 이게?

[도훈 오빠! 서연이 완죠니 취해떠용! 이뿐 서연이 데리러 날아와 주시면 안 돼용? 여기는 망원동 플라잉치킨! 우웅~ 오빠 기. 다. 릴. 게. 용♥]

미친.

"……."

미친, 미쳤어, 미친 게 틀림없어.

"취해서 보낸 거 까먹었나 봐."

여진이 보낸 장난 문자를 보고 창백해진 서연의 얼굴을 보며, 도훈의 입에서 숨소리 같은 웃음이 툭 하고 터져 나왔다. 그와 동시에 서연의 얼굴은 화끈하고 달아올랐다.

"더워?"

새빨개지다 못해 터질 것 같은 그녀의 얼굴을 보며 도훈이 장난스럽게 물었다. 서연이 고개를 푹 숙이고 눈만 빼꼼 들어서 도훈을 슬쩍 훔쳐보았다. 여유롭게 웃고 있는 도훈의 눈동자를 마주하자 화들짝 놀라며 다시 시선을 내리깔았다.

'최여진 죽여버릴 거야! 언제 몰래 이딴 문자를 보낸 거야!'

"어…… 그러니까 이게……."

소리 없는 아우성과 함께 부끄러움으로 인한 열기가 치밀었다. 거기에 드물게 말려 올라간 도훈의 입꼬리와 가늘어진 눈매는 마치 포르노보다도 자극적이어서 점점 서연의 얼굴에 불을 지폈다. 서연은 입 안의 수분이 바짝바짝 마르는 것을 느꼈다.

"그러니까 이 문자는 절대, 결단코! 목숨 걸고 제가 보낸 게 아니고요."

목숨까지 걸 필요는 없는데, 도훈이 시선을 내리깐 서연의 얼굴을 여유롭게 주시했다. 필사적으로 부인하는 눈이 동그란 게 귀여웠다.

"친구가 장난을 친 것 같아요. 죄송해요."

"친구? 여기 혼자 있었잖아요?"

"갑자기 어디론가 사라졌어요. 내가 그 애를 확 갖다가 진짜……! 으, 어쨌든 친구가 장난으로 보낸 문자 같은데 죄송해요."

"그래요?"

도훈은 행동 하나하나에 여유가 넘쳤다. 낮은 웃음소리가 밧줄이 되어 서연의 심장을 꽁꽁 묶어놓았다.

"친구한테 내 얘기 했나 봐요."

"……."

"친구가 장난으로 그런 문자 보냈다는 거는……."

느릿느릿하게 흘러가는 그의 음성이 서연의 귓가에 고였다.

"내 얘기 했다는 거잖아?"

얼굴이 또다시 불에 덴 듯 화끈거리기 시작했다. 정곡을 찔렸다.

"아니 그게 음……."

"뭐라고 얘기했는데?"

"아니, 뭐 그냥…… 나쁜 얘긴 아니고, 그냥……."

서연은 할 말을 찾지 못하고 눈동자만 굴렸다. 그런 그녀를 빤히 바라보던 도훈이 작게 웃음을 터뜨렸다. 그 웃음소리가 불쏘시개라도 되는 듯, 서연의 양 볼은 더욱더 빨개졌다.

"아, 정말!"

서연이 빽 소리를 지르며 눈앞에 놓여 있는 맥주를 꿀꺽꿀꺽 삼켰다. 차가운 맥주는 뜨겁게 달아오른 입 안과 목을 적시며 빠르게 들어갔다. 도훈의 눈빛 때문에 마셔도 마셔도 갈증이 나는 기분이었다. 하여간 넌 죽었어, 최여진! 이불킥 역사를 네 덕에 새로 쓴다!

"아니, 근데 오란다고 진짜 와요?"

서연은 괜히 부끄러워서 버럭 성을 냈다. 쪽팔림을 감추기 위해 적반하장만큼 적절한 것은 없었다. 따지듯이 도훈을 흘겨보자, 그는 희미하게 웃음기가 서린 얼굴을 느릿하게 아래로 내렸다.

"네가 불렀잖아."

그의 목소리는 무미건조했다.

"가야지."

그런데도 그 음성은 마치 총알처럼 동그랗게 말려 서연의 심장을 불쑥 헤집어놓았다. 그러고 보니 그는 묘하게 반말과 존댓말을 섞어 쓴다. 이쪽이 다섯 살이나 어리니 안 될 건 없었으나, 문제는 그가 반말할 때마다 딱딱하게 굳는 심장이다. 일시 정지 버튼을 누른 로봇처럼 말없이 멈춰 있는 서연을 보며 도훈이 턱을 괴었다.

"근데 술 좋아하나 봐요. 자주 마시네."

"……."

"지금까지 다섯 번 봤는데 그중에 세 번 술 마셨죠."

도훈의 말에 서연이 붉은 입술을 꾹 다물었다. 생각해보니 그를 만날 때는 대부분 술이 있었다. 이러다 알코올 중독자로 아는 거 아냐? 서연은 도훈에게 계속 치부만 드러내는 느낌이라 기분이 급속도로 울적해졌다. 사실 남은 게 치부뿐인데 드러내고 말고 할 것도 없었다. 인생은 멀리서 보면 희극이고 가까이서 보면 비극이라던데, 어떻게 된 게 서연의 인생은 가까이서 보든 멀리서 보든 그저 깜깜한 암흑, 비극뿐이었다. 착잡한 생각이 들어 깊은 한숨을 내쉬었다. 눈앞의 술을 천천히 목구멍 안으로 밀어 넣었다.

"……인생이 힘들잖아요. 마시기 싫어도 살기 위해 마시는 거지."

서연은 또다시 맥주잔을 들고 알코올을 들이켰다. 도훈은 뒤로 젖혀진 서연의 흰 목을 빤히 지켜봤다. 그녀가 술을 삼킬 때마다 파도처럼 일렁이는 부드러운 목선이 그의 시선을 사로잡았다.

"저번 주말에, 그쪽 저 제대로 파악했어요. 저 실은 10년 후를 상상해도 하나도 안 행복해요. 웃음도 안 나오고."

서연은 머리가 욱신거렸다.

"아무리 불경기라지만 제 앞날은 어둡다 못해 새까매요. 27살에 겨우 얻은 직장은 월급이 알바하는 것만큼도 안 되고요. 부모님은 몇 년 전에 다 돌아가셔서 가족 하나 없고, 전 남자친구는…… 아무튼."

김성찬 생각을 하니 착잡해진 기분이 더욱 수렁으로 푹 빠져버렸다.

"인생이 너무 힘드니까 마시는 거지, 술."

도훈은 서연에게 미묘한 동질감을 느꼈다. 도훈도 꿈속의 여자 때문에 거의 매일 술을 마시는 삶을 보내고 있었기 때문이었다. 그녀에 대한 그리움으로, 사랑으로, 불쑥 덮치는 감정들로 인해 밤낮으로 고통받았고 잠시만이라도 그녀를 잊어보기 위해 10년간 동반자로 삼아온 것이 술이었다. 그러지 않고는 견딜 수가 없었다. 평생을 그 여자만 그리다가, 결국 그녀를 한 번도 만나지 못하고 쓸쓸하게 죽어갈 것이라는 불안감은 예고 없이 그를 덮쳤기 때문이다.

"하……."

짧은 한숨을 토해낸 서연이 다시 말을 이었다.

"저 작년에 작은 레스토랑에서 아르바이트했었거든요? 그때 거기 셰프 언니가 되게 친절했는데…… 자기 따로 나와서 개업할 건데 같이 일하자고 저한테 제안했었어요. 홀매니저 시켜준다고."

"……."

"제안한 월급이 장난이 아니었어요. 지금 받는 돈에 거의 2배? 당시에 5년째 구직 중이었고요. 뭣도 없는 고졸 여자애한테 파격적인 제안이었죠."

도훈은 서연이 지금 의상 쪽에 일하는 것을 보아 그 제안을 거절했을 거로 추측했다. 그리고 그 결단으로 인해 세상 사람들이 얼마나 서연을 바보 취급했을지, 현실을 모른다고 손가락질했을지 쉽게 예상할 수 있었다.

"남들은 아직도 철이 덜 들었냐, 나중 돼서 후회할 거 모르냐고 뭐라고 했지만…… 저는 제 인생에서 별로 대단한 걸 바라지 않았거든요. 연 매출 300억 사장님 되고 싶지도 않고요. 재벌 3세 부인 되고 싶지도 않고요."

"그러면?"

"꿈은 딱 하나. 나 좋아하는 패션 하면서, 돈 남들처럼 적당히 벌면서……. 그리고……."

서연이 떨리는 말끝을 흐리며 입술을 꼭 깨물었다. 닫힌 입 속으로 뒷말이 꿀꺽 삼켜졌다.

"어휴, 진짜!"

신경질적으로 머리를 헝클이며 우악스럽게 맥주를 벌컥벌컥 들이켰다. 도훈은 그런 그녀의 행동을 그저 말없이 지켜보았다.

"어쨌든 그래서 그때 거절하고 부득불 알바로 연명하다가 어떻게든 한 달 전쯤에 패션 회사 취직했거든요?"

서연의 입가가 일그러졌다.

"근데 꿈과 현실은 다르다고, 솔직히 입사하고 나서도 너무너무 힘든 거예요. 분명히 나 하고 싶은 일 결국 하는 건데 진짜 너무 힘든 거예요."

도훈은 고장 난 테이프처럼 느려지는 서연의 목소리에 온 신경을 집중했다. 묵묵히 그녀의 말에 귀를 기울였다.

"심지어 제가 매니저 자리를 거절했던 그 레스토랑은 지금 대박이 났어요."

아, 도훈이 소리 없이 탄식했다.

"그런 거 있잖아요. 아, 이게 내 길이 아닌가? 사람들 말대로 내가 진짜 철없는 거고 한심한 건가. 그런 생각 들고요."

"그럼 그때 그 제안 거절한 거 후회해요?"

도훈의 물음에 서연이 픽 웃음을 터뜨렸다. 이내 고개를 느릿하게 저었다.

"아니요. 생각해봤거든요. 만약 내가 작년에 제안 받았을 때로 돌아갈 수 있어서, 그 선택을 번복할 수 있다면, 난 그때 내 꿈을 버리고 레스토랑 매니저로 가는 길을 택했을까?"

"……."

"아니더라고요. 결국 나는 여기 이 길로 오겠구나, 휘청거리면서도 이 위에 서겠구나, 싶었어요. 어렸을 때부터 꿈이었으니까. 난 이것밖에 모르고 살았으니까."

그때 생각을 하니 또 눈물이 날 것 같아 입술을 콱 깨물었다.

"나는 현실 때문에 다른 걸 다 포기했지만, 이거 하나……. 꿈 이거 하나 억지로 잡은 거예요……."

밝은 빛을 바라며 음지에서 양지로 나온 서연은 햇살에 눈이 부셔 장님이 될 것 같았다. 그렇게 바라던 양지에 겨우겨우 올라왔는데, 내리쬔 빛이 따스한 햇볕이 아닌 살인적인 조도의 조명이라는 것을 알게 된 그녀의 박탈감을 도훈은 섣불리 가늠할 수 없었다. 그는 한참 동안 말이 없었다. 침묵이 지나고, 푹 숙인 서연의 고개 위로 느릿하게 쌓인 도훈의 목소리는 동굴 가장 깊숙한 곳처럼 그윽했다.

"뭐든 처음은 힘들고, 현실과 이상은 다를 수밖에."

"……."

"누구든 바라는 거, 원하는 거 얻으려면 치열하게 사는 거야. 그러니까 지치는 게 당연하고."

서연은 커다란 손이 제 머리 위를 천천히 어루만지는 것을 느꼈다. 내려다보는 검은 눈동자에 덴 가슴이 뜨겁다 못해 타버릴 것 같다.

"힘들다고 잘못된 길이라고 의심할 거 없어. 당신의 진가를 잘 알지도 못하는 사람들이 가볍게 떠들어대는 말에 쓸데없이 귀 기울일 필요도 없고."

그의 손은 서연의 하얀 귓바퀴를 타고 흘러 볼록한 귀밑으로, 그리고 부드럽게 떨어지는 턱의 곡선을 따라 유연하게 내려왔다. 아, 턱 가운데로 모인 그의 미끈한 손가락은 서연의 보들보들한 턱 아래를 은밀하게 문질렀다. 잘 보이지 않는 연한 살을 불쑥 침범당하자 서연은 배꼽 근처가 간질간질했다.

"이번엔 내가 지금 이 순간 행복해지는 방법 알려줄까요."

떨어진 손은 자연스럽게 그의 턱 아래를 받쳤다. 길게 찢어진 눈은 서연을 제 안에 가둔 후 탐색하듯 훑어보고 있었다.

"힘들면 의지할 데를 찾아."

허공에서 마주친 두 사람의 시선이 그 어느 때보다 치밀하고 뜨거웠다.

"이쪽은 어때요."

그가 고혹적으로 속삭였다.

"자리 비었는데."

미려한 입술 끝이 매끄럽게 올라갔다.

한편 술집 뒷문으로 도훈을 피해 정신없이 뛰쳐나온 여진은 눈썹이 휘날리게 줄행랑을 쳤다.

"에이, 내가 왜 이러고 살아야 해! 그냥 퇴사해버려…… 억!"

볼멘소리로 구시렁대며 달리던 여진이 인도 한복판에 서 있는 남자와 퍽 소리 나게 부딪혔다. 가느다란 몸이 휘청이더니 넘어질 듯 빠르게 바닥으로 추락했다. 그 순간 굵은 팔뚝이 여진의 가는 허리를 감쌌다. 그 팔의 주인이 여진을 품으로 끌어당긴 덕분에 넘어지지 않을 수 있었다. 놀란 심장을 가까스로 부여잡은 여진이 자신을 지탱하고 있는 팔의 주인을 찾았다. 진영 또한 놀란 눈으로 자신의 품 안에 안긴 여자를 응시했다. 그렇게 둘은 멍하니 서로를 보며 얼빠진 얼굴을 했다.

"다, 다, 당신은!"

먼저 입을 연 사람은 여진이었다.

"그때 아이틴에서 같이 놀았던 오빠!"

"태희 씨? 세성여대 3학년이라고 했던……."

움찔, 당황한 여진이 눈동자를 굴렸다. 진영과는 얼마 전에 간 클럽에서 만나 술 한잔 얻어 마셨던 관계였다. 클럽에서는 다들 제 나이, 제 직업을 밝히지 않는 게 꽤 흔한 일이었고, 여진도 진영에게 자신이 22살 여대생 최태희라고 사기를 쳤었는데, 그렇게 말했다는 것조차 완전히 까먹고 있었다. 진영은 여전히 여진의 허리를 잡은 채로 울상을 지었다.

"왜 그날 이후로 연락 안 받았어요?"

"네? 아, 아니 그게……."

"문자도 답 안 하고, 전화도 안 받고!"

어차피 한 번 보고 말 사이라고 생각했기 때문에 거짓말을 한 거였고, 오래 끌고 가봐야 좋을 게 없다는 것을 알았기 때문에 몇 번 연락하다가 진영을 차단했었던 여진이었다.

"우리가 겨우 그런 사이였어요? 내가 나이가 많아서 그래요? 10살 차이라 그래요?"

울먹이는 건지 울먹이는 척을 하는 것인지, 진영의 원망스럽다는 듯한 투에 그저 침묵할 수밖에 없었다. 여진이 눈에 띄게 당황하며 고개를 돌려 뒤를 확인했다. 계속 여기에 서 있다 보면 도훈을 마주칠지도 모르는 일이었기 때문에 일단 이곳을 벗어나는 게 시급했다.

"차 있어요?"

여진이 진영의 팔을 덥석 붙잡고 물었다. 갑작스러운 스킨십에 진영이 부끄러워하며 몸을 배배 꼬자 여진이 미간을 찌푸렸다.

"이거 오빠 차죠?"

진영이 아까부터 기대 서 있던 번쩍번쩍 빛나는 스포츠카를 보며 여진이 물었다. 도훈의 차였다.

"지금 제가 좀 급한데 저 좀 태워주시면 안 돼요?"

"네? 그렇지만 이거 제 차가 아니라……."

진영이 곤란하다는 듯한 표정을 지으며 머리를 벅벅 긁었다. 그 순간에도 여진은 뒤에서 도훈이 나타날까 봐 전전긍긍하고 있었다.

"제발! 저를 데리고 어디든 가주세요!"

여진의 말에 진영은 얼굴을 붉히며 수줍어했다.

"화끈하다. 우리 태희……! 그래, 오빠가 좋은 곳 데려다줄게!"

뭐라는 거야, 진짜! 여진이 그의 말을 철저하게 무시하며 서둘러 차 쪽으로 뛰어갔다.

"빨리 타요!"

여진이 조수석의 문을 벌컥 열고 그에게 얼른 운전석에 타라는 듯 고갯짓했다. 여전히 쑥스러운 기색으로 몸을 배배 꼬며 실실 웃는 진영 때문에 여진은 속이 터졌다.

"빨리 타세요!"
"흐흐. 우리 태희 뭐가 그렇게 급해? 오빠 어디 안 가."
"아, 빨리 타라고 멍청아!"

밖으로 나서자 며칠 사이 잠깐 돌았던 봄기운을 가르고 찬바람이 불었다. 도훈은 서연을 데려다주겠다며 아까 주차했던 곳으로 향했으나 차는 이미 감쪽같이 사라진 후였다. 물론 범인은 안 봐도 뻔했다. 도훈의 눈썹이 소리 없이 구겨졌다.
"뭐 문제 생겼어요?"
"차가 없어져서."
"네? 견인해간 거 아니에요? 아니, 여기는 불법주차 아닐 텐데?"
"잠깐만요."
도훈이 주머니에서 휴대전화를 꺼내 진영에게 전화를 걸었다. 추운지 바들바들 떨리고 있는 서연의 입술이 몹시 신경 쓰였다.
"내 차 어딨어."
도훈이 살짝 짜증 섞인 목소리로 물었으나, 진영은 묵묵부답이었다. 오히려 이상야릇하고 거친 숨소리만 간헐적으로 들렸다. 도훈이 한 번 더 재촉하자 조금 긴장한 듯한 음성이 수화기를 타고 들렸다.
-자, 잠깐만. 나 지금 운명의 순간이거든? 데스티니를 만났어. 차 나중에 돌려줄 테니까 걸어 들어가. 미안!
뚝, 속사포로 속삭이더니 황당할 정도로 어이없게 전화를 끊어버렸다. 도훈은 짜증스럽게 한숨을 내쉬었다. 또 어디서 뭘 하고 다니는지 몰라도 여자를 태운 것만 아니길 바랐다. 진영이 만나고 다니는 여자들은 대체로 화려한 외양과 함께 향수도 펌핑이 과했고, 도훈은 머리가 띵띵 아픈 향기가 차 안에 역병처럼 남는 것은 질색이었다.
"차를 친구가 끌고 갔대요. 미안해요, 차로는 못 데려다줄 것 같아서."

도훈의 말에 밤바람을 맞고 새하얗게 질린 얼굴이 웃었다.

“괜찮아요. 어차피 여기서 집, 걸어서 갈 수 있는 거리예요. 날씨도 꽤 풀려서 안 추운데 슬슬 걸어가지 뭐.”

말은 그렇게 해도 서연은 남들보다 추위를 많이 탔다. 퍼석하게 튼 입술이 그 사실을 은근하게 드러냈다. 도훈은 그녀의 입술을 물끄러미 응시했다.

“그럼 저 갈게요. 다음에 봐요.”

서연은 고개를 꾸벅 숙인 후 뒤를 돌아 척척 걸어갔다. 씩씩한 걸음으로 시작했지만 한 발짝 한 발짝 나아갈수록 속도는 점점 더 느려졌다. 3월인데 뭐 이렇게 추운 걸까? 정말 엄청나게 춥다. 대충 껴입은 셔츠 안으로 찬바람이 숭숭 스쳐 지나갔다. 동상 입은 듯이 얼은 어깨를 작게 움츠리는데…….

흠칫한 서연의 입술이 벌어졌다. 성큼성큼 걸어 서연의 뒤에 따라붙은 도훈이 자신이 매고 있던 목도리를 벗어 그녀의 목에 천천히 둘렀기 때문이었다. 촘촘하게 꼬인 섬유의 따뜻한 감촉이 차갑게 얼은 목덜미에 부드럽게 감겼다. 깜짝 놀란 서연의 몸이 목석처럼 딱딱하게 굳었다. 짙은 회색 목도리에서 흘러나온 알싸한 머스크 향이 서연의 코를 자극했다. 두근, 두근. 도훈의 손목과 목덜미에서 불현듯 느껴지던 그 어른스러운 향이, 이제 서연의 목으로 은은하게 옮겨졌다.

“안 춥긴. 귀가 빨간데.”

도훈의 목소리는 나른했다. 서연은 멍하니 놀란 눈을 깜빡였다. 그는 무슨 일 있었냐는 듯 다시 성큼성큼 걸어 앞으로 나아갔다. 두근, 두근, 두근, 서연이 숨을 들먹일 때마다 목도리에 닿는 그녀의 경동맥이 곧 터질 것처럼 불뚝거렸다. 그 자리에서 굳어버린 채 걸어가는 도훈의 뒷모습을 넋을 놓고 보았다. 이내 그의 발걸음이 우뚝 멈추었다. 그는 고개만 살짝 돌리고 말했다.

"뭐 해요? 안 가요?"

서연이 눈을 한 번 감았다가 뜨자, 어느새 도훈의 머리카락처럼 칠흑 같은 밤하늘 위로 새하얀 눈송이가 꽃처럼 살랑거리며 내리고 있었다. 3월, 초봄에 내리는 마지막 눈이었다.

"가요……."

머리가 어지러워…….

세상 모든 자극에 무관심한 태도로 일관하는 도훈이었지만, 그런 그에게도 취미는 있었다. 쉬는 날이면 근교로 드라이브를 나가 고속도로에서 속도를 즐기는 것은 답답한 현실을 잠시나마 잊게 해주었고, 매 순간 최상의 컨디션으로 달려줄 스포츠카는 필수적이었다. 고가의 스포츠카에 대한 한량 같은 이미지와 그에 대해 사원들이 느낄 괴리를 미리 차단하기 위해 도훈이 회사에서 사용하는 차는 일반 승용차로, 그는 차 두 대를 엄격히 분리해서 사용하고 있었다. 따라서 여진은 진영을 꼬드겨 얻어 탄, 이 날렵하게 빠진 스포츠카가 도훈의 차라고 상상조차 못 했다.

"와, 차 죽인다. 이런 차는 난생 또 처음 타보네."

여진이 내부를 보며 작게 감탄했다.

"친구 차라고 했나요?"

"네, 네!"

"그 친구 돈 진짜 많나 보네……."

하긴 끼리끼리지. 여진이 속으로 생각하며 흘끔 진영을 보았다. 이유는 모르겠지만 지금 무지막지하게 긴장한 듯 보이는 이 남자도 일전에 상식 밖의 술값을 스스럼없이 냈었던 전적이 있다. 계속 주시하고 있자니 그의 표정이 미묘하게 변하기 시작했다. 왜 저래? 이상해서 더욱 빤히 쳐다보자 살짝 이쪽을 돌아본 그와 눈이 딱 마주쳤다. 그는 갑자기 혼자 화들짝 놀라더니 다시 정면을 봤다. 고개를 갸웃한 여진은 일단 진영이 하는 모양새를 지켜보기로 했다.

그렇게 20분이 지났다. 내내 제자리걸음이었다. 진영은 차를 느리게 몰며 정처 없이 한군데만 빙빙 돌았다. 여진이 미간을 공격적으로 찌푸렸다. 도와준 성의를 봐서 술 한잔 정도는 마셔줄 의향이 있었으나 하는 짓거리에 정나미가 뚝뚝 떨어졌다. 이 오진영인지 오징어인지 하는 인간…… 완전 쭉쨍이네.

"나 집에 갈래요. 대체 똑같은 곳을 몇 번째 돌아요? 이 앞에서 유턴해요, 빨리. 나 집 가게."

"네? 네? 집에 가신다고요?"

"유턴해요."

"네, 네!"

당황한 진영이 서둘러 핸들을 크게 꺾었다. 여진은 안절부절못하는 그를 무시하고 내비게이션을 쿡쿡 눌러서 자신의 집 주소를 찍었다. 진영은 정면과 여진을 초조하게 번갈아 볼 뿐이었다.

"가요."

여진의 퉁명스러운 말끝에 도착한 곳이 그녀의 집이라는 것을 알자, 진영은 크게 실망했다. 그러든지 말든지, 여진은 미련 없이 차에서 내렸다. 진영에게 고개만 짧게 까딱인 후 아파트 단지 안으로 유유히 걸어 들어갔다.

"태, 태희 씨!"

뒤에서 자신을 부르는 목소리에 여진이 멈칫했다. 살짝 뒤를 돌았다.

"우리 비록 두 번째 만남이라 좀 그렇지만 태희 씨가 너무 제 스타일이라 그런데 혹시 우리 만나보는 건 어떨지 하는 그런 생각을 조금 하는 것 같기도 한데, 태희 씨는 어떻게 생각하는지 궁금한 것 같기도 하……."

"아, 좀!"

여진이 하이힐을 바닥에 탕 구르며 소리쳤다.

"말 진짜 많네요. 모터 900개는 단 것 같아요. 그것도 진동 모터로."

돈 많은 날라리인 줄 알았더니, 그냥 숙맥이었나. 달달 떨리는 목소리로 꿋꿋하게 말하는 진영의 모습은 요령이 없어도 너무 없었다. 여진이 또각, 또각, 도도하게 걸어 진영의 코앞까지 다가섰다. 주춤거리는 그의 턱을 길쭉한 검지로 휙 치켜들었다.

"수염 자국, 노티 나는 안경, 아저씨 같은 패션."

여진의 말에 진영은 잠깐 멍해졌다.

"그리고 무엇보다 내시같이 굽신굽신거리는 태도."

"네?"

"남자는 자신감이에요! 아니 여자도 마찬가지지! 사람은 자신감이 생명이라고요, 알겠어요?"

가진 건 적어도 절대 꿀리지 않는 자신감과 당당함 하나로 살아온 여진이었다.

"지금 말한 거 고쳐봐요. 그러면 가끔 술친구 정도는 해줄게요."

여진이 진영의 턱에서 손가락을 척 떼고 그의 가슴께를 콕 찔렀다. 그 행동이 버튼이라도 되는 양 진영이 멈췄던 숨을 훅 토해내었다.

"헉! 네! 태희 씨! 고칠게요! 꼭 고칠게요! 태희 씨!"

도도하게 뒤 한번 돌아보지 않고 가는 여진의 뒷모습에 대고 세상이 떠나가라 소리 지르는 진영이었다.

도훈과 서연은 희미한 불빛을 내뿜는 가로등을 따라 나란히 걸었다. 서연의 집으로 가는 길이었다.

"아직도 추워요? 추위를 많이 타네."

코를 훌쩍이는 서연을 보며 도훈이 넌지시 묻자, 그녀가 작은 고개를 도리도리 흔들었다.

"이제 괜찮아요."

그렇게 말하는 귀가 새빨갛게 물들어 있었다. 이쯤이면 괜찮은 척하는 게 버릇인가 싶었다.

"봄이 늦네요. 3월도 곧 끝인데."

몽롱하게 말하는 서연의 뽀얀 볼에 도훈의 시선이 꽂혔다. 손대면 자국이 남을 것처럼 연해 보이는 피부였다. 그 티 없이 맑은 뺨에 닿은 자신의 목도리가 묘하게 자극적으로 느껴졌다.

"그나저나 눈 되게 많이 온다. 내일 운전하기 힘들겠어요."

"데려다줄까요?"

"네? 지금 데려다주고 있잖아요."

"내일 아침에 회사 말이야."

"그건 무스으악!"

눈길에 미끄러진 서연이 휘청거리더니 저도 모르게 주머니에서 손을 빼 도훈의 팔을 콱 움켜쥐었다.

"와, 죽는 줄 알았네. 이래서 겨울은 싫다니까."

서둘러 균형을 잡은 서연이 신발 밑창을 눈 바닥에 두어 번 비볐다. 잠깐 악력에 구겨졌던 도훈의 코트는 언제 그랬냐는 듯 반듯하게 제자리를 찾았다.

"손목은 왼쪽, 발목은 오른쪽이네요."

고개 숙인 서연의 뒤통수로 서늘한 음성이 내려앉았다.

"뭐요, 불편한 거요?"

"네."

"하여간 눈썰미 장난 아니라니까. 그걸 또 언제 보셨대……."

"발목 다쳤던 거예요?"

"별건 아니고요. 3년 전인가 알바하다가 계단에서 완전 대자로 넘어졌거든요? 아파 죽는 줄 알았지만 쪽팔림이 더 심해서 헐레벌떡 일어났는데, 아니 글쎄 다리가 너덜너덜한 거야. 무슨 걸레짝처럼."

서연이 민망한 듯 웃으며 멈췄던 발걸음을 도로 옮겼다.

"병원 갔더니 인대가 끊어졌다고 하더라고요. 사정상 깁스 일찍 풀고 제대로 치료를 못 해서 아직도 가끔 이래요."

"그럼 자주 아픈가?"

"아픈 건 별로……? 다만 징크스가 있어요! 겨울철엔 무조건 7번 넘어진다는……."

"그게 뭐예요?"

"제가 다친 이래로 매년 겨울마다 7번씩 넘어졌거든요. 하도 넘어지니까 신기해서 세 봤는데 진짜 럭키 세븐인 거야."

서연이 손가락으로 딱 소리를 냈다.

"올해는 6번 넘어졌어요. 이제 한 번만 더 넘어지면……."

"큰일 나지."

도훈이 손을 뻗어 서연의 손을 덥석 쥐었다.

"넘어지면 아파."

작은 손을 움켜쥔 도훈의 손은 계속 주머니 속에 숨겨져 있던 탓에 찬 기운이 묻지 않은 상태였다. 갑작스러운 온기에 서연은 멍해졌다.

"이러면 안 넘어지겠죠."

그러나 이내 퍼뜩 정신을 차릴 수밖에 없었다. 도훈이 서연의 손을 잡은 상태 그대로 자신의 주머니 속에 손을 넣었기 때문이었다. 지저분한 운동화 앞코만 노려보던 서연이 비스듬히 시선을 올렸다. 그의 코트 주머니 속으로 빨려 들어간 제 손이 보였다. 블랙홀처럼 어두운 컬러의 코트는 하얀 손목을 뜨겁게 집어삼키고 있었다.

"따뜻하기까지 하고."

정작 그 안에서는 미치게 야릇한 감각이 팽배했다. 좁은 주머니 안에서 샌드위치처럼 겹쳐진 두 손, 남자의 살갗이 낯설어도 너무 낯선 서연이었다. 저도 모르게 손을 꼼실거리자 도훈의 손바닥이 그 위를 한 번 더 단단히 꾹 눌렀다.

“손 꼼지락거리지 마.”

그의 말에 서연이 고개를 푹 숙였다.

“그…… 그렇지만…….”

뜨겁게 맞잡은 손, 도훈의 목도리에서 느껴지는 신선한 향기, 심장을 쿵쿵 때려대는 굵직한 목소리, 그 모든 낯선 요소들에 서연은 숨이 턱턱 막혔다.

“그렇지만 뭐?”

“간질…… 간지러워요.”

그에게 꼭 잡혀 있는 손 온도가 비정상적으로 올라가기 시작했다.

“간지럽다구……!”

우왕좌왕하며 눈동자를 굴리는 서연을 본 도훈이 비식 웃음을 터뜨렸다.

“좀 참아.”

도훈이 서연의 손을 타이르듯 누르며 웃었다. 오늘만 해도 작지만 여러 번 웃음을 흘리는 그 때문에 서연은 머리가 아플 지경이었다. 포근하게 내리는 함박눈 사이로 뚫고 지나가는 내내 도훈은 서연의 손을 놓아주지 않았다. 어쩐지 열이 나는 것 같은 느낌이 들었다. 서연은 고개를 아래로 떨구었다.

“있잖아요.”

작은 음성에 도훈이 눈동자를 돌렸다.

“날 여자로 생각해주는 사람…… 그쪽이 처음이에요.”

서연이 희미하게 웃었다.

“빈말이든 진짜든, 나보고 누가 봐도 여자라고 한 거 완전 감동이었어요. 거기에 행동 하나하나에 겪어본 적 없는 배려가 느껴져서, 너무 따뜻해서 나…….”

서연의 목소리가 잘게 갈라졌다.

"요즘 하루하루가 특별하게 느껴져요. 그쪽이랑 있으면 날마다 현실감이 없고 거짓 같아요."

어쩐지 눈물이 날 것만 같아 눈을 꾹 감았다가 떴다.

"그래서 곤란하기도 해요. 눈 뜨고 일어나면 사라질 것 같은 과분한 대접이라."

서연은 가슴이 부풀어 오르는 것을 느꼈다. 오른쪽으로 고개를 돌리자 이미 자신을 내려다보고 있던 도훈의 까만 동공과 맞닥뜨렸다.

"고마워요."

서연의 눈이 시린 반달처럼 휘었다.

"그쪽이랑 있으면, 나 진짜 여자……."

멈칫한 서연이 환하게 웃었다.

"아니, 사람이 된 기분이에요."

허스키한 목소리가 부드럽게 도훈의 머릿속을 파고들었다.

"그냥 그렇다구. 흘려 넘겨요, 히히."

가늘게 웃는 서연의 벌어진 입 사이로 뜨거운 숨결이 느껴졌다. 오감을 마비시킬 정도로 달콤한 체취가 도훈의 후각을 옭아매었다.

"아, 도착했네요. 데려다줘서 고마워요."

집 앞에 도착하자, 서연이 도훈의 주머니에서 자신의 손을 빼내고 한 발짝 멀어졌다. 돌연 체온이 사라지자 멍하니 서 있던 도훈의 동공이 미세하게 흔들렸다.

"그럼 들어가세요!"

도훈은 떠나려는 서연의 손을 무작정 움켜쥐었다. 놀란 서연이 살짝 물러서자 그의 손에 조금 힘이 실렸다.

"왜요?"

우두커니 자신을 바라보고 서 있는 그에게 물었으나 그는 대답이 없었다. 그저 홀린 사람처럼 뚫어져라 서연의 얼굴만 응시할 뿐이었다. 왜 또 저렇게 보는 거지……? 서연은 기묘한 기분에 빠져들었다. 자신을 보는 그의 눈빛이 묘하다고 생각한 건 지금뿐만이 아니었다. 그는 처음 만났을 때도 저런 눈빛으로 자신을 바라봤었다. 속내를 알 수 없는 시커먼 수렁 같은, 사람을 숨 막히게 하는 눈빛. 그런데도 저곳에 갇히게 하는 지독한 눈빛으로. 탄탄하게 짜여 있는 칼날 사이를 지나가듯, 이상하고 위태로운 기류가 두 사람 사이에 흘렀다.

"사진……."

도훈이 흐릿하게 중얼거렸다.

"사진 한 장만 찍어도 돼요?"

"네?"

전혀 예상하지 못한 뜬금없는 말이었다.

"저를 찍으시겠다고요?"

"네."

"아니 왜 나를……."

"안 돼요?"

"뭐……. 그까짓 거 뭐…… 안 될 건 없죠?"

"그럼 여기 봐요."

"근데 왜 찍는 건데요?"

"웃어요."

"네? 왜 찍는 거냐니까!"

서연이 황급히 도훈의 휴대전화로 손을 뻗었으나 그의 엄지손가락이 더 빨랐다. 찰칵, 경쾌한 소리와 함께 서연이 입을 크게 벌렸다.

"아!"

살짝 휴대전화를 내린 도훈의 한쪽 입꼬리가 올라가 있었다. 서연이 확 그의 휴대전화를 빼앗아 사진을 확인했다.

"이게 뭐야!"

액정 속, 눈은 휘둥그레지고 입은 헤 벌린 자신을 보고 기겁할 수밖에 없었다.

"아 다시 찍어요, 다시!"

"왜?"

"빨리! 응? 완전 이상하잖아!"

서연이 동조를 구하는 듯이 도훈의 얼굴에 액정을 바싹 들이댔다. 화면을 물끄러미 바라보던 도훈은 한마디만 툭 내뱉었다.

"귀여운데."

도저히 이길 수 없는 상대라는 것을 직감한 서연이 팔을 도로 내렸다.

"뭐 하게요?"

"차라리 내가 찍으려고요."

서연이 셀카 모드로 전환한 후 어색하게 손을 내밀었다. 입은 꾹 다물고 억지 미소를 짓는데 도무지 화면 속에 담긴 자신이 만족스럽지 않아 그를 등지고 몸을 돌렸다.

"이 방향이 좀 나은 것 같은데……."

"그냥 찍어도 괜찮아."

"내가 안 괜찮아요, 내가."

"지금 예쁜데, 누르지."

"미적 기준이 거의 아마존 급으로 광활하신가 봐요."

"지금 좋다니까."

"알았어요. 그만 좀 보채요!"

가만히 서서 서연의 뒷모습을 보고 있던 도훈이 그녀의 등 뒤로 한 발짝 다가섰다. 서연은 여전히 누를 듯 말 듯 엄지손가락만 꿈틀거리고 있었다.

"……아."

그 순간 서연의 등 뒤로 거대한 몸이 그림자처럼 덮였다. 한 손으로 서연의 어깨를 짚고 가까이 선 도훈은 반대쪽 손으로 새하얀 손 위를 감쌌다. 찰칵.

"됐다."

서연은 일순 도훈에게 끌어안기는 줄로 착각했다. 딱딱하게 굳은 서연이 제 손에서 빠져나가는 그의 휴대전화를 따라 시선을 옮겼다. 고개를 쭉 꺾으니 뒷머리로 도훈의 가슴팍이 탁 부딪혔다.

"이, 이건 아니죠!"

심장 소리가 그한테까지 들릴까 봐 황급히 몸을 돌려 멀어졌다. 그러나 이미 휴대전화는 도훈의 주머니 속으로 자취를 감춘 후였다.

"이…… 나쁜……."

서연이 입술을 비죽 내밀고 투덜거리다가 제 주머니에서 자신의 휴대전화를 공격적으로 꺼내 들었다.

"그럼 나도 찍을래요! 그래야 쌤쌤이죠!"

"그렇게 해."

"자 빨리 웃어요. 스마일!"

도훈이 바람 빠지듯 웃었다.

"그렇게 말구, 환하게 웃어야죠!"

"뭘 더 어떻게."

"예쁘게! 예쁘게 웃어봐요!"

도훈은 어려운 숙제를 받은 사람처럼 엄지로 제 입술을 쓸었다. 곧 비웃듯 올라간 입꼬리는 모르는 사람이 보면 섬뜩했을 것이다.

"심각하다, 심각해. 어디 초상났어요?"

"이것도 아니야?"

"응, 아니야."

"되게 박하네."

이미 오늘 1년 치 웃음을 지은 도훈이었지만 서연으로서는 그 사실을 알 리가 없었다.

"그 왜, 전에 좋아한다던 그 여자분. 그분 생각이라도 하면서 웃든가요!"

일전에 짝사랑 상대 얘기를 하며 행복한 듯 웃었던 도훈을 떠올리고 무심코 뱉은 말이었다. 일순 욱신거리는 가슴은 착각이 아니었으나 괜히 그에게 의심 사고 싶지 않았기에 억지로 입술 끝을 들어 올렸다.

"자, 날 그분으로 생각해봐요."

서연의 말에 도훈의 눈이 가늘어졌다. 입꼬리는 곧장 자연스럽게 올라갔다. 서연은 그 미소가 마냥 반갑지만은 않았다.

"하나, 둘……."

터진 플래시 음에 뒤이어서 따끔거리던 서연은 심장은 이내 쿵쿵 낮은 소리를 냈다. 도훈이 한 발짝 다가서서 서연의 머리를 부드럽게 쓰다듬었기 때문이었다. 고개를 살짝 들어 올려 그를 쳐다보자 이번에는 섹시하게 말려 올라간 입꼬리가 눈에 들어왔다. 갑자기 왜 쓰다듬는 거지? 서연은 우산처럼 자신의 머리 위를 덮고 있는 커다란 손 때문에 머리털이 비죽비죽 곤두서는 기분이었다. 이럴 때는 어떻게 반응해야 하는 걸까? 요령이 없는 탓에 어찌할 줄 몰라 하는 서연이었다. 심각하게 고민하던 그녀가 이내 까치발을 들었다. 톡, 도훈의 머리 위에 손을 살짝 올리고 살살 쓸어 어루만졌다.

"……."

도훈의 눈이 커졌다. 서연은 그의 커진 눈을 보자 깜짝 놀라 손을 확 떼어냈다.

"이, 이게 아닌가……."

멋쩍은 듯 손가락을 오므렸다. 그런 그녀를 물끄러미 내려다보던 도훈은 이내 크게 웃음을 터트렸다. 그 커다란 웃음소리에 서연의 얼굴이 순식간에 홍당무처럼 새빨개졌다.

"하, 하여튼 저 들어갈게요!"

당황한 서연이 황급히 안으로 도망치듯 뛰어 들어갔다. 빠르게 달려가는 그녀의 뒷모습에 자석이라도 돼 붙어 있는 듯 도훈은 서연을 계속해서 바라보며 웃었다. 그녀가 사라진 후로도 한참을 서 있던 도훈은 이내 입가의 웃음을 갈무리했다.

"아…… 귀엽다."

입꼬리는 부드럽게 늘어졌다.

집에 도착한 서연은 가장 먼저 여진에게 전화를 걸었으나, 계속해서 불통이었다. 결과적으로 덕분에 도훈을 만났긴 했지만, 그 공로와 무관하게 자신을 버리고 튄 최여진을 반드시 응징해야만 했다.

"어쭈. 계속 안 받지."

죽었어, 받지 않는 전화를 내리고 이를 바득 갈았다. 그 순간 띠링 하고 휴대전화가 울렸다.

"최여진인가!"

씩씩거리며 서둘러 휴대전화를 켜고 문자를 확인했다. 그러나 문자를 보낸 사람을 확인하자마자 잔뜩 찌푸리고 있던 미간이 다리미로 편 듯 깔끔하게 펼쳐졌다. 손가락은 미세하게 떨리기까지 했다.

"백…… 도훈."

서연이 바짝 긴장한 입술을 혀로 축였다. 쿵쾅쿵쾅, 터질 것처럼 뛰는 가슴을 부여잡고 문자를 확인했다.

[나랑 있으면 여자가 된 기분이라고 했죠.]

서연의 동공이 거칠게 흔들렸다.

[맞춰어. 강서연 씨 나한테 여자예요.]

머리가 멍하게 울렸다. 기묘한 종소리도 느릿하게 울리는 것만 같았다.

[시간 될 때 연락해요, 편하게.]

연락……? 서연이 고개를 갸웃했다. 이어서 온 문자를 본 서연은 다리에 힘이 풀려서 그대로 주르륵 주저앉았다.

[우리 또 만나야 할 일 있잖아.]

"……아."

서연이 한 손으로 제 입가를 가렸다. 반대쪽 손으로는 제 목에 여전히 감겨 있는 도훈의 머플러를 움켜쥐었다. 이쪽은 정신이 없어 돌려줘야 한다는 것을 까맣게 잊은 것이었지만, 그는 아니었을 것이다. 계속해서 서연을 바라보던 도훈이 머플러를 돌려받아야 한다는 것을 몰랐을 리가 없었다.

"하……."

일부러…… 일부러 만든 것이다. 만남의 구실을.

"이게 뭐야. 이게 뭐야, 대체!"

이런 남자, 이런 남자가, 이런 남자가!

"진짜 내 열쇠……!"

띠링.

[근데 또 오빠라고 안 불러주나?]

"……."

[듣고 싶은데.]

"으아악!"

택시를 타고 집으로 돌아가는 내내, 도훈의 머릿속을 어지럽게 맴돈 잔상은 꿈속의 그녀였다. 창밖으로 화려한 네온사인이 스쳐 지나갈 때마다, 그보다 아름답게 반짝이는 그녀의 눈동자가 머릿속으로 선명하게 번졌다.

"그 여자와 강서연……. 분명히 뭔가 있는데."

택시 안에서 처음 서연을 만났을 때는 꿈속 여자를 닮았다고 생각하지 않았었다. 명백히 처음 보는 여자였다. 그런데, 말이 안 된다는 것은 알지만 이상하게 점점. 볼 때마다 점점. 기분 탓인지는 몰라도 서연은 점점 꿈속 여자의 얼굴을 닮아가고 있었다. 특히 아까 도훈을 보며 환하게 웃던 서연의 얼굴은 쉽게 꿈속 여자를 연상시킬 수 있을 정도로 닮아 있었고, 의혹이 기관차처럼 몰아치는 것은 순식간이었다. 강서연이 이제껏 찾던 그녀인 걸까? 가슴이 답답해진 도훈이 창문을 조금 내렸다. 찬 공기가 따갑게 피부를 뚫고 스며들었으나, 그조차 느끼지 못할 만큼 도훈은 상념에 잠긴 상태였다. 강서연이 그 여자인지 알아볼 방법, 확인할 방법이 필요하다. 확실하게 알 수 있는 그런 방법이.

집 앞에 도착해 택시에서 내린 도훈은 천천히 대문으로 다가섰다. 차를 훔쳐 가더니 아직 돌아오지 않은 듯 보이는 진영에게 전화를 걸기 위해 휴대전화를 꺼내 들었다. 그때, 대문이 밀리는 소리와 함께 옆에서 들리는 괴이한 소리에 도훈의 발이 멈춰 섰다.

"으하어……."

께름칙한 소리였다. 도훈의 미간에 깊은 주름이 잡혔다.

"아흐으……."

점점 더 커지는 소리에 대문을 도로 닫은 도훈이 방향을 돌려 소리의 근원지로 성큼성큼 돌진했다. 이내 집 옆에 쭈그리고 있는 커다란 형체를 발견하고 뒷덜미를 잡아 휙 뒤로 꺾었다.

"으아악! 아파! 아파!"

남자는 기겁하더니 두 눈을 꼭 감고 죽은 척을 하며 바닥에 널브러졌다. 한참 밖에서 기다렸는지 찬 공기 가득 먹은 점퍼가 도훈의 발끝에서 바스러지듯 구겨졌다. 도훈이 황당한 눈으로 그를 바라봤다.

"뭐야. 너 여기서 뭐 해?"

바닥에 바퀴벌레처럼 납작 달라붙어 있는 남자를 발로 툭툭 건들며 물었다. 달달 떨리는 이를 앙다문 그는 도훈의 얼굴을 확인하고 구원자를 만난 듯 환호했다.

"형……!"

도빈이 용수철처럼 벌떡 일어나더니 눈썹을 휘날리며 날아가 도훈의 품으로 다이빙했다.

"왜 이렇게 늦게…… 컥."

안착 실패, 도훈이 몸을 피하자 담벼락에 퍽 부딪힌 도빈은 주르륵 흘러내렸다. 그러거나 말거나, 도훈은 도빈을 본 척도 안 하며 도로 대문을 열고 들어갔다.

"와, 씨, 저……."

도빈은 도훈보다 9살 어린 남동생으로 지금까지 해외에서 나돌다가 1년 만에 귀국한 참이었다.

"저, 저…… 나쁜 놈."

사계절이 지난 시간 만에 보는 혈육의 얼굴에도 어김없이 매정한 도훈을 보며 감탄을 금치 못하는 도빈이었다. 그러나 불평도 잠깐, 곧 대문이 닫힐까 봐 발을 쭉 밀어 넣고 집 안으로 쫄랑쫄랑 따라갔다.

"넌 왜 따라 들어와?"

"아, 혀엉!"

집 안으로 들어선 도훈이 그 안까지 침범하고 들어오는 도빈을 쏘아보았다. 도빈은 죽어라 달려가 그의 등에 칠싹 달라붙었다. 도훈이 벌레라도 붙은 양 몸을 털어내는데, 찰거머리처럼 딱 달라붙은 도빈은 떨어질 생각을 안 했다.

"나 밖에서 형을 한 시간 반이나 기다렸어! 대체 어디서 뭘 하길래 지금까지 안 들어오고 전화도 안 받고……."

"떨어져라."

"넵."

도훈이 한숨을 내쉬고 소파에 털썩 주저앉았다. 심드렁하게 리모컨을 들어 TV를 트는 행동에는 철저한 무관심이 담겨 있었다.

"저기…… 형?"

"뭐."

"뭐라도 말 안 하나?"

"뭔 말."

"왜 여기에 있냐, 언제 한국에 온 거냐, 힘들지는 않았냐, 어디 다친 데는 없냐."

"그리고."

"하하하, 우리 도빈이 용돈은 안 떨어졌니?"

도빈이 겉으로 웃음 지으며 손바닥을 비볐다. 본론이었다.

"저걸 진짜……."

도훈이 넥타이를 거칠게 풀며 미간을 좁혔다.

"너 한국 들어온 거 어머니는 아셔?"

"당연히 모르지."

"장난해?"

"내일 말할 거야, 내일."

"언제까지 한국에 있을 건데."

"질릴 때쯤?"

"진짜 속 편한……."

이가 갈리는 소리에 뒷말이 씹혔다. 도빈이 도훈의 눈치를 살살 보더니 이내 조심스럽게 무릎을 꿇고 앉았다. 제발 내쫓지만 말아달라는 필사적인 몸짓이었다.

"오늘만 재워준다. 내일 집 구해서 나가."

"아니 뭔 집을 하루 이틀 만에 구하나?"

"그 전까지 호텔을 가든 뭘 하든 그건 내 알 바 아니고."

"……와, 진짜 대박 매정."

"나 지금 머리 복잡하니까 나불대지 말고 쥐 죽은 듯 있어라."

도훈이 힘주어 노려보자 마를 새 없던 입이 꾹 일자로 다물렸다. 도빈은 한참 동안 도훈의 눈치를 살피며 타이밍을 쟀다. 곧 은근슬쩍 입술을 열려는데 현관에서 시끄러운 인기척이 들려왔다.

"어? 안에 누구 있어?"

현관에 들어선 진영이 아무렇게나 널브러져 있는 도빈의 꼬질꼬질한 운동화를 발견하고 중얼거렸다. 도훈의 신발이라고 하기엔 너무 작고 더러운 신발이었다. 진영이 의아한 얼굴로 고개를 들자 익숙한 실루엣이 안에서 튀어나오듯이 달려왔다.

"진영이 형!"

"오, 야 이 자식!"

"형!"

친형제보다 더 혈육 같은 도빈과 진영이 반갑다고 포옹을 나누었다.

"오랜만이다? 언제 들어왔어?"

"어제!"

"어쩐지 도훈이 이사 간 주소는 갑자기 왜 물어보나 했다, 야. 하하하."

진영이 도빈의 어깨에 팔을 두르고 큰 소리로 웃었다.

"근데 형."

"왜, 인미."

"나 돈 조금만 빌려주면 안 되나?"

그러면 그렇지, 진영이 팔을 떼고 멀어지자 도빈이 그의 옷자락을 잡아당기며 졸랐다.

"좀만, 응? 바로 갚아, 바로."

"누구신지……."

"아, 형!"

진영이 자꾸만 달라붙는 도빈을 멀찍이 밀어냈다.

"내가 왜 네 형이야?"

거실로 간 진영이 도훈을 향해 고갯짓했다.

"나 말고 네 형 뜯어, 네 형."

진영을 노려보던 도훈이 기다렸다는 듯 흉흉한 목소리를 내뱉었다.

"한 번만 더 내 차 가져가. 어?"

"쏘리, 완전 쏘리."

진영이 너스레를 떨며 키를 도훈에게 던졌다. 탁, 키를 받아 든 도훈이 텔레비전을 끄고 천천히 몸을 일으켰다.

"너희."

허리를 쭉 편 도훈은 도빈과 진영을 차례로 응시했다.

"올라오면 창밖으로 던진다."

그 한마디를 남긴 후 2층으로 퇴장했다.

"쟤 갑자기 왜 저래?"

"그러게."

그의 모습이 완전히 사라진 후, 뒤에서는 진영과 도빈의 쑥덕거림이 시작되었다.

"왜 저렇게 기분이 좋아?"

아름다운 적갈색 머리카락을 가진 여자는 여전히 눈이 부시게 아름다웠다. 도훈의 눈이 슬프게 주저앉았다.

"오랜만이야."

도훈의 인사에 여자는 그저 간드러지게 웃을 뿐이었다.

"요즘 잠을 못 잤어……."

괴로운 목소리와 다르게, 그에게 사뿐사뿐 다가가는 여자의 걸음걸이는 낭창낭창했다.

"보고 싶었는데, 잠이 안 왔어."

그가 떨리는 손을 들어, 여자의 눈 밑에 먹물처럼 진하게 자리 잡은 점을 살짝 눌렀다. 손끝으로 눌리는 보들보들한 감촉은 꿈속이라고 하기엔 너무나도 생생했다.

"당신 얼굴, 일어나면 또다시 흐릿해져."

항상 하는 말이었다. 꿈속 그녀를 볼 때마다 습관처럼 터져 나오는 말. 어차피 입 한번 열지 않을 것을 알면서 말 걸어보는, 그런 슬픈 습관이었다. 도훈이 여자의 눈 밑을 서서히 쓸어내리며 입가를 일그러뜨렸다. 이 점, 서연에게도 있었다. 정확히 같은 위치에.

"대체 정체가 뭐야……."

떨리는 도훈의 목소리가 선율처럼 들려 재미있다는 듯, 여자는 꺄르르 웃었다. 깨끗한 얼굴 위로 속내를 알 수 없는 웃음만이 자리했다. 생글거리던 여자는 어김없이 도훈에게 다가가 키스했다. 윤기 흐르는 매끈한 입술이 적극적으로 부딪혀오며, 그녀의 향긋하고 뜨거운 숨결이 도훈의 입 안을 비집고 들어왔다. 도훈은 오감을 열고 그 촉감에 집중하기 시작했다. 온 신경이 전부 그녀의 입술을 각인하는 데 쏠렸다. 믿을 수 없을 만큼 달콤하고, 견딜 수 없을 만큼 매혹적인 입술이었다. 세상에 단 하나뿐인 사랑하는 여자의 입술…….

번쩍, 꿈에서 깬 도훈이 눈을 크게 떴다. 그가 황급히 오른쪽 협탁의 서랍을 열어 빨간 드로잉 북과 연필을 들었다. 거칠게 움직이는 선단 아래 서서히 윤곽을 찾아가는 여자의 얼굴은 오로지 도훈의 기억만을 의지한 것이었다. 그는 10분이 채 되지 않아 그녀의 얼굴을 다 그려냈다. 마찰로 열 오른 연필 끝은 유독 진하게 그려진 입술 위에서 움직임을 멈췄다. 도훈의 눈에는 어떤 깨달음, 희망이 서려 있었다.

"찾았다."

도훈의 입술이 비장하게 벌어졌다.

"강서연이 그 여자인지 확인할 방법."

세레니티의 중국 진출에 따라, 가장 중대한 투자자와의 미팅은 도훈이 항상 직접 나섰다. 이번 세레니티의 진출은 MS푸드의 브랜드로서는 네 번째로, 이미 크게 적자를 보고 철수했던 직전 브랜드의 참패를 만회할 기회였다. 그만큼 진출 과정의 사소한 것부터 중대한 것까지 모두 도훈의 손을 거쳐 갔다. 오늘도 도훈을 찾아온 내방객에 사무실 문지방은 닳을 지경이었다.

"내 방으로 들어와."

손님이 떠나고, 도훈이 여진에게 나직한 한마디를 남기고 사무실 안으로 들어갔다.

"아…… 망했다."

여진이 작은 소리로 중얼거렸다. 피가 통하지 않아 욱신거리는 종아리를 필사적으로 주무르며 입술을 깨물었다. 싸늘한 표정을 보니 보나 마나 백싸가지 꾸지람 버튼이 눌렸다고 직감했다. 오늘은 또 얼마나 깨지려나 걱정하며 주춤주춤 안으로 들어가 멀찍이 섰다. 창가를 향해 돌려 앉아 있는 백 이사의 뒷모습을 보니 눈앞이 아득해졌다.

"이…… 사님……."

도훈은 대답 대신 검지를 까딱였다. 그 손짓에 여진이 가까이 다가가자 그제야 도훈이 몸을 돌렸다.

"일 하루 이틀 해?"

쌀쌀맞은 투에 여진이 바짝 긴장하며 두 손을 얌전히 그러쥐었다.

"외부 손님 나가시는데 앉아 있지 말라고 했지."

"이사님, 그게……."

여진이 있는 힘껏 불쌍한 표정을 지으며 동정을 구걸했다.

"제가 그러려고 그런 게 아니고……. 그 순간에 다리에 쥐가 나서……."

여진의 종아리는 아직도 욱신거렸으나, 그녀는 입술을 꾹 다물 수밖에 없었다. 찬바람 쌩쌩 도는 도훈의 얼굴을 마주하자 그대로 얼어붙었기 때문이다.

"변명할 시간 있으면 눈치나 좀 키우지 그래. 어?"

"네, 죄송합니다……."

도훈의 눈빛은 다리에 쥐가 나든 부러지든, 그건 네 사정이라고 말하는 듯했다. 여진이 시선을 아래로 내리깔았다.

"그리고 세레니티 팀장 조모상 연락, 아침에 받았다는데 또 까먹고 말 안 하지."

"네? 아뇨 그거…… 제가 오전에 이사님 외부에 계실 때 전화 드렸던 것 같은……."

여진이 억울해서 고개를 팍 들었으나 저 까만 눈과 마주치자마자 급속도로 쪼그라들었다.

"아……. 아닌가……."

"그것도 똑바로 기억 못 하나?"

"죄송합……."

"급한 알림은 외부에서는 문자, 사무실에서는 메모."

도훈의 타박에 여진의 어깨가 움찔움찔 떨렸다.

"말로 찍 하지 말고 무조건 글자로 남기라고 누누이 말했는데 또 안 지키지."

"죄송합니다……."

"집중을 안 하니까 계속 실수하는 거 아니야."

"죄송합니다. 죄송합니다. 앞으로는……."

"나가."

도훈이 말을 끊고 손짓했다. 여진은 속으로 이를 갈았다. 역시 백싸가지, 나날이 더 격렬하게 재수 없어지고 있었다. 하지만 대들 순 없었기에 그저 허리만 꾸벅 굽혔다. 여진은 사무실 밖으로 도망치듯 사라졌다.

쾅, 문이 닫히고 사무실에 혼자 남은 도훈은 뻐근한 목을 몇 번 꺾었다. 우두둑, 굳은 근육이 풀어지는 소리가 들리고 도훈은 잠깐 숨을 돌렸다. 한참이나 천장과 눈싸움하던 도훈이 느릿하게 재킷 안주머니에 손을 넣었다. 그 안에서 자취를 드러낸 것은 아침에 그렸던 꿈속 여자의 스케치였다. 10분 동안 그렸다고 하기에는 굉장히 높은 완성도를 갖추고 있었다. 휴대전화를 집어 든 도훈은 미리 찍어두었던 서연의 사진을 액정에 띄웠다. 꿈속 여자의 스케치와 서연의 사진을 나란히 두고 진지하게 노려보던 도훈은 곧 나지막이 입술을 벌렸다.

"키스……."

꿈속 여자와는 수년간 열정적으로 키스해왔다. 셀 수도 없이 많았던 입맞춤을 통해 머릿속에 각인된 달콤한 감각은 도저히 다른 것과 헷갈리려야 헷갈릴 수가 없는 특유의 매혹이 있었다. 그렇기에 서연과 키스하면 분명히 알 수 있을 것이라 확신했다. 강서연이 꿈속 그녀인지 아닌지, 그 여자의 정체를.

퇴근한 서연은 바로 귀가하지 않고 새빛동으로 몸을 옮겼다. 동네 바깥쪽으로 파고들면 나오는 이 2층짜리 단독주택은 이미 서연의 오래전 추억 속의 한 부품이 되어버린 지 오래였다.

"와, 앞에 눈 엄청 쌓였다. 아직 안 치우셨나 보네."

얼마 만에 이곳을 찾은 걸까, 예전에는 매일같이 들르던 곳이었으나 바쁜 생활 때문에 근 두 달 만이었다. 부모님이 돌아가시기 전, 10년이 넘는 세월 동안 세 가족이 남부럽지 않게 살던 이 단독주택은 이미 다른 사람의 때가 탄 지 수년이 지났다. 그것도 부모님의 사고 이후 일가족이 죽은 집이라고 소문이 나서 툭하면 부정 탔다고 팔아버려 6년간 주인이 세 번이나 바뀌었었다.

"근데 또띠는 어디 갔지?"

또띠는 예전에 서연이 이 주택에 살 때 길렀던 반려견으로, 지금은 현 집주인이 맡아 길러주고 있었다. 서연의 미간이 살짝 구겨졌다. 왜 없는 거지?

"설마 이사하셨나? 주인 또 바뀌었나?"

대문 안쪽을 곁눈질로 기웃거렸으나 역시나 또띠가 없다. 설마, 설마 진짜 이사한 거야? 서연이 슬슬 충격받으려는데, 곧 옆에서 낑낑거리며 다리에 얼굴을 비비는 하얀 개를 발견했다.

"아, 또띠야!"

서연이 얼른 꼬질꼬질한 노견 앞에 쪼그리고 앉았다.

"너 왜 대문 밖에 나와 있어!"

또띠는 대답 대신 조용히 몸을 웅크렸다. 하얀 털이 누렇게 될 만큼 더러운 외관은 확실히 뭔가 이상했다. 목줄도 없었고, 삐쩍 마른 몸으로 낑낑거리고 있었다.

"왜 목줄도 안 하고…… 으쌰."

별일 아닐 것이라고 대수롭지 않게 생각한 서연은 또띠를 번쩍 들어 대문 옆 개구멍에 쏙 집어넣었다. 마당으로 들어간 또띠는 대문으로 발발 달려가더니 그 틈으로 서연을 애절하게 올려다보았다.

"윽, 제발. 나 슬프게 그렇게 보지 마."

끙끙 앓는 듯한 소리를 내니 발걸음이 떨어지지 않았다.

"우리 같이 이 집에서 살 수 있도록 언니가 돈 많이 벌어올게."

서연이 고개를 위로 꺾었다. 주택을 쳐다보는 눈빛에서 결연한 의지가 엿보였다.

"두고 봐, 내가 죽어라 일해서 이 집 꼭 다시 들어와 산다, 꼭!"

똑같은 포부를 오늘로 51번째 외친 서연이었다.

-진짜 재수 없다고! 그게 사람이야? 그게 사람이야?

"그래, 그래."

어김없이 하소연을 풀어내는 여진의 전화에 답하며, 서연은 버스 안내판을 올려다봤다. 501번 버스 옆에 적힌 '16분 후'라는 글자가 몹시도 절망적이었다. 어느 세월에 기다리려나, 불평해봐도 할 수 있는 것이라고는 정류장 의자에 앉아 오들오들 떠는 것이 전부였다.

-백싸가지 그 인간은! 내 다리에 쥐가 나는 게 아니라 반으로 빠개져도

눈 하나 깜짝 안 할 인간이야!

"그래, 그래. 네가 고생이 많다."

-그뿐이야? 툭하면 말 끊고! 맨날 사람 죽일 듯이 노려보고!

"네 말만 들으면 그 사람은 완전 희대의 사이코에 나쁜 놈……."

심드렁하게 중얼거리던 서연이 뒷말을 흐렸다. 왼쪽으로 고개를 돌렸다가 버스 대신 예상치 못한 인물과 눈이 마주쳤기 때문이었다.

"어……."

-왜? 뭔데?

"저기, 내가 나중에 전화할게."

서연이 황급히 전화를 끊고 고개를 들자, 까맣게 선팅된 창문이 느릿하게 열렸다.

"여기서 뭐 해요?"

이 어둑한 밤하늘 속에서도, 새까맣게 코팅된 차 유리에도, 운전석의 남자가 백도훈이라는 것을 서연은 쉽게 알아챌 수 있었다.

"아, 안녕하세요! 저 잠깐 근처에 볼일 있어서 왔다가 이제 집 가려고요."

"볼일?"

"네, 뭐. 근데 버스 엄청 안 오네요, 하하하."

너털웃음 지으며 흘끔 훔쳐본 안내판은 겨우 1분밖에 안 줄어 있었다. 서연이 도훈 쪽으로 다시 시선을 돌렸다.

"그쪽은 집 가시는 중?"

"네."

"일 많았나 봐요. 오늘 늦었네요."

"어쩌다 보니."

"그럼 식사도 못 하셨겠다, 하하. 배고플 텐데 얼른 들어가 보세요."

전에 새빛동 산다고 했으니 운 좋으면 만날지도 모른다고 생각했지만, 정말 이렇게 딱 마주칠 줄은 몰랐다. 정말 좋다……. 서연이 설렘으로 두근거리는 가슴을 가까스로 외면하며 고개를 내저었다. 이상한 생각 하지 말자, 말자.

"데려다줄게요."

"앗, 안 그러셔도 되는데."

"여기 차 오래 못 세워요."

"네?"

"빨리 타라고."

도훈의 재촉에 어찌할 줄 몰라 하던 서연이 내려놓았던 가방을 움켜쥐었다. 일단 타고 보자는 생각에 얼른 무릎을 펴 일어나려고 하는데…….

"아!"

찌릿, 일순 종아리 근육에 경련이 일어서 다시 풀썩 주저앉았다.

"왜 그래?"

"쥐, 쥐!"

"쥐?"

"쥐 났어요……!"

온종일 짐을 옮기느라 멈출 새 없었던 다리는 점점 딱딱하게 경직되고 있었다. 서연이 다리를 붙잡고 징징거리자 도훈의 미간이 약하게 구겨졌다. 그가 그대로 차를 조금 앞에 주차하고 그녀에게 달려갔다.

"아아!"

"괜찮아요?"

고통에 꼭 감고 있던 눈을 살짝 떴다. 깜짝 놀란 서연의 심장이 아래로 뚝 추락했다.

"잠, 잠깐…… 아!"

도훈은 조금의 망설임도 없이 서연 앞에서 무릎을 굽혔다. 가느다란 다리를 감싼 커다란 손에 서연의 입술이 툭 벌어졌다.

"하, 하지 마요!"

"할 거야."

길쭉한 손가락은 연한 근육 위를 꾹꾹 눌렀다. 그 억센 힘에 서연의 숨이 거칠어졌다. 밀가루 반죽을 하듯 부드럽게 다리를 주무르는 감각에 눈앞이 까마득해졌다.

"으, 잠깐만."

서연이 저도 모르게 도훈의 어깨를 짚었다. 흐릿한 눈으로 도훈을 보며 하지 말라고 또다시 말해봤으나, 저 거침없는 손은 도무지 멈출 생각이 없다.

"아직도 아파요?"

입술을 앙다물고 거칠어진 숨을 틀어막은 서연이 도리질 쳤다. 다 풀렸으니 그만하라는 의미였다.

"다리는 말랑말랑해졌는데."

도훈이 서연의 이완된 종아리를 정성스레 주무르며 중얼거렸다.

"그만, 제발 그……!"

그때, 슬그머니 올라온 도훈의 서늘한 손이 오목한 오금을 파고들었다. 꾹, 무릎 뒤 뜨거운 곳을 능숙하게 주무르자, 그만 다물고 있던 서연의 입술이 툭 벌어졌다.

"……하읏!"

무의식적으로 터진 신음에 당황한 서연이 제 입을 콱 틀어막았다. 그 야릇한 소리에 도훈은 마사지를 멈췄다. 고개를 느릿하게 들어 올려 서연을 쳐다보자 두 눈이 허공에서 정면으로 맞부딪혔다.

"……."

미쳤어! 단숨에 흑역사 1순위를 찍었다. 죽자, 그냥 죽어. 서연의 얼굴이 토마토처럼 새빨개졌다. 차라리 비웃기라도 하면 좋을 텐데, 그는 말없이 서연을 빤히 올려다볼 뿐이었다. 그 뜨거운 시선에 서연의 이마에는 식은 땀이 비죽비죽 흐르기 시작했다. 너무 창피해서 차라리 목매달고 싶을 지경이었다. 서연은 우주가 멈춘 듯한 정적을 못 견디고 고개를 옆으로 돌려 버렸다. 그 옆모습을 물끄러미 보던 도훈이 다시 서연의 오금을 콱 움켜쥐었다.

"아흑!"

움찔 떤 서연이 또 이상한 소리를 냈다. 도훈이 픽 실소를 터뜨렸다.

"이, 이……!"

방금은 누가 봐도 일부러! 따지듯이 쏘아보자 그가 손을 느리게 들어 빨개진 볼 위에 손등을 갖다 댔다.

"너 되게 뜨겁다."

활화산처럼 뜨거운 뺨은 차가운 도훈의 손과 만나 오히려 더욱 달아올랐다. 바람 빠지듯 나지막이 웃은 도훈이 천천히 무릎을 펴고 섰다.

"일어날 수 있겠어요?"

"……."

"못 일어나겠어?"

"……쪽팔려서 못 일어나겠어요."

사심 하나 안 담긴 마사지에 느껴버린 변태가 된 기분이었다.

"괜찮아, 못 들은 척해줄게."

"그렇게 말하는 게 사람 더 쪽팔리게 하는 거거든요!"

서연이 헛숨을 토해내며 벌떡 일어났다.

"저 먼저 일어납니다!"

지금 이 기분으로 좁은 차 안에서 단둘이 된다면 부끄러워 미쳐버릴지도 몰랐다. 서연은 때마침 온 버스에 도망치듯 몸을 실었다.

"아."

그 뒷모습을 보며 도훈이 미간을 찡그렸다.

"도망갔네."

나직하게 중얼거리더니 한 손으로 머리를 쓸어 올렸다. 그녀가 떠나간 자리를 아쉬운 표정으로 보던 도훈은 이내 차에 올라탔다. 운전을 하는 내내 핸들을 쥔 손바닥이 간질간질했다. 온 신경이 그곳으로 쏠려 저도 모르게 핸들을 세게 움켜쥐었다. 집에 도착해서까지 도훈의 관심은 오롯하게 손바닥을 향한 채였다. 그는 한참 동안 제 손바닥을 물끄러미 내려다보았다. 매일 서류를 만지고 펜만 놀리던 도훈의 커다란 손은 좀처럼 다른 사람의 온기가 닿을 일이 없었다. 그런 이 손으로 누군가의 다리를 주물러 본 게…….

"……."

처음이다. 서연의 따뜻한 체온은 아직도 손바닥에 선연하게 남아 있었다. 손바닥을 쥐었다가 펴니, 그 살의 감각마저 되살아났다. 얇고, 말랑말랑하고……. 멍하던 도훈이 곧 손바닥을 힘주어 노려보았다.

"하……."

모르겠다. 역시 이런 거로는…….

-너 내 말 듣고 있는 거냐?

왼손으로 삐딱하게 받고 있던 수화기에서 진영의 의심 담긴 목소리가 튀어나왔다.

"어."

-뻥치시네. 또 딴생각했겠지. 그렇지?

"어……."

-…….

이미 대화가 불능상태에 접어들었다는 것을 직감한 듯 진영이 작게 한숨을 내쉬었다.

-뭔데, 꿈속 그 여자야, 아니면 현실 그 여자야?

"어?"

-아! 답답해 죽겠다. 진짜!

"아……."

도훈이 한참 동안 뜸을 들이더니 미간을 일그러뜨렸다.

"아무리 생각해도 느낌이 이상해……."

-뭐?

"그 여자, 그 여자 뭔가 이상하다고."

-어디가 이상한데?

"……."

-또, 또 대답 안 하지! 내가 봤을 땐 네가 더 이상하다, 야.

도훈이 초조한 듯 입술을 깨물었다. 육감으로는 느낄지언정 정확한 근거를 들라면 막상 밸기 곤란했기 때문이다.

"그냥…… 신경이 쓰여. 점점 더, 계속."

-신경? 너 그 여자 좋아하냐?

"아니."

-그럼 그 여자한테 관심 있냐?

"……."

도훈이 숨을 가만히 내몰아 쉬었다. 수화기를 고쳐 들고 편하게 등을 소파에 기댔다.

"아무튼…… 왜 전화했다고?"

-유라 내일 밤 비행기로 귀국한다고.

"오유라?"

-응, 어디 스카우트돼서 그쪽 생활 다 정리하고 완전히 국내로 들어온대.

유라는 진영의 하나뿐인 여동생이었다. 몇 년간의 해외생활을 청산하고 막 귀향을 알린 참이었다.

-평생 한국 안 들어올 것처럼 굴더니 잘됐지, 뭐. 어쨌든 알고 있으라고.

"그래."

그다지 관심 없는 뉴스였다. 통화가 종료되고, 얼마 가지 않아 현관에서 짧은 전자음이 들려왔다.

"으, 추워. 형 밖에 대박 춥다. 얼어 죽어. 지구가 미쳤어."

귀가한 도빈은 온종일 어디를 돌아다녔는지 루돌프같이 빨간 코를 하고 있었다.

"너 누가 좋을 대로 기어들어 오래."

"엇……."

"내가 집 구해서 나가라 했지."

도훈이 쏘아보자 도빈의 무릎은 자동으로 곱게 접혔다.

"살려주세요. 저 이 날씨에 나가면 얼어 죽어요."

"네 무릎은 뭐가 그렇게 저렴해."

"내쫓지만 말아주세요, 형님!"

"안 일어나?"

도훈의 매서운 눈과 마주치자 바짝 위축된 도빈이 다소곳이 섰다.

"너 그만 돌아다니고 내 밑에서 일 배워. 회사에 자리 만들어줄 테니까."

"뭐? 싫어!"

"야."

"어우, 머리를 못 감았더니 찝찝하다. 얼른 씻어야지!"

도빈이 세상 어색하게 말을 돌렸다. 그 속 보이는 모습에 헛숨을 토해낸 도훈이 체념한 듯 고개를 저었다.

"아, 참."

안쪽으로 들어가던 도빈이 무언가 떠오른 듯 발걸음을 멈췄다.

"근데 올 때 보니까 마당에 개가 들어와 있던데."

"개?"

"어, 마당에. 진돗개같이 생긴."

개가 왜……? 도훈과는 접점이 없는 단어였다.

"형이 기르려고 데려온 거 아니었어?"

그럴 리가, 한숨을 쉰 도훈이 짜증스럽게 인상을 찌푸렸다. 소파에서 몸을 일으킨 그가 그대로 뒤를 돌아 나가 현관문을 벌컥 열었다.

"……."

도훈이 어둑한 바닥을 둘러보았다. 잘 보이지 않는가 싶더니 이내 마당 한구석에서 낑낑거리는 울음소리가 조용히 들려왔다. 그 소리를 향해 다가가자, 쭈그리고 있던 하얀 개가 새까만 눈을 번쩍 떴다. 덥수룩한 하얀 털이 누렇게 변질된 만큼 지저분한 외관을 미루어 볼 때 유기견일 가능성이 가장 컸다. 어떻게 안으로 들어온 거지? 도훈이 의문을 갖는 사이, 개는 낑낑거리며 웅크린 몸을 일으켰다. 곧 몸을 열심히 흔들더니 도로 자리에 주저앉아 눈을 감았다.

"……."

이걸 어쩐다…….

출근하는 버스는 오늘도 콩나물 잔치였다. 그 속에 부품처럼 낀 서연은 이른 아침부터 액정과 눈싸움 중이었다.

[오늘은 다리 괜찮아요?]

도훈의 문자를 가만히 내려다보던 서연이 입술을 잘근잘근 씹었다.

"다 좋은데, 진전이 없어…… 진전이."

그를 볼 때마다 뽀얗고 하얗게 살아나던 살결은 이제 큰 변화가 없었다. 살짝 길어진 머리카락도 더 이상의 성장 없이 그 길이 그대로를 유지하고 있었다.

[네, 괜찮아요! 덕분에.]

답장하자 곧바로 휴대전화가 짧게 진동했다.

[어제 왜 도망갔어요?]

"도, 도망……."

[신경 쓰여서 이쪽은 밤새 잠도 못 잤어.]

왜 신경이 쓰여? 서연이 의문스러운 얼굴을 했다.

[저야말로 밤새 이불킥 하느라 잠 한숨 못 잤어요.]

무슨 꿍꿍이야, 무슨 꿍꿍이…….

[그래요?]

서연이 손톱을 초조하게 물어뜯었다.

[운동 됐겠네.]

"……정체가 뭐야. 정말!"

버스 진동으로 화면이 흔들리고 있는데도 불구하고, 어째서인지 그의 문자만큼은 그 무엇보다도 뚜렷하게 보였다. 잠깐 고민하던 서연은 연락처를 들어가 '해원신당'이라고 적힌 번호를 꾹 눌렀다. 최고로 혼란스러운 시점, 이 분야 전문가의 도움이 절실한 상황이었다.

"10분 후에 회의 시작합니다."

매주 금요일은 디자인 팀 전체 회의가 있는 날이었다. 디자인 실장의 말에 벌떡 일어난 서연은 빛의 속도로 미리 복사해둔 자료들을 챙겨 회의실로 들어갔다. 테이블 양쪽으로 의자를 빽빽하게 나열하고 있자니, 사람들이 시끌벅적하게 안으로 들어와 앉았다. 모두가 착석한 후 안으로 들어온 실장은 회의 시작을 알렸다. 서연의 자리는 당연히 테이블이 아닌 추가로 인원에 맞게 놓인 의자들, 그중에서도 가장 끝자리였다. 회의록 작성조차 서연의 몫이었기 때문에 숨도 쉬지 못하고 정신없이 받아 적었다.

"그럼 오늘은 여기까지 하고……."

드디어 숨 좀 돌리려나, 서연이 작게 한숨지었다.

"아, 맞다. 2팀, 다음 주에 프랑스에서 어렵게 모신 디자이너가 새 팀장으로 부임해 올 거예요."

실장은 꽤 오랫동안 공석이었던 자리에 곧 새 주인이 올 것을 예고했다.

"원래 이번 패션쇼 끝나고 오실 예정이었는데, 미리 사풍 익히고 싶으시다고 하셔서 조금 일찍 오십니다. 굉장히 실력 있는 분이니까 2팀 잘 따라주기를 바라고요."

서연을 포함한 2팀 팀원들의 대답과 함께 회의의 끝이 보였다.

"자, 그럼 특히 쇼 차질 없게, 다들. 오늘도 파이팅합시다."

"네."

실장이 가장 먼저 자리를 뜨자 회의는 완전히 끝이 났다. 그 뒤로 하나둘씩 자리에서 일어났고, 모두가 사라진 회의실에는 서연과 소미가 회의실 정리를 위해 남았다.

"서연 씨, 그거 알아?"

"뭐요?"

"2팀 새 팀장, 완전 엘리트래. 학부는 한일대, 파슨스로 유학까지. 최근에는 프랑스에서 이름 좀 날렸고. 그뿐이야? 예쁘고 젊고."

"네? 실장님이 오늘 말씀하셨는데 그걸 어떻게 알아요?"

"서연 씨야 친구가 없으니까 못 들었겠지! 회사에 이미 소문 다 났어! CD님이 그 여자한테 딱 꽂혀서 작정하고 모셔왔다고."

"아니 뭐 친구가 없다고 말을 해요? 진짜 너무하다, 너무해!"

서연이 불퉁하게 입술을 비죽였다. 이 대목, 서연에게는 여간 억울한 일이 아니었다.

"내가 친구 없고 싶어서 없나? 다들 고졸이라고 나 엄청 싫어하고, 외양은 남자인 주제에 정작 힘은 못 쓴다고 면박 엄청 주면서."

사람을 무시하는 수준이 웬만한 정신력으로는 발도 못 붙일 지경이었다.

"하아…… 억울하다, 억울해."

하여간 인생이 억울함 그 자체였다.

"그 남자로 추정되는 사람을 만났어요."

"쯧쯧. 빨리도 왔구먼. 이미 몇 번은 만나놓고 왜 이제 말하러 와?"

무당이 어김없이 시뻘건 입술을 우악스럽게 벌리며 고함쳤다. 고막이 따가울 정도로 소리치는 그녀 때문에 서연의 눈썹 사이가 움츠러들었다.

"예. 그 남자 몇 번 봤죠. 봤어요. 그런데요."

"뭐?"

"이거 봐요. 왜 머리는 더 안 자랄까요? 가슴은 왜 변화가 아예 없을까요! 목소리는 왜 여전히 굵을까요?"

서연은 울상을 지으며 버럭 소리를 질렀다. 전에 머리카락이 자란 이후로 도훈을 보고 만지더라도 눈에 띄는 신체 변화가 거의 없었다. 왜?

"그 남자가 아닌 걸까요? 내가 헛다리 짚은 걸까요?"

서연이 푹 한숨을 내쉬었다. 도훈이 자신의 열쇠라는 것을 거의 확신하고 있었는데, 이렇게 되니 또 희멀건 의심이 머리를 쳐든다.

"어허! 이 못난 것이 어딜 감히 신령님 앞에서 죽상이야? 아둔하기로서니 말귀를 못 알아먹는구나. 사소한 접촉으로는 안색만 밝아진다고 말했을 텐데. 그것만 가지고 그놈이 진짜인지 가짜인지를 알려고 드는구나. 어리석긴."

서연의 눈이 날카로워졌다.

"말 잘하셨네요! 진짜인지 가짜인지 모르는데 냅다 자요? 일단 자고 봐요? 그렇게 전 세계 남자 다 정복하면서 덮쳐요?"

"입."

"네?"

입 다물라는 건가?

"정기를 나누는 가장 간단한 방법은……."

무당은 화려한 부채를 착 감아서 서연의 입술을 톡 건드렸다.

"입과 입을 통하는 것이지."

"……입이요?"

어쩐지 묘하게 긴장이 돼서 몸을 부르르 떨었다.

"놈의 입술에서 흘러나온 정기가 네년 몸으로 섞이고."

서연이 침을 꼴깍 삼켰다.

"일시적으로 본모습을 찾을 수 있을 거야."

저 말은 설마…… 키스?

토요일 저녁, 도훈이 캔버스에 스케치를 하며 미간을 좁혔다. 지난밤에도 그녀는 어김없이 도훈의 꿈에서 주연을 맡았었다. 도톰한 입술 위를 느릿하게 머물던 연필 촉이 곧 아예 움직임을 멈추었다.

"키스……."

역시 아무리 생각해도 강서연이 그녀인지 아닌지 확인할 방법은 키스밖에 없다는 결론에 도달했다. 셀 수도 없이 많은 지난 입맞춤을 통해, 좁은 입안의 비밀스러운 구조와 특유의 그 녹아내릴 것만 같은 감각을 몸에 익혔다. 서연과 키스하면 단번에 진위를 구별해낼 수 있을 것이다. 한 번. 딱 한 번만 하면 알 수 있을 것 같은데…….

어떻게 할까? 갑자기 덮치면 그대로 성범죄자 행이었다. 그렇다고 키스하자고 제안해볼 수도 없다. 만에 하나 기겁하면서 숨어버렸다가는 기회조차 잃어버리는 것이다. 역시 이 방법은 좀 아닌 걸까, 도훈은 머리가 욱신거리기 시작했다.

"……어쩐다."

인생 최대 난제를 직면한 듯 도훈이 손으로 얼굴을 가렸다. 지금 자신의 모습이 얼마나 낯설고 이질감이 느껴지는지는 말할 것도 없었다. 원래 이렇게 생각이 많은 스타일이 절대 아니었고, 계획한 일은 당장 실행해야 직성에 풀렸으며, 그에 따른 리스크는 가볍게 안고 가는 사람이었다. 그만큼 모든 일에 있어서 추진력은 도훈을 따라올 자가 없었다. 매사에 확신이 있었고 자신만만했다. 그런 도훈에게 강서연이란 존재는 0도 1도 아닌 그 사이 어딘가에 있는 지점 같았다. 마치 해답이 없는 문제처럼 보였다. 인생 최초로 풀리지 않는 여자를 만났으니 자연히 행동이며 말이며 조심스러워질 수밖에 없었다. 도훈이 연필을 오른쪽에 내려놓고 갈라진 음성을 뱉었다.

"미치겠네……."

도훈이 손끝으로 입가를 쓸었다. 방법을 찾지 못한 상황에서 지금 당장 할 수 있는 것은 서연의 얼굴을 머릿속에 떠올리는 일이었다. 동그란 눈은 토끼같이 커다랗지만 묘하게 항상 젖어 있다. 인생의 무게 때문인지는 몰라도, 툭 치면 또르르 흐를 것만큼이나 투명하고 촉촉하게 젖어 있었다. 만지면 뜨거운 물기에 손가락이 젖어들 것 같은 그런 눈망울이다. 코는 작고 오뚝하다. 선이 부드럽고 느려서 손끝을 대면 그대로 주르륵 흘러내릴 것 같다. 꿈속 여자의 코가 그랬다. 어린아이처럼 매끈한 코.

그리고 입술은……. 도훈의 눈이 가늘어지고 갑자기 뒷목에 신경이 바짝 곤두섰다. 도훈이 생각에 잠긴 듯한 표정으로 멍하니 허공을 응시했다. 입술, 입술, 입술……. 홀린 듯이 그 짧은 단어가 입에 착 감긴다. 이내 자리에서 벌떡 일어난 도훈은 차 키를 재빨리 주워 들었다. 지금이 그림 그릴 때야?

"직접 봐야지."

서둘러 옷을 챙겨 입은 도훈이 무언가에 쫓기는 사람처럼 성급하게 지하 주차장으로 향했다. 엘리베이터 안의 거울을 뚫어져라 노려보면서 모습을 점검했다. 머리와 옷매무새를 정돈하고 입매를 일자로 꾹 다물었다. 성큼성큼 주차된 곳으로 향하는 동안, 휴대전화를 꺼내서 서연에게 전화를 걸었다. 벨소리 없이 딱딱한 연결음에 이상하게 목이 타서, 마른침만 삼켰다.

-여보세요?

"지금 어디예요?"

-예?

도훈이 손목에 찬 시계를 고쳐 매며 시간을 확인했다.

"지금 7시니까 주말 알바 끝났죠? 아니면 오늘도 대타?"

-어…… 저 지금 집이에요. 알바 끝나고 집에 왔어요. 그냥 쉬고 있어요.

도훈이 차 문을 벌컥 열었다.

"지금 집에 갈게요."

이미 실행하겠다고 쾅 뿌리를 박은 도훈이었기 때문에, 망설임 없이 목적부터 말했다. 목적이 생기면 예의와 사설은 다 빼고 용건부터 말하는 그의 성격적 습관이었다. 서연이 당황하는 것이 수화기 건너편에서 어렴풋이 느껴졌다.

-네? 갑자기 그게 무슨…….

"지금 집에 가는 중이에요."

-집? 그러니까 귀가 중……? 어디 외출하셨다가 귀가하시나 봐요?

"우리 집 가는 거 아니에요."

-그럼 어딘데요? 뭐, 부모님 집이라도 가시나?

"아니요."

칼 같은 목소리에 수화기 건너편이 움찔했다.

"강서연 씨 집."

-…….

한편 서연은 그 말에 심장이 발가락까지 떨어지는 중이었다. 입 안에 꾸역꾸역 욱여넣던 바나나가 툭 바닥에 처박혔다. 당황한 서연이 눈알을 이리저리 굴렸다. 주말 밤에, 뜬금없이? 왜? 그것도 하필이면 우리 집? 밖도 아니고?

"왜, 왜 오는데요? 머플러 가져가려고?"

-보고 싶으니까.

"……."

대화는 점점 수렁으로 빠져든다. 하여간 진짜 이상한 남자, 대체 무슨 생각을 하는 것인지 짐작조차 할 수 없다. 이것도 그가 말한 개수작의 일환인가? 더 이상 말했다가 얼마나 더 충격적인 국면으로 접어들지 미지수였다. 그녀가 찰떡처럼 딱 붙어 잘 떨어지지 않는 입술을 아주 천천히, 아주 느리게 열었다.

"오…… 오, 오, 오세요! 오셔도 돼요! 하하하, 지금 당장 오셔도 상관이 전혀 없네요! 네! 그럼 이따 봐요!"

뚝. 서연이 대답도 듣지 않고 전화를 끊었다. 어차피 더 물어봤자 점점 심장만 혹사당할 것이란 것을 알았다. 오지 말라고 해서 안 올 그도 아니었다. 이렇게 가만히 의미 없이 논쟁할 바에는…….

"집, 집 정리!"

훨씬 더 현명한 선택을 하는 게 맞아. 서연이 혼자서 미친 사람처럼 우당탕탕 뛰어가서 옷가지들을 덥석 집어 세탁기 안으로 사정없이 밀어 넣었다. 바닥에 널브러진 과자 껍질들은 대충 쓰레기봉투에 마구 담아 구석에 휙 던지고, 어제 먹은 라면 냄비는 번갯불에 콩 볶아 먹듯 빠르게 닦았다.

"바디로션? 향수…… 는 없는데! 아, 양치를 안 했잖아!"

혹시 모르니 치약을 한 바가지 짜서 죽어라 박박 닦았다. 향수 대신으로 목덜미에 향긋한 바디로션을 문질렀다. 물론 평소에는 귀찮아서 쓰지도 않는 물건이었다.

"옷은…… 뭘 입지……!"

아르바이트하느라 음식 냄새 가득 밴 바지부터 벗었다. 시간이 없다, 시간이. 뭘 입어야…….

"나, 나시? 나시는 좀 아니지? 아직 밖에 추운데 오버겠지? 그럼 반팔? 반바지……?"

어떤 옷을 입어야 백도훈이 좋아할까!

"바, 밝은색……."

작년 여름에 여진이에게 선물 받고, 하도 안 어울려서 옷장에 모셔두기만 했던 파스텔 핑크톤의 맨투맨.

"으…… 이상해."

어울리지 않게 예쁜 척한다고 생각하면 어떡하지, 이상한 걱정을 하며 발만 동동 굴렀다. 그 앞에서 한참을 고민하다가 결국 입어버렸다. 이내 모든 준비를 마친 서연은 침대에 앉아 숨넘어갈 듯 긴장되는 몸을 가까스로 진정시켰다.

"후우……."

'정기를 나누는 가장 간단한 방법은 입과 입을 통하는 것이지.'

눈을 꼭 감으니 무당의 음침한 목소리가 귓가에 올망졸망 맴돌았다.

'놈의 입술에서 흘러나온 정기가 네년 몸으로 섞이고.'

"이거 어쩌면……."

'일시적으로 본모습을 찾을 수 있을 거야.'

"오늘이 기회일지도 몰라."

백도훈의 정기를 빨아들일 절호의 찬스. 서연이 꿀꺽 마른침을 삼켰다. 지도 모르게 홀린 듯이 서랍 안쪽에서 연한 핑크 립밤을 꺼내 움켜쥐었다. 립밤 뚜껑을 열고 한참 동안 고민하던 서연이 입술에 입구를 대고 살짝 눌렀다. 입술 안쪽에 와 닿는 끈적한 감촉에 불현듯 도훈의 입술이 와 닿는 상상을 했다. 부드러운 살이 맞닿는 망상으로 이어지는 것은 자연스러운 현상이었다. 서연의 얼굴이 벌겋게 달아올랐다.

"왜 이래, 강서연! 정신 차려!"

심장이 두근두근 작게 떨려와서 가슴께를 꽉 부여잡았다. 눌린 손가락 끝으로 밋밋한 가슴이 느껴지자, 서연은 갑자기 자신의 행동이 우습게 느껴졌다. 정작 떡 줄 사람은 생각도 없는데, 김칫국 마시고 있는 격이었다. 아무리 성격 좋은 그 남자여도 자신 같은 여자와 키스하고 싶지는 않을 것이다.

"그리고 어떻게 말할 건데……? 저랑 키스 한 번 해요. 이렇게?"

아니면 막 갖다가 벽에 밀어붙여서 키스해? 그럴 수 없잖아!

"으아아악!"

서연이 절규했다. 그런 짓을 하면 변태인 줄 알고 도망갈 게 뻔했다.

"하……. 모르겠다, 진짜!"

"집 깨끗하네요."

서연의 집으로 찾아온 도훈이 낮은 음조로 말했다. 서연은 어색하게 웃었다.

"하하하, 저번에 왔을 때는 좀 더럽긴 했죠."

도훈이 말없이 내려다보았다.

"……그렇게 보지 말아요. 원래는 깨끗하게 살아요!"

"아무 말도 안 했는데."

그가 작게 웃음을 터트렸다.

"뭐, 전에도 왔었지만 새삼스럽게 묻는 거긴 한데."

뭘? 서연이 눈을 말똥말똥 떴다.

"혼자 사는 집에 남자가 불쑥 찾아와도 상관없어요?"

"……."

저 '혼자 사는 집'이라는 말이 이상할 정도로 묘하게 들려서, 서연이 입술을 살짝 깨물었다. 이미 들어와 놓고 태연하게도 묻네, 서연이 바람 빠지듯 픽 하고 웃었다.

"역시 좀 그래?"

"아니 뭐, 상관은 없어요, 하하하. 놀러 오세요, 편하게."

서연이 멋쩍게 웃었다. 예전과 마찬가지로 도훈은 별 거부감 없이 바닥에 앉았고, 서연도 어디에 앉아야 할지 또 고민하다가 그의 옆자리에 슬그머니 앉았다. 옆에 도훈이 있다는 사실만으로도 왜 이렇게 긴장이 되고 속이 타는지. 그의 집 방문은 오늘로 두 번째, 밖에서 만나지 굳이 왜 자꾸 이 좁은 집에 오는지는 모를 일이었다. 물론 좁은 원룸만큼 키스에 적합한 장소는 없었기 때문에 서연에게는 좋은 일이었다. 그녀가 작게 숨을 몰아쉬는데, 일순 도훈의 목소리가 옆에서 들렸다.

"예쁘네요, 오늘."

두근.

서연이 움찔 몸을 떨었다. 우당탕거리며 신경 쓴 보람이 있는 걸까? 주제에 꾸몄다고 비웃지만 않길 바랐는데 과분한 소리까지 들었다.

"좋은 향기 난다."

두근, 두근, 그의 목소리에 반응하는 심장은 멈출 길이 없었다. 서연의 볼이 살짝 발그레 물들었다.

"집에서 나는 향기인가."

그의 목소리는 아주 느리게 흘렀다. 더욱 가까이 다가온 도훈의 얼굴이 서연의 하얀 목덜미 근처에서 나긋하게 멈춰 섰다.

"여기네."

그는 향기의 발원지를 찾은 듯 보였다. 곧 입꼬리가 부드럽게 말려 올라간다. 서연이 그런 도훈을 흘끔 보더니 괜히 딴청을 부렸다.

"날씨 많이 풀렸네. 하하, 이제 덥네, 더워."

물론 그런 딴청이 통할 도훈이 아니었다.

"나 온다고 준비했어요?"

"네? 아니, 뭐. 굳이 그, 그런 건 아니고……."

어쩐지 참을 수 없을 만큼 부끄러워서 고개를 홱 돌렸다. 도훈은 서연을 구경하듯 천천히 훑어 내렸다.

"밝은색, 잘 어울리네요."

도훈이 무심히 던진 말에 서연은 크게 동요했다.

"잘 어울리긴 무슨……."

괜히 뜨끔했다. 정기를 나눠야 한다는 임무 때문일까? 부담스러울 만큼 꼼꼼히 훑어보는 그의 시선은 별 의미가 없을 텐데도 야릇하게 느껴졌다.

쳐다보는 시선만으로도 후끈하게 달아오르는 기분이었다.

서연을 한만하게 눈여겨보며 내려가던 도훈이 우뚝 시선을 멈춘 곳은 그녀의 다리였다. 반바지 아래 길게 뻗어 있는 다리는 매끈해 보였다. 항상 긴 바지를 입었기 때문에, 처음 보는 서연의 아무것도 걸치지 않은 맨다리였다. 하얀 살결을 가진 가는 다리는 손을 대면 툭 하고 꺾일 것만 같이 연약해 보였다. 그가 가까스로 시각적 자극에서 시선을 돌렸다.

"집에서는 편하게 입고 있나 봐요."

"네? 아, 네. 보통 반팔 반바지를 입어요, 하하하."

역시 오버였나, 반바지는 좀 아니었나 보다. 머슴 같은 여자의 상처 많은 다리, 보고서 즐거워할 리가 없지. 창피해진 서연이 고개를 살짝 숙였다. 그러자 뒷목을 타고 도훈의 서늘한 목소리가 스르륵 흘렀다.

"나 올 때는 긴 거 입는 게 나을 텐데."

"……."

"또 쥐 나면 어떡해."

서연은 저도 모르게 그의 손이 맨다리 위를 돌아다니는 상상을 했다. 기분이 묘해져서 다리를 파드득 움츠렸다.

"예쁘단 소리야."

아, 죽겠다. 이 남자 때문에 정신이 아득해진다. 분명히 알고서 이러는 거야, 이 남자. 서연이 딱딱하게 언 다리와 팔을 억지로 움직였다. 그의 시선에 온몸이 뜨겁게 달아오르는 느낌이다. 별의별 기이하고 앙큼한 상상들이 머릿속을 파고들자, 자신이 이렇게까지 음란했나 하는 자괴감마저 들었다. 화제를, 화제를 바꾸자…….

"밥 먹었어요?"

"아직."

"저도 안 먹었는데. 보다시피 집에는 딱히 먹을 게 없구……. 어……."

서연이 잠깐 주저하다가 싱크대 위 서랍장을 가리켰다.

"라면이라도 드실래요?"

"라면?"

"아, 그런 거 안 드시려나. 그럼 취소, 취소."

"음식 안 가려요."

"오, 그래요? 그럼 같이 먹어요."

서연이 얼른 일어나서 냄비에 물을 담고 무작정 가스레인지 불을 켰다. 어차피 그래 봐야 라면이기는 하지만 최소한의 정성은 있어야겠다는 생각에 냉장고를 열었다.

"계란 넣어서 드세요? 넣을까요?"

"강서연 씨는?"

"전 안 넣긴 해요."

"그럼 그렇게."

……뭔가 이상한데. 서연이 그 옆에 파를 집어 들고 고개를 갸우뚱했다.

"파는? 넣어요?"

"넌."

"저요? 파는 보통 넣어서 먹긴 해요. 왜요, 또 그럼 넣으라고?"

"응."

서연이 얼른 고개를 돌렸다.

"에이, 사람이 주관이 없어, 주관이."

더 보고 있다간 말릴 것 같은 느낌이었다. 물이 끓고 있는 옆에, 서연은 도마를 내려놓고 파를 가로로 눕혔다. 딱, 딱, 딱, 도마에 칼날이 닿는 소리가 나지막이 울리는 동안, 도훈은 서연에게서 조금의 시선도 떼지 않았다. 팔을 움직일 때마다 가느다란 몸은 미세하게 떨리고 있었다. 그 여파에 잘게 흔들리는 짧은 머리가 시선을 사로잡았다. 도훈은 눈을 가늘게 뜨고 서연의 뒷모습을 지그시 보았다. 점점 멍해지는 기분이었다.

"아!"

도훈의 사색은 서연의 작은 신음 소리와 함께 중단됐다.

"왜 그래요?"

자리에서 일어나 서연에게로 걸어가니, 그녀의 왼손 검지 끝에서 터진 붉은색 선혈이 보였다.

"으…… 베였어요. 새로 산 칼이라 너무 잘 들어요."

쯧, 도훈이 작게 혀를 찼다.

"어디 봐요."

도훈이 서연의 왼손을 감싸 쥐고 환부를 제대로 살폈다. 빨간 피가 꽃망울처럼 올망졸망 맺히고 있었다. 이내 깜짝 놀란 서연의 눈이 휘둥그레졌다. 도훈이 서연의 검지를 천천히 입에 물었기 때문이었다. 쪽, 도훈의 입술이 서연의 손가락을 살짝 빨아들였다. 서늘한 외모와는 다르게 그의 입 속과 혀는 용암처럼 뜨거웠다. 서연은 그의 혀끝으로 핥아진 손가락이 까맣게 타들어가는 느낌을 받았다. 미끄러운 감촉에 아랫배가 뜨거워졌다. 끈적한 기분에 사로잡히는 것은 순식간이었다.

"저기……."

말을 이을 수 없었다. 검지를 입 안에서 빼낸 도훈이 그대로 그녀의 손등에 살짝 입을 맞추었기 때문이었다.

"……."

부드럽게 멀어진 그는 한참 동안 서연을 내려다보았다. 그녀는 도훈의 시선이 제 입술 쪽으로 향하고 있다는 것을 눈치챘다. 왜…….

"조심해야지."

"……."

"다치지 마요."

그는 나른하게 웃었다. 쿵, 쿵, 서연의 심장이 곧 폭발할 것처럼 뛰었다. 그의 입술 속으로 은밀하게 감싸졌던 촉촉한 살갗이 화상을 입은 듯이 화끈거렸다.

"아……."

지금 보니 심장보다 라면이 먼저 폭발하게 생겼다. 보글보글 끓어오른 빨간 국물이 냄비 안에서 화산처럼 요동치고 있었다. 서연이 서둘러 불을 껐다.

"먹을까요?"

그는 가볍게 고개를 끄덕였다.

밥을 먹고 난 뒤, 서연은 커피를 타서 도훈 앞의 탁자에 내려놓았다. 도훈은 두꺼운 머그잔 손잡이를 손끝으로 만지작거렸다. 서연이 사탕 하나를 입 안에 밀어 넣고 굴렸다.

"근데, 새빛동 살면 단독주택 살아요? 거기 대부분 주택이잖아요."

"응, 단독주택."

"와, 진짜 좋겠다. 그럼 반려동물도 막 자유롭게 기를 수 있고 그렇잖아요! 강아지도 대형견 같은 거, 완전 큰 게 기를 수 있구."

"강아지 좋아하나 봐요."

"네, 좋아해요! 귀엽잖아요."

서연이 헤실헤실 웃었다.

"그럼 혹시 반려동물도 길러요?"

"안 길렀었지."

"왜 과거형이에요?"

"어제 집에 와보니까 마당에 유기견이 들어와 있더라고. 흰 개."

"네? 흰 개……?"

서연의 눈가가 좁아졌다. 어제 마당에 흰 개가 들어왔다고……?

"주인 찾을 때까지만 데리고 있다가 안 나타나면 입양 보내야지, 뭐."

"혼자 사는 거죠?"

"그렇지."

"얼마 전에 이사 왔다고?"
"응."
"혹시 정확한 집 주소가 어떻게……."
쾅!
흠칫, 대충 겹쳐 놓았던 그릇과 냄비에서 어긋나는 소음이 들렸다. 아까 먹었던 식기들이었다.
"윽, 저게 싱크대가 좁아서 저러네요. 아무래도 설거지를 지금 해야……."
"내가 할게요."
"네? 왜요, 제가 할게요!"
도훈은 대답 대신 싱크대로 향했다. 서연이 그를 따라 그 옆에 붙어 섰다.
"내가 한다니까는……."
"됐어."
어차피 말려봐야 말려질 사람도 아니었다. 서연은 옆에 기대서서 그가 설거지하는 모습을 멍하니 쳐다보았다.
"나중에 결혼하면 부인한테 되게 잘해주겠다. 일등 신랑감. 설거지도 하고요."
"당연히 해야지."
"그 당연한 거 안 하는 남자들 많아요."
도훈이 픽 웃음을 흘렸다.
"무뚝뚝한 거 같은데 은근 다정한 스타일이란 말이지. 여자들이 딱 좋아하는 타입."
서연이 배시시 웃었다.
"그거."
도훈이 서연 쪽으로 고개를 돌렸다.
"네가 나 좋다는 뜻?"
서연의 숨이 뚝 끊겼다.

“……비, 비약이 심하시네. 아니거든요.”

“아니면 말고.”

윽, 저 남자, 사람 숨통을 조이는 데 능력이 있다. 뭐라도 사족을 덧붙여야 할 것 같아서 아무렇게나 입을 열었다.

“그냥 좋은 남자라구요. 좋은 남자. 응답 없는 여자한테 10년 목매기엔 너무 사람이 괜찮다. 뭐…… 그런 거지.”

서연이 떨떠름하게 말하자 도훈은 웃음이 나왔다.

“변명하는 이유는 또 뭐야.”

“오해할까 봐!”

“무슨 오해.”

“…….”

“오해 좀 하면 안 되나?”

말로는 그를 이길 수 없다는 걸 다시 한번 절실히 느끼는 서연이었다. 그녀가 작게 한숨을 내쉬었다.

“그분이 정 철옹성이시면 차라리 다른 데로 눈을 좀 돌려봐요.”

“…….”

“내가 소개팅이라도 시켜줄까요? 내 친구 되게 예쁜 애 있는데. 약간 고양이상, 눈 올라가고 단발머리에…….”

“싫어.”

“와, 단호박. 그럼 이상형이 뭔데요?”

설거지를 마친 도훈이 수도꼭지를 잠그고, 말아 올려두었던 셔츠 단을 단정하게 내렸다.

“뭐, 검은 긴 생머리에 여리여리 하얀 피부? 아니면 뽀글뽀글 파마머리에 쭉쭉빵빵 섹시한 언니 스타일?”

“…….”

“뭔데요? 궁금한데 말 좀 해봐요.”

서연에게로 몸을 돌린 도훈이 한 발짝 다가서자 그녀가 어깨를 움찔했다. 그러나 도훈은 별다른 행동 없이 서연의 얼굴을 뚫어져라 바라볼 뿐이었다.

"눈 예쁘고."

도훈의 새까만 눈동자에 서연의 얼굴이 아롱아롱 비쳤다.

"입술도 예쁘고."

도훈이 천천히 손을 뻗었다. 꾸욱, 도훈의 엄지가 서연의 눈 아래 까만 점을 가볍게 쓸고 지나갔다.

"눈 밑에 점 있는 여자."

"……."

서연은 그 자리에서 동상처럼 딱딱하게 굳었다.

"됐지?"

그만,

"이제 그만 물어봐."

그만 좀…… 헷갈리게.

"와서 앉아요. 다리 아프게 서 있지 말고."

도훈은 아무렇지 않게 주저앉아 식은 커피를 마셨다. 반쯤 정신이 나간 서연은 도무지 어떻게 해야 좋을지 감도 잡지 못했다. 터덜터덜 걸어 그의 옆에 다소곳이 앉았지만, 여전히 멍 때리기만 하고 있을 뿐이었다.

"일은 좀 어때요?"

"……네?"

"요즘 안 힘든지."

"아, 네. 괜찮아요! 인간은 적응의 동물이잖아요, 하하."

도훈은 넋 나간 사람처럼 웃는 그녀를 묵묵히 내려다보았다. 그가 나직하게 물었다.

"내가 도와줄 거 있어요?"

"아니에요. 괜찮아요, 하하하."

"일전에 의지해도 된다는 거, 그냥 한 말 아닌데."

일보다 당신 때문에 힘들어, 당신 때문에……! 그렇게 소리치고 싶었다. 자꾸 사람을 오해하게 하는 이유를 도통 모르겠다. 정말 헤어 나올 수 없게 되기 전에 얼른 이 남자의 정체를 알아야 하는데……. 서연이 그의 입술을 슬쩍 곁눈질했다. 일은 도움 안 줘도 되니 입술로 도움을 좀 달라고 말해버리고 싶었다. 키스를 해봐야 그가 진짜 자신을 여자로 만들어줄 열쇠인지 아닌지, 그 진위를 알 수 있을 것이다. 나름 정기를 빨아들일 기회라고 좋아했지만 도통 방법이 없었다. 벌써 밤늦은 시간이었고, 이대로라면 실패는 확정이었다.

"힘든 거 있으면 말해요. 도와줄게."

"아니에요! 진짜 괜찮아요."

응, 좀 도와줘. 입술 좀 제발……. 알거든 난리 날 생각을 속으로만 삼키는 서연이었다. 의지하라고 해도 극구 사양하는 서연이 조금 못마땅한지, 도훈이 불만족스러운 표정으로 그녀를 응시했다. 서연은 그런 그의 시선에 점점 더 바짝 말라갔다. 갈라진 입술에 침을 살짝 바르고 그의 눈치를 살피다가 입을 열었다. 그럼 어디 한번 질러봐?

"있잖아요. 그럼 저 하나만 좀 도와주실래요?"

"뭐?"

"그……."

도훈의 깊은 검은색 눈동자를 똑바로 마주하자 도저히 입이 떨어지지 않았다. 저 까만 눈빛을 앞에 두고 뭐라고 말해야 가장 안 해괴할지 알 수가 없다.

"그게……."

망설이는 서연의 입술이 느리게 벌어졌다. 평소보다 더 붉은 그녀의 입술이 도훈의 시선을 단번에 사로잡았다.

"역시 말로 하기는 좀 그래서……. 그…… 지금 문자로 제가."

더듬더듬 말하는 입술이 가늘게 떨렸다. 도훈의 입술이 감탄이라도 한 듯 살짝 벌어졌다. 사람 입술이 어쩌면 저렇게 작고 도톰할 수가 있는지, 아까 서연의 얼굴을 떠올리다가 멈춘 곳은 입술이었다. 다른 곳도 닮았지만, 특히나 서연의 입술은 꿈속 여자의 입술과 거의 동일했다. 붉고, 촉촉하고, 삼키면 단물이 물씬 배어나올 것 같은 그런…….

"제 말 듣고 있어요?"

무언가 홀린 듯 멍하니 있는 도훈을 서연이 툭 치며 물었다. 그녀의 입술만 응시하던 그가 번뜩 정신을 차린 듯 어정쩡하게 고개를 끄덕였다.

"그럼 나 문자로……."

사람을 앞에 두고 문자를 보내다니, 아주 미래지향적인 의사소통방식이 따로 없었다. 그러나 도저히 육성으로 '저랑 키스해요!'라고 소리칠 깡이 서연에게는 없었다. 휴대전화를 양손으로 움켜쥔 그녀가 몸을 도훈 쪽으로 꺾고는 그가 보지 못하게 한 글자, 한 글자 다급하게 자판을 쳤다. 먹은 라면이 올라올 것처럼 긴장이 돼서 자꾸만 오타가 난다.

[제가 말로 하기는 영 민망해서 문자를 보내는데요. 이상하게 생각하지 말고 들어줘요. 내가 뭐 확인할 게 있어서 그런데…….]

한숨을 짧게 내쉬고 잠깐 멈칫한 양 엄지를 다시 움직인다.

[저랑 키스 한 번만 할ㄹ]

"저기, 나도 부탁할 거 있어."

"네, 네?"

서연이 문자를 채 치기도 전에 도훈이 불쑥 말을 걸었다. 화들짝 놀란 서연이 문자를 보내지 못하고 그대로 휴대전화를 내려 무릎 위에 올렸다.

"뭔데요?"

멍하면서도 서늘하던 도훈의 눈빛이 갑자기 날카로워진 것이 의아했다. 그녀가 고개를 틀어 제대로 도훈과 눈을 마주쳤다. 그의 얼굴이 갑자기 코앞으로 다가와서 서연은 흠칫 놀랐다. 저도 모르게 몸을 뒤로 쑥 뺐다.

"내가 뭐 확인할 게 있어서 그런데……."

바로 앞으로 다가온 남자의 숨결은 입을 열 때마다 자극적으로 흘러나왔다.

"……확인?"

서연이 고개를 갸우뚱하는 것을 보며, 도훈이 낮은 음성으로 말을 이었다.

"나랑 키스 한 번만 하자."

꾹.

서연이 숨을 훅 멈췄다. 너무 놀라 그대로 굳어버린 그녀, 실수로 문자의 전송 버튼을 클릭했다. 서연은 한 대 얻어맞은 사람처럼 바보같이 눈을 동그랗게 뜨고 멀뚱멀뚱 도훈을 응시했다. 그와 동시에 띵똥 하는 경쾌한 도훈의 벨소리가 허공을 갈랐다. 서연을 한 치의 어긋남도 없이 뚫어져라 보던 도훈이 그 벨소리에 천천히 주머니에서 휴대전화를 꺼냈다. 그러면서도 결코 그녀에게서 시선을 떼지 않았다. 도훈은 문자를 열면서도 딱딱하게 굳은 서연의 눈치를 살폈다. 엄청 충격받은 모양인데……. 역시 대뜸 이렇게 부탁하는 게 아니었나. 너무 성급했다고 생각하며 문자를 열었는데…….

[제가 말로 하기는 영 민망해서 문자를 보내는데요. 이상하게 생각하지 말고 들어줘요. 내가 뭐 확인할 게 있어서 그런데…… 저랑 키스 한 번만 할ㄹ]

"……."

"……."

4. 애정의 온도

정적.

도훈과 서연은 서로 할 말을 잃고 멀뚱멀뚱 눈만 마주 보고 있었다. 혼이 나간 사람들처럼 굳은 입은 벌어질 기미가 없었다. 이내 도훈의 눈이 가늘어졌다.

"이건……."

그가 천천히 입을 뗐다. 서연이 잔뜩 긴장한 얼굴로 그의 입술만 노려보았다. 미쳤어! 대체 문자가 왜 간 거야!

"키스가 부탁?"

대답하지 못하고 가만히 얼굴을 붉히는 것은 긍정의 신호였다. 전혀 예상하지 못했던 상황이었다. 살짝 놀란 도훈이 침을 꿀꺽 삼키자 장대한 목울대가 일렁였다.

"왜 그런 게 부탁인데?"

도훈의 질문에 서연의 얼굴은 더욱 화끈 달아올랐다. 부끄러움과 당혹스러움에 짓눌린 입술을 강제로 달싹였다.

"그쪽이야말로 나보고 키, 키스하자면서요? 우리가 사귀는 사이도 아닌데 왜 갑자기 키스하자고 하고 그래요!"

"확인할 게 있다니까? 강서연 씨야말로 키스가 왜 부탁이에요? 지금까지 흑심 품고 있었어?"

"뭔 소리야! 나도 확인할 게 있다니까요!"

"뭘 확인하는데요?"

"……."

"왜 말 못 해?"

"……그러는 그쪽은 뭘 확인하는데요?"

"……."

"그쪽도 말 못 하네!"

의미 없는 논쟁이 끝없이 이어졌다. 서로서로 수상하게 생각하며 탐색전을 벌일수록 해답은 미궁 속으로 빠져드는 기분이었다. 이 사람, 분명히 무언가를 속이고 있는데……. 데칼코마니처럼 똑같은 생각을 하고 있는 도훈과 서연이었으나, 서로 쳐다보기만 할 뿐 결론이 나지 않았다. 각자의 사연이 쉽사리 털어놓을 사안이 못 됐기 때문이었다.

또 잠깐의 침묵이 감돌았다. 서연과 도훈은 말없이 서로를 응시하기만 했다. 속셈이 뭐야? 대체 뭘 확인해, 키스로? 그 속내를 파악하고 싶었다. 아무도 입을 열지 않는 상황은 서연에게 특히나 더 고역이었다. 도저히 헤어나올 수 없는 늪에 빠져버린 기분이었다. 상황이 이상하게 돌아가는 것을 느낀 도훈이 고개를 뒤로 꺾었다가 다시 서연을 내려다봤다.

"그럼 어떻게 하길 원해요?"

도훈이 서연의 손을 약하게 잡고 물었다. 갑자기 날아든 감촉에 놀란 서연의 눈이 뒤흔들렸다. 쿵쿵, 발작하는 여린 심장은 속도감마저 잃어버렸다.

"키스할래요?"

"……."

"싫어?"

서연은 대답하지 않았다. 잠깐 망설이는 듯하더니 이내 폭 하고 가녀린 숨이 입술 사이로 흘러나왔다. 그녀는 부끄러운지 눈도 잘 못 마주치며 고개를 살짝 들고 두 눈을 질끈 감았다. 대답 대신 행동으로 의사 표현을 한 것이다. 겁에 질린 사람처럼 눈을 힘주어 감은 그녀는 상황에 맞지 않게 조금 귀여운 구석이 있었다. 저렇게 눈을 질끈 감고 바들바들 떠는 모습을 보니, 마치 몹쓸 짓을 하는 기분이 들어 도훈은 저도 모르게 살풋 웃음을 터뜨렸다. 그 웃음소리에 서연이 슬그머니 눈을 떴다. 앞에서 마치 비웃는 듯이 올라가 있는 도훈의 입술을 발견하자, 양 볼이 순식간에 새빨갛게 물들었다.

"왜, 왜 그렇게 웃고 있…… 앗!"

서연이 발끈해서 빽 소리를 지르며 따져 묻는데, 갑자기 강한 무게가 예고 없이 서연을 와르르 덮쳤다.

"……아."

팔을 잡고 있던 그의 손에 힘이 더욱 거세게 실렸다. 서연의 눈꺼풀이 파르르 떨렸다. 그의 힘에 떠밀려 쓰러진 등이 차가운 바닥에 달라붙었다.

"……굳, 굳이 이 자세에 의미가."

미묘한 분위기에 도저히 숨을 쉴 수가 없었다. 서연의 몸 위로 올라선 도훈은 말없이 그녀를 내려다보았다.

"애도 아니고."

"네?"

"이왕 하려면 제대로 해야지."

말이 끝나기가 무섭게 도훈의 얼굴이 서연의 얼굴 가까운 곳으로 훅 치고 내려왔다. 바로 코앞에서 뜨거운 숨결이 가감 없이 느껴지자, 서연의 심장이 터질 것처럼 쿵쾅쿵쾅 뛰기 시작했다. 눈앞이 팽팽 도는 기분에 저도 모르게 숨을 꾹 참았다.

"숨 쉬어."

도훈의 목소리가 발톱을 드러내고 서연의 살갗을 간지럽혔다. 하아, 그녀의 입이 벌어지고 참았던 숨이 한꺼번에 터져 나왔다. 도훈의 입술을 흠뻑 적신 서연의 숨결에서 달콤한 향이 풍겨왔다. 먹고 싶을 만큼 달콤한 향, 마치 진귀한 열매처럼 톡톡 튀는 향이 바로 코앞에서 진동을 했다. 다시 숨쉬기 시작한 서연의 숨소리가 도훈의 것과 정신없이 은밀하게 얽혔다. 아주 가까운 거리까지 도훈의 입술이 성큼 다가왔다.

이 자세 너무 야, 야하지 않나……. 눈을 감아도 느껴지는 뜨거운 온기에 잠식당할 것만 같다. 그가 잡은 손목이 불에 덴 듯 화끈거렸다. 그렇게 점점 다가오는 그를 느끼며 서연은 혼미한 정신을 놓아버렸다. 도훈의 뜨거운 입술이 도톰한 입술 끝을 언뜻 스쳤다.

"강서연! 서연, 서연, 강서연!"

두 입술이 동시에 멀어졌다.

"……타이밍 진짜."

도훈은 아주 심기가 불편한 얼굴로 문을 한 번 흘끔 보더니, 삐딱하게 그녀의 위에서 내려왔다. 서연이 쾅쾅쾅 문을 부술 듯이 때리는 하나밖에 없는 자신의 친구, 지금만큼은 아주 쓸모가 없는 친구를 저주하며 한숨을 내쉬었다.

"친구가…… 왔네요."

"그런 것 같네요. 열어줘요."

도훈의 말에 서연이 부루퉁하게 고개를 끄덕이고, 소파에서 일어나 현관으로 향했다. 짜증스럽게 현관문을 열자 해맑은 얼굴로 활짝 웃고 있는 여진이 보였다. 저 웃고 있는 입꼬리를 쭉 잡아당기고 싶은 것을 가까스로 참았다.

"오올, 강써 왜 이렇게 예뻐? 깜짝 놀랐네. 오늘 뭔 일 있었냐?"

"몰라. 왜 왔어."

"너 또 혼자 집에서 땅 파고 들어갈 것 같아서 치킨 사 들고 찾아왔다. 잘

했지? 후후."

"어. 그래. 아주 잘했다."

퉁명스러운 말투에 이상한 기류를 눈치챘는지, 여진은 시선을 내려 현관을 살폈다. 누가 봐도 이질적으로 보이는 커다란 남자의 신발을 발견한 여진이 호들갑스럽게 소리쳤다.

"어머, 남자! 손님이 있었네, 손님이."

여진은 그제야 서연이 불퉁한 표정을 짓고 있는 이유를 깨닫고 쿡쿡 웃었다. 그러곤 서연의 귀에 조용하게 귓속말했다.

"그 남자?"

"그래, 인간아."

"세상에, 내가 눈치 없이 방해했네, 이걸 어째?"

여진이 서연의 팔뚝을 쿡 찔렀다. 사실 여진에게 오히려 지금 이 상황은 럭키였다. 전부터 서연이 말한 그 남자가 어떻게 생겼는지 꼭 보고 싶었기 때문이었다. 서연에게 '입술 예쁘네.' 발언부터 시작해서 온갖 달콤한 친절을 베푸는 스윗 가이면서, 정작 자신은 10년째 다른 여자를 짝사랑 중이라는 수상한 열쇠남을! 왠지 외모는 능구렁이 버터과일 것 같았다.

"나 얼굴 보고 싶어. 너무 궁금해."

"안 돼. 너 집 가."

"아아, 보게 해줘!"

여진이 징징 떼를 쓰자 서연은 골이 딱딱 아팠다. 이내 서연의 옆을 지나 막무가내로 침입을 시도했다. 당황한 서연이 황급히 말렸으나 여진은 불도저와 같았다. 기선 제압을 하려는 듯 카리스마 있게 웃으며 남자에게 다가갔다.

"안녕하세요! 저 서연이 친구 최여…… 꺄아아아악!"

도훈의 얼굴을 확인한 여진이 귀신이라도 본 듯 기겁하며 소리 질렀다. 다리에 힘까지 풀려 휘청거렸다. 도훈 또한 적잖이 놀란 듯 눈동자가 커졌다. 최 비서? 설마 했던 것이 사실이었을 줄이야. 상당히 충격받은 도훈이었다. 그러나 더 충격을 받은 것은 다름 아닌 여진이었다. 문자 하나면 쪼르르 서연이한테 달려오는 그 열쇠남이 백싸가지였다고? 그럼 내가 지금까지 백싸가지를 자빠뜨리라고 그렇게 입이 닳도록 부추긴 거야? 말도 안 돼!

"어……. 저기…… 그게."

여진이 넋 나간 듯한 표정으로 도훈을 멍청하게 바라봤다. 도저히 정신을 차릴 수가 없었다. 뭐라고 말이라도 해야겠다 싶어서 더듬거리는데, 도훈이 매섭게 째려보자 입이 지퍼를 잠근 듯 꾹 다물어졌다. '말하면 죽는다.'라고 쓰여 있는 것 같은 눈빛이 여진을 마구 찌르자, 그제야 이성을 추스른 여진이 목소리를 가다듬었다.

"처, 처음 뵙겠습니다. 최여진입니다."

산만하게 까불던 모습은 온데간데없고, 갑자기 깍듯하게 인사하는 그녀를 보며 서연이 고개를 갸우뚱했다.

"반갑습니다. 백도훈입니다."

여진이 바들바들 떨며 천천히 도훈이 내민 오른손을 잡고 악수했다. 겁에 질린 듯 몸을 사시나무처럼 떠는 여진을 보자 서연은 더욱 의아해했다. 왜 저래?

"그, 그럼 저는 이만…… 나가 볼 테니……. 하던 거 마저 하세요……. 하하."

사색이 된 얼굴은 모르는 사람이 본다면 괴물이라도 맞닥뜨린 줄 알 것이다. 쾅, 여진이 쫓기는 사람처럼 쏜살같이 문밖으로 뛰쳐나갔다. 서연은 여진이 떠난 자리를 황당하게 바라봤다. 뭘 마저 하라는 거야! 타이밍 놓쳤어, 이 화상!

그 길로 집에 돌아간 여진은 온종일 심란하게 텔레비전만 의미 없이 보고 있었다. 정말로 그 냉혈한 백도훈이 그렇게 자상하게 목도리도 둘러주고, 예쁘다느니, 자기한테 여자라느니 그런 말을 했다고?

"말도 안 돼. 진짜 상상이 안 간다. 상상이……. 우웩, 토 나와."

서연에게 호통치며 화내는 모습은 너무 쉽게 상상이 가는데, 그 외의 것들은 도무지 상상이 가지 않는다.

"여자 한번 안 만나길래 연애고자인 줄 알았는데, 짝사랑 10년? 아, 소름 돋아."

여진이 어깨를 한껏 움츠렸다.

"그래서 저번에 백도훈한테 문자를 보냈더니 백싸가지가 나타난 거였구나. 세에상에……."

드디어 납득이 가는 지난 일들. 어쩌면 엮여도 이렇게 엮일 수가 있는지 싶었다. 그때, 마침 여진의 휴대전화가 시끄럽게 울렸다. 그 벨소리에 흠칫한 것은 그 발신자를 예측할 수 있었기 때문이었을 것이다. 여진이 침을 꿀꺽 삼키고 '백도훈 이사님.'이라고 적힌 휴대전화를 도살장에 끌려가는 돼지처럼 쳐다보았다. 한 번 크게 심호흡을 하고 전화를 받았다.

"이, 이사님. 아까는 제가 눈치가 없었……."

-최 비서님.

"……."

님이라니? 님이라니? 님? 님?

-항상 고생 너무 많아요. 입사하고 나서 눈치 보느라 한 번도 휴가 못 썼죠?

이게 대체 뭐 하는 상황이지?

-큰 일정 없을 때 휴가도 좀 쓰고 그래요. 경영지원팀에서 포지션 백업해 줄 거니까 걱정하지 말고.

"……."

신종 협박인가? 여진이 눈알을 이리저리 굴리며 서둘러 할 말을 찾았다.

"저……. 신경 써주셔서 감사합니다. 이사님. 그런데 저는 괜찮습니다…….”

-아니에요. 어디 좋은 곳이라도 놀러 가서 재충전하는 것도 중요해요. 다음에 저 중국 출장 갈 때 휴가 쓰세요.

아……. 제발 그만……! 어색한 존댓말을 듣고 있자니 헛구역질이 튀어나왔다.

“이사님, 말씀만 하시면 다 성실히 따르겠습니다. 제발 말 낮춰주세요…….”

여진은 앉아 있던 몸까지 뻣뻣하게 일으키고 어정쩡한 자세로 굽신굽신 전화를 받았다.

-강서연 씨하고 언제부터 친구였나?

여진의 애원하는 투가 수화기를 통해 들리자, 도훈은 언제 그랬냐는 듯 바로 태세 전환에 들어갔다. 역시 백싸가지……. 바로 본성 나온다 이거지?

“동창입니다. 학생 때부터 친했습니다.”

-그래?

도훈의 냉기 서린 목소리가 귀를 찔렀다. 표면적으로는 짧은 한마디뿐이었지만, 여진이 느끼기에 그 이상의 저의가 내포된 무언의 압박이었다. 여진이 한숨을 작게 내쉬고 말을 이었다.

“학력은 한일고등학교 졸, 한일대학교 섬유패션디자인과 2학년 재학 중 중퇴했습니다. 혈액형은 O형, 지금 패션디자인 회사 재직 중이고, 전 애인과는 얼마 전에 결별하였고요.”

-또.

“또…… 부모님은 SS어패럴 대표이셨는데 대학교 재학 중에 회사가 부도가 났습니다. 그리고 몇 년 전에 교통사고로 돌아가시고, 혈육 없이 혼자 지내고 있습니다. 또 궁금하신 사항은 제가 자료를 취합해서…….”

-아니야. 거기까지 해.

도훈의 목소리에 여진이 안도의 한숨을 내쉬었다. 미안하다, 친구야. 내가 나 살겠다고 널 팔아먹었구나.

"근데…… SS어패럴?"

여진과 통화하며 집에 막 도착한 도훈이 셔츠의 단추를 하나하나 풀었다. 매끈하고 긴 손가락 사이로 단추가 툭툭 풀려나갔다. SS어패럴이면 불과 몇 년 전만 해도 상당히 권위가 있었던 의류 기업이었다. 그러나 무리하게 벌인 사업 확장이 참패하여 약 6년 전에 막대한 빚을 안고 부도가 났었다.

-네. 그래서 학생 때는 부잣집 딸로 꽤 유명했었습니다.

태어나고 보니 이미 호화스러운 환경에 있었을 것이다. 그 재력에 둘러싸여 동화 속 공주 못지않은 유년기를 보냈을 것이다. 그 품격에 익숙해진 그녀가 모든 것을 빼앗기고 제로가 되었을 때의 충격을 도훈은 어렴풋이 짐작할 수 있었다.

"그런데 한일대 패션 중퇴? 명문대네."

-네. 원래 공부를 아주 잘하던 친구라…….

"왜 그만뒀을까."

-그건…….

여진이 말하기 곤란하다는 듯 말끝을 흐렸다. 아무리 상사의 명령이라도 더 이상 자세한 사생활을 말하기는 어려웠다.

"그래. 수고했어. 월요일에 회사에서 보지."

-감사합니다. 들어가십시오.

도훈은 통화가 종료된 휴대전화를 귀에서 뗐다. 곧 편한 옷으로 갈아입고 소파에 앉았다. 결국 아까 최 비서의 등장으로 놓친 키스 타이밍은 다시 돌아오지 않고 흐지부지되고 말았다. 아쉽지 않다면 거짓말이겠지만 앞으로도 기회는 충분히 있었다.

"천천히 가지, 뭐. 놀라지 않게."

"아, 허리야. 삭신이야……."

키스도 못 하고 허무하게 사라진 주말 끝에 어김없이 월요일이 찾아왔다. 서연은 아침부터 월요병에 몸부림쳤다.

"뭐야, 엘리베이터 왜 이래."

무거운 샘플 박스를 위로 옮기기 위해 엘리베이터를 기다리는데, 이상하게 몇 분이 지나도 오지를 않고 4층에서 멈춰 있는 것이다. 팔꿈치로 버튼을 한 번 더 꾹 눌렀으나 아니나 다를까 꿈쩍도 안 하고 그대로 고정이다.

"하아……. 신이 날 버렸네, 버렸어."

바짝 돋아난 힘줄은 미래의 근육통을 예견하는 듯했다. 단념한 서연이 바윗덩어리 같은 박스를 들고 비상계단으로 올라갔다. 이를 악물고 바들바들 떨리는 다리를 움직였다. 외형이 남자라고 그에 합당하게 힘이 배정된 것도 아닌데, 왜 힘쓰는 일은 전부 자신에게 시키는지 짜증스러웠다. 커다란 상자 때문에 앞도 보이지 않아 위태로운 가운데, 위쪽에서 날렵한 하이힐 굽 소리가 점점 커지며 내려왔다.

"어……?"

탁, 우당탕탕! 누군가가 툭 치는 바람에 서연이 뒤로 떠밀렸다. 살기 위해 필사적으로 난간 손잡이를 움켜쥐었으나, 그 탓에 비상계단 아래로 샘플 상자가 분화해서 널브러졌다.

"어머, 이걸 어째."

원인 제공자를 보는 서연의 눈이 싸늘해졌다. 누가 봐도 일부러 밀친 것이 분명한데, 임나희 대리는 태연하게 입꼬리를 말아 올렸다.

"미안?"

하, 임나희 저 인간……. 깔깔거리며 자리를 뜨는 그녀를 보며 서연이 이를 바득 갈았다.

"으, 오늘 일진 최악……."

얼른 아래로 달려가 떨어진 물건들을 주우려고 허리를 굽혔다. 물건에 손을 뻗은 순간, 시야에 등장한 하얀 손이 먼저 물건을 주워 서연에게 건넸다. 얼떨떨하게 받아 들자 여자는 떨어진 물건을 줍는 것을 마저 도왔다.

"감사합니다."

서연이 인사하자 여자는 상냥하게 웃음으로 회답했다.

"아니에요. 당연히 서로 돕고 살아야죠."

말투가 차분했다. 어른스러운 눈매와 날렵한 턱선이 세련되고 고아한 분위기를 자아내고 있었다. 자기 관리가 철저해 보이는 화려한 미인형의 여자였다. 화사한 컬러의 블라우스에 시선이 닿자 서연은 본능적으로 그녀가 자신과 정반대의 사람이라는 것을 깨달았다.

"그럼 이만 가볼게요."

화려한 장미 앞에서 들꽃은 더없이 초라해졌다. 서연은 꼬질꼬질하게 구김이 간 제 검은 맨투맨 자락을 움켜쥐었다.

"네, 감사합니다."

샘플 상자를 위에 옮기고 난 후 서연은 화장실로 도망치듯 직행했다. 쏴아아아, 쏟아지는 물에 손을 닦은 서연이 수도를 닫았다. 세면대 앞 거울에 비친 자신을 바라보았다. 누가 보더라도 칙칙한 얼굴과 옷차림, 온몸을 둘러싼 우울은 떨쳐낼 수 없는 운명의 산물이었다. 시커먼 옷만 입는 것은 취향 때문이 아니었다. 여자도 남자도 아닌 몸이 되어버린 저 자신이 창피해 남들 눈에 띄지 않기 위해 떠밀리듯 선택한 것이었다. 더욱이 빨래할 시간도 없는 서연에게 무언가가 묻어도 티 나지 않는 까만 옷은 필수 불가결이었다. 그렇게 떠밀려 도달한 색깔이 어느새 서연의 정체성이 되어버렸다.

"……그런 옷, 나한테는 전혀 안 어울리겠지……."

겉치레 따위가 무슨 상관이랴? 그런 마음으로 돈과 생존 외에는 완전히 관심 끄고 살아왔는데, 백도훈을 만난 이후로 자꾸만 안 하던 생각이 치고 들어온다.

“정신 차려, 정신. 제발…….”

현혹되지 말자고. 지잉, 그 순간 갑자기 울린 진동에 서연이 시선을 아래로 내렸다.

[오늘 밤에 뭐 해요?]

발신인은 백도훈이었다. 서연이 문자를 멍하니 응시했다. 이 남자는 대체 뭘 하고 싶은 걸까? 키스? 잠자리? 도대체 무슨 꿍꿍이속으로 이렇게 계속 잘해주는 걸까. 곰곰이 바라보던 서연이 액정 위를 천천히 두드렸다.

[오늘 회식이요.]

이렇게 잘해주는 이유는 끝을 가보면 알겠지.

[그래요?]

서연이 휴대폰을 꼬옥 움켜쥐었다.

[아쉽다. 밥 먹자고 하려고 했는데.]

아……. 뭐라고 답장해야 할지 몰라 잠깐 고민하는데, 그 찰나를 뚫고 진동이 울렸다.

[근데 회식 어디서 해?]

“……이건 왜 묻지?”

서연이 심각한 얼굴로 고민하다가 사무실로 복귀해 앉았다. 꼴깍 침 한번 삼키고서 비장하게 장소를 찍어 보냈다.

“자, 인사들 해요.”

그때, 손뼉을 치며 안으로 들어온 디자인 실장의 목소리에 서연이 자리에서 일어났다. 실장의 뒤로 한 여자가 뒤따라오더니 바로 옆에 섰다.

“여기는 새로 오신 오유라 팀장님이시고, 전에 말했듯이 2팀을 맡아주실 겁니다.”

실장의 옆 여자의 얼굴을 본 서연의 눈이 커졌다. 방금 비상계단에서 도움을 받았던 바로 그 아름다운 여자였다.

"반갑습니다. 잘 부탁드립니다."

유라가 입술 끝을 들어 올리며 인사했다.

오늘 모라비 사원들의 대화를 풍족하게 만든 일등 공신은 새 팀장 오유라의 부임이었다.

"근데 오유라 팀장 몇 살이야? 얼굴로 봐서는 아무리 봐도 20대 같은데."

"글쎄요? 근데 그 정도 하이스펙이려면 못해도 서른은 되어야 하지 않아요?"

"칫, 어쨌든 나보단 어리다 이거네."

이미 계란 한 판 나이는 지난 지 오래인 임나희 대리가 눈가를 슬며시 구겼다.

"근데 나이를 떠나서 예쁘긴 진짜 예쁘더라고요. 성격도 괜찮은 것 같고."

"그렇지, 누구랑은 완전 정반대. 푸하하."

어김없이 서연을 염두에 두고 뱉은 발언이었다. 임 대리가 입꼬리를 비틀었다.

"겨우 한두 달 차이로 새로 온 두 명이 달라도 너무 다른 거지. 스펙 달라, 외모 달라, 성격 달라! 가만 보면 인종이 아예 다른 느낌……."

벌컥, 임 대리가 휴게실 문을 열고 들어온 서연을 보며 놀라 말을 멈추었다. 무표정으로 걸어 들어온 서연은 임 대리를 지나 정수기 근처로 걸어갔다.

"뭐, 뭐야?"

아무렇지도 않다는 듯 태연한 서연을 보며 두 사람은 황당하다는 듯한 얼굴을 했다.

"허, 진짜 별꼴이야. 너 뭐니?"

"정수기 물 갈러 왔는데요."

"누가 그걸 물어? 노크 좀 해, 노크 좀!"

임 대리의 호통에도 서연은 얼굴색 하나 변하지 않고 무거운 생수통을 번쩍 들어 올렸다.

"대리님은 휴게실 들어오실 때 노크도 하시나 봐요."

"뭐?"

"화장실에서도 안 하시던데 휴게실 앞에서는 하시고요."

"……."

잠깐 할 말을 잃은 임 대리가 입술만 초조하게 달싹이며 씩씩거리다가 다른 직원과 함께 휴게실을 휙 나가버렸다. 쾅, 부서질 듯 문을 닫는 소리에 서연은 고개를 절레절레 내저었다.

"하여간 입만 열면 남 욕이야, 남 욕. 어우, 식상해."

새 생수통으로 교체해 넣은 서연이 허리를 쭉 펴고 숨을 돌렸다. 하지만 그것도 찰나의 여유에 불과했다. 짊어진 업무가 산더미 같았기 때문에 얼른 몸을 돌렸다.

곧 개최되는 F/W 패션쇼를 앞두고 모라비는 달궈진 뚝배기처럼 쇼 준비에 열을 올렸다. 바쁜 와중 디자인팀 사기 증진이라는 명목하에 윗선에서 부득불 잡은 회식은 오유라 팀장의 환영회도 겸하는 자리였다.

"모라비의 성공적인 F/W 패션쇼를 위하여!"

유리가 부딪치는 소리와 함께 술잔이 가운데로 모였다가 퍼졌다. 지글지글 고기 굽는 소리는 시끌벅적한 회식 분위기 아래 배경음처럼 묻혔다. 그 떠들썩한 데시벨 속에서도 서연은 쉴 새 없이 집게를 움직이며 머리를 박고 고기를 구웠다. 서연이 유일하게 집게를 내려놓는 순간은 넘치게 채워진 잔을 빈 잔으로 비우는 그 순간뿐이었다.

"얘, 고기 좀 잘 좀 구워봐. 영 아니다, 진짜."

임 대리가 젓가락으로 고기를 집었다가 던지듯이 앞접시에 내려놓았다.

'넌 손이 없냐? 그럼 네가 구워서 처먹어!'

물론 속으로만 중얼거리고 소주잔을 찾는 서연이었다. 억울해서 눈물이 날 것 같았지만 입술을 꽉 깨물어 참았다. 앞으로도 여길 계속 참고 다닐 수 있을지가 진지하게 고민되는 순간이었다.

"네? 팀장님 애인 없으시다고요?"

갑자기 호들갑스러운 음성이 저쪽에서 들려왔다. 서연이 고개를 돌리자 입가를 가리고 웃는 유라가 눈에 들어왔다.

"네, 슬프게도 없어요. 하하."

"의외다. 엄청 예쁘시니까 남자들이 가만 안 놔둘 것 같았는데."

호들갑스럽게 떠들어대는 소음에도 불구하고 유라의 안색은 여전히 점잖았다. 그녀가 잠깐 생각하는 듯한 표정을 하더니 곧바로 말을 이었다.

"음, 그런데 좋아하는 사람은 있어요. 오랫동안 짝사랑 상대?"

"오오, 솔직하셔!"

유라의 발언이 테이블에 큰 파장을 일으켰다.

"그분은 로또네요, 로또! 예쁘고 능력 있고 성격도 좋으신 오유라 팀장님이 좋아해주신다니!"

"하하, 과찬을. 그래 봐야 몇 년째 공세하는데도 안 넘어오는 중이지만요."

몇 년? 저런 완벽한 여자가 몇 년이나 유혹하는데 안 넘어오는 놈팡이가 있다니. 대체 얼마나 눈이 높으면 그래? 서연이 혀를 내둘렀다.

"슬슬 포기할 때도 된 것 같다 싶은데, 마지막으로 한 번만 더 대시해보려고요. 그럴 생각으로 한국도 들어왔고? 하하."

자신감 엄청나네……. 서연은 묵묵히 눈앞 고깃덩이를 가위로 끊어냈다. 먹기 좋게 자른 고기 조각을 사원들이 전부 먹어치웠을 때쯤, 한참 동안 디자인 실장 옆자리에 있던 유라가 자연스럽게 다가와 서연의 옆 틈새를 파고들었다.

"서연 씨도 좀 드세요. 제가 구울게요."

"아, 아니에요. 괜찮아요."

서연은 입사 이래 처음 받는 호의에 조금 당황했다. 얼른 고개를 숙이고 새 고깃덩이를 불판에 올리는데, 임 대리의 목소리가 뒤통수를 쿡쿡 찔렀다.

"맞아요. 원래 이런 건 막내가 하는 거죠, 하하! 그보다 한 잔 받으시죠!"

저 재수 없는 옥수수를 확 그냥 털어버릴까! 하여간 약자 앞에서는 맘모스 행세하면서 강자 앞에서는 아메바로 변신이지. 비이겁한……. 뿌득 이가 갈리는 소리와 함께 진동이 울렸다. 주머니를 뒤적거려 휴대전화를 꺼내 든 서연이 문자를 확인했다.

[비 많이 오네요.]

백도훈은 별 의미 없이 보냈을 문자였다. 그 문자에 의미 부여하는 것도, 그로 인해 미친 듯이 설레는 가슴 또한 서연이 주체할 수 없는 부분이었다.

[우산 있어?]

없으면……? 액정 위 손끝에는 주전자처럼 열이 올랐다.

"누구예요? 애인?"

유라의 질문에 화들짝 놀란 서연이 휴대전화를 삭 뒤로 감추었다.

"아뇨, 애인이라니…… 하하."

"표정이 아예 달라지시던걸요? 서연 씨 제대로 웃는 거 처음 본 것 같아요."

"하하, 저 그렇게 보였었나요."

"음, 그럼 썸 타는 중?"

……썸? 썸? 썸이라고? 서연이 당황해서 잠깐 어버버거리는데, 그 공백을 임 대리가 불쑥 치고 들어왔다.

"어휴, 오유라 팀장님도 참. 썸이라니요! 그것도 일정 이상 기준이 되어야 탈 수 있는 거죠. 너무 함량 미달은 좀, 푸."

임 대리의 비아냥대는 듯한 시선이 서연을 품평하듯 위아래로 훑고 지나갔다. 꽈악, 소주잔을 움켜쥔 서연의 손에 불뚝 핏대가 섰다. 참자, 참아. 당장에라도 자리를 박차고 뛰쳐나가고 싶었으나 입술을 피가 터질 것처럼 다시 꽉 고쳐 무는 것으로 대신했다.

“왜요, 서연 씨 되게 괜찮은 사람인 것 같은데.”

일순 열이 부글부글 끓었던 서연의 머리가 유라의 변호로 멈칫했다.

“서연 씨 이렇게 잘생기고 멋있잖아요, 하하하.”

이내 뒷말을 듣고 차갑게 식어 내렸다. 설마……? 찝찝했으나 제 착각이라고 생각한 서연은 쓰디쓴 알코올을 입 안에 거칠게 털어 넣었다. 시간이 지나고 취기가 오른 서연은 찬바람을 쐬기 위해 잠깐 바깥으로 나섰다. 건물 입구에 서서 추적추적 내리는 빗물을 바라보고 있자니 초봄의 쌀쌀한 칼바람이 뼛속을 가르듯 파고들었다. 볼품없는 점퍼의 앞섶을 움켜쥐고 묵직한 숨을 토해내었다.

“너무 많이 마셨나…….”

어질어질해진 건 분명히 머릿속인데, 이상하게 눈가가 시큰거렸다.

‘썸이라니요! 그것도 일정 이상 기준이 되어야 탈 수 있는 거죠.’

안다고!

‘너무 함량 미달은 좀, 풉.’

“나도 안다고…….”

쪼그리고 앉아 무릎에 얼굴을 파묻었다.

“힘들어…….”

욱신거리는 눈을 들어 아까 답장하지 못한 도훈의 문자를 켰다.

[우산 있어?]

“…….”

문자를 보고 있자니, 전에 도훈이 제게 했던 말들이 새싹처럼 되살아났다.

'힘들다고 잘못된 길이라고 의심할 거 없어.'

그 기억 속 목소리가 귓가를 뜨겁게 달구었다.

'당신의 진가를 잘 알지도 못하는 사람들이 가볍게 떠들어 대는 말에 쓸데없이 귀 기울일 필요도 없고.'

"……."

'힘들면 의지할 데를 찾아.'

우산 없다고 답하면…….

'이쪽은 어때요.'

어떻게 될까. 서연이 액정을 가만히 내려다보다가, 이내 손끝을 움직였다.

"응, 오빠."

또각또각 들려오는 구두 소리에 서연이 흠칫했다. 뒤를 돌아보자 유라가 누군가와 통화하며 가게를 나서고 있었다. 서연은 저도 모르게 황급히 기둥 뒤로 몸을 숨겼다.

'으악, 내가 왜 숨었지!'

뜬금없는 타이밍에만 빠른 제 신체속도를 자책하며 괴로워했지만 지금 이 타이밍에 나가는 것이 더 수상했다. 서연이 흘끔 유라를 곁눈질했다.

"다름이 아니고…… 혹시 도훈 오빠 번호 바뀌었어?"

도훈……? 서연은 예상치 못한 상황에 들려오는 그의 이름에 화들짝 놀랐다.

"……안 바뀌었다고?"

누군가가 전화를 안 받는 상황인 건가? 휴대전화를 꼭 잡고 아래를 내려다보는 유라의 안색에 어딘가 슬픔이 비쳤다.

"……그럼 혹시 나 한국에 온 건, 오빠가 도훈 오빠한테 말했어?"

흔들리는 눈빛은 무너지기 직전의 모래성 같았다.

"……응. 알았어."

수화기 건너편이 뭐라고 답했는지는 알 수 없었으나, 결국 무너지는 유라의 표정으로 미루어볼 때 긍정적인 답변은 아닐 것이라 확신했다.

"어떻게 한국에 들어온 거 뻔히 알면서 연락 한 번을 안 해……."

전화를 끊은 유라가 미간을 약하게 좁혔다.

"진짜 차갑다."

그 얼굴을 보니 더 이상 엿듣고 있는 것은 예의가 아니라는 생각이 들었다. 물러나려고 뒷걸음질 치는데……. 끼익, 서연의 발 옆에 있는 쓰레기통이 시끄럽게 밀렸다. 그 소음과 함께 서연의 심장에서는 덜컥 소리가 났다. 동그랗게 뜬 눈을 아래로 깔았다가 올리는데, 그만 유라와 눈이 마주치고 말았다. 굵게 웨이브 진 머리카락을 귀 뒤로 넘기며 유라가 웃었다.

"왜 나와 있어요?"

"아, 팀장님."

"술 많이 마시는 것 같던데, 괜찮아요?"

"네, 괜찮습니다!"

너무 놀라 벌렁거리는 서연의 심장과 다르게 유라는 태연했다. 유라가 서연의 옆에 다가서서 비 오는 풍경을 바라보았다.

'으, 어색해……!'

침묵 속에 나란히 허공을 쳐다보고 있자니 숨이 턱턱 막혔다. 그 기류를 뚫고 먼저 입을 연 사람은 유라였다.

"오늘 하루 동안 보니까 서연 씨가 팀에서 제일 바쁘던데요. 사소한 서포트부터 힘쓰는 일은 다 서연 씨가 맡는 것 같고요."

"하하, 뭘요."

딴 얘기를 하는 것은 아까의 통화 내용을 모른 척해달라는 암묵적 요청이었다. 서연은 어색한 웃음으로써 동의했다.

"청일점이라 힘들겠어요. 그렇죠?"

"네…… 네?"

순간 술기운으로 몽롱하던 정신이 번쩍 돌아왔다. 잔잔히 배경이 되던 빗소리는 갑자기 날카롭게 고막을 때리기 시작했다. 남자라고 오해하는 것은 흔한 일이었기에 굳이 상처받거나 자존심 상하게 나서서 정정하지 않는 게 보통이었다. 새삼스럽게 놀랄 것도 없는데 서연은 일순 넋 나간 얼굴이 되었다.

"전 이제 슬슬 들어가야겠어요. 서연 씨도 바람 천천히 쐬고 들어와요."

유라가 안으로 들어간 후, 서연이 정신을 차린 것은 한참 뒤의 일이었다.

"자, 내일 다들 늦지 말고! 먼저 갑니다."

택시를 타고 디자인 실장이 떠나고, 남은 사원들은 비를 피해 건물 입구에 복작복작 서 있었다.

"와, 기상청 뭐 하자는 컨셉. 강수확률 10%라더니 폭우네, 폭우. 역까지 뛰어가야 하나?"

"팀장님은 어느 쪽에 사세요? 택시 부를까요?"

한 사원이 묻자 유라가 낮게 웃었다.

"전 회사 주차장에 차 두고 와서요. 대리 불렀어요."

"그럼 강서연, 네가……."

"제가 가게에 우산 잠깐 빌릴 수 있는지 물어보고 올게요."

임 대리가 또 종 부리듯 자신에게 시키기 전에 서연이 먼저 선수를 쳤다. 유라가 만류했으나 서연은 안으로 들어가 우산을 빌렸다. 두 개의 우산을 챙겨 들고 다시 가게 입구로 나오는데, 어딘가 묘하게 소란스러워진 것을 느꼈다.

"대박, 대박."

"누구야? 누구 데리러 온 거야?"

바로 앞 도롯가에 정차한 까만색 스포츠카 때문이었다. 아파트 한 채가 굴러다니는 수준의 값어치의 그것은 멀리서 보더라도 엄청난 존재감을 뽐내고 있었다.

"저, 가게에서 우산 두 개 빌려왔는데요."

꺅꺅거리는 여자들 틈으로 서연이 손을 뻗었으나, 호들갑스럽게 손을 휘젓는 임 대리의 팔꿈치에 맞아 우산이 추락했다.

"아, 뭐야. 진짜……."

저만 들리게 뇌까리며 허리를 굽혀 우산에 손을 뻗었다. 툭, 그 순간 유라의 핸드백이 우산 옆으로 떨어졌다.

"팀장님, 핸드백 떨어뜨리셨는데……."

서연이 수백만 원을 호가하는 명품백을 들어 유라에게 건넸으나, 유라는 그것을 받아 들지 못했다. 그녀의 동공은 흔들리고 있었다. 뭐지? 서연도 그 눈동자가 향한 곳으로 고개를 돌렸다. 이내 서연의 동공 또한 세차게 흔들렸다. 백도…….

"오빠!"

일순 유라에게로 모든 시선이 집중되었다. 감동적인 영화의 클라이맥스처럼 한 손으로 입을 틀어막은 유라의 호흡이 가빠졌다.

"오빠……."

"팀장님 아시는 분이세요? 남자친구?"

차 안에서 우산을 쓰고 나온 도훈은 이쪽으로 걸어오고 있었다.

"저, 저 먼저 갈게요."

"엇 팀장님! 우산이라도!"

유라는 흥분한 듯 말까지 더듬었다. 그러고는 이성을 잃은 사람처럼 빗속으로 뛰어 들어갔다. 그 뒷모습을 보며 사원들은 부러워죽겠다는 얼굴을 하고 쑥덕거렸다.

"아휴, 여초 회사 회식에서 외제차 끌고 데리러 온 남자만 한 염장질이 없죠, 응."

"와, 잘생겼다, 잘생겼어. 피지컬 예술. 역시 대 엘리트 오 팀장님은 애인도 클래스가 달라?"

애인? 애인이라고? 어리둥절해하던 서연의 얼굴이 창백해졌다. 그러나 이내 더 새파랗게 질리고 말았다. 도훈이 달려오는 유라를 매정하게 지나친 것이다.

"뭐야, 왜 이리로 오지?"

사원들은 빗속을 뚫고 점점 가까이 걸어오는 도훈을 보며 쑤군거렸다. 서연은 신체의 흐름이 느려지는 듯한 착각에 사로잡혔다. 검은색 우산 아래 더욱 새까맣게 빛나는 두 눈동자는 서연을 똑바로 응시하고 있었다. 돌진하던 그의 발걸음이 서연의 코앞에서 멈추었다. 일대가 술렁이기 시작했다.

"왜 답장을 안 해요."

"네?"

"전화도 안 받고."

"네……?"

"우산 있냐고 물었잖아."

생각해보니 문자에 결국 답장하지 못했던 것이 떠올랐다.

"제 폰이 전원이 나갔거든요, 그래서……."

서연이 말끝을 흐렸다. 옆에서 충격받은 듯 눈을 똥그랗게 뜨고 '어머, 어머.'를 연신 터뜨리는 임 대리와 사원들 때문이었다. 멀리서 보더라도 비범했던 남자는 가까이 다가오니 더욱 훤칠하게 큰 키와 떡 벌어진 어깨를 가지고 있었다. 경탄한 여자들은 그를 황홀한 눈으로 관망하며 속닥거렸다. 도훈은 느릿하게 그녀들에게 시선을 돌렸다.

"우산 있으십니까?"

점잖은 목소리까지, 그녀들의 심장에 불을 지피기에 넘치는 조건을 가진 남자였다. 놀란 여자들이 도리도리 고갯짓하자, 도훈은 서연의 손에 있는 우산 두 개를 빼서 그녀들에게 건넸다. 허리를 굽혀 정중하게 인사하는 도훈 때문에 그녀들 또한 얼떨떨하게 예를 갖추었다. 서연의 눈앞은 까맣게 번졌다. 혼이 나간 서연이 퍼뜩 정신을 차렸으나 이미 도훈의 우산 속에 들어온 후였다. 당황해서 반사적으로 몸을 떼어냈다.

"비 맞아요."

나직한 한마디와 함께 도훈은 서연의 어깨를 끌어다가 도로 제 옆에 딱 붙였다. 자연스러운 스킨십에 관망자들은 한 번 더 술렁였다. 서연은 마치 안긴 듯한 자세로 도훈의 차 앞까지 함께 걸어갔다. 터질 것처럼 뛰는 심장 소리가 시끄러운 빗소리에 묻히기만을 바라며 서연이 커다란 눈을 끔뻑였다.

"타요."

도훈이 조수석 문을 열었으나 서연은 차마 안으로 들어갈 수가 없었다. 조금 떨어진 뒤에서 흠뻑 젖은 모양새로 서 있는 유라 때문이었다. 곧이어 물 먹은 하이힐이 또각거리며 다가왔다.

"도훈 오빠."

도훈은 그 애처로운 음성을 듣지 못했는지, 그저 서연의 등을 부드럽게 쓸어내릴 뿐이었다. 차 안으로 들어가라는 의미였다.

"어, 저기. 부르시는 것 같은데……."

서연의 말에 그제야 도훈이 뒤를 돌았다. 세 사람의 시선이 축축하게 허공에서 얽혔다. 고상한 무도회에 너덜너덜한 츄리닝을 입고 참석한 기분이 이런 기분일까? 서연은 두 사람 사이에 낀 저 자신의 몰골이 초라해 숨어버리고 싶었다. 있으면 안 될 자리에 있는 느낌이었다.

"오빠……."

유라가 손을 뻗어 도훈의 냉기 서린 코트 자락을 움켜쥐었다.

"오랜만이야, 오빠."

도훈이 코트를 쥐고 털어내자 하릴없이 나가떨어졌다. 유라의 미간이 절망으로 형편없이 구겨졌다.

"그래."

그 대답이 전부였다. 자신을 바라보며 웃어주는 그 한 번의 미소를 기대하며 귀국했으나, 돌아온 것은 명백한 무관심이었다. 유라의 절망과 무관하게, 도훈은 더 이상의 지체 없이 서연을 태우고 홀연히 사라졌다.

"팀장님!"

뒤늦게 쫓아온 임 대리가 서둘러 유라에게 우산을 씌워주었다.

"괜찮으세요?"

임 대리의 물음에도 유라는 도훈의 차가 사라진 방향을 물끄러미 쳐다볼 뿐이었다.

"와, 그나저나 설마 애인? 미쳤다, 미쳤어. 요즘 남자들 취향 한번 독특하네."

임 대리가 세상 말세라는 듯 혀를 찼다.

"성적 매력 실종된 칙칙한 선머슴 뭐가 좋다고. 남자랑 사귀는 거랑 뭐가 달라? 저런 통나무 같은 여자."

임 대리의 말에 유라의 눈이 커졌다.

"……여자요?"

쥐 죽은 듯 고요한 차 안 때문인지, 서연은 어쩐지 미묘한 기분에 사로잡혔다.

"차 승차감 되게 좋다. 이것도 그쪽 차예요?"

"네."

"차가 두 대? 뭔가 수상쩍은데. 가만 보면 옷차림도 그렇고, 혹시 되게 부자 아니에요? 하하."

서연이 괜히 너스레를 떨며 억지로 웃었다. 도훈 쪽에 대답이 없자 적막이 내려앉았다. 서연이 짧은 한숨을 뱉어냈다. 입술만 달싹이며 망설이던 서연이 은근히 입을 열었다.
"그런데…… 팀장님이랑 아는 사이세요? 저희 팀 새로 오신 팀장님인데."
"얼굴만 좀 알아."
"하하, 오유라 팀장님 되게 예쁘지 않아요?"
"응."
"……."
"안 예뻐."
"……당신 애매하게 말하는 거 버릇이죠?"
서연이 입술을 비죽였다. 슬쩍 그 모습을 곁눈질한 도훈이 소리 없이 웃었다. 치, 뭐가 웃겨. 꿍얼거리며 그의 눈치를 살피던 서연,
"근데 무슨 사이?"
이내 관심 없는 척 넌지시 물었다.
"친구 동생."
도훈의 답은 소금 빠진 국처럼 싱거웠다.
"그냥 친구의 동생?"
"그래."
"거기서 끝?"
"응."
팀장님 표정이 거기서 끝이 아니던데……. 속으로만 웅얼거리며 창밖을 내다보는 서연이었다. 그녀가 느낀 유라는 보통 남자들은 범접하기도 어려울 만큼 우아하고 화려한 여자였다. 그런 모자랄 것 없는 여자가 무엇이 아쉬워서 비를 쫄딱 맞아가며 도훈의 코트에 매달렸을까. 그건 백도훈이 그럴 만한 수준의 남자였기 때문이다. 그 틈에 티처럼 낀 나는 도대체……. 서연이 입술을 꾹 다물었다. 집에 가는 길은 짧았고, 도훈의 차는 얼마 가지 않아 서연의 집 앞에 정차했다. 오늘도 결국 이대로 끝인가? 허무하다 못해 조금

섭섭해진 서연이 꾸벅 인사하고 문을 반쯤 여는데,

"어."

문득 고개를 위로 꺾었다.

"비 그쳤다."

폭우로 젖은 땅과 다르게 하늘은 언제 그랬냐는 듯 말끔했다. 서연이 헤헤 웃으며 잠깐 어둑한 밤하늘을 올려다보았다.

"와, 오늘 달 진짜 밝다……."

마치 포용력을 가진 듯 영롱한 빛을 자랑하는 것이, 낮에 보았던 해의 조도보다 훨씬 다정하게 느껴졌다. 드러내놓고 토닥이지 않는, 과묵하고 차분한.

"왜 저렇게 밝고 난리래……."

괜히 사람 눈물 나게. 서연이 폭 한숨을 내쉬고 씁쓸하게 웃었다.

"그럼 들어가세요."

피곤해도 너무 피곤한 하루였다. 서연은 어디든 좋으니 포근히 파묻히고 싶은 기분이었다. 말없이 운전대를 잡고 있던 도훈은 일순 입술을 벌렸다.

"지쳤나 봐요."

멈칫, 뒤로 들리는 도훈의 목소리가 서연의 발목을 움켜쥐었다. 서연이 고개를 돌려 말없이 도훈을 응시했다.

"답답해요?"

"……."

한쪽 눈을 찡그린 서연의 손 위로 커다란 손이 부드럽게 덮였다.

"드라이브할까."

"……이 야밤에요?"

맞닿은 길쭉한 손가락이 서연의 손을 부드럽게 쓸어 올렸다. 도훈은 서연의 손가락 틈새를 파고들더니 곧 그물처럼 옭아매었다.

"밤 운전 잘해."

훅 끌자 덫에 걸린 토끼처럼 속절없이 그의 안으로 끌어당겨졌다. 가슴은 욱신거리고 머리는 어지러웠다. 창밖은 짙은 암흑이 내려앉은 야심한 밤이었다. 잡아 매여 있는 조수석은 더할 나위 없이 안락했고, 도로는 고요하고 한산했다. 이 모든 것들이 비현실적으로 느껴졌다. 원래대로라면 귀가해 엎어지듯 잠들었을 서연이었다. 예정에 없던 질주는 그녀의 가슴에 커다란 메아리를 만들었다.

"왜 그런 표정이에요."

운전하던 도훈은 서연의 복잡한 얼굴을 보고 물었다.

"사고 날까 봐 겁나?"

"……겁이 왜 나요?"

서연이 예쁘게 웃었다.

"지금 사고 나서 죽으면, 완전 운수 좋은 거죠."

"……."

"창문 좀 열어도 되죠? 술이 잘 안 깨서요."

대답 대신 도훈은 버튼을 꾹 눌러주었다. 까맣게 선팅된 창문이 내려가고 차가운 바람이 피부에 맞닿았다.

"살 것 같다."

거센 바람에 짧은 머리카락이 정신없이 휘날림에도 불구하고 서연은 그렇게 말했다. 도훈은 눈만 살짝 돌려 바람 아래 드러난 뽀얀 이마, 그리고 그 아래 작게 벌어진 입술을 훑어보았다.

"추우면 말해요."

"추워요."

……신경 쓰이는 여자.

"근데 이대로 얼어 죽고 싶다."

"이 정도로는 사람 안 죽어."

"칫."

서연이 창문턱에 팔을 걸치고 턱을 괴었다.

"그럼 차 뚜껑 열어줘요."

"왜 그래야 하는 건데?"

도훈이 불만스럽게 묻자 서연이 검지로 톡톡 제 턱을 두드렸다.

"장래희망이 눈사람이거든요."

"……취했어?"

도훈이 눈을 가늘게 떴다.

"취하고 싶어요."

서연이 아예 창밖으로 고개를 돌렸다.

"이미 취한 것 같은데."

못 들은 척하며 눈을 꼭 감았다. 차는 분명히 무서운 속도로 달리고 있는데, 서연은 더없이 안락한 기분에 빠져들었다. 이 따뜻함, 편안함…… 흔들림 없이 푹신한 차의 쿠션감 때문만은 아닐 것이다.

"있잖아요."

"응."

"그쪽은 몇 살까지 살고 싶어요?"

"글쎄."

한 번도 생각해본 적 없었던 질문이었기에 선뜻 답하지 못했다. 도훈이 한 손으로 제 입술 끝을 만지작거렸다.

"넌?"

여전히 창밖으로 고개를 내민 채 얼굴을 보여주지 않는 서연을 쳐다보았다.

"전……."

잠긴 서연의 목소리가 목울대를 긁으며 빠져나왔다.

"200살이요."

도훈의 눈에 힘이 들어갔다. 농담이라고 하기엔 서연의 음조는 더없이 진지했다.

"200살까지, 벽에 똥칠할 때까지 끔찍하게 오래 살다가 죽으려고요. 먼저 간 사람들 몫까지 살다 죽으려고 했어요."

돌아가신 부모님 몫까지 꿋꿋하게, 그리고 행복하게 살아내는 것이 사명이라고 생각했다.

"근데 요즘 자꾸 흔들리네."

서연의 눈가가 얼얼해졌다.

"짜증 나게……."

씹듯이 음성을 뱉었다.

"……울어?"

도훈의 물음에 얼른 제 눈을 꾹 찍어 눌렀다.

"안 울어요."

서연이 붉어진 코를 훌쩍였다. 도훈의 서늘한 입술은 그 작은 소리에 민감하게 반응했다.

"왜 우는데."

하, 서연이 헛숨을 토해냈다. 눈을 꽉 힘주어 감았다가 뜨자, 암흑 속 진주 같은 노란빛이 서연의 눈동자에 들어와 비쳤다.

"……달이."

원래 사람은 자신을 후려치는 손이 아닌,

"달이 너무 예뻐서요."

그 후 따뜻하게 내밀어지는 손에 더 울고 싶어지는 법이었다.

서연과 헤어진 후 집에 도착한 도훈은 자비 없이 긁힌 카드 내역서를 보고 눈썹을 꿈틀거렸다.

"말해."

아, 겁먹은 도빈이 침을 꿀꺽 삼켰다.
"아니……. 형이……. 그 강아지 용품이랑 사료 사라고 했잖아…… 요."
얼마 전 집 앞마당에서 발견된 유기견을 입양 전까지만 맡기로 한 도훈은 아침에 도빈에게 카드를 쥐여주고 나갔었다.
"당장 필요한 것만 사라고 했더니 펫숍이라도 열 작정이냐?"
산더미같이 놓여 있는 용품과 사료들은 강아지 수십 마리도 거뜬히 감당할 수 있을 정도였다.
"미안해. 내가 잘못했어! 응? 한 번만 봐줘. 응?"
도빈이 도훈에게 연신 고개를 숙이며 손바닥을 싹싹 비볐다. 도훈이 욱신거리는 머리를 짜증스럽게 짚었다.
"말싸움할 기운도 없다."
꺼지라는 듯 손을 휘휘 젓자, 도빈이 툴툴거리며 마당으로 뛰쳐나갔다.
"아우, 짠돌이. 진짜."
궁얼거리던 도빈이 오늘 임시 거처가 생긴 하얀 개 앞에 주저앉았다. 그러고선 손을 뻗어 제 손에 얼굴을 비비는 하얀 멍멍이를 열심히 쓰다듬어주었다.
"돈 평생 쓰고도 남을 만큼 많으면서 꼭 저렇게 쪼다같이 돈을 아껴요. 어휴, 찌질해. 어휴 찌질해."
도빈이 몸서리를 쳤다.
"대세는 욜로지, 욜로. 백도훈 저 인간은 아마 평생 일만 하다가 욜로가 아니라 요로결석이나 생길 거……."
딱, 뒤에서 들리는 손가락 맞부딪히는 소리에 도빈이 화들짝 놀랐다. 겁에 질린 사람처럼 천천히 뒤를 도니 진영이 서 있었다.
"아, 형 뭐야! 백도훈인 줄 알고 간 떨어질 뻔했네!"
진영은 말없이 인자하게 웃었다.
"에휴, 저런 성격 파탄자랑 친구 해주는 진영이 형이 보살이지, 보살이야.

응? 안 그래?"

도빈이 동의를 구했으나 진영은 그저 소리 없이 웃으며 휙 턱짓할 뿐이었다.

"……."

그 제스처에 도빈의 마음 한구석에 불안감이 샘솟았다. 천천히 진영이 턱짓한 방향으로 시선을 돌리는데…….

"으아악!"

엄청난 힘이 도빈의 귀를 떼어낼 듯이 잡아당겼다.

"넌."

고통과 함께 들려오는 도훈의 음성에 도빈의 얼굴이 사색이 되었다. 대체 언제부터 듣고 있었던 거지? 쪼다? 요로결석?

"형! 살려줘! 살려줘!"

"죽으려고 환장한 놈이야."

"기다려! 형! 형!"

도빈이 진영에게 도움의 손을 내밀었으나 진영은 그저 허허, 웃기만 할 뿐이었다. 쾅, 도빈은 도살장에 끌려가는 돼지처럼 꽥꽥대다가 결국 집 안에 끌려 들어갔다. 머지않아 너덜너덜 거지꼴이 된 도빈은 뚝딱거리며 짐을 싸기 시작했다. 빵빵한 배낭을 멘 그는 거실에 앉아 맥주를 마시는 도훈과 진영을 지나쳐 현관으로 걸어갔다.

"이 야밤에 어디 가냐?"

별 관심 없는 도훈 대신 진영이 선심 쓰듯 물었다.

"자유를 찾으러."

도빈은 그 한마디를 비장하게 뱉고 홀연히 사라졌다.

"어휴, 저 자식 저거 중2병 언제 낫나 몰라."

진영이 고개를 절레절레 내저으며 맥주를 들이켰다.

"뭐. 죽으면 장례나 치르고 끝내."

도훈의 말을 들은 진영이 입을 떡 벌렸다.

"와, 재도 재지만 역시 백도훈. 네가 최고다, 최고."

형제간 온도 차를 새삼스럽게 느끼며 말린 오징어를 손으로 뜯었다.

"그나저나, 오늘 그 여자 또 만났다고?"

도훈이 고개를 끄덕였다.

"어떻게 만났는데? 우연히?"

"데리러 갔어. 그 여자 회식 끝나고."

"뭐……?"

진영이 황당하다는 듯 눈을 크게 떴다.

"네가? 천하의 백도훈이?"

내일은 해가 서쪽에서 뜨려는 건가? 시베리아 한복판 같은 눈빛으로 야생 곰을 곰 젤리로 만들어버린다는 그 백도훈이! 진영이 아는 도훈은 타인과 절대 일정 이상 얽히지 않았고, 그 어떤 여자에게도 여지를 주지 않는 철벽, 아니 티타늄 벽 같은 사람이었다. 그런 그가 호의를 베풀었다니? 도무지 상상이 가지 않았다.

"그 여자가 그래 달래? 데리러 와 달래?"

"아니."

"근데 왜 데리러 갔어? 너 전에 그 여자 좋아하는 거 아니라며?"

진영이 짐짓 심각하게 물었으나 도훈은 침묵으로 대처했다.

"와, 이 새끼 나보다 더한 놈이었네! 너 어장 관리하냐?"

"뭐?"

"대체 언제 그렇게 흘리고 다니는 게 취미가 됐냐, 어?"

"헛소리하지 마."

"헛소리는 너나 하지 마세요. 너 그거 그 여자한테 진짜 못 할 짓이야, 알아?"

"내가 뭘."

"와, 진짜 모르겠냐? 너 그 여자한테 좋아하는 여자 있다고 이미 말했다며! 그런데 네가 계속 그렇게 막 쫓아가고 잘해주고 오해할 행동 하고 그래봐!"

진영이 드물게 언성을 높였다.

"그게 양아치지 사람이냐? 그 순수한 여자 입장에서 완전 기분 더럽지."

"……."

"막말로 너 그 여자한테 왜 계속 집착하는 건데? 꿈속 여자랑 닮았으니까 집착하는 거 아니야! 적당히 보고서 동일인 아닌 것 같으면 그만해야지. 그게 예의지!"

구구절절 맞는 말이었으나 도훈은 대답 없이 미간만 험악하게 구길 뿐이었다.

"너 솔직히 말해봐. 그 여자 좋아하지?"

"……어?"

"그렇지 않고서야 말이 안 되잖아! 왜 계속 그렇게 오버해서 잘해주는데?"

"……."

왜 잘해주냐고? 도훈은 그 질문의 답을 심각하게 고민했으나 쉽게 도출할 수 없었다. 사실 이렇다 할 이유는 없었다. 서연에게는 계산적으로 행동하지 않았고, 그저 그 순간, 도훈이 가장 하고 싶은 행동과 말을 필터링 없이 겉으로 드러낸 것뿐이었다. 뽀얗고 작은 손을 잡은 것도, 집에 가려는 그녀를 붙잡아 세운 것도, 빨개진 눈가에 키스하고 싶어진 것도.

"그냥…… 뭔가 그 여자만 보면……."

문득 보이는 말간 얼굴에 자꾸만,

"가슴이…… 아프다고 해야 하나."

꿈속 여자가 겹쳐 보이는 것도.

"그냥 잘해주고 싶어."

전부 본능이었다. 이성으로 통제되지 않는 범위에 존재하는.
"가만히 못 두겠어."

한편, 자기 전 TV를 보며 평화로운 시간을 보내던 여진은 자꾸만 발광하는 휴대전화에 불쑥 짜증이 났다.
"아니, 오진영인지 오징어인지 이 인간은 왜 이렇게 자꾸 문자질이야?"
저번에 차를 얻어 탄 이후 질리지도 않는지 계속되는 진영의 문자 공세에 슬슬 피곤해지던 참이었다.
"괜히 술 한잔 마셔준다 했나……."
여진이 미간을 종잇장처럼 구겼다.
"뭔가 엄청 얽힐 것 같은 이 불안감은 뭐지……?"
띵동, 그 순간 들려오는 초인종 소리에 여진이 고개를 들었다.
"누구세요?"
자정이 가까워지는 시간이었다. 여진이 의아한 얼굴로 문 앞으로 다가가자, 곧 익숙한 목소리가 들려왔다.
"여진아."
"……강써?"
다급하게 문을 연 여진의 눈이 휘둥그레졌다.
"뭐야, 너 왜 그래!"
여진이 서연의 빨갛게 부은 눈가에 놀라 소리쳤다.
"누구한테 맞았어?"
"아……."
"아니면 어디서 욕이라도 들었어?"
후, 서연이 대답 대신 깊게 한숨을 내쉬었다.
"그것도 아니면 김성찬 그놈이 또 너한테 난리 쳤니?"
답답해진 여진이 서연의 양어깨를 꽉 붙잡았다.

"아, 누구 때문에 그러는데!"

"백도훈 때문에."

"……뭐?"

"그 남자 때문에……."

너무 뜻밖의 상황에서 들려오는 이름 때문에 여진은 넋이 나가버렸다. 백싸가지? 백싸가지가 왜……?

"왜, 그 인간이 너한테 막말했어?"

"……."

"아니면 설마 때렸어?"

"아니야, 그런 사람."

"그럼 뭔데! 너한테 뭔 짓을 했는데!"

"잘해줬어."

"……뭐?"

여진은 순간 제 귀를 의심했다.

"나한테……. 나한테 너무 잘해줬다고."

서연의 떨리는 눈꺼풀에 우울함이 흘러넘칠 듯 그득하였다.

"최악이야."

"너 설마……."

좋아하기 싫었는데.

"진짜 최악이야."

처음 눈이 마주쳤을 때부터, 그 새까만 눈 속에 갇혔을 때부터,

"이제 아무도 안 좋아하겠다고 결심했는데……."

좋아할 수밖에 없는 남자였기에.

"마시고 진정 좀 해."

서연을 안으로 들인 여진은 그녀에게 갈아입을 옷과 따뜻한 차 한 잔을

내밀었다. 여진이 준 옷으로 갈아입고 앉은 서연이 머그잔 손잡이를 물끄러미 보며 만지작거렸다.

"늦은 시간에 미안……."

"됐다, 얘. 우리 사이에 미안은 개뿔."

서연은 힘없이 고개를 떨구었다. 여진은 그 음울한 볼때기를 도저히 못 봐주겠다는 듯 콱 잡아 올렸다.

"으. 왜 이래."

"아니 내가 진짜 궁금해서 물어보는 건데. 도대체 백싸…… 아니, 그 남자의 어디에 반한 건데?"

저와의 관계를 밝히지 말라는 도훈의 지시가 있었기 때문에 모르는 척 시치미를 뚝 떼고 물었다.

"키? 얼굴?"

그 말에 서연이 픽 웃음을 터뜨렸다.

"환장하게 잘생겼지. 후광이 막."

"야, 남자 거죽 뜯어먹고 살 거니?"

"목소리도 너무 좋아. 이젠 그 남자 비슷한 톤만 들려도 심장부터 떨려."

"콩깍지 제대로네. 얘……."

"자상하고, 어른스럽고…… 그 남자 웃을 때마다 설레서 미칠 것 같아."

여진이 속으로 기겁했다. 자상? 웃어? 대체 누가……? 그 단어들을 억지로 백싸가지에 대입하다가 그만 과부하에 걸려버렸다.

"내 면전에 욕을 해도 반했을 남자인데, 그렇게 잘해주면 안 좋아하는 게 더 이상한 거 아니야?"

서연은 꿈을 꾸는 사람처럼 몽롱하게 말을 이었다.

"나한테 너무 잘해줘……. 사람 헷갈리게 계속 들었다가 놨다가. 좋아하는 여자 있다면서, 정작 다른 여자 만나는 낌새는 없어."

도훈은 서연과 함께 있을 때면 휴대전화 한번 들여다보는 법이 없었다.

관심 있는 여자가 있다면 잠시도 휴대전화를 손에서 떼지 않는 게 보통일 텐데도, 그는 단 1초도 서연에게서 시선을 떼지 않았다.

"솔직히 나도 수상한데 그 남자는 더 수상해."

서연의 입꼬리가 축 아래로 늘어졌다. 전에 키스는 대체 왜 하자고 했던 걸까? 몸이 목적이었다면 이렇게까지 시간을 끌 필요도 없었을 것이다.

"행동 하나하나 날 진짜 좋아하는 것처럼 느껴져서…… 더 착각하게 되고 더 슬프고 더 화나."

"야, 무슨 말인지를 모르겠어! 제대로 말해봐. 무슨 일이 있었는데?"

"……."

서연이 떨리는 눈을 천천히 감았다. 불 꺼진 극장처럼 시야가 까맣게 변하고, 불과 몇 시간 전 도훈과 헤어졌던 상황이 머릿속에 선명하게 되살아났다. 그와의 시간은 짧았지만 눈물이 날 만큼 좋았다. 어김없이 서연의 집 바로 앞까지 데려다주던 도훈의 무뚝뚝한 얼굴이 아릴 만큼 멋있었다.

'목도리 바로 가져올게요. 잠깐만 기다려요?'

서연은 일전에 도훈에게 빌렸던 머플러를 돌려준다는 명목으로 그를 자신의 집 앞에서 잠시 기다리도록 했다. 음습한 집 안으로 들어선 서연은 도훈의 머플러를 쥐고 한참 동안 그것을 내려다보았다. 곧 홀린 사람처럼 그 머플러에 얼굴을 묻고 크게 숨을 들이쉬었다.

'하아…….'

듬뿍 맡은 그의 진득한 향기. 뱉어내는 숨에 섬유가 질식할 때마다 심장이 욱신욱신 쓰라렸다. 도훈의 체취가 가득한 머플러는 이제 본래의 자리로 돌아갈 차례였다. 머플러를 꼭 움켜쥐고 다시 밖으로 나온 서연은 멀리서 도훈을 발견하고 멈칫했다.

'왜 나와 있어요?'

어둑한 차에 기대서서, 마치 서연이 나오기만을 기다렸던 사람처럼.

'그냥…….'

도훈이 삐딱하던 몸을 제대로 세우자 그의 까만 머리카락이 잘게 흔들렸다.

'비도 그쳐서.'

그 틈새로 달만큼이나 밝은 안광이 플래시처럼 터졌다. 서연은 부드럽게 웃었다. 한 발짝, 한 발짝 다가서서 그의 앞에 가까이 섰다.

'목도리…….'

끈적하게 얽히던 시선.

'내가 매줄까요?'

도훈은 고개를 끄덕였다. 그는 서연이 쉽게 맬 수 있도록 허리를 낮추고 꼿꼿하던 목을 숙였다. 점점 제게로 가까워지는 그의 얼굴을 보며 서연은 한 발짝 더 다가섰다. 술기운에 힘을 입었던 탓일까, 내려앉은 어둠에 용기를 얻었던 탓일까. 서연은 까치발을 들어 도훈의 목에 목도리를 감아 훅 제 쪽으로 끌어당겼다.

'아.'

도훈이 입술을 벌렸다. 그는 멀어지지도, 가까워지지도 않고 그대로 서연의 얼굴 앞에 멈춰 섰다. 서로의 체온과 체취가 적나라하게 느껴지는 거리였다. 두 남녀의 눈이 허공에서 강렬하게 맞부딪쳤다. 서연은 도훈의 눈을 피하지 않고 정면으로 맞섰다. 심장이 타들어 가다 못해 없어지는 한이 있더라도 지금 이 순간, 도훈의 눈을 조금도 피하고 싶지 않았기 때문이었다.

'내가 진짜 미칠 것 같아서 그러는데요.'

덤덤하게 말하는 듯했으나 서연의 붉은 입술은 떨리고 있었다.

'뭐 하나만 따져도 돼요?'

그 순간 서연은 저를 옭아매는 저 새까만 눈동자에,

'나한테 왜 자꾸 잘해줘요?'

목이 졸려 죽어도 좋다고 생각했다. 왜 그런 생각을 했는지는 모른다. 얼마나 시간이 흘렀는지도 알 수 없었다. 아무것도 알 수 없었다. 백도훈이란 남자는 서연에게 미지 그 자체였기 때문이었다. 막연히 두려웠지만 그만큼 동경했고 탐험하고 싶었다. 겁 없이 갈구하다 전사하더라도 그건 그대로 좋을 것만 같았다.

끈적하게 늘어지는 시간 속에 두 남녀는 눈으로 서로를 탐닉했다. 두 입술이 닿을 듯 아찔한 거리를 두고, 아무도 입을 열지 않는 길고 긴 침묵. 희미한 가로등 사이로 보였던 그의 눈빛에, 콧등에, 입술에 서연은 숨이 턱턱 막혔다. 도훈은 주머니에서 손을 나긋하게 뺐다. 그러고선 머플러를 움켜쥔 서연의 작은 손을 단번에 그러쥐었다. 그대로 고개를 살짝 비틀며 아래로 내려왔다.

'우리.'

뜨거운 도훈의 숨결이 서연의 입술을 간지럽혔다.

'내일 밤에 또 봐요.'

전혀 예상치 못한 답에 서연의 눈이 커졌다.

'네?'

서연의 손등 위를 감싸고 있던 도훈의 손이 끈끈하게 미끄러졌다. 보드라운 살결 위를 쓸며 손목까지 내려가더니, 길쭉한 새끼손가락으로 서연의 소매 안쪽까지 은밀하게 파고들었다. 급속도로 야릇한 분위기에 젖은 서연이 말없이 도훈을 올려다보았다. 곧 빠근해지는 뒷목, 그 통증에 정신을 차린 서연이 픽 웃음을 터뜨렸다.

'……답변 한번 창의력 대장이시다.'

어깨를 으쓱하고 움켜쥐었던 머플러를 놓아주었다. 그와 동시에 도훈의 손 또한 깔끔하게 떨어졌다.

'내일 말고 모레.'

그날 밤에 만나요.

"헐…… 그러고 그냥 헤어졌다고?"

어느새 서연의 얘기에 흠뻑 몰입한 여진이 불만족하게 물었다.

"응."

"그냥 그대로 입술이라도 들이대지 그랬어!"

"싫어! 그런 건."

"얘가. 얘가! 지금 우선순위 파악 못 하네? 게다가 왜 내일이 아니라 모레야?"

"24시간도 안 지나서 그 얼굴을 또 보면…… 심장에 너무 무리가……."

서연이 양손으로 얼굴을 폭 가렸다. 소녀처럼 빨갛게 달아오른 귀를 보며 여진은 충격에 휩싸이고 말았다. 불과 얼마 전까지 김성찬과 교제 중일 때도, 서연은 단 한 번도 저런 얼굴을 짓지 않았다. 그땐 단순히 무딘 탓인가 했는데 지금 보니 그게 아니었다.

"와, 진짜 미쳤네……. 최악 맞네, 맞아."

상대가 그 백싸가지라니. 여진이 입술을 꾹 깨물었다가 놓았다.

"너 여기서 더 감정 생기면 너만 더 힘들어져."

"알아, 나도."

"그냥 덮쳐! 남자들은……!"

감정 없이도 잘 수 있다는 거 몰라? 여진이 입을 꾹 다물고 뒷말을 삼켰다. 자칫하면 상처 줄지도 모르는 일이었다.

"나, 처음에는 그 남자 너무 수상해서 별생각 다 했었어. 사이비인가, 다단계인가, 심지어 인신매매범인가 싶었어."

"네 콩팥은 금으로 되어 있니? 그 사람이 탐내게?"

"알아, 나도! 이제는 당연히 그런 의심 절대 안 하지."

"그럼 뭐가 걸리는데?"

백도훈이란 남자에 설레서 죽을 것 같으면서도, 한편으로는 여전히 풀리지 않는 의문에 찝찝했다.

"도저히 모르겠으니까 그러지. 나한테 왜 그러는지. 도대체 왜……!"

왜 오유라 같은 여자를 두고 초라한 나에게 우산을 씌워줬는지. 빗속에서 도훈이 유라에게 보였던 차가운 태도는 그의 친절함이나 자상함이 모든 여자에게 규칙처럼 적용되는 것이 아니라는 의미였다. 그런데 왜 나야?

"그게 중요해? 그 남자 속내가 뭐든 그게 왜 중요한 건데? 잘해주면 오히려 좋은 거지!"

여진이 책상을 퍽 두들겼다.

"마침 잘됐네. 지금 분위기 괜찮겠다, 그냥 덮쳐!"

"못 덮쳐! 애초에 그 남자랑 원나잇 같은 걸 할 수도 없고, 감정 생긴 이상 더더욱 못 해."

"왜!"

"상처받기 싫어!"

서연이 반쯤 울먹이기 시작했다.

"서로 안 좋아하면 문제없어! 근데 난 좋아하고 그쪽은 안 좋아하는 상태에서 한 관계? 그거 진짜 비참한 거 몰라? 죽고 싶어지는 거 몰라?"

"하……."

답답해진 여진이 한 손으로 머리를 짚었다.

"그래서 어떻게 하자고. 너 여자로 돌아가고 싶다며! 뭐든 하겠다며!"

"……몰라, 나도 모른다고."

차라리 열쇠남이 백도훈이 아니었다면 괜찮을 텐데.

"좋아하면 안 됐었어."

감정이 생겨서는 안 됐는데, 그가 정말 열쇠남이라면 철저하게 본모습으로 돌아가는 도구로만 이용했어야 했는데. 서로 목적만 채우고 깔끔하게 헤어질 수 있는 관계였다면 좋았을 텐데.

"여진아…… 나 그냥 이대로 살까?"

설사 진짜 본모습을 되찾을 수 있다 해도, 그게 대체 무슨 의미가 있겠는가. 잠자리를 구걸하고, 애정도 구걸하고, 몸과 마음을 바친 후, 이미 심장은 썩어 문드러지고 너덜너덜해졌을 텐데.

"나 너무 힘들어……."

그런데도 기대하게 되는 자신이 싫었다. 괴로운 얼굴의 서연을 빤히 바라보던 여진이 벌떡 일어나 화장대로 향했다. 그리고 탁상 거울 하나를 들고 와 서연의 앞에 세웠다.

"백도훈이 진짜 열쇠남이라 그런 것인지, 그냥 네가 사랑을 해서 그런 것인지는 모르겠는데……."

내리꽂는 여진의 목소리에 서연이 고개를 느릿하게 들었다.

"너 지금 최고로 예뻐."

거울 속 자신과 눈이 마주친 서연이 숨을 멈추었다. 놀란 눈을 깜빡이자 눈가에 고여 있던 액체가 굴러떨어졌다.

"그 남자가 무슨 생각하는지 나는 몰라, 애초에 그 남자가 딴 년 좋아한다고 밑밥 깔아놓은 상태에서, 너 상처 안 받을 테니 걱정하지 말라고 말할 수도 없어."

하지만.

"발로 차이더라도 도망치진 마."

서연의 유일한 열쇠였으므로.

늦은 시각, 제 방으로 들어간 도훈은 한참을 뒤척이며 잠을 이루지 못했다. 침대에 누워 멍하니 휴대전화를 바라볼 뿐이었다. 액정에는 그녀의 이름 석 자가 새긴 듯 선명하게 붉을 밝히고 있었다. 도훈은 그 세 글자 위를 엄지로 느릿하게 보듬었다.

"강서연……."

무심결에 낸 이름이었다.

"서연아."

톡, 톡, 서연의 이름 위를 두드리다가, 뜨겁게 열 오른 액정 위를 한 번 더 쓰다듬었다. 지이이잉, 그 순간 화면이 바뀌고 전화가 걸려왔다. 멍하던 얼굴이 서늘하게 돌아온 것은 순식간이었다. 도훈이 피곤한 듯 미간을 찌푸렸다. 액정 위에는 '오유라'라는 세 글자가 쓰여 있었다.

"서연 씨, 어제 그 남자! 그 남자 누구야?"

따분한 직장 생활 속 어젯밤 회식 때의 일은 단물 가득한 껌처럼 사원들 입 안에서 제멋대로 씹혔다.

"진짜 잘생겼던데!"

"응? 응? 뭐 하는 사람이야? 사귀는 거야?"

그녀들은 아침부터 활기차다 못해 과다 흥분하여 콧김을 뿜어댔다. 서연은 처음으로 받는 넘치는 관심에 지쳐가던 참이었다.

"그냥 좀…… 아는 사람이에요."

"그냥은 무슨! 그냥 아는 사람이 왜 회식 끝나고 데리러 와?"

"서연 씨한테 관심 있는 거 완전 티 나던데! 아, 좋겠다!"

"아니에요, 그런 거!"

서연이 선을 명확히 그었다. 옆에서 뚱한 얼굴로 있던 임 대리의 입꼬리가 그제야 올라섰다.

"그러면 그렇지. 아니겠지, 당연히."

서연이 미간을 슬며시 구겼다. 남의 가치를 폄하해서 살아남는 부류와는 상대할 가치조차 느끼지 못했다.

"저기, 서연 씨."

그때, 유라가 웃으며 다가가자 뭉쳐 있던 사원들이 얼른 제자리를 찾아 돌아갔다.

"네, 팀장님."

"이전 프로젝트 자료 찾으려고 하는데, 혹시 잠깐 시간 괜찮으면 도와줄 수 있나요?"

서연은 구출당한 기분으로 안도하며 유라를 따라나섰다. 조금 떨어진 곳에 있는 디자인 정보실에 함께 들어간 서연은 유라가 요청하는 자료를 찾아 그녀에게 건넸다.

"고마워요."

"네. 그럼……."

전날 일 때문에 단둘이 있기는 껄끄러웠다. 서연이 먼저 다리를 움직였다.

"어제 좀 놀랐어요."

서연이 문고리에 손을 올렸으나 유라의 목소리에 멈칫했다. 미끄러지듯 손을 떨어뜨리고 고개를 돌려 유라와 시선을 마주했다.

"둘이 무슨 사이예요?"

상냥하게 웃으며 저를 보고 있는 유라의 눈빛이 무척이나 낯설었다.

"그냥 어쩌다 알게 된 사이예요."

유라가 원하는 대답을 모르는 것도 아니었고, 눈치가 없는 것은 더더욱 아니었다.

"음, 그래요?"

"네."

"전 도훈 오빠가 누구 데리러 오고 그런 거 처음 봤거든요. 알고 지낸 지가 10년이 넘었는데도."

오빠……? 호칭이 조금 거슬렸다. 거기에 마치 자기가 그에 대해 가장 잘 안다는 것처럼 느껴져서 서연은 마음이 불편했다.

"그래서 되게 친한 사이인 줄 알았어요."

유라가 예쁘게 네일아트 된 손끝으로 입가를 가리며 가볍게 웃었다.

"팀장님은요?"

먼저 공적인 상황에 사담을 끌어들인 쪽은 유라였기에, 서연도 거리낄 것이 없었다.

"하하, 이미 오빠한테 물어봤을 줄 알았는데."

"네, 물어봤어요."

"……."

"친구분 여동생이시라고."

서연의 대답에 유라의 입꼬리가 미세하게 내려갔다.

"그런데 저한테 한 번 더 물으시는 건……."

유라가 나직하게 웃었다.

"들켰네요. 이쪽은 오랫동안 짝사랑하고 있어요. 하하."

역시…… 서연이 입술을 꾹 닫았다.

"솔직히 방금 서연 씨가 어쩌다 알게 된 사람이라고 말해서 속으로 얼마나 다행이었는지 몰라요."

"그러셨군요."

"정말 아무 사이 아닌 건가요?"

"네, 아무 사이 아니에요."

서연이 덤덤하게 뒷말을 덧붙였다.

"근데 제가 좋아해요."

유라의 눈동자가 뒤흔들렸다. 서연이 부드럽게 웃자, 유라의 표정이 차게 식었다.

"제가 좋아해요, 그분."

웃는 얼굴에 유라는 할 말을 잃어버렸다. 저 미소를 보니 서연은 여자가 확실했다. 왜 어제는 남자로 오인했는지 이해가 안 갈 만큼.

정보실에서 나와 자리로 복귀한 서연의 낯빛이 서늘해졌다. 지갑이 어디론가 사라진 것이다. 근처를 샅샅이 살펴보니 곧 쓰레기통에 버려진 채 발견되었다.

"하…… 가관이네, 진짜."

범인은 너무 뻔해 볼 것도 없었다. 서연은 곧바로 탕비실로 향해, 언제나처럼 팀원들의 커피를 탔다. 매일 하는 것처럼 그들에게 건네고, 최종적으로 임 대리의 책상에 탁 소리 나게 내려놓았다.

"대리님."

움찔.

"제가 오늘 지갑을 잃어버렸는데……."

서연은 임 대리에게만 들릴 정도로 작은 소리로 중얼거렸다.

"CCTV는 어떻게 돌려볼 수 있을까요?"

순간 긴장한 임 대리가 마른침을 꿀꺽 삼켰다.

"요즘 화질 좋아서 얼굴 다 보여요."

네 손에서 놀아날 생각 없으니, 유치한 짓 그만 좀 하라는 경고였다. 임 대리가 주먹을 꾹 움켜쥐는 것을 확인한 뒤, 서연은 느긋하게 허리를 일으켰다. 그 길로 지갑을 챙겨 화장실로 향한 서연은 티슈에 물을 묻혀 더러워진 제 지갑 표면을 정성스레 닦아냈다.

"임나희 진짜 재수 없는 인간. 수준이 신생아급이야, 아주."

전부터 지갑 꼬질꼬질하다고 입 아프게 놀려먹더니 결국 일을 치는구나. 평소에 무시하던 서연이 때아닌 스포트라이트를 받는 꼴에 배가 아팠던 모양이었다.

"이게 어떤 지갑인데, 진짜……."

안 그래도 침울했던 기분이 더욱 울적해지고 말았다. 자꾸만 떠오르는 옛 기억에 울컥 감정이 치받쳐 오르기 시작했다. 수년 전 마지막으로 부모님과 함께 보냈던 서연의 생일에 선물 받았던 그 무엇보다도 소중한 지갑이었다. 당시 손에 꼽히는 명품이었으나, 지금은 너무 오랜 시간이 지나 너덜너덜 낡아버리고 말았다. 왈칵 신물이 밀려들어 와서 목구멍이 따끔따끔했다. 비극의 주인공인 척 청승맞게 우는 건 촌스럽고 쪽팔려서 하기 싫은데…….

[피곤하죠?]

그 심정을 귀신처럼 파고드는 남자가 여기에 있다. 서연은 제 휴대전화를 침략자처럼 한가득 메운 도훈을 보며 아랫입술을 조급하게 빨았다가 놓았다.

[괜찮아요. 컨디션 좋아요.]

사람을 좋아한다는 감정은 간사하다.

[근데 왜 오늘은 못 본다는 건데요?]

[그냥…… 내일 보고 싶어서요.]

그 사람 때문에 힘들고, 눈물 나고, 애타는 기분에 사로잡힐지라도,

[그럼 오늘도 보고 내일도 봐.]

그 사람 때문에 너무나도 행복해진다.

"아……."

도훈은 이제 존재만으로도 울적한 서연의 마음을 달래준다.

[오늘은 야근해야 돼요.]

점점 더 그를 원하는 자신이 무서워질 만큼.

퇴근하는 길의 꽉 막힌 도로 사정에 도훈은 답답함을 감출 수 없었다.

"오늘 보고 싶었는데……."

-뭐?

"아, 죄송합니다. 계속 말씀하세요."

도훈은 그의 어머니이자, MS푸드의 현직 대표이사인 김미라와 통화 중이었다.

-부마유통 둘째 아들 이번에 장가가는 거 알지? 부조만 하지 말고 결혼식 꼭 참석하라고. 잠깐이라도 들러서 얼굴 도장 찍으라는 거야, 딴말 없게.

"네, 알겠습니다."

-넌 사교회도 안 가니까 거기 오는 여자들 잘 눈여겨보고, 혹시라도 맘에 드는 여자 있으면 엄마한테 말해. 바로 자리 만들어줄게.

"괜찮습니다."

-맨날 괜찮다는 말만 하지 말고. 어떻게 그 나이가 되도록 여자 만나는 꼴을 못 봐?

매번 같은 레퍼토리가 질리지도 않는지, 미라는 고장 난 테이프처럼 구간을 반복했다. 도훈이 피곤한 듯 한숨을 내쉬었다. 한바탕 폭풍 같은 연설이 지나고, 전화를 끊은 도훈은 핸들 위를 톡톡 두드렸다. 붉게 빛나는 신호등 사인을 멍하니 쳐다보자니, 문득 지난밤에 보았던 서연의 입술이 눈앞에 어른거렸다.

"맘에 드는 여자라……."

한참 뜸 들이던 도훈의 입술이 나지막이 벌어졌다.

"너는……."

꿈이 아닌…… 현실의 여자. 도훈은 상념에 잠긴 얼굴로 차를 몰았다. 그 길디긴 정체 길도 서연의 얼굴을 더듬다 보면 빠르게 끝이 났다. 기계적으로 운전하는 도훈은 내내 멍한 상태였다. 제집 앞에 서 있는 사람이 누군지 알기 전까지는.

"……오빠."

아직 쌀쌀한 날씨였다. 도훈은 제집 앞에서 추위에 떨며 기다리던 유라를 지나쳐서 대문을 움켜쥐었다.

"오빠, 잠깐만."

유라가 도훈을 멈춰 세웠다.

"얘기 좀 하자."

그 말에 도훈이 고개를 돌렸다. 가만히 내려다보는 시선에 오싹해진 유라는 저도 모르게 몸을 떨었다.

"전화로 해."

"안 받을 거잖아."

콱, 유라가 도훈의 팔을 황급히 움켜쥐었다. 그 행동에 불편함을 느낀 도훈의 눈썹이 구겨졌다.

"그럼 해. 지금 여기서."

"일단 집으로 들어가서."

"여기서 하라고."

"안에서 얘기하자."

유라는 조금도 물러서지 않았다. 아니, 물러설 수 없었다.

"왜, 발 닿는 것도 싫니?"

어떤 각오로 한국에 왔는데. 보고 싶고, 목소리 듣고 싶고, 손끝이라도 스치고 싶었는데.

"시간 많이 안 뺏을게."

몇 년 전 그날. 도훈이 제게 준 치욕을 유라는 아직도 잊지 못했다.

"집 되게 좋다. 넓고, 깨끗하고."

그래도 다시 한번 매달려보려고 왔어.

"참, 여기로 이사 왔다는 건 오빠 어머님께 들어서 알았어. 이번 주말에 식사 같이하기로 했거든."

도훈은 집 안으로 들어온 유라를 무시하고 소파에 앉아 눈을 감았다. 그런 그의 태도가 익숙한 유라는 아무렇지도 않다는 듯 열심히 재잘거렸다.

"한국 오자마자 김치찌개부터 먹었어. 한식 정말 먹고 싶었거든. 프랑스 한식당은 아무리 맛있게 해도 그 맛이 안 나는 거 있지?"

"……."

"내가 매운 거 좋아하잖아. 역시 한국이 최고구나 싶었어, 하하."

"……."

"그리고 이번에 친구가 청담에 새로 한식당을 오픈했는데……."

"야."

도훈은 여전히 눈을 감은 채로 입술만 움직였다.

"할 말만 하고 가."

굵고 길쭉한 목울대는 입술이 움직일 때마다 함께 진동했다. 감고 있던 눈이 번쩍 뜨이고 날카로운 눈매가 유라를 향해 돌았다. 꿀꺽, 유라는 군침을 삼켰다. 귀찮다는 듯 소파에 늘어져 있는 모습마저도 숨 막히게 관능적인 남자였다. 강렬한 눈매와 날렵한 턱선. 타고나길 커다란 골격과 탄탄한 자기 관리를 내비치는 근육들. 그 모든 것들이 그림처럼 조화를 이루고 있었다.

"……사실 할 말 없어."

한마디로 백도훈은 여자들을 미치게 하는 요소를 다 갖춘 남자였다.

"그냥 오빠 얼굴 보고 싶어서. 변함없이 멋있네, 키가 더 큰 것 같아."

유라를 보는 도훈의 시선에 힘이 들어갔다.

"넌 더 작아졌고."

"……그렇게 말하면 편해?"

유라가 실소를 터뜨렸다.

"근데 서연 씨랑은 무슨 사이야?"

도훈의 눈가가 좁아졌다. 유라의 입에 서연의 이름 석 자가 담기는 게 묘하게 거슬렸다.

"말귀를 못 알아듣네."

내 집에 들어온 여자가 네가 아니라…… 강서연이었다면.

"가라고, 할 말 없으면."

……나쁘지 않았을 텐데.

"커피 한 잔만 줘."

"네가 타 먹어."

소파에서 몸을 일으킨 도훈은 유라를 거실에 내버려둔 채 안방으로 걸어갔다.

"경고야."

몸을 비스듬히 돌린 도훈이 넥타이를 한 손으로 끌러 내렸다.

"씻고 나왔을 때, 네가 없어야 해."

싸늘한 한마디와 함께, 쾅, 문이 거세게 닫혔다. 굳게 닫힌 방문을 보는 유라의 입가에 자조적인 웃음이 감돌았다.

"많이 물러졌네."

그런 경고로 겁먹을 것 같았으면 한국 오지도 않았어. 친구의 여동생이라는 유리한 포지션에서 시작했기 때문에, 다른 여자들과는 출발 선상이 달랐다. 그것은 언제나 유라의 자부심이었고, 지금도 마찬가지였다. 가뿐하게 뒤를 돈 유라는 느긋하게 집 안을 훑어보기 시작했다. 최소한의 가구로만 채워진 공간은 남자 혼자 살기엔 넓어도 너무 넓어 보였다. 더욱이 완벽하게 세팅된 주방은 사용한 흔적조차 없었고, 냉장고 안에는 주류만 빼곡하게 들어서 있었다.

"술 좀 그만 먹지……."

작게 뇌까리고 2층 층계에 발을 올렸다. 내디딜 때마다 타들어 가는 속은 몇 년 전 진영이 했던 발언을 새삼스럽게 불러일으켰다.

'도훈이 좋아하는 여자 따로 있어. 그러니까 너도 그만 포기해.'

도대체 그게 누구길래? 알려달라고 열심히 캐물었으나 돌아오는 것은 묵묵부답이었다. 수년간 옆에서 지켜본 결과, 도훈이 좋아한다는 여자는 이미 죽은 여자이거나, 이 세상 사람이 아니거나…….

"어?"

물론 그저 추측이었다.

"이건……."

유라가 2층 가장 구석, 창고 같은 방문 앞에서 우뚝 멈춰 섰다. 왜 이렇게 철저하게 비밀에 부쳤을까? 안에 뭐가 있길래. 비밀의 방이라도 되는 양 문고리에 달린 견고한 도어록은 비밀번호를 누르지 않으면 방 안으로 들어갈 수 없게 만들어져 있었다.

"……열려 있네?"

그런데 실수인지, 도어록이 제대로 잠겨 있지 않았다. 좁게 열린 문틈으로 지독하고 퀴퀴한 냄새가 비죽 새어 나왔다. 머리가 띵 하고 아파져왔다.

"무슨 냄새지?"

유라가 한 손으로 코를 막고 맹맹한 소리로 중얼거렸다. 묘하게 오싹하고 독한 냄새에 뒷목이 뻣뻣하게 곤두섰으나 호기심 또한 강했다. 눈을 가늘게 뜬 유라가 천천히 방문을 열었다.

"이…… 이게 뭐야?"

방 안에 들어서자 보이는 충격적인 풍경에 유라가 기겁하며 뒷걸음질 쳤다.

"뭐야, 이게 다?"

평소보다 훨씬 일찍 회사에 출근한 여진은 서연에게 전화를 걸었다. 요즘 서연은 어딘가 위태로워 보였기 때문에, 아침저녁으로 안부를 확인해야 안심이 되었다.

"뭐? 어제 회사에서 밤새웠다고? 하, 미쳤어, 미쳤어!"

사정을 들은 여진이 분노했다.

"진주 장식을 하나하나 손바느질로 다 달라고 했다고?"

-응, 근데 옷 하나당 진주가 200개.

"이, 이백 개……."

-근데 그걸 쇼 이틀 전에 시키는 거야.

"하, 그거 그냥 퇴근하지 말라는 얘기네! 뭐 그런 미친……!"

"미쳤네."

움찔, 옆에서 들려오는 굵직한 목소리에 여진이 왼쪽으로 고개를 돌렸다.

"으악, 깜짝이야!"

기척도 없이 어디선가 등장한 도훈은 바로 옆에서 전화를 엿듣고 있었다.

여진이 황급히 전화를 끊고 자리에서 벌떡 일어나 허리를 굽혔다.

"이, 이사님, 나오셨습니까."

"응."

"……."

"……."

여진이 바닥만 뚫어져라 쳐다보며 땀을 삐질삐질 흘렸다. 왜 저러고 서 있는 거지? 왜 방으로 안 들어가고……!

"방금 그 전화……."

느리게 흘러가는 도훈의 목소리에 여진이 침을 꿀꺽 삼켰다.

"강서연 씨인가?"

"네, 죄송합니다! 오늘 일찍 나오실 줄 모르고 제가……."

"진주가 몇 개?"

"네?"

"달았다며, 진주. 몇 개래."

갑자기 웬 진주 타령? 당황한 여진이 눈알을 굴리다가 조심스레 대답했다.

"어……. 200개…… 라고 하던데요."

하, 여진의 대답에 도훈의 미간이 험악하게 구겨졌다.

"별……."

음성이 씹듯이 뱉어졌다.

"제정신 아닌 상사를 다 보겠네."

불쾌한 듯 읊조리며 안으로 걸어 들어가는 도훈이었다.

"……."

자기소개하세요? 여진이 황당하다는 듯 도훈의 뒷모습을 쳐다보았다. 사무실로 들어간 도훈은 의자에 앉아 재킷도 벗지 않고 휴대전화부터 꺼내 들었다. 곧장 서연에게 전화를 걸었다. 여보세요? 졸음 가득 섞인 목소리가 들려오자 도훈은 길쭉한 검지로 책상 위를 쓸었다.

"잠 못 잤나 봐. 목소리가 힘이 없네."

모른 척 시치미를 떼고 물었다.

-네에. 잠을 못 자…… 서으하암.

서연이 말하던 도중 하품을 하는 바람에 이상한 발음이 새어 나왔다. 자연히 귀엽다는 생각을 했다. 도훈이 제멋대로 올라가려는 입술 끝을 가까스로 통제하며 입가를 가렸다. 자꾸만 터지려는 웃음을 누르고 큼큼, 목을 가다듬었다.

-근데 아침부터 왜 전화했어요?

"오늘 저녁에 보기로 했잖아요."

-아, 맞다. 그랬지, 참.

"회사 몇 시쯤 끝나요? 데리러 갈게요."

도훈의 음성은 묘하게 들떠 있었다. 서연이 조금 뜸을 들이자 도훈은 살짝 조바심이 났다.

-글쎄요? 아마 7시 반에서 8시쯤? 근데 안 데리러 와도 되는데……?

"잠도 잘 못 잤다면서, 갈게요."

그녀는 항상 단호하게 말해야 재차 사양을 안 했다. 7시 반에서 8시라…….

"뭐 먹고 싶은지만 말해봐요."

-……고기?

"스테이크에 와인?"

-……삼겹살에 소주?

그녀는 눈치를 보는 것처럼 소심하게 말했다. 살풋 웃음이 터진 도훈은 결국 소리 내서 웃어버렸다.

-뭐야, 왜 웃는데요?

볼멘소리로 중얼거리는 게 왜 이렇게 귀여운지.

-치, 싫음 말구. 어디 프랑스 가서 달팽이나 수백 마리 삶아 드십시다, 그럼.

"아니야, 좋아."

도훈의 입가에 부드러운 미소가 번졌다.

"그때 봐요."

마치 소풍 전날 밤, 잠자리에 들기 전 아이 같은 순수한 얼굴이었다. 퇴근하면 늘 근처를 배회하다가 집에 가서 씻고 취침하는 게 일과였던 도훈에게 일상에 생긴 작은 변화는 커다란 의미였다. 얼른 퇴근하고 싶다고 생각해본 게 언제였던가, 누군가와의 만남을 고대해봤던 게 언제였던가, 기억조차 나지 않는다. 그랬던 도훈이 벌써부터 퇴근을 기다리기 시작했다. 그 어느 때보다도 퇴근이 기다려졌다.

기대감 속에 시간은 흐르고 약 퇴근 1시간 전이 되었다. 서연은 시계를 죽어라 노려보며 천지신명님께 기도드리는 중이었다. 앞으로 1시간, 1시간만 제발 무사히! 천지신명님, 부디 일을 주지 마시고, 이 고비를 넘길 수 있도록 이 불쌍한 중생에게…….

"귀걸이 왜 이래!"

똥을 선사하셨다. 디자인 실장의 찢어지는 호통에 서연은 귀가 먹어버리는 줄 알았다.

"이거 책임자 누구야!"

눈치를 보던 소미가 소심하게 손을 들자, 꼭지가 돈 실장은 부서진 귀걸이 두 쌍을 소미의 얼굴에 갖다 대며 고래고래 소리를 질렀다.

"물품 보관 이따위로 할래!"

"죄송합니다."

"당장 내일이 쇼인데 이거 어떻게 할 거야!"

"죄송합니다. 죄송합니다!"

"죄송하면 다야? 너 때문에 귀걸이 없이 쇼 올리게 생겼잖아!"

디자인 실장은 평소에는 무던한 성격이었으나, 실수에는 가차 없는 사람이었다. 대역죄인처럼 고개를 숙인 소미가 결국 눈물까지 글썽였다. 후우,

가까스로 화를 다스린 실장이 서연을 향해 턱짓했다.

"여기 업체에 전화해서 당장 수리 가능한지 알아봐."

"네."

서연이 얼른 전화를 집어 들고 연락을 취했다. 그러나 돌아오는 답변은 부정적인 것뿐이었다.

"실장님, 그 업체에 다른 일들이 많아서 당장 내일까지는 곤란하다고 합니다."

"하……."

그토록 준비에 열을 올리던 패션쇼인데, 귀걸이도 없이 모델을 세워야 할 판이었다. 모두가 절망에 가득 찬 얼굴로 푹푹 한숨만 내리 쉬고 있는데, 곰곰이 고민하던 실장이 입을 열었다.

"혹시 이거, 사람이 손으로 만들 수는 없나?"

내부가 고요해졌다. 모두가 눈치만 보고 나서지는 않았다. 손으로 만들 수 있다고 해도 지금 시각은 이미 저녁 6시였다. 괜히 나섰다간 꼴딱 밤을 새우는 것은 물론, 혹시라도 문제가 생기면 전부 뒤집어쓸 것이 분명했기 때문이었다. 아무도 대답이 없자, 실장은 오늘 아침 손재주가 쓸 만하다고 감탄했던 기억을 되새겼다.

"어젯밤 진주 단 사람 누구지? 꼼꼼하게 잘했던데."

아…… 망했다.

"실장님, 그거 저희 팀 신입이 했어요. 들어보니까 예전에 귀걸이 만든 경험이 있다고 하던데. 맞죠, 서연 씨?"

임 대리가 가식적으로 눈매를 늘였다. 서연은 속에서 부글부글 끓어오르는 화를 참으며 고개를 천천히 끄덕였다.

"그래?"

실장은 구미가 당기는지 눈을 빛냈다.

"그럼 임 대리랑 신입이랑 둘이 남아서 한 쌍씩 만들고 가면 되겠네."

제 무덤을 제가 판 임나희였다.

평소보다 일찍 퇴근한 도훈은 집에 도착하자마자 드레스 룸으로 향했다. 옷차림에 평소에 배는 신경을 썼고, 일렬로 나열된 시계함들 앞에서 꽤 오랜 시간을 고민했다. 거울을 보고 검은 재킷의 라인을 탁 깔끔하게 펼쳤다. 그리고 무언가 즐거운 사람처럼 웃더니 드레스 룸을 빠져나와 거실로 향했다. 거실 소파에는 수백 년 만에 일찍 일이 끝난 진영이 엎어진 채 시체놀이 중이었다. 진영이 멀끔하게 차려입은 도훈을 보고 몸을 일으켰다.

"뭐야. 너 어디 가?"

"약속."

"누구랑?

"그 여자."

뭐가 저렇게 다급한지, 도훈은 숨도 쉬지 않고 성큼성큼 거실을 지나 현관으로 빠르게 걸어갔다. 곧 번개가 지나가는 속도로 진영의 시야에서 사라졌다.

"왜 저래?"

진영이 의아한 듯 미간을 구겼다. 도로 벌러덩 누워 휴대전화에 시선을 주는데, 이내 발걸음이 뚜벅뚜벅 가까워졌다.

"뭐야, 왜 다시 와?"

진영이 눈만 굴려서 도훈을 쳐다보았다. 그러나 도훈은 대답 없이 진영을 물끄러미 바라볼 뿐이었다.

"왜? 뭐 놓고 갔어?"

"……야."

"응, 왜?"

"나……."

도훈이 심각한 얼굴로 말꼬리를 길게 늘였다.

"너 뭐?"

"나……."

"그니까 너 뭐!"

"나 오늘……."

"아, 답답해. 아우 답답해! 대체 뭐!"

참다못한 진영이 빽 소리를 질렀다.

"어때……."

"……뭐?"

"나 오늘 어때."

"……."

진영은 할 말을 잃어버렸다. 일순 묵직한 침묵이 내려앉았다.

"……뭐, 네 정신?"

넋이 나간 얼굴로 도훈을 멍하니 쳐다보던 진영이 슬쩍 물었다.

"어…… 제정신은 아닌 것 같아. 좀 미친 것 같다."

사실 좀 많이. 진영은 난생처음 보는 도훈의 이상행동에 최고로 충격받은 참이었다. 좋아하는 여자 만나러 가는 사춘기 소년도 아니고, 저건 대체 어떻게 미친 거야……?

"야, 도훈아. 정신병원 내가 전화해놓을 테니까, 약속 말고 거기나…… 억!"

퍽, 제 얼굴로 날아온 쿠션을 정통으로 맞고 진영이 신음하며 소파 위로 쓰러졌다. 쾅, 도훈은 그 길로 현관 밖을 휙 나가버렸다. 진영은 어이없다는 듯 이마를 쓱쓱 문지르며 일어났다.

"뭐야, 진짜."

구시렁거리며 텔레비전이나 틀려고 리모컨을 찾았으나, 곧 목석처럼 굳어 입을 떡 벌릴 수밖에 없었다.

"아, 왜 또!"

도훈이 또 집 안으로 돌아온 것이다. 황당한 얼굴을 하고 물었으나 대답도 없었다.

"설마 오늘 어떻냐는 질문에 대답 안 해줘서?"

진영은 자신을 무시하고 바로 2층으로 올라가는 도훈의 뒷모습을 바라보며 뒤늦게 찬사를 날렸다.

"멋있어, 미쳤어, 심각해, 됐냐?"

"바람맞았다. 됐냐?"

도훈이 한마디를 내지르고 그대로 제 방으로 올라갔다.

"와우……."

곧 진영이 놀라움으로 가득한 탄성을 내질렀다. 천하의 백도훈이 여자한테 바람도 맞아?

"상황 점점 미쳐가네. 허허허, 그럴 수 있지, 응."

정말이지 오래 살고 볼 일이었다.

외줄 타기 하듯 아슬아슬한 조합의 임 대리와 서연은 귀걸이 제작에 필요한 부자재를 사고 작업실로 복귀했다. 이미 모두가 퇴근한 후였고, 회사에는 서연과 임나희 대리 단둘뿐이었다.

"야, 강서연. 네가 사파이어 블루 해. 내가 트루 레드 한다."

"네."

굳이 넓은 작업실에서 멀찍이 떨어져 앉은 두 사람 사이로 거북한 기운이 폴폴 풍겼다. 서연이 한숨을 쉬며 조명을 켰다. 파손된 귀걸이는 같은 디자인에 컬러만 다른 컬렉션용 귀걸이 두 쌍으로, 서연은 사파이어 블루를 맡았고, 임 대리는 트루 레드를 맡았다.

"아, 진짜 짜증나. 내가 왜 쟤랑 둘이 이딴 귀걸이나 만들고 앉아 있어야 하는 거야!"

혼잣말은 좀 작게 할래? 다 들리거든요, 인간아! 서연은 니퍼를 움켜쥔 손에 힘을 주었다.

"하, 열 받아. 내가 누구랑 다르게 이딴 거 만들 짬밥이 아닌데."

원맨쇼를 하네, 원맨쇼를. 혼자 중얼중얼 꿍얼꿍얼 왜 저러는 거야, 진짜? 서연이 헛숨을 토해냈다.

'아니야, 지금 저런 관종한테 관심 줄 여유가 없어. 정신 차리자, 정신!'

어제도 손바느질하느라 밤새운 탓에 정신이 오락가락하는 참이었다. 쇼 전에 잠깐이라도 눈 붙이려면 얼른 작업을 끝내고 막차가 끊기기 전까지 집에 가야만 했다. 하지만 물론 대충할 수는 없는 법, 눈이 빠져라 귀걸이를 노려보며 꼼꼼히 제작하는 서연이었다.

"어머, 아직 안 끝났네요?"

뒤에서 들려오는 사분사분한 목소리에 서연과 임 대리가 동시에 뒤를 돌아보았다.

"팀장님!"

임 대리가 힘들어 죽겠다는 얼굴로 벌떡 일어나 유라에게 달려갔다. 유라의 손에는 딱 두 잔 크기의 음료 캐리어가 들려 있었다. 유리가 한 잔은 임 대리에게, 한 잔은 서연에게 건넸다.

"잘 마시겠습니다. 감사합니다."

웃음으로 회답한 유라는 두 사람의 작업 상태를 훑어보더니 고생 많다며 격려의 말을 건넸다. 그러고선 잠깐 뜸 들이는가 싶더니, 서연을 보며 무척 진지한 얼굴로 입을 열었다.

"저…… 서연 씨. 괜찮으면 잠깐 저 좀 볼 수 있나요? 꼭 해야 할 말이 있어서요."

할 말? 의문을 품은 서연이 고개를 끄덕이고 유라를 뒤따라갔다. 어둑한 비상계단에 도달하자, 탁 켜진 센서등이 두 사람 위로 밝은 빛을 쏟아내었다. 그와 동시에 뒤를 돈 유라의 표정은 혼란스러운 듯 어지러워 보였다.

"제가 이걸 말해야 하나, 말아야 하나 정말 고민을 많이 했어요. 그런데 역시 서연 씨도 알고 있어야 할 것 같아서요."

"네, 편하게 말씀하세요."

"도훈 오빠 관련된 일인데요."

서연의 눈가가 슬며시 구겨졌다. 어김없이 유라의 입에서 친근하게 튀어나오는 그의 이름에 표정 관리가 잘되지 않았다.

"혹시 서연 씨도…… 도훈 오빠가 좋아하는 여자분이 따로 있다는 사실 알고 있나요?"

"네."

"아, 알고 있었구나……."

겨우 저걸 말하려고 부른 건가? 서연은 삐딱해지려는 태도를 가까스로 추스르고 크게 호흡했다.

"그럼, 그분이 서연 씨와 아주 많이 닮았다는 사실도요?"

"……네?"

일순 서연의 얼굴에 어둑한 그림자가 드리웠다.

"……잠도 못 잤다는데."

너무 가늘어서 움직이는 것도 신기한 손인데, 도대체 뭘 그렇게 시킬 일이 많은지. 도훈이 입술을 잘근 깨물었다. 분명히 두 눈은 노트북 화면을 가득 메운 시장 트렌드 분석표에 꽂혀 있는데, 정작 머릿속을 가득 채운 것은 방금 자신을 바람맞힌 여자였다.

[저, 오늘 만나기 어려울 것 같아요. 내일이 우리 회사 패션쇼인데 귀걸이가 파손돼서, 그거 제가 직접 만들라고 위에서 오더 내리셨거든요. 야근해야 할 거 같아서…… 진짜진짜 미안해요. 대신 다음에 제가 밥 살게요?]

괜히 다시 한번 서연의 문자를 들춰보았다. 그 문자를 한참 동안 내려다보고선 깊은숨을 몰아쉬었다. 탁, 도훈이 노트북을 덮었다. 잡념을 없애기 위해 책이 빽빽하게 꽂혀 있는 책장으로 다가가서 절반쯤 읽은 책을 뽑아 들었다. 그 순간, 책장 사이에서 그림 한 장이 스르륵 빠져나와 팔랑이며 떨어졌다. 허리를 굽힌 도훈이 그 그림을 주워 들었다. 잠깐 생각하는 듯하더니 이내 서재를 빠져나와 2층 가장 구석에 있는 방으로 발걸음을 옮겼다. 띠리리, 도어록 비밀번호를 누르고 방문을 열자 익숙한 물감 냄새가 코끝을 찔러왔다. 방 안으로 들어간 도훈은 창문을 열고 환기를 시키고서, 방금 주운 그림을 한쪽 벽에 붙였다. 멍하니 그 그림을 바라보던 도훈은 이내 무언가 결심한 듯 방문을 굳게 닫고 나갔다.

쾅, 문이 닫히는 여파에 방 안에 있는 수백 장의 종이들이 짧게 진동했다. 도훈이 철저하게 비밀에 부치던 방. 그 넓은 방은 도훈이 약 10년이라는 세월 동안 그렸던 꿈속 여자의 그림 수백 장이 온 벽을 빼곡히 뒤덮고 있었다. 수년간 병적으로 그려왔기에 셀 수도 없이 많은 양이었다. 그리고 방 가운데 놓인 이젤 위에서 퀴퀴한 테레빈유 냄새를 풍기고 있는 커다란 캔버스는 도훈이 아직도 완성하지 못한 꿈속 여자의 지독한 초상화였다.

유라와 대화를 끝내고 작업실로 복귀한 서연은 한참 동안 멍하니 허공을 응시했다. 겨우겨우 팔을 움직여 기계적으로 마무리 작업에 들어갔다. 임 대리는 이미 다 제작한 후 귀가한 상태였기에, 넓은 공간에는 서연 혼자만이 남아 있었다.

"다 됐다……."

청색의 영롱한 귀걸이가 오랜 시간을 거쳐 드디어 완성되었다. 임 대리가 만들고 간 붉은 귀걸이까지 함께 보관함에 고이 넣는데, 지이잉, 휴대전화가 짧게 울렸다.

[끝났어요?]

"……."

유라와의 대화 이후 도훈을 보는 시선이 조금 미묘해졌다.

[네.]

흠칫, 저가 보내놓고 놀랐다. 나 지금 혹시 화난 건가?

[20분 안에 가니까 기다려.]

온다고? 서연의 눈이 휘둥그레졌다.

[오지 마세요!!!]

그녀는 또 한 번 흠칫했다. 저도 모르게 느낌표를 세 개나 붙여서 전송을 누른 것이다.

[그럼 집에 어떻게 가게요?]

[어떻게라니요. 당연히 버스를…….]

[지금 이 시간에?]

"……아."

액정 상단에 찍힌 시간을 본 서연이 입술을 툭 벌렸다. 어느덧 새벽 1시였다. 잠시 고민하던 서연은 도훈에게 알겠다고 답장을 보냈다. 몸도 마음도 지칠 만큼 지쳐 더 이상 생각이라는 것을 하고 싶지 않았던 탓이었다. 멍하니 앉아 시간을 죽이던 서연은 내려오라는 도훈의 문자에 작업실을 빠져나왔다.

엘리베이터에서 거울을 본 서연은 다크서클이 볼까지 내려온 제 얼굴을 보며 한숨지었다. 잠을 자지 못해 창백해진 얼굴은 핏기가 하도 없어서 꼭 유령 같았다. 욱신거리는 머리를 부여잡고 흐느적거리며 건물 밖을 나가니 저 멀리 도훈의 차가 보였다. 왠지 갑자기 긴장이 몰려와서 침을 꼴깍 삼키고 조수석 손잡이에 손을 얹었다.

"어?"

안 열린다. 덜걱 소리만 날 뿐. 덜걱, 덜걱, 덜걱…….

빵빵! 뒤에서 누가 경적을 울렸다. 미친놈인가, 새벽 한 시에. 서연은 몽롱한 정신으로 계속해서 손잡이를 덜걱거렸다.

"으앗."

갑자기 뒤에서 허리를 낚아채는 단단한 팔뚝에 서연의 눈이 커졌다. 정신을 차려보니 지금까지 못살게 굴던 차는 도훈의 차가 아니었다. 어떻게 이걸 헷갈렸지? 차체가 검은색이라는 점만 같을 뿐 가격으로 따지면 수십 배는 차이가 나는 차종이었다.

"상태가 이런데."

서연은 거의 도훈에게 질질 끌려가듯이 했다.

"어떻게 혼자 가려고 했어."

따지듯이 묻는 투와는 다르게 부드럽게 조수석으로 서연을 밀어 넣는다.

"아……."

푹신한 자동차 쿠션에 몸이 폭 안기자 졸음이 몰려왔다. 서연이 비몽사몽 하는 동안 도훈은 운전석으로 들어와 앉았다. 서연은 힘 풀린 눈꺼풀을 가까스로 밀어 올렸다. 눈을 부릅뜨고 도훈을 쳐다보자 그의 까만 눈동자에 자신이 비쳤다.

"왜 그렇게 봐?"

도훈이 나직하게 웃음을 터뜨렸다.

"……."

서연이 송장처럼 가만히 앉아만 있자, 도훈이 상체를 내렸다. 제 위를 어둑하게 가린 도훈의 몸, 그림자 진 서연은 몽롱한 눈으로 도훈을 응시했다. 저가 먼저 시선을 피하지 않는 이상 그가 눈을 돌리는 일은 없었다. 항상 그래왔다.

"안전벨트 매야지."

도훈은 팔을 뻗어 벨트를 강하게 끌었다. 곧 서연의 골반 옆에서 탁하고 맞물리는 소리가 터졌다.

"자고 싶어."

서연은 저도 모르게 흐릿한 음성으로 중얼거렸다. 차분하던 도훈의 동공이 커졌다.

"어?"

"네?"

"……."

"……."

차 안으로 이상야릇한 기류가 흐르기 시작했다. 가만히 서연을 바라보던 도훈은 느릿하게 손을 움직여 제 안전벨트를 풀었다. 팅, 하고. 서연은 그제야 자신이 방금 저 까만 눈을 똑바로 바라보고 지껄인 네 글자가 얼마나 색정적이었는지를 깨달았다. 서연의 얼굴이 새빨갛게 달아올랐다. 얼른 양손을 펼쳐 좌우로 정신없이 흔들며 수습했다.

"아니 진짜 자고 싶다고요. 19금 말고! 야한 짓 말고!"

"……."

"슬립, 슬립이요! 쿨쿨."

그 수습에도 불구하고 도훈은 점점 더 가까이 다가왔다. 미친 듯이 뛰는 심장과 함께 서연은 언제 졸렸냐는 듯 빠르게 현실로 로그인되었다. 당황해서 어찌할 줄 모르며 눈동자만 굴리고 있는데, 갑자기 도훈의 커다란 손이 서연의 뒷목을 감쌌다.

"잠깐만! 저기!"

놀란 서연이 바르작거렸으나 단단한 손은 그녀가 도망가지 못하게 뒷목을 살짝 눌렀다. 그 온기에 서연이 숨을 훅 멈추었다. 가느다란 목을 따라 쭉 미끄러진 도훈의 손은 곧 서연의 턱 끝을 잡고 위로 들어 올렸다. 도훈은 미묘한 눈빛으로 서연을 뚫어져라 내려다보았다.

"……."

근데 왠지 눈을 보는 게 아닌 것 같은데. 좀 더 아래를…… 입술?

"음……!"

무언가 보드라운 것이 서연에게 와 닿았다. 그 감촉에 서연이 눈을 질끈 감았다.

5. 본능적으로 끌리는

살갗으로 비벼지는 감촉이 이상했다. 닿은 부위가 불에 덴 듯 뜨거웠다.

"으응……."

서연이 끙끙 앓는 소리를 냈다.

"너……."

도훈이 서연의 코를 손수건으로 막았기 때문이었다.

"코피 나."

요즘 너무 무리한 건가, 쪽팔리게 하필이면 이 남자 앞에서 코피를 쏟았다. 감은 눈을 번쩍 뜨자 도훈의 입술이 가장 먼저 시야에 들어왔다. 서연이 옹알이하듯이 낑낑거리며 그의 손을 떼어내려고 했지만, 그럴수록 도훈은 서연의 콧등을 더욱 지그시 누르며 지혈했다.

"가만히 있어요."

도훈이 서연의 볼을 감싸서 비스듬히 아래로 내렸다. 서연은 다른 의미로 눈을 뜨고 있을 수가 없어서 그냥 다시 감아버렸다.

"으……."

또, 또 흑역사 생성! 차 안을 가득 메우는 비릿한 피 냄새, 축축하게 선혈로 젖어 드는 그의 손수건, 그 모든 것들이 부끄러워서 미쳐버릴 것만 같았다. 얼른 코피가 멎기만을 바라며 두 손을 꼬옥 그러쥐었다.

그렇게 몇 분간 정차되어 있던 도훈의 차는 곧 강렬한 배기음을 뿜어대며 출발했다. 그 모습을 숨어서 바라보던 유라는 그제야 기둥 뒤에서 모습을 드러냈다. 유라가 초조하게 손톱을 물어뜯었다.

"안에서 둘이 뭘 했을까. 뭘 했길래 저렇게 오랫동안 출발을 안 하고……."

상상하기 싫은데도, 발칙한 머릿속은 별의별 보기를 다 떠올렸다.

"뭘 했을까……."

다른 것도 안 바라고 그냥 딱 한 번만, 한 번만 웃어주길 바라는 사람도 있는데……. 형편없는 질투에 속이 쓰리고 목이 멨다. 그러나 더 서 있어봐야 달라지는 것은 없었기에, 곧 택시를 잡아 자신이 임시로 묵고 있는 호텔로 이동했다.

한바탕 유혈사태가 지나고 서연은 얼얼해진 코를 꿀쩍거렸다. 도훈은 서연이 안정을 취할 수 있게 차를 아주 느리게 몰았고, 그 탓에 싹 사라졌던 졸음이 도로 접근하여 똑똑, 노크하기 시작했다. 서연은 번뜩이는 창문 밖의 도심 풍경에 시선을 꽂았다. 그러나 피로한 눈은 이미 반쯤 감겨 있었다. 꿈뻑, 꿈뻑…….

'그럼, 그분이 서연 씨와 아주 많이 닮았다는 사실도요?'

몽롱한 머릿속으로, 조금 전 비상계단에서 유라와 했던 대화가 영사기를 튼 것처럼 느릿하게 재생되었다.

'제가 어쩌다가 오빠 집에서 그 여자분 그림을 봤는데…… 서연 씨와 굉장히 닮아 있었어요. 머리는 아주 길었고요.'

그 말과 동시에 단단한 돌덩이가 내려앉는 기분이었다. 닮았다고, 내가? 백도훈이 10년 동안 좋아했다는 그 여자와? 눈앞이 컴컴하게 아득해지는 경험을 했다.

그 누구보다도 잘 알고 있었다. 완벽한 남자인 백도훈이 자신에게 잘해줄 이유는 없다는 것을. 그 자상함이 수상하다고는 생각했지만 이런 비참한 진실이 숨겨져 있기를 바라지는 않았다.

'나한테 왜 자꾸 잘해줘요?'

그는 그 질문에 대답하지 못했다. 말할 수 없었을 것이다. '네가 내가 좋아하는 여자랑 닮아서'라고는 차마.

'저는 서연 씨가 상처받는 게 싫어요. 그래서…….'

그때 팀장님이 뭐라고 했었더라? 서연은 유라의 말이 잘 기억나지 않았다. 그때도 지금도, 그녀의 목소리는 시끄러운 잡음처럼 귓가에 듬성듬성 깔릴 뿐이었다. 확실한 건 마지막에 서연을 걱정한다는 투로 말을 했었다는 것이다.

'그런 거 서연 씨한테 너무한 거잖아요. 어떻게 닮았다고…….'

'알려주셔서 감사합니다, 팀장님.'

제삼자의 말은 어디까지나 제삼자의 말이었다. 일일이 휘청거리기에는 도훈에 대한 서연의 감정이 이미 너무 깊어져 버렸다.

'그런데…… 판단은 제가 하겠습니다.'

과연 그는 정말로, 내 얼굴 위에 다른 여자를 겹쳐 보았을까?

"……."

도훈은 핸들에 몸을 나른하게 기댔다. 얼굴을 오른쪽으로 틀어 곤히 잠든 서연의 얼굴을 빤히 바라보았다.

"……잘 자네."

뿌듯하게 웃으며 서연의 머리를 쓰다듬었다. 선이 가는 눈가가 움찔하다가 다시 고요해졌다. 쌔근쌔근 낮은 서연의 숨소리와 함께 도훈은 생각에 빠져들었다.

이 얼굴과 닮은 꿈속 여자, 도훈은 무려 10년 동안 잠에서 깨면 곧바로 꿈속 여자의 얼굴을 드로잉 했다. 난생 그림을 배워본 적이 없었지만, 그저 손이 이끄는 대로 그녀의 자취를 물 흐르듯 찾아 나갔다. 보다 자세하게 표현하기 위해 점점 큰 화지를 골랐고, 연필과 볼펜에서 유화로 이어졌다. 처음 운을 떼기 시작한 그녀의 유화 그림은 그로부터 8년째 미완성이었다.

물론 다년간 꾸준히 한 여자의 초상화를 그린 것은 취미라고 하기엔 과했을지 모른다. 방 안을 뒤덮은 단 한 여자의 얼굴은 모르는 사람이 본다면 공포를 자아낼 만했다. 진영이 귀신에 홀린 게 틀림없다며 혀를 내두르는 이유도 그것이었다. 그런데도 그녀의 자취를 밟는 일은 그만둘 수 없었다. 잠에서 깨어나면 금방 흐릿해지는 것이 그녀의 얼굴이었고, 그녀의 얼굴을 보고 그릴 수 있는 사람은 오로지 도훈뿐이었다.

"강서연……."

지금 이 순간 널 보고 있는 사람도 오로지 나 하나뿐인데.

"넌 어떤 것 같아."

도훈은 대답 없는 서연의 볼을 천천히 쓰다듬었다. 잠결에도 그의 손길을 느끼는지, 서연은 커다란 손바닥 위에 제 얼굴을 비볐다.

"……."

도훈의 손바닥 위로 서연의 말랑한 입술이 진하게 쓸렸다. 손바닥 위에서 오물거리는 붉은 입술을 보며 도훈은 저도 모르게 입맛을 다셨다. 그대로 엄지로 서연의 말랑한 입술 한가운데를 꾹 눌렀다. 화하게 열기가 터진 입술이 불덩이처럼 뜨거워지는 것은 한순간이었다. 그에 비하면 도훈의 손은 얼음처럼 차가웠고, 그 온도 차는 더욱 육감적으로 느껴졌다. 쿵, 쿵. 도훈은 제 심장이 내려치는 소리에 귀가 먹먹해졌다.

"키스……."

하고 싶다고 생각하며. 꾸욱, 도훈이 손을 뻗어 서연의 허벅지 옆 차 시트를 눌렀다. 엄지로 서연의 입술 위를 매끄럽게 쓸자 촉촉하고 통통한 살덩이가 보란 듯이 밀렸다가 제자리를 되찾는다. 도훈은 그 말랑한 입술에 현혹된 듯 제 입술을 내렸다.

"아."

움찔, 도훈의 눈이 커졌다. 서연이 잠결에 입술을 누르고 있는 도훈의 손가락을 앙 하고 깨문 것이다. 일순 당황한 도훈의 눈가가 좁아졌다.

"잠깐……."

무언가 행동하기도 전에, 서연이 뜨거운 혀로 그의 손가락을 한 바퀴 감아 촉촉하게 굴렸다. 굵은 엄지가 끈적한 타액에 흠뻑 젖어버렸다. 서연은 곧 입술을 동그랗게 말고 막대사탕이라도 먹듯이 쪽쪽 빨기 시작했다. 그 흡입력에 화들짝 놀란 그가 손가락을 빼려고 하는데, 서연이 새하얀 앞니로 또 앙 깨물었다.

"음……."

서연이 신음을 흘리며 입술을 벌렸다.

"오뎅 맛이 이상……."

잠꼬대하던 서연은 문득 눈을 떴다.

"……."

"……."

오뎅이 아니라 백도훈 손가락이었다. 너무 놀란 서연은 그만 호흡하는 법을 잊어버렸다. 도훈 또한 넋이 나간 사람처럼 그대로 굳어 있었다. 정지화면처럼 멈춰 있던 두 사람. 먼저 플레이 버튼을 누른 사람은 서연이었다.

"여기…… 어디예요?"

"……네 집 앞."

그 말에 황급히 주위를 둘러보니 진짜 집 앞이었다. 언제 잠든 거지? 휴대전화를 켜서 시간을 확인한 서연의 눈이 거세게 흔들렸다.

"헐."

오전 3시 11분이었다.

“어머머머, 미쳤어, 미쳤어. 어떡해, 미안해요!”
20분이면 오는 거리인데, 2시간도 넘는 시간이 지나 있었다.
“으악, 민폐 끼쳤어! 그쪽도 내일 출근해야 할 텐데!”
서연이 도훈과 휴대전화를 번갈아 보며 발만 동동 굴렀다.
“깨우지 그랬어요!”
대체 왜 2시간이나 자도록 놔둔 건지……!
“왜 안 깨웠어요?”
“……어?”
멍하던 도훈이 서연의 재촉에 퍼뜩 정신을 차렸다.
“아…….”
도훈이 손가락을 은밀하게 비볐다.
“잘 자길래.”
제 엄지에 남아 있는 끈적한 서연의 감촉을 되새기며 웃었다.

[오늘 마치고 뭐 해요?]
덜거덕거리는 버스 안, 몽롱하던 서연의 정신을 깨워준 것은 시끄러운 모닝콜이 아닌 이른 아침부터 사람을 간질간질하게 하는 도훈의 문자였다.
“쇼 뒷정리까지 끝내고 나면 시간이……. 아홉 시쯤 되려나.”
서연이 답장하자마자 머지않아 띵동, 문자가 왔다.
[그럼 술 한잔할까.]
“……술.”
[좋아요. 그럼 우리 옛날에 갔던 그 와인바에서 봐요.]
[응, 9시.]
그런데…… 이런 건…….
“데이트?”
제가 말해놓고도 어이가 없어 서연은 입가를 일그러뜨렸다. 미쳤어, 혼자 생쇼를 한다. 착각을 하고 난리 부르스를 치고 북을 미친 듯이 쳐대는구나, 아주.

"아, 정신 차려! 일단 당장 오늘 있을 쇼에 집중을!"

서연이 두 주먹을 불끈 쥐며 마음을 다잡았다. 왜? 오늘은 드디어 고대하던 모라비 F/W 패션쇼 당일이었기 때문이었다. 더욱이 서연에게는 입사 이래 처음 겪는 최대 규모의 행사였으므로, 그 어느 때보다 빠릿빠릿한 행동을 할 수 있는 긴장이 요구되었다.

"모델 옷 섞이지 않게 잘 분류해요! 모델 신발들도 바뀌면 큰일이니까 이름표 체크 꼭 하고!"

"네!"

우렁찬 대답이 백스테이지를 울렸다. 너나 할 거 없이 모든 사람은 완벽한 쇼를 위해 재빠르게 움직였다.

"아 참, 귀걸이. 어제 귀걸이 튼튼하게 잘 만들었지?"

"네."

"귀걸이도 꼭 챙겨."

"네, 알겠습니다."

서연이 고개를 힘차게 끄덕였다.

"귀걸이 달게요."

곧 차례가 되자, 서연은 손을 뻗어 지난밤 만든 귀걸이를 직접 모델에게 달아주었다. 귀가 축 늘어질 만큼 커다란 형상을 자랑했으나, 그 어느 때보다 꼼꼼히 제작했기 때문에 워킹 중 떨어질 걱정은 전혀 없었다.

"얘, 이것도 좀 해봐."

헬퍼들과 디자이너들, 모델들이 거미줄처럼 얽혀 정신없는 가운데 임 대리는 귀걸이 하나를 달지 못하고 쩔쩔맸다. 한숨을 푹 내쉰 서연이 지겨워 죽겠다는 얼굴로 임 대리가 만든 것을 건네 들었는데…….

"어?"

서연의 미간이 구겨졌다.

"대리님, 이거 니퍼 제대로 조였어요? 좀 헐거운데?"

"너보단 잘했거든? 뜸 들이지 말고 빨리해!"

이걸 진짜 똥물에 튀길 수도 없고……. 서연이 이를 바득 갈며 귀걸이를 모델의 귀에 장착시켰다. 한편에 샘솟는 불안감은 단지 기우에 불과할 것으로 생각하며.

한편 유라는 다음 컬렉션부터 본격적으로 함께하기 때문에 무대 뒤가 아닌 밖의 좌석에 앉아 있었다. 빵빵한 음향과 함께 시작된 패션쇼는 큰 트러블 없이 진행되는 것 같았으나, 그 역시 잠깐의 평화였다.

팅.

눈앞의 믿지 못할 상황에 깜짝 놀란 유라가 제 입을 가렸다.

"어머……!"

모든 일엔 원인과 결과가 있고,

데구루루. 쾅!

나비의 작은 날갯짓이 폭풍우를 일으킬 수 있다는,

"미쳤어?"

이른바 (임)나희 효과로 모라비는 빙하기로 접어들었다. 기자들에 의해 촬영된 이번 패션쇼 영상은 패션계에 한 획을 긋는 대신, 깔깔깔 유머란의 한 대목을 차지했다. 임 대리가 만들었던 허접한 트루 레드 귀걸이가 모델의 워킹으로 떨어졌고, 떨어진 그 귀걸이를 뒤따르던 모델이 밟고 미끄러져 버린 것이다. 그로 인해 모든 동선은 엉망진창으로 꼬이고, 혼돈에 감염된 모델들과 함께 결국 패션쇼는 파국으로 치달았다.

"대체 빨간색 귀걸이 누가 만들었니!"

디자인 실장은 폭풍우를 일으킨 날갯짓의 범인을 색출해내기 바빴다.

'하여간, 임나희. 내 저럴 줄 알았지.'

서연은 속으로 쯧쯧 혀를 찼다.

"서연아!"

그때, 임나희 대리가 갑자기 서연을 불렀다.

"너 내가 귀걸이 부분 니퍼 제대로 조이라고 말했잖아!"

"네? 그게 무슨……!"

서연은 기가 차서 말도 제대로 나오지 않았다. 설마 지금 저 인간이 나한테 죄를 뒤집어씌우려는 거야?

"저는 사파이어……!"

"내가 만든 사파이어 블루처럼 제대로 단단하게 조여야 할 거 아니야!"

"네? 그건 제가!"

"실장님, 죄송합니다! 다 제 잘못입니다!"

뭐 저딴 게 다 있어? 하도 어이가 없어 서연은 입만 벙긋벙긋했다.

"제가 다 후임 교육을 못 해서 그렇습니다. 제 책임입니다! 제가 책임지겠습니다!"

저거 미친 사이코 아니야? 당장에라도 소리를 지르며 따지고 싶었지만, 꾹 참고 차분한 목소리를 냈다.

"실장님, 트루 레드 컬러 귀걸이는 제가 아니라 임나희 대리님께서 제작하신 겁니다. 저는 사파이어 블루를…….

"서연아, 내가 다 책임진다고 했는데도 넌 어떻게 그런 거짓말을……."

"허, 거짓말이라니요. 책임은 같이 지더라도 사실관계는 명확히 하셔야죠. 레드는 임 대리님께서 제작하셨……."

짝짝, 실장이 박수를 두 번 치자 과열되었던 분위기가 찬물을 끼얹은 듯 조용해졌다.

"당연히 만든 사람이 책임을 져야지. 왜 임 대리가 책임을 지니?"

"하……."

애초에 이 공간에서, 3년 차 임 대리가 아닌 한두 달짜리 신입 서연의 말을 믿어주는 사람은 단 한 명도 없었다.

"이게 얼마나 중요한지 모르고 어리바리 돌아다녔던 신입이 문제지."

너무 억울해서 죽을 것 같은 순간에, 서연은 입술을 꾹 깨물었다. 마치 사막 한가운데에 버려진 것처럼 외로운 기분에 짓눌렸다.

"정말…… 정말 저 아닌데요."

최후로 발악하듯이 한마디 내뱉었다. 그러나 그런 서연을 바라보는 차가운 시선들에서 이미 책임을 전부 지우겠다는 의도가 읽혔다. 눈가가 터질 것처럼 시큰거렸다. 여기에 내 편인 사람은 없다.

"……CCTV."

눈물이 날 것 같아서 주먹을 꽉 쥐고 숨을 크게 내 몰아쉬었다.

"CCTV 확인 부탁드립니다."

"작업실에 CCTV 고장 났어. 꽤 됐는데……."

……아. 가까스로 지탱하던 세상이 무너지는 기분이었다. 서연이 벌어진 입술을 꾹 다물었다.

"……."

대체 뭘 바라고 여기까지 버틴 걸까. 내 편 하나 없이 온 우주에게서 미움받는 주제에, 왜 희망을 구걸하며 아득바득 살아온 걸까. 오랜 꿈이었던 회사에 기적적으로 들어와서 온갖 핍박이라는 핍박은 다 받으며 뼈가 부러지게 열심히 일했는데. 그런 서연에게 돌아오는 것은 싸늘한 냉대였다. 그때, 숙인 고개를 들자 저 멀리 안으로 들어오는 유라와 눈이 마주쳤다.

"……아."

서연의 눈이 커졌다. 유라는 지금 이 순간, 그녀를 구해줄 수 있는 유일한 동아줄이었다. 그것을 부여잡듯 서연은 유라를 눈으로 좇았다.

"오유라 팀장님께서 어젯밤에 저희 작업실에 들르셨었습니다."

속으로 회심의 미소를 짓고 있던 임 대리의 가슴이 일순 서늘해졌다.

"누가 어떤 컬러를 작업했는지, 직접 목격하셨습니다."

"오 팀장, 사실이에요?"

"말씀해주세요, 팀장님."

서연이 유라를 간절하게 쳐다보았다.

"……아, 그게."

항상 웃음기 젖어 있던 유라의 입가가 살짝 굳어졌다.

"저는……."

약속 시각은 9시였다. 지금은 저녁 7시가 조금 넘은 시간, 서연은 약속장소인 와인바에 도착해서 도훈에게 문자를 보냈다.

[일이 생겨서 오늘 약속 취소해야 할 것 같아요. 자꾸 이래서 어쩌죠.]

몽환적인 분위기를 연출하기 위해 어둑하게 깔린 조명이었지만, 서연에게는 그저 음울하게만 느껴졌다.

[무슨 일인데요?]

아무도 만나기 싫으니까.

[별일은 아니고, 회식 가야 할 것 같아서요.]

특히 당신은 더.

"……."

도훈에게 답장이 없자 서연은 떨리는 숨을 토해냈다.

[미안해요.]

덧붙여서 보내고 흐릿해진 눈으로 액정을 노려보았다.

[됐어.]

"……."

답장을 받았으니 됐다. 서연이 휴대전화 전원을 끄고 가방 안에 깊숙이 쑤셔 넣었다. 쪼르르르, 제 잔에 와인을 따르는 웨이터의 손에 의미 없이 시선을 두었다. 그의 약지에 문신처럼 새겨진 사랑의 증표를 보아 이 웨이터 역시 누군가에게 사랑받는 사람이라는 것을 알 수 있었다.

내 인생은…… 도대체 어디서부터 잘못된 걸까. 불행의 근원을 도무지 알 수가 없어 답답해진 서연은 그저 붉은 알코올로 비루한 목구멍을 가차 없이 태웠다. 살다 보면 아무것도 생각하고 싶지 않은 기분이 들 때가 있다. 넋을 놓고 모든 걸 포기한 사람처럼 굴고 싶을 때. 씩씩하기를 강요하는 사회 속에서 당당하게 좌절하고 싶을 때. 서연의 우울의 근원도 단 한 가지에 국한되지 않는다. 코피 터지게 일했는데 억울하게 사람을 매도하는 회사도, 몸은 남자로 변하고 집은 부도나고 부모님은 다 돌아가시고 온갖 악재란 악재는 전부 그녀의 차지로 만들어버리는 하늘도.

"짜증 나……."

가만히 잘 살던 나에게 감정 만들어놓고, 멋대로 희망 만들어놓고, 사실 내 얼굴에서 다른 여자를 비추어 봤다는 백도훈.

"근데 그중에서도……."

백도훈 당신이 제일 짜증나.

"으흑……."

눈시울이 왈칵 뜨거워지는 것과 동시에 목구멍에 신물이 밀려 올라왔다. 이를 악물고 버텨보지만, 정신을 차리고 보니 이미 더운 눈물이 볼을 타고 소리 없이 흐르고 있었다.

"왜 왔어요?"

너만 나를 사람 취급하는데.

"약속 취소했는데, 왜……."

눈물로 뭉그러진 시야 속에서도 도훈은 혼자만 불을 밝힌 등대처럼 서연의 망막에 똑똑히 각인되고 있었다.

"화나……."

이러니 안 좋아할 수가……. 서연은 봇물처럼 터진 눈물이 도무지 멈추지를 않아 그저 양손으로 얼굴을 폭 가렸다. 막힌 시야에도 불구하고 들려오는 도훈의 발소리에 여린 심장이 쿵쿵 울렸다.

"대체 왜 왔어요……. 내가 약속도 취소했잖아, 오지 말라고 했잖아……."

손바닥으로 가린 탓에 뭉그러진 발음이 아무렇게나 튀어나왔다. 도훈은 잠깐 서연의 얼굴을 빤히 바라보다가, 이내 느릿하게 발걸음을 옮겨 그녀의 앞자리에 앉았다.

"나도 인터넷 정도는 봐. 당신 회사 이름 석 자 검색할 정도의 여유도 있고."

서연의 심장에서 덜컥 소리가 났다.

"보통 대형 사고 난 날에는 회식 취소하지."

아…… 서연은 한 대 얻어맞은 듯한 기분에 휩싸였다. 이성적인 추리라고 멍청이처럼 감탄하는 대신 떠오른 생각은 다름 아닌,

겨우 그거 하나로?

왜? 왜 겨우 그거 하나로 여기까지?

"……."

서연은 도훈을 맘에 안 든다는 듯 쳐다보다가 눈앞의 와인병을 덥석 쥐었다. 제 잔에 따르려는 순간, 도훈이 서연의 손에서 병을 낚아채 가져갔다.

"왜 거짓말했어요?"

도훈은 서연의 잔에 천천히 와인을 따르며 차분한 투로 물었다.

"백도훈 씨 얼굴 보기 싫어서요."

그에 비해 서연은 흔들리는 와인의 수면처럼 위태로웠다.

"우리 약속은 이미 취소됐고, 그쪽도 알겠다고 답장했고. 나는 성인군자가 아니라서 오늘 같은 날 당신한테 화풀이 안 할 자신도 없고."

서연은 잔을 단숨에 비웠다.

"무슨 뜻인지 알겠죠."

입술 옆으로 흘러내리는 액체를 거칠게 닦으며 고개를 들었다.

"가세요."

"싫은데."

"왜."
"울잖아, 네가."
"하……."
서연은 시선을 돌렸다. 분명히 울고 있는데도 울고 싶은 기분에 목이 메였다. 터질 것처럼 따끔거리는 목을 가까스로 억누르고 언성으로 목을 갈랐다.
"우리 생판 남인데 내가 울든 죽든 도대체 무슨 상관이에요?"
"강서연 씨와 내가 남인가?"
"그럼 남이지 뭐예요?"
날 선 말만 계속해서 튀어나왔다.
"서로 접점 하나도 없잖아. 모른 척하는 순간 말 한마디 섞을 이유 없는 거잖아, 우리는."
"왜 그렇게 말을 하지."
도훈의 날카로운 눈매가 더욱 길어졌다.
"그러는 그쪽은 왜 그렇게 말을 하는데요."
"……."
"왜 그렇게 착각할 말만 골라서 써서 사람을 바보 만들어, 맨날."
서연의 목소리가 바닥을 긁는 듯이 낮아졌다. 도훈은 미동도 없이 정확히 입술만 움직였다.
"……내가 너한테 못되게 굴었나."
"그래."
"어떤 거."
"잘해줬잖아."
서연의 말에 도훈의 어두운 눈동자가 그녀를 꿰뚫을 듯이 응시했다.
"그러고 보니 저번에 대답 안 했었죠? 다시 한번 물을게요."
"……."

"대체 왜 나한테 잘해줬어요?"

말해, 제발. 내가 당신이 좋아하는 여자와 닮아서가 아니라고 말해.

그러나 그 질문에 도훈은 한참 동안 침묵했다. 하, 굳게 닫힌 무거운 입에 서연의 입꼬리가 비틀렸다.

"금년 안엔 대답하시려나?"

비꼬듯 말하는 투에도 도훈은 여전히 입을 열지 않았다. 허탈해진 서연은 와인잔을 움켜쥔 손에서 힘을 풀었다. 마치 잡았던 열쇠를 놓아주는 듯이.

"이제 나한테 잘해주지 말아요."

당신의 온기에, 따뜻함에, 호의에 더 익숙해지기 전에.

"잘해주면 기대하게 되고 결국 좋아하게 되잖아."

남자로 변한 이후 아득바득 강한 척 살아온 내가, 당신의 품 안에서 더 나약해지기 전에, 더 기대고 싶어지기 전에.

"그거 알아요?"

"……."

"나같이 촌스러운 여자한테 잘해줄 때는 저 혼자 착각하고 멋대로 좋아할 거 각오하고 해야 해. 바짓가랑이 잡고 잡스럽게 늘어질 거 각오하고 해야 한다고."

서연은 도훈의 길게 찢어진 날카로운 눈매, 그 안에서 집요하게 빛을 내는 검은 눈동자에 심장이 아렸다.

"지금 그 말, 무슨 의미인데."

"몰라서 물어요?"

서연이 깊게 한숨을 토해냈다. 잠깐 시선을 떨어뜨렸다가 도로 힘겹게 도훈과 눈을 마주쳤다. 어김없이 바늘에 찔린 듯 심장이 욱신거렸다.

"나 백도훈 씨를 보면 난생 느껴본 적 없는 감정을 느껴."

빨개진 눈가가 파르르 떨렸다. 수도꼭지를 튼 듯 투명한 이슬이 하얀 볼을 타고 엉망으로 주르륵 흘러내렸다.

“가슴이 너무 아프고…… 머리도 어지럽고…….”

“…….”

“열도 막 나고, 몸살 오는 거 같아…….”

서연이 울컥 터진 울음에 끅끅거리면서도 꿋꿋하게 뒷말을 이었다. 도훈의 까만 동공이 커졌다. 서연의 한마디 한마디가 거대한 돌멩이가 되어 고요하던 도훈의 심장에 파문을 일으켰다. 두근, 두근, 낮게 뛰는 박동에 잠깐 멍해진 도훈이 눈물을 닦아주려고 손을 뻗었으나, 서연이 그 손을 탁 밀쳐냈다.

“나…… 충분히 힘들었어요. 27년 더럽게 꼬인 인생, 충분히 죽고 싶을 만큼 힘들었다고요. 그런 내가 이런 기분 겪으면서 짝사랑까지 해야 해요?”

상처투성이인 자신에게 손을 내민 남자. 그런 그에게 제물처럼 몸과 맘을 바치고, 필사적으로 동냥질하듯 목매야 한다는 거지 같은 운명. 그게 말이 돼?

“날 좋아하지도 않는 사람한테 반해서 간이며 쓸개며 다 주고 헌신짝처럼 버림받는 거 이젠 지긋지긋해요. 이젠 아무도 안 좋아하고 싶어요. 당신도…….”

더듬거리며 말문을 가까스로 연 서연은 입술을 잘근 깨물었다.

“……하.”

그래, 이 정도면 많이 버텼어.

“진짜 죽고 싶다.”

거지 같은 세상, 이 정도면 괜찮은 척, 아무렇지 않은 척, 충분히 오래 버텼어.

“나 지쳤어. 이제 그냥 다 포기하고 싶어요. 그러니까…….”

“…….”

“우리 이제 만나지 말아요.”

꿈도 지겹고, 사랑도 지겹고, 그런데도 악착같이 버티던 나를 오늘로써 하늘이 완전히 버렸는데. 더 이상 희망 구걸하며 살겠다고 우기는 게 무슨 소용이야? 비록 이따위 변종 같은 몸뚱어리가 되었지만, 그래도 자존심은 남아 있었다.

"먼저 일어날게요."

그 자존심 버리고 거지처럼 살 바에는 평생 이 몸으로 사는 게 나았다. 끼이익, 서연이 자리를 박차고 일어났다. 뒤에서 내리꽂는 도훈의 시선을 무시하고 뒤를 돌아 성큼성큼 걸어 술집을 빠져나왔다. 눈물로 젖은 얼굴이 차가운 공기와 맞닿자 가슴이 더욱 시큰거려 미간을 찌푸렸다.

"강서연."

뒤따라온 도훈의 호명을 무시하고 발걸음을 재촉해 인도로 나갔다. 지나가는 택시를 잡기 위해 필사적으로 손을 뻗었으나, 그보다 도훈의 다리가 빨랐다. 순식간에 서연을 추월한 도훈은 그녀의 앞을 가로막고 섰다.

"뭐하자는 건데, 지금."

벽처럼 굳건하게 선 육체는 서연을 이렇게 보내줄 수 없다는 의미였다.

"혼자 말해버리고 도망가면 다야?"

도훈이 단단한 양손으로 서연의 어깨를 감싸듯 쥐었다. 가까이 다가온 도훈의 얼굴에 서연의 연한 눈가에는 또다시 축축하게 물기가 고였다.

"……놔주세요."

"싫어."

"제발요. 저 그냥 이렇게 혼자 계속 살게 내버려둬요."

"못 내버려둬."

"그니까 왜요!"

"내가 그렇게 하고 싶어."

"하……. 진짜……."

괴롭게 일그러진 서연의 입술이 가늘게 떨렸다.

"지금 그쪽이 나한테 잘해주는 게 심심풀이 땅콩인지 뭔지 난 모르겠는데. 왜 잘해주는 건지 도무지 속을 모르겠는데!"

"……."

"이렇게 제 맘대로 잘해주다가 제 맘대로 그만두면 결국 상처받는 건 나예요."

서연이 화난 듯 떨리는 숨을 골랐다. 이미 그의 자상함과 배려에 물든 후였고, 그가 멋대로 그만두기 전에 선수 쳐 도망치는 것이 덜 상처받는 길이었다. 서연은 눈을 질끈 감았다가 떴다.

"왜 그랬어요?"

"……."

"왜 바닥에서 혼자 잘 살던 나를 멋대로 공중으로 띄웠어?"

서연은 도훈과 함께하면 구름 위를 둥실둥실 떠다니는 기분에 설레었다. 그러나 한결같이 불행하던 인생에 적응해서 살아온 서연에게, 백도훈이라는 단비는 행복이자 두려움이었다.

"하늘로 붕 떠서 언제 처박힐까 두려워할 바에는 처음부터 바닥에서 기어 다니는 게 나아."

그래서 도피를 택했다. 이 기괴한 몸뚱어리로 평생을 사는 것보다, 이 남자로 인해 상처받는 게 더 두려웠기에.

"……."

입술을 꾹 다문 도훈은 서연을 끌어안은 손에 더욱 힘을 주었다. 깊게 팬 미간에서 보이는 뜻을 해독하지 못한 서연은 양손으로 도훈의 가슴을 밀어냈다. 서연과 도훈의 시선이 뜨겁게 뒤엉켰다. 그 매듭 끝에 먼저 시선을 내리깐 쪽은 서연이었다. 서연은 몸을 돌려 그를 등지고 도망치듯 걸음을 내디뎠다. 그러나 아무리 걸어도 걸어도 도훈과의 거리는 멀어지지 않았다.

"따라오지 마요!"

그가 계속 뒤를 쫓아왔기 때문이었다. 공격적으로 소리쳤으나 주머니에 손을 꽂아 넣은 도훈은 말없이 서연을 내려다볼 뿐이었다. 서연은 차갑게 뒤돌아 그 자리를 떠났다. 도훈은 그 자리에 동상처럼 서서 서연의 뒷모습이 사라질 때까지 한참을 우두커니 응시했다.

집으로 가는 버스에 올라탄 서연은 멍하니 창문 밖을 쳐다보았다. 밤기운 선연한 두 볼은 여전히 물기로 촉촉했다.

"힘들다……."

전생에 무슨 죄를 지었는지는 몰라도 죽을죄를 지은 것은 틀림이 없었다. 그러나 전생에 나라를 팔았더라도, 지금 이렇게 고통스러운 것은 말이 안 됐다.

"나는 정말 아무 잘못도 안 했는데……."

그냥 다 포기하자고. 그렇게 생각하며 붉은 입술을 피가 터질 듯이 깨물었다.

'너는 우리의 6개월간의 고생을 망쳤어.'

떠오르는 몇 시간 전 기억. 역겨운 회사는 사고에 대한 책임을 지울 대상이 필요했고, 서연은 자신의 편 하나도 없는 그 공간에서 보란 듯이 제물이 되어 모든 책임을 혼자 떠안았다.

'너 하나 때문에 망친 패션쇼, 네가 어떻게 책임질 거니?'

어차피 서연의 말은 절대 들어주지도 않는 곳이었다.

"꿈 그딴 게 무슨 소용이야……."

오른손으로 마른 팔뚝을 아프게 쥐어뜯어 가까스로 감정을 억눌렀다.

"남자고 여자고 그딴 게 무슨 상관이야……."

후우, 크게 심호흡했다.

"정신 차리자, 정신."

지금 이렇게 땅 파고 들어가는 것조차 서연에게는 사치였다. 그녀의 불행과 무관하게 세상은 여전히 흘러가기 때문이었다.

"당장 내일 아르바이트도 가야 하고……. 점장님한테 평일까지 시프트 늘려달라고 부탁을……."

살길을 모색하기 위해 가방을 뒤적여 휴대전화를 꺼내 전원을 켰다. 그런데 그게 실수였다.

[서연아, 전원이 꺼져 있길래 문자 보내게 됐어.]

"하."

[가게 사정이 안 좋아져서, 부득이하게 직원을 정리하게 됐어.]

"진짜 웃기지도 않아."

[돈은 지난주까지 일한 거 전부 계산해서 넣었고, 그동안 고생 많았어.]

정신이 끊어질 것만 같았다. 이미 도착해 있던 문자는 살길을 모색하려던 서연에게 있던 길까지 전부 다 틀어막아 버렸다. 칼날 위를 맨발로 걷는 기분이었다. 흐릿해지는 눈앞 때문에 걷는 내내 몇 번이고 넘어질 뻔했다. 이를 악물고 다리를 움직여 집 앞까지 도착했지만, 서연은 더욱더 나락으로 빠져들었다.

"강서연."

전 남자친구, 김성찬이 현관문 바로 앞에서 지옥의 파수꾼처럼 기다리고 있었다. 더는 상대할 기력도 없었기에, 그를 무시하고 가방에서 열쇠를 꺼내 들었다.

"너 왜 전화 안 받아."

들은 척도 안 하고 구멍에 금속을 콱 밀어 넣었다. 그러나 성찬이 서연의 손목을 거세게 잡아 꺾는 바람에 열쇠는 바닥으로 시끄럽게 추락했다.

"미쳤어?"

성찬을 퍽 밀치고 다시 키를 주워 드는데, 그 위로 그의 목소리가 내리꽂혔다.

"우리가 이렇게 쉽게 끝날 사이 아니잖아. 하루 이틀도 아니고 몇 년을 함께했는데."

"하…… 그래. 오래했지."

힘 풀린 서연의 눈매가 차가워졌다.

"오빠 시녀 노릇."

"딴말하지 마. 왜 전화 안 받냐고 물었어."

"내가 왜 받아야 하는데?"

"뭐?"

"나랑 같이 있으면 쪽팔린다며. 게이 된 기분이라면서 찼잖아, 네가."

"미안하다고 이미 말했잖아. 또 말해줘? 몇 번이나 사과해야 안 우려먹을래?"

"닥쳐, 제발. 입 열수록 더 싫어지니까."

서연의 말에 헛숨을 뱉은 성찬이 고개를 꺾었다가 내렸다. 흐린 센서등 아래에서 어렴풋이 보이는 서연의 눈가에 주홍빛이 선연했다.

"그럼 너 왜 울었어."

"무슨 상관인데."

"나 때문에 운 거잖아, 지금."

하, 서연은 어이가 없어서 헛웃음 쳤다.

"머리에 총 맞았니? 네까짓 게 뭐라고…… 착각 작작하고 오빠 집으로 좀 꺼져."

서연의 혐오스럽다는 듯한 경멸의 시선을 본 성찬의 미간에 주름이 잡혔다.

"너 고고한 척 그만하고 팩트만 봐."

"뭐?"

"너 같은 게 나 아니면 어디 가서 사랑받을 수 있을 것 같아?"

서연의 얼굴이 형편없이 일그러졌다.

"좋은 말로 할 때 나한테 돌아와. 주제파악 못 하고 튕기지 말고 기회 줄 때 돌아오라고."

받아줄 놈도 없는 게.

쿵.

그 말과 동시에, 위태롭던 서연의 이성의 끈이 툭 하고 끊겼다. 서연이 무작정 가방을 머리 위로 힘껏 들어 올렸다.

"아아악!"

퍽퍽, 서연은 목청이 찢어지라 소리 지르며 성찬의 가슴을 아무렇게나 후려쳤다. 눈물에 앞이 보이지 않을 때까지 수도 없이 때리다가 이내 가방을 성찬에게로 내던져버렸다. 가방에서 소지품이 폭발하듯 빠져나와 이리저리 흙탕물처럼 어지럽게 흩어졌다.

"하아, 하아……."

기겁한 성찬이 움찔하고 뒷걸음질 쳤으나, 서연은 거친 숨결을 토해낼 뿐 더 이상의 행동 없이 그저 열쇠 하나만 주워 등을 돌렸다.

"서연아, 잠깐."

달각, 달각, 서연이 미친 사람처럼 손목을 돌렸다.

"서연아!"

달각, 달각, 달각, 낡은 열쇠는 하필이면 오늘따라 연신 헛물을 켰다. 철저하게 무시하고 문에만 매달리는 서연 때문에 성찬의 눈썹이 바짝 치켜져 올라갔다.

"강서연!"

그가 서연의 오른 손목을 거칠게 덥석 붙잡아 확 끌어당겼다. 그 거센 반동으로 인해 서연의 손가락 틈에 끼워져 있던 열쇠가 로켓처럼 빠져나갔다. 날아간 열쇠는 정확히 복도의 열린 창문 밖으로 쏙 떨어졌다. 질겁한 서연이 황급히 창문으로 달라붙었으나 이미 저 아래 바닥 어딘가로 자취를 감춘 지 오래였다.

"열쇠……."

몸속 깊은 곳에서부터 우러나오는 한숨을 뱉어내며, 서연이 입술을 꽉 깨물었다. 그리고 옆에서 주춤거리는 성찬을 지나쳐 열쇠를 줍기 위해 계단으로 향했다.

"……."

그러나 층계를 내딛기 전에 서연의 숨이 뚝 끊겼다. 커다랗게 확장된 동공이 거칠게 흔들렸다.

"하……."

언제부터 여기 있었던 거지? 어디까지 들었을까? 전부 다 들었을까? 파르르 떨리는 눈꺼풀 아래로 앙다문 턱이 힘없이 벌어졌다. 서연의 서늘해진 가슴과 무관하게, 팔짱을 끼고 벽에 기대서 있는 도훈은 그저 가만히 서연을 내려다보고 있을 뿐이었다.

"……."

가장 들키기 싫은 사람에게 가장 들키기 싫었던 치부를 들켰다. 그 순간 수치심이 밀물처럼 밀려들어 왔다. 서연은 도훈에게서 도망치듯이 뒤도 돌아보지 않고 계단을 뛰어 내려갔다.

"야! 강서연!"

곧장 뒤따라온 성찬이 소리치며 빠르게 다리를 움직였으나 우뚝 멈출 수밖에 없었다. 도훈의 길쭉한 팔이 울타리처럼 앞을 가로막았기 때문이었다.

"아, 뭐……!"

잠시 꺼졌던 센서등이 도로 켜지자 도훈의 눈동자에 플래시가 번뜩였다. 그를 알아본 성찬이 화들짝 놀라 뒷걸음질 쳤다.

"이, 이사님?"

도훈도 성찬을 어렴풋이 알아보고 눈가를 좁혔다. 강서연이 오래 사귀었던 애인이라는 게…….

"……세레니티 김성찬 대리?"

"네! 이름까지 기억해주시다니 영광입…… 아, 그런데 여, 여기는 어쩐 일로……."

다 낡아 빠진 빌라에 그 잘난 백 이사가 뜬금없이 왜? 전혀 생각지도 못한 인물의 등장에 당황한 성찬이 황급히 시선을 바닥으로 내리깔며 말을 더듬었다.

"저, 이사님. 정말 죄송합니다만, 여자친구가 지금 화가 나서……. 먼저 실례하겠습니다. 죄송합니다."

허둥지둥 도훈과 계단 아래를 번갈아 보던 성찬이 정신없이 중얼거렸다. 다급하게 다시 다리를 움직이는데……. 쾅, 까딱거리던 도훈의 구두가 바닥에 부딪혀 굉음을 냈다. 그 소리에 화들짝 놀란 성찬이 비상구 사인처럼 딱딱하게 굳었다.

"이, 이사님……?"

도훈은 사색이 된 성찬을 묵묵히 내려다보다가, 한 발짝 성큼 다가갔다. 성찬보다 훨씬 키가 큰 도훈이 가까이 다가오는 것은 위협적이었다.

"이미 헤어진 주제에."

"……."

"왜 저 여자를 여자친구라고 부르지."

도훈의 눈이 성찬을 관통할 듯이 응시했다. 그 눈빛에 공포에 질린 성찬이 한 발짝 물러났다.

"서, 서연이와 아는 사이신……?"

"아까 김 대리가 서연이한테 뭐라 했더라……."

도훈이 말꼬리를 길게 늘이자 성찬의 심장이 쑥 아래로 떨어졌다.

"팩트만 보자고."

"……."

"너 같은 여자가 어디 가서 사랑받을 수 있을 것 같냐고."

"……아니요, 그게."

"받아줄 놈도 없는 게 튕기지 말고 돌아오라고."

무표정으로 하나하나 열거하던 도훈의 눈매가 순식간에 험악하게 짙어졌다. 들끓는 화를 눌러 참는 듯한 모습에 성찬의 등골이 서늘해졌다.
"넌."
도훈이 성찬의 바로 코앞까지 더 가까이 다가갔다. 뻣뻣하게 긴장한 성찬의 몸이 그대로 화석처럼 굳었다.
"여자에 대한 기본적인 예의조차 없어."
오싹하고 낮은 음성이 성찬을 내리꽂았다.
"사랑한다는 여자한테 그따위로 지껄이는 게 제정신인가?"
위압감에 부들부들 떨던 성찬이 얼른 다시 시선을 내리깔았다.
"……."
뭐야, 뭔데! 왜 백 이사가 화를 내는 건데! 설마…… 아니겠지? 머릿속에서 한 가지 보기가 떠오르자 성찬은 부풀어 오르는 의혹에 머리가 새하얗게 물들었다.
"저……."
도훈의 구두 앞코만 아득하게 응시하던 성찬이 용기 내어 조심스럽게 입을 열었다.
"이사님, 혹시 서연이랑 어떤 관계……."
"질문하지 마. 입 닫고 그냥 들어."
"……."
"내가 말하는 게 진짜 팩트니까 똑바로 귀 기울여."
꿀 먹은 벙어리처럼 입을 닫은 성찬을 보며, 도훈은 주입을 시작했다.
"강서연 너 따위에게 과분해도 한참 과분한 여자고, 내가 반한 여자를 인성 글러 먹은 너에게 돌아가도록 안 둘 거고."
"반……!"
반했다고? 믿을 수 없다는 듯 성찬의 입이 떡 벌어졌다.
"그게 무슨……."
성찬의 흐릿한 음성에 도훈이 느릿하게 턱을 아래로 당겼다.

"빠지라고."

"……."

"내가 강서연 좋아서 쫓아다니는 중이니까."

씹듯이 뱉은 목소리가 성찬의 목을 콱 움켜쥐고 옥죄었다. 파랗게 질린 성찬이 저도 모르게 고개를 끄덕였다. 도훈은 완전히 넋 나간 성찬을 등지고 계단 아래로 뛰어 내려갔다. 탁탁탁, 거친 숨결을 터뜨리며 속도를 더욱 높였다. 한 손으로 머리를 쓸어 올린 도훈은 휴대전화를 꺼내 서연에게 전화를 걸었다.

"너."

꿈을 꾸는 시간은 하루 중 겨우 몇 시간. 그런데…….

"누구 맘대로 그만 만나?"

꿈꾸는 시간 외의 모든 하루를 차지한 여자가 넌데.

"내 옆에 있어."

-…….

도훈의 말에 서연은 커다란 눈을 깜빡였다. 그가 하는 말의 의미를 알 수 없어 미간을 찌푸렸다. 뭐라고 말을 해야 할지 몰라 입술만 달싹이는데, 띠리링, 휴대전화가 배터리 부족을 알리고 꺼져버렸다. 까맣게 죽은 액정을 노려보며 깊게 한숨을 몰아쉬었다. 결국 열쇠를 찾지 못한 서연은 이미 빌라 골목을 빠져나온 상태였다. 온 바닥을 샅샅이 뒤지느라 손에는 시커멓게 이물질이 묻었고, 하얗던 셔츠 소매도 더러워졌다.

"……됐어."

미련 없이 휴대전화를 코트 주머니에 밀어 넣고 몽롱한 다리를 망연하게 움직였다. 빵빵, 시끄러운 차도의 경적에도 서연의 귀는 그 소리를 담지 못했다. 내내 멍하게 보도블록을 따라 걸을 뿐이었다. 그 순간, 토도독 하고 쏟아져 내린 가는 물줄기가 서연의 이마에 조용히 내려앉았다. 갑작스럽게 느껴지는 빗물의 냉기에 놀란 서연이 어깨를 작게 움츠렸다. 다섯 손가락을 바짝 펴서 제 촉감을 다시 확인한다.

"비……."

조금씩 떨어지던 빗방울은 어김없이 소나기가 되어 굵은 줄기를 갖고 와르르 쏟아진다. 동요했으나 잠깐이었다. 서연은 코트에 손을 다시 구겨 넣었다. 갑작스러운 소나기에 손바닥으로 머리를 가리며 허둥대는 사람들. 그들과는 상반되게 그녀는 아무렇지 않게 차가운 빗속을 걸었다. 부모님이 돌아가신 이후 수년, 이렇게까지 약해진 적은 처음이었다.

"아…… 짜증 나."

이렇게 많이 울어본 것도 처음이었다.

"엄마 아빠 보고 싶다……."

그들이 보고 싶다고 입 밖으로 뱉은 것 또한 처음이었다. 형편없이 갈라진 한숨이 배와 목구멍을 갈기갈기 찢으며 흘러나온다.

'받아줄 놈도 없는 게.'

서연이 두 눈을 질끈 감았다. 세상 어딘가에 적어도 한 명쯤은 있길 바랐다. 진심으로 자신을 사랑해줄 사람이…….

눈앞의 빨간 네온사인이 거칠게 흔들렸다. 찰박, 찰박, 서연은 기계적으로 물웅덩이를 밟으며 앞으로 향했다. 빵빵, 귀를 윙윙 울리는 경적 소리가 이제는 너무 느리게 들린다. 머리가 멍했다. 빵빵! 어질어질한 게 곧 쓰러질 것만 같은 기분이었다.

빠아아앙!

그 순간, 뿌옇게 변한 세상이 훅 뒤집혔다. 축축하게 젖은 서연의 허리를 휘감은 도훈이 거칠게 그녀를 제 쪽으로 끌어안았다.

"하……."

도훈이 안도의 한숨을 쉬었다. 붉은 신호등, 차에 치이려 작정한 사람처럼 비틀거리며 건너는 서연을 그가 강제로 인도로 끌고 간 것이었다. 도훈이 화난 듯한 얼굴로 서연의 허리를 꽉 움켜쥐었다.

"누구 심장 멎는 꼴 보고 싶어서 그래?"

멀리서 서연을 봤던 도훈은 심장이 떨어졌다가 붙는 경험을 했다. 죽을힘으로 달려와 그녀를 잡아당기지 않았다면, 지금쯤 어떻게 됐을지는 불 보듯 뻔했다.

"지금 죽기라도 하겠다는 거야?"

"……."

서연은 대답하지 않았다. 그 대신 빨간 코를 훌쩍거리며 고개를 푹 숙였다. 그 작은 울음소리에 도훈의 가슴이 베인 듯이 아렸다. 도훈은 서연을 끌어안고 작은 등을 위로하듯이 토닥였다.

"그래, 안 다쳤으니까……."

그가 양손으로 서연의 얼굴을 감싸고 부드럽게 들어 올렸다.

"괜찮아."

빗물과 눈물이 섞여 새하얗게 질린 얼굴, 그 위를 도훈의 뜨거운 입김이 한가득 적셨다. 여전히 내려치는 장대비 속, 흠뻑 젖은 두 남녀는 그렇게 서로를 마주 보고 한참을 서 있었다.

술집에 들어올 때부터 비를 쫄딱 맞고 들어온 서연은 잔뜩 젖은 채로 술부터 찾았다. 아무 말도 없이 소주 반병을 내리 들이켠 후, 무거운 눈꺼풀을 들어 건너편에 앉은 도훈을 쳐다보았다.

"집에 가세요. 나 때문에 비도 많이 맞았는데."

"같이 가."

"나 갈 데 없어. 열쇠 잃어버렸거든요."

"재워줄게."

"하하…… 됐네요."

그 간결한 대화를 끝으로 오로지 침묵이었다. 서연은 안주도 한 입 먹지 않고 강소주만 계속해서 넘겼고, 도훈도 그런 그녀를 제지하지 않았다. 정신없이 내리던 소나기가 멎고 부슬부슬 연하게 물기가 내려앉을 때쯤, 정신이 몽롱해진 서연이 입술을 벌렸다.

“더 마시면 나 갈 것 같아요.”

“…….”

“폐 끼치고 싶지 않은데, 먼저 일어나주면 안 돼요?”

“…….”

“부탁이에요. 응?”

서연이 애원했다. 그런 그녀를 뚫어져라 바라보던 도훈은 이내 의자를 끌며 자리에서 일어났다. 벗어두었던 물 먹은 재킷을 대충 어깨에 걸친 그는 그렇게 서연의 시야에서 완전히 사라졌다.

“으…… 더럽게 쓰네.”

혼자 남은 서연은 입술을 닦으며 쉿소리를 냈다. 쪼로록, 한 잔을 더 따라 홀짝 넘겼다.

또 한 잔을 넘겼다. 또, 또…….

“……으…… 흑.”

얼마 가지 않아 잔을 꽉 움켜쥐더니, 뜨거운 눈물을 쏟아냈다.

“흑……. 흐읍…….”

불에 탄 시체처럼 점점 구부러지던 고개는 마침내 탁, 하고 탁자에 부딪혔다. 싸늘한 철 위에 열 오른 이마를 박은 채 숨을 작게 몰아쉬었다. 그러나 숨구멍처럼 작게 벌어진 서연의 입술은 머지않아 크게 벌어졌다. 도로 가깝게 다가온 길쭉한 다리에 놀란 서연이 고개를 들었다.

“백도훈 씨…….”

눈물 젖은 눈으로 그를 올려다보았다.

“왜 다시…….”

서연이 숨을 훅 멈추었다. 뽀얀 볼 위로 도훈의 커다란 손이 부드럽게 문질러졌다. 그 어느 때보다도 다정한 남자의 손길이 빨갛게 부은 눈가 위를 단번에 쓸어온다.

"이 말을 안 해서."

"어떤…… 앗."

서연의 귓가에 도훈의 입술이 성큼 다가왔다. 후우, 고막을 녹이는 그의 뜨거운 숨결에 서연이 움찔움찔 떨었다.

"마셔, 마시고 싶을 때까지."

그가 속삭일 때마다 귓가에 은밀하게 비벼지는 입술, 그 촉감이 뜨겁다 못해 타오를 것 같았다.

"내가 책임질게."

쪽, 도훈이 서연의 귓가에 짧게 키스했다. 그 다정한 감촉에 그만 울컥해서 입을 콱 틀어막았다. 백도훈은 마치 검은색 물감과도 같은 남자였다. 형형색색 사건들이 서연의 머릿속 도화지에서 요란하게 난동을 부려도, 그가 등장하면 좌악, 하고 깜깜한 암흑이 도화지 위로 엎질러졌다. 그 엎질러진 물감으로 인해 얼룩진 머릿속은 그 남자 생각으로 가득 찼다.

'역시, 난 이 남자가 좋아…….'

지금도 백도훈이라는 남자에게 흠씬 적셔졌다. 그를 만난 순간부터, 서연은 매일매일 도훈의 생각뿐이었다.

모라비 본사 근처에 위치한 Y호텔은 유라가 현재 묵고 있는 곳이었다. 유라는 하얀 욕조에 몸을 담근 채 눈을 감고 가만히 있었다.

'누가 어떤 컬러를 작업했는지, 직접 목격하셨습니다.'

'오 팀장, 사실이에요?'

눈을 감았으나 아까의 사건은 여전히 머릿속을 어지럽히고 있었다. 모두의 시선이 쏠린 그때, 대답을 뜸 들이던 유라의 가슴은 그 어느 때보다 심란했다.

'저는…….'

유라가 천천히 눈을 뜨니 욕실의 반질반질한 타일이 보였다. 찰박거리는 거품을 손안에서 쥐었다 폈다를 반복했다.

'……기억이 잘 나지 않습니다.'

깊게 심호흡을 하자, 그 순간 창백하게 질렸던 서연의 얼굴이 선명하게 떠올랐다. 사건에 대한 책임을 무는 실장의 말에, 서연은 사직을 선언했다. 아무것도 없는 막내 사원에게 책임을 묻는다는 것은 알아서 그만두라는 무언의 압박이었고, 서연의 사직으로 본인들은 책임을 일체 피하겠다는 심산이었을 것이다.

"유치하네, 오유라……."

서른이나 먹었음에도 질투라는 인간의 원초적 본능 앞에 성숙은 무용지물이었다. 도훈의 집에 찾아간 날, 그 넓은 방 안을 무서울 정도로 가득 채운 한 여자의 그림들을 봤을 때 유라는 도훈이 그녀를 얼마나 병적으로 사랑하는지를 알게 되었다. 그리고 서연이 그 그림 속 여자와 꼭 혈육처럼 많이 닮아 있다는 것도 알게 되었다. 도훈이 서연에게 관심을 갖는 이유도 아마 그 때문일 것이다. 유라가 입술을 꼭 깨물었다.

"이제 어쩐다……."

차 안에서 묵묵히 기다리던 도훈은 종업원의 호출을 받자마자 쓰러진 서연을 안고서 자신의 집으로 향했다. 액셀을 밟는 구둣발이 그 어느 때보다 조급했다. 온몸으로 비를 맞은 서연의 몸이 점점 차갑게 얼기 시작했기 때문이었다.

"후우……."

도훈은 집으로 들어가자마자 서연을 침대에 눕히고 거친 숨을 몰아쉬었다. 그 옆에 걸터앉으며 땀에 젖은 머리를 쓸어 올렸다. 만취한 서연을 부축하고 들어오자니, 문득 예전에 그녀를 처음 봤을 때의 사건이 떠올랐다. 그때만 해도 이렇게 깊이 얽힐 줄은 상상도 못 했었는데, 도훈이 픽 웃음을 터뜨리며 고개를 뒤로 쭉 꺾었다. 뚜둑 꺾이는 관절 소리와 함께 슬쩍 침대에 누워 있는 서연을 내려다보았다. 비에 흠뻑 젖어 있는 그녀를 한참 바라보다 이내 자신도 그녀 못지않게 젖었다는 사실을 상기했다. 도훈은 찝찝하게 빗물에 젖은 옷을 차례차례 벗었다. 셔츠를 벗자 근육으로 다져진 탄탄한 상체가 드러났다. 그대로 서랍에서 타월을 꺼내 온 도훈은 제 상체의 물기를 닦았다.

"……신경 쓰여."

고개를 돌리면 떠오르는 사람은 서연이었다. 그녀의 사소한 모든 것 하나하나가 도훈의 신경을 온통 앗아가 버렸다. 눈 돌리면 아파하고 있는 여자였다. 온갖 불행은 혼자 짊어진 것처럼 술을 마시고, 사랑 한번 못 받아본 여자처럼 또 술을 마셨다. 도훈이 한참 동안 서연만을 물끄러미 응시했다. 가느다란 몸이 나른하게 흐트러져 새하얀 시트 위에 놓여 있었다. 그 모습을 보자 목이 바짝바짝 마르는 것을 느꼈다.

"감기 들겠네."

손을 뻗어 그녀의 젖은 코트를 천천히 벗겼다. 그 안의 하얀 셔츠는 더욱 젖어 흰 살결에 찰싹 달라붙어 있었다. 축축한 셔츠 위를 한 번 부드럽게 보듬다가, 단추 위로 떨리는 손을 가져갔다. 툭, 가장 맨 위 단추 하나를 조심히 풀었다. 그 아래 두 번째 단추 위에서 머뭇거리던 손은 이내 조심스레 물러났다. 젖은 옷 때문에 열이 오를까 걱정되는 맘이 컸으나, 더 이상 벗기기에는 평정심을 유지할 자신이 없었다. 단념한 도훈은 그저 서연이 열이 나지 않기를 빌며, 새 타월을 가져와 그녀의 말간 얼굴을 정성스레 닦았다. 이내 새하얀 목덜미로 팔을 옮겼는데, 서연이 몽롱한 신음을 흘리며 몸을 뒤척였다.

"정신 들어요?"

묵묵부답이었다. 정신을 차린 게 아닌지 그저 가만히 숨을 고르며 누워 있다. 그 순간, 서연이 갑자기 몸을 휙 뒤집더니 도훈이 있는 방향으로 돌아

누웠다. 그 뒤척임으로 인해 젖은 셔츠가 은밀하게 말려 올라갔다. 뽀얗고 흰 배가 살금 고개를 내밀자 화들짝 놀란 도훈이 서둘러 눈을 돌렸다. 아랫배에 뜨거운 감각이 치솟는 것은 본능이었다.

"하……."

물론 다시 서연을 쳐다본 것 또한 본능이었다. 가늘고 연약한 목덜미 아래에 드러난 깊은 쇄골이 기분을 묘하게 만들었다.

"미쳤네."

인내심 기르기도 아니고, 계속 보면서 사서 고생을 하고 있다. 도훈은 자꾸만 시선이 향하는 하얗고 매끈한 속살을 가리기 위해 이불을 들고 그녀에게 다가갔다.

"음……."

그때, 그녀의 가슴까지 조심스럽게 올린 이불을 툭 치고 서연의 손이 올라왔다. 놀란 도훈이 말리기도 전에 그의 목을 견고하게 감싸 안는다. 도훈이 숨을 멈췄다.

"잠깐……."

도훈의 목을 결박하듯 휘감은 서연은 그대로 그를 제 쪽으로 꼬옥 끌어당겼다.

"너…… 자는 거 맞아?"

그가 미간을 찡그렸다. 잠깐 의심했으나 기억을 더듬어보니 처음 만났을 때도 만취한 서연은 같은 행동을 보였었다.

"술버릇?"

너무한 주정인데……. 그녀의 팔에 힘이 들어가면 들어갈수록, 작은 얼굴과의 거리가 좁혀질수록, 몸이 뜨겁게 달아오르는 것을 느꼈다.

"예쁜 얼굴 하고…… 술버릇이 이러면."

나한테 너무하지. 헛웃음을 한 번 치고 마른침을 삼켰다. 바로 앞으로 다가온 붉고 촉촉한 입술 틈새로 더욱 새빨간 혀가 살짝 모습을 드러냈다. 쿵,

쿵, 심장박동이 점점 빨라지고, 알코올로도 지워지지 않는 서연의 달콤한 체취가 이성을 마비시켰다. 일단 진정하기 위해 눈을 꼭 감았다가 떴다. 그저 술버릇, 술버릇이다, 하고 되새기며. 처음 만났을 때, 서연의 집 현관에서 그녀는 도훈을 안고 '오빠'라고 말했었다. 오늘 우연히 들은 대화로 미루어 보았을 때, 당시 그 오빠는 성찬을 뜻하는 호칭이었을 것이다. 이 행동이 김성찬을 향한 것일지도 모른다고 생각하자 갑자기 속이 답답해졌다. 냉정을 되찾은 도훈이 천천히 목에 둘린 서연의 팔을 풀려고 하는데…….

"백도훈……."

그녀가 부른 자신의 이름에 놀라기도 전에, 훅 끌어당겨져 부드럽게 맞물린 것은 서연의 말캉한 입술이었다. 물기 젖은 촉촉한 서연의 입술은 말랑말랑하고 부드러웠다. 놀란 도훈의 눈동자가 거칠게 흔들렸다. 온몸이 마비된 것처럼 딱딱하게 굳는 것을 느꼈다. 길쭉한 팔은 점점 더 도훈을 휘감아 올라왔다. 그는 입술을 움직일 생각도, 뗄 생각도 하지 못한 채 그대로 석고상처럼 멈춰버렸다. 반면 서연의 입술은 느리게 움직이기 시작했다. 두 입술이 서서히 비벼지는 연약하고 아찔한 감촉에 멍하던 도훈의 신경이 바짝 곤두섰다. 숨을 쉴 수가 없었다.

잠깐 떨어졌던 서연의 입술이 다시 자석처럼 착 달라붙었다. 이번에는 입술을 은밀하게 벌려 도훈의 아랫입술을 앙 물었다. 쪽, 쪼옥……. 미끈하게 빨아 당기는 서연의 입에 도훈의 입술이 그녀의 타액으로 촉촉하게 젖어 들었다. 예상치 못한 상황에 시작된 키스, 그리고 상상보다 훨씬 위험한 입술. 쾌락을 알게 하고 도둑처럼 도망가 버린 서연의 입술은 여전히 위태롭게 벌어진 채 눈앞에 있었다. 조개처럼 조금 열린 입술 사이에, 그녀가 감춘 달콤한 붉은 진주가 드문드문 보였다.

"이 느낌은……."

언제 그랬냐는 듯, 침대 위에 다시 축 늘어진 서연의 몸은 도훈의 숨을 점점 가빠지게 만들었다.

"다시……".

홀린 듯이 흐트러진 서연의 뒷머리를 감싸 올린 도훈이 그녀의 입술을 덥석 침범했다. 부드럽게 입술을 빨다가 천천히 포문을 열었다. 서연의 입술 틈으로 들어선 도훈의 혀가 고른 치열을 쓸었다. 그 움직임에 맞춰 서연의 혀도 한군데에 매끄럽게 섞여 들어왔다. 잠결에도 본능은 살아 있는지, 젤리같이 말캉한 서연의 혀도 적극적으로 율동하기 시작했다. 서로를 맛보려고 안달 난 입은 그저 본능에 따라 정신없이 넝쿨처럼 뒤엉켰다. 목적이 뚜렷한 도훈의 혀끝에 서연의 몸이 전율하기 시작했다.

도훈은 서연의 입술에서 낯설지 않은 감각을 느꼈다. 달콤한 솜사탕을 똑 닮은 입술은 폭신하고 부드러웠고, 진한 타액에 젖으면 순식간에 끈적해졌다. 떨리는 서연의 등을 한 손으로 억세게 안아 올리고 그녀를 더욱더 격렬하게 음미했다. 작은 입 안을 깊숙이 파고들면 파고들수록 익숙하고 농후한 감각이 되살아났다.

그의 무너운 숨결을 가득 먹은 서연이 몸을 파르르 떨었다. 그런 그녀를 달래듯, 커다란 도훈의 손이 그녀의 등부터 허리까지를 부드럽게 쓸어내렸다. 그때, 귀를 드러내고 있던 서연의 짧은 머리카락이 천천히 늘어지기 시작했다. 그러더니 이내 실타래처럼 주르르 흘러내렸다. 벌어진 어깨는 미려한 곡선을 그리며 둥글게 작아지고, 길쭉한 목덜미는 부러질 듯 가늘어지기 시작했다. 눈을 감고 있는 도훈은 그저 모든 신경을 그녀의 입술을 취하는 데에만 사용했다. 그는 제 육체에 밀착된 서연의 상체가 점점 뜨겁게 달아오르는 것을 느꼈다. 그와 동시에 부풀어 오른 봉긋한 젖가슴이 도훈의 맨가슴에 천천히 와 닿았다. 부드러운 살덩이가 양 가슴에 꾸욱 눌러지는 감촉에 화들짝 놀란 도훈이 눈을 번쩍 뜨고 물러났다.

"……."

도훈은 할 말을 잃었다. 혼란이 담긴 눈빛은 서연의 정수리부터 아랫배까지를 쓸고 지나갔다.

"말도 안 돼."

도훈이 믿을 수 없다는 듯 중얼거렸다. 다시 한번 눈을 꼭 감았다가 떴다. 열 오른 볼을 쓸어도 봤다.

"꿈…… 인가?"

감은 눈에 드리워진 촘촘한 속눈썹, 그 아래 오뚝한 콧날과 키스로 빨갛게 부풀어 오른 농염한 입술, 도훈은 이 얼굴을 누구보다도 잘 알고 있었다.

"말도…… 안 돼."

폭포수같이 긴 적갈색 머리카락이 허리까지 차분하게 덮였다. 원래도 얇았던 허리는 더욱 잘록해지고, 눈에 익은 풍만한 곡선이 적나라하게 드러났다. 다소 딱딱하게 경직되어 있던 몸 선이, 공을 올려놓으면 주르륵 굴러떨어질 것처럼 부드럽고 관능적인 곡선으로 변했다. 싱그러움이 묻어나는 아기 같은 피부는 아무도 손댄 적 없는 하얀 눈밭처럼 보였다.

"어떻게 이런 일이……."

도훈의 팔에 한 폭의 그림처럼 아름답게 안겨 있는 여자는 10년간 그가 애타게 찾아 헤매던, 그 누구보다 열렬하게 사랑해온,

"너는……."

꿈속의 그녀였다.

6. 입술이 부른 인연

서연이 무거운 눈꺼풀을 힘겹게 들었다. 여긴 어디지? 제집이 아닌 천장이 시야에 들어왔다. 마지막 기억은 술집에서 벌컥벌컥 소주를 들이켠 것이었다. 시끄러운 음악 소리가 엿가락처럼 늘어지던 것을 기억한다.

'내가 책임질게.'

그 달콤한 목소리 또한 또렷하게 기억한다. 그럼 여기는 백도훈의…….

"일어났어요?"

갑자기 귓가를 두드리는 낮은 음성에 비스듬히 뜬 눈이 번쩍 커졌다. 깜짝 놀란 서연이 누운 채로 고개만 휙 돌려 소리의 근원지를 찾았다.

"배, 백도훈 씨?"

당황한 서연이 상체를 벌떡 일으켰다. 도훈은 서연의 옆에 앉아 미소를 지은 채 그녀를 빤히 바라보고 있었다.

"깜짝이야! 심장 멈추는 줄 알았네!"

그 입가에 걸린 미소는 눈이 시릴 만큼 멋있었다. 새삼 콩닥거리는 가슴을 느끼며 입술을 쫑긋거렸다.

"……아, 그……."

서연의 볼에 홍조가 드리웠다. 상체에 실오라기 하나 걸치고 있지 않은 도훈 때문이었다. 평소에는 절제된 슈트로 가려졌던 도훈의 상체는 운동으로 다져진 근육이 조각처럼 붙어 있었다. 군살 하나 없는 섹시한 복근과 그가 숨을 쉴 때마다 상승했다가 내려오는 탄탄한 가슴 근육은 예술작품이라고 해도 믿을 정도였다.

"어디 봐?"

"아……."

곧 그의 맨몸을 엄청 빤히 쳐다봤다는 것을 깨달았다.

"죄, 죄송. 좀 놀라서……."

서연이 당황해서 허둥댔으나 도훈은 여전히 싱글벙글, 뭐가 그렇게 좋은지 간질간질한 웃음을 잔뜩 꽃피운 채 서연을 즐겁게 응시했다.

"그러니까, 지금…… 저 데리고 와주신 거죠? 여긴 백도훈 씨 침대고……."

도훈은 두리번거리는 서연을 귀여워 죽겠다는 듯한 표정으로 바라봤다. 서연은 그의 웃음에 가슴이 울렁거렸다.

"왜, 왜 그렇게 웃어요?"

"좋아서요."

"뭐, 뭐가 좋아요?"

서연의 물음에 도훈의 입꼬리가 더욱 부드럽게 말려 올라갔다. 그가 커다란 손을 들어 서연의 발그레한 볼을 천천히 쓰다듬었다. 움찔하고 몸을 떠는 서연이 사랑스러웠다.

"강서연 씨가 좋아서."

"네? 아, 으아앗!"

서연의 입술에서 짧은 비명이 터져 나왔다. 도훈이 갑자기 서연을 와락 끌어안았기 때문이었다.

"저, 저기요!"

서연을 절대 놓지 않겠다는 듯 품속에 꼭 보듬어 안았다. 좋은 향기가 나는 작은 몸에서 들려오는 미약한 심장 소리가 선율처럼 귓속을 간지럽혔다.

'숨을 못 쉬겠어…….'

서연은 갑자기 자신을 덮친 도훈의 뜨거운 온기에 질식할 것만 같았다. 터질 것 같은 심장은 곧 머리까지 온통 어지럽게 만들었다. 맞닿은 피부는 조금의 틈도 없이 겹쳐지고, 그 속에서 강력한 시너지가 발생했다. 상황파악이 되지 않아 그저 목석처럼 굳어 그의 품에 안겨 있는데…….

쪽, 부끄러운 소리가 서연의 이마에서 조용하게 울렸다. 그녀의 눈이 커졌다. 도훈이 서연을 끌어안은 채 이마에 달콤하게 키스를 한 것이다.

"아……."

당황한 서연의 얼굴에 발갛게 꽃물이 들었다. 그녀가 뭐라고 말을 잇기도 전에 그의 유려한 입술은 좀 더 내려앉아 예쁜 눈가에 도장을 꾹 찍었다. 후, 하고 입김을 불어 넣자 가느다란 속눈썹이 진동했다.

"이마도 예쁘고, 눈도 예쁘고."

"저, 저, 저, 저, 저기 잠시만요!"

낯간지러운 발언과 함께 소중한 듯 키스하는 그의 입술에, 서연의 작은 얼굴이 화르륵 타올랐다. 도훈은 그 모습마저도 사랑스러워 죽겠다는 듯 바라보았다.

"뭘 먹고 이렇게 다 예뻐?"

그런 소리를 하며 그녀의 긴 머리카락을 한 움큼 들어 그곳에도 천천히 입을 맞춘다. 그의 영문 모를 키스 세례에 어찌할 줄 모르던 서연이 눈이 일순 휘둥그레졌다.

"어? 근데 지금 그거 누구 머리카락……."

쿵.

심장이 아랫배까지 쑥 하고 굉음을 내며 추락했다. 정체 모를 긴 머리카락! 서연이 바들바들 떨리는 손으로 도훈의 손에 들려 있는 머리카락을 살짝 집었다.

"이, 이게 뭐지? 머리카락……?"

도훈이 어깨를 으쓱했다.

"내 거?"

쭉 잡아당기자 두피에서 찌릿한 아픔이 느껴진다. 놀란 서연이 황급하게 자신의 양 가슴을 덥석 쥐었다.

"……가슴이."

뭉클하게 느껴지는 낯선 감촉에 입이 떡 벌어졌다. 7년 만에 다시 만난 봉긋하고 말랑한 계곡이었다. 믿기지 않는다는 듯 서연이 가슴을 주무르자, 도훈이 큼큼 헛기침을 하며 고개를 살짝 돌렸다.

"가슴이 생겼어……."

서연이 입을 떡 벌리고 옆에 있는 도훈을 응시했다. 다시 서연 쪽을 바라본 도훈이 씩 부드럽게 웃어 보였다. 저 웃음은 무슨 의미지? 서연이 침을 한번 꼴깍 삼키고 자리에서 벌떡 일어났다. 곧장 화장실 안으로 우당탕탕 뛰어 들어갔다.

"꺄악!"

화장실에서 들리는 외마디 비명에 도훈이 그녀를 따라 화장실로 향했다. 다리에 힘이 풀린 서연은 화장실 타일 위에 주저앉은 채 허공을 응시하고 있었다.

"이게 뭐야?"

서연의 목소리가 가늘게 떨렸다.

"나 원래 모습으로 돌아왔잖아!"

서연이 당황 반, 환희 반 섞인 목소리로 소리를 질렀다. 따라 들어온 도훈은 주저앉은 서연을 부축하려고 그녀의 옆에 따라 앉았다. 서연은 믿기지 않는다는 듯 눈과 입만 벙긋벙긋하고 있었다. 도훈은 그런 그녀의 허리를 잡고 일으켰다. 서연이 불쑥 고개를 돌리자, 허공에서 도훈과 서연의 시선이 무덥게 얽혔다. 자신을 살금 올려다보는 서연의 커다란 눈동자에 도훈의 심장이 두근두근 요동치기 시작했다. 한편 잔뜩 긴장한 서연의 입술은 바들바들 떨렸다. 그녀가 심각한 얼굴로 도훈에게 넌지시 물었다.

"우리…… 잤어요?"

그 질문에 도훈의 눈이 커졌다. 잠깐 놀란 듯 보이더니 이내 원위치를 되찾았다.

"글쎄요."

잘생긴 눈매가 가늘게 길어졌다. 서연의 얼굴이 사색이 되는 것을 보며 도훈이 픽 웃었다. 굳어 있는 그녀의 볼을 검지로 꾹 눌렀다. 푸딩같이 쑥 들어가는 감촉이 좋았다.

"농담이야. 얼굴 풀어."

"……아 진짜! 놀랐잖아요!"

순간적으로 긴장이 풀린 서연의 몸이 다시 와르르 무너졌다. 그녀가 바닥에 주저앉은 채 한숨을 푹 내쉬었다. 아무리 그래도 술 먹고 기억도 없는데 자는 건 정말 아니었다.

"여기 바닥 찬데 감기 들어."

도훈이 서연을 번쩍 안아 일으켰다. 여전히 얼떨떨한 상태인 서연은 떨리는 손으로 도훈의 얼굴을 덥석 잡아 끌어당겼다. 놀란 도훈의 눈이 커졌다. 코앞에 다가온 서연의 얼굴은 꿈속 여자와 다르게 표정이 풍부했다. 신선했고, 가슴은 더욱 떨렸다. 두근, 두근. 심장이 울리는 소리가 낯설지만 기분이 좋았다. 서연의 눈에 오롯이 담긴 도훈은 점점 벅차올랐다. 정말 너였어. 네가 그 여자가 맞았어.

"그럼 우리…… 키스했구나."

서연이 떨리는 입술로 말했다.

"역시…… 백도훈 씨였어."

알 수 없는 말을 하는 서연의 눈동자가 흔들렸다. 도훈을 멍하니 응시하던 서연이 그를 꽈악 끌어안았다. 양팔로 그의 등을 세게 감싸 안자, 이상하게 눈물이 날 것만 같았다.

'진짜 이 남자였어. 날 여자로 만들어줄 한 사람.'

갑자기 여린 몸에 안긴 도훈은 가만히 어정쩡하게 서 있다가, 이내 그녀의 허리를 큰 손으로 감싸 안았다. 잘록한 허리를 쓸자, 셔츠와 살갗이 비벼지는 예민한 소리가 도훈의 귀를 자극했다. 그가 몸을 더욱 낮추고, 서연은 더욱더 그의 몸을 가슴으로 끌어당겼다. 그렇게 한참을 말없이 서로를 부둥켜안았다.

"왜 그동안 안 나타났어?"

도훈이 서연의 귓가에 뜨겁게 속삭였다. 더운 숨결이 고막을 타고 끈적하게 흘렀다.

"계속 찾았잖아."

서연은 도훈이 하는 말의 의미를 알아들을 수 없었다. 그러나 점점 격양되는 감정은 자연스럽게 서로를 향해 흘렀다.

"그쪽이야말로 왜 이제야 나타나. 내가 얼마나 힘들었는데."

서연이 끊어질 듯한 음성으로 말했다. 서로 무슨 사정이 있었는지 알 수 없었으나, 그런 것들은 아무래도 좋다는 듯 더욱더 억세게 서로를 부둥켜안았다. 두 심장이 같은 속도로 뛰기 시작했다.

"이 모습은 왜 숨긴 거야?"

10년이나 찾았는데, 도훈이 뒷말을 삼켰다. 서연을 처음 봤을 때 울컥하는 감정이 치달았던 것을 떠올렸다. 머리는 몰라도 가슴이 먼저 그녀를 알아본 것이었다.

"하……."

도훈은 밤새 한숨도 자지 않고 서연의 잠든 얼굴을 계속 응시했다. 몇 시간을 내리 보고 있어도 질리긴커녕 오히려 애가 탔다. 안 보면 사라질 것만 같았고, 계속 보고 있어야 환상이 아니라고 확신할 수 있을 것만 같았다. 눈 한번 떼지 않고 그녀를 보았다. 그렇게 금방이라도 터질 것처럼 울컥 벅차

오른 감정을 겨우 식혔는데, 서연이 다시 방아쇠를 당기며 점점 품에 안겨 온다.

"숨긴 게 아니에요. 내가…… 나중에 내가 다 말해줄게요."

서연은 도훈의 단단한 가슴에 보드라운 볼을 비볐다.

"키스하면 변해?"

도훈이 설핏 웃었다. 현실감이 없어도 너무 없었다.

"악마야, 천사야."

품 안에 안긴 사람이 그녀라는 것이 믿어지지 않았다. 백설공주도 개구리 왕자도 아니고, 키스하면 변한다니. 이런 동화 같은 이야기가 어디에 있어?

"영혼이라도 팔아야 하는 거 아냐."

도훈이 나직하게 웃으며 말했다. 서연은 벅차오르는 감정에 눈물이 터질 것만 같았다. 무려 7년 만에 드디어 원래의 모습으로 돌아왔다는 사실이 못 견디게 감동스러웠다. 지난 세월 동안 힘들었던 일들이 머릿속에 떠오를 때마다 더욱더 눈물이 날 것 같았다. 할 수 있다면 그를 평생 안고 있고 싶었으나, 그럴 수 없으니 살짝 물러났다. 온기가 떠난 자리는 여전히 따뜻했다. 도훈과 서연은 말없이 불규칙하게 호흡하며 서로를 마주 보고 서 있었다. 말은 없었지만 그 사이에 미묘한 기류가 흘렀다.

도훈의 감격한 시선은 온전히 서연에게 붙들렸다. 상기된 그녀의 붉은 볼과 그 아래 오르락내리락하는 황홀한 곡선, 그 모든 사랑스러운 요소가 도훈의 심장을 쥐고 거세게 흔들었다. 10년 만에 드디어 만난 감동은 그만큼 쉽사리 사그라지는 것이 아니었다. 이대로라면 들끓는 욕망을 참지 못하고 서연을 눕혀버릴지도 몰랐다. 도훈의 입술에서 한숨이 터져 나왔다.

"씻어요."

"네?"

서연이 조금 당황했다.

"어제 비 많이 맞았어요. 씻고 나와요."

"아, 그렇네요. 그런데 여긴……."

"우리 집."

"……혼자 산댔죠?"

"네."

"그…… 미, 미안해요. 어제 나 데리고 오느라 힘들었을 텐데."

도훈이 미안해할 필요 없다는 듯이 웃으며 서연의 머리를 쓰다듬었다.

"갈아입을 옷 밖에 둘게요. 편하게 씻고 나와요."

다정한 목소리가 머리를 세워 서연의 심장을 쿡쿡 찔렀다. 서연이 떨리는 고개를 천천히 끄덕이자, 도훈이 문을 닫고 밖으로 나갔다.

"아……."

도훈이 나가자마자 서연은 다시 주저앉았다.

"꿈이면 이대로 깨지 마라……."

행복해서, 무서울 정도로 행복해서, 숨 막히는 행복에 주책없이 눈물이 또 찔끔 새어 나와 쓱쓱 닦고 웃었다.

"헤헤헤, 강서연 만세!"

양팔을 번쩍 들고 거울에 서니 감동이 산사태처럼 밀려왔다. 몸이 완전히 20살 적의 몸이었다. 야리야리하고 새하얀 육체는 비너스라도 되는 양 빛을 내며 거울 속에 보란 듯 서 있었다. 진짜 자신의 몸이었다.

"미쳤어. 진짜 미쳤어. 이게 내 몸 맞지?"

거울을 쓰다듬자 축축한 습기가 와 닿는다.

"맞아, 내 몸이 이랬지."

실성한 사람처럼 웃으며 제 몸을 막 더듬다가 멈칫, 문득 미묘한 기분을 느끼고 아래를 내려다보았다.

"……헐."

다시 거울을 쳐다보았다. 순식간에 얼굴이 석류처럼 새빨갛게 달아올랐다.

"나 아까부터 계속…… 이러고 있었던……."
온몸을 휩싸는 부끄러움에 입을 콱 틀어막았다. 7년간 남자와 같은 몸으로 살았기 때문에 브래지어 따위 입고 있었을 리 없었다. 안에 캐미솔은 입고 있었지만, 하필이면 흰 셔츠였기에 속이 훤히 비쳐 보였다. 가슴의 실루엣은 적나라하게 드러났고, 자극으로 꼿꼿이 선 유두는 색깔마저도 뚜렷하게 비쳤다.
"봤, 봤겠지?"
당연히 다 봤겠지! 붉어진 얼굴로 다리를 동동 굴렀다. 서연이 잠에서 깼을 때부터 이미 도훈은 서연을 뚫어져라 내려다보고 있었고, 그뿐인가? 이 상태로 내내 부둥켜안고, 뽀뽀하고 아주 난리를…….
"……뭐야, 그럼."
저 남자…… 이 모습으로 끌어안고 뽀뽀해도 아무렇지 않았던 거야?
"헐. 자, 자존심 상해. 그건 그거대로 자존심 상……!"
똑똑.
"으악!"
문밖의 노크 소리에 서연이 까무러쳤다.
"왜, 왜요?"
"밖에 갈아입을 만한 옷 놨어요. 내 옷이긴 한데, 씻고 그거 또 입긴 찝찝하잖아."
"네?"
"괜찮으면 입으라고."
"네……."
"그리고 그……."
도훈이 말끝을 늘였다.
"보일러 끌게요. 집 안이라 두꺼운 옷 입으면 좀 덥겠지만……."
응? 서연이 두 눈을 꿈쩍꿈쩍했다.

"니트 입는 게 강서연 씨 안위에 나을 것 같아서."

그 말에 서연의 심장이 쿵 내려앉았다. 안위라니이이이……! 뭐라 반응을 해야 할지 몰라 지진 난 동공으로 문을 아득하게 바라보는데, 도훈이 쿡 하고 웃음을 터뜨렸다.

"으씨! 지금 나 놀린 거죠!"

이내 벌렁벌렁하는 심장을 부여잡고 빽 소리를 질렀다. 나직한 도훈의 웃음소리에 서연의 얼굴에 자꾸만 열이 올랐다.

"내가 미쳐……!"

왠지 저 남자 앞에서는 흑역사만 차곡차곡 쌓여가는 느낌이었다. 그의 기척이 사라지자 눈치를 보던 서연은 샤워기를 틀어 뜨끈한 물줄기를 맞았다. 돌아온 몸을 타고 흐르는 물줄기의 감촉이 예술이었다.

"그런데 어쩌다가 키스까지 하게 된 거지."

감은 눈을 번쩍 뜨자 물방울이 눈동자에 톡 하고 떨어졌다. 전혀 기억이 나질 않으니 키스를 했다고 해도 그 감각은 알 수가 없었다.

"윽……. 나 설마 변태?"

온갖 음탕한 상상의 나래가 펼쳐지기 시작했다. 입 안을 꿰차고 들어왔을 그의 붉은 혀를 상상하자 온몸이 활화산처럼 후끈 달아올랐다.

"미쳤어. 미쳤다고. 강서연."

엉큼한 상상에 아랫배가 들끓었다. 이렇게 음란해서야 쓰나.

"그나저나…… 진짜 백도훈이 열쇠였을 줄이야."

짐작은 했지만, 이렇게 마법처럼 변한 몸은 너무 비현실적이었다. 특히나 6년간 안 자란 머리가 한 번에 자란 듯 허리를 전부 덮는 머리카락은 낯설어도 너무 낯설었다.

"그럼 이제 어떻게 해야 하지?"

호텔에서 임시로 생활하던 유라는 드디어 오늘 아침 새집으로 이사를 들어왔다. 아직 정리되지 않은 텅 빈 집 안을 한가득 채운 짐 대부분은 해외에서 막 건너온 참이었다.

"아오. 빡세, 진짜!"

본가에 있던 유라의 짐은 양이 적어 진영이 직접 옮겨주었다. 탁 소리 나게 바닥에 상자를 내려놓은 진영이 굽혔던 허리를 폈다.

"이거, 유라 너 한국 떠날 때 네 방에 남기고 간 짐 그대로 가져온 거야."

"응. 도와줘서 고마워, 오빠."

"하하하, 또 외국으로 뜨지나 마라."

너털웃음 지은 진영이 유라의 어깨를 툭툭 두 번 두드렸다.

"난 어제 수술한 환자 상태 보러 병원 가봐야 해서, 나중에 연락해!"

"응, 고생해."

진영이 떠나고 혼자 남은 유라는 한쪽에 앉아 상자의 테이프를 뜯었다. 그 안에는 외국으로 떠난 지 수년 만에 다시 재회한 추억의 물건들이 그득히 자리하고 있었다.

"와, 이때 엄청 어렸네."

대학교 졸업사진을 보며 감상에 젖었다. 당시 진영은 군의관으로 군 복무 중에 있어서 그녀의 졸업식에 오지 못했었다. 부모님 또한 아무도 찾아오지 않아 꽤 쓸쓸한 졸업식이 될 뻔했는데, 유라의 은사님이었던 김형원 교수님이 제 딸처럼 축하해주셨던 기억이 난다. 비록 이 사진을 같이 찍고 1년도 가지 못해 교통사고로 돌아가셔서 지금은 좁은 납골당에 안치되어 계시지만 말이다.

다정하고 멋있고 능력 있는 디자이너, 김형원 교수는 유라가 패션을 꿈꾸게 된 계기이자 그녀의 유일한 롤모델이었다. 그 탓에 김형원 교수가 입이 닳도록 매일 자랑했었던 그녀의 외동딸을 한때는 부러워했던 적이 있었다. 내가 그녀의 딸이었으면 좋았을 텐데…… 하고.

"아, 그림. 이게 여기 있었네."

사진을 넘기며 미소 짓던 유라는 이내 가장 아래쪽에 깔린 그림들을 꺼내 들었다. 아마 대학교 때 그렸던 것으로 추정되는 그림들이 한가득 겹쳐 있었다. 유라가 큰 고민 없이 그림을 들어 한 장, 한 장 확인했다.

"……어?"

그러나 곧 한 그림에서 유라의 손이 굳었다. 그녀의 동공이 거칠게 흔들렸다. 일전에 도훈의 방에서 봤던 수많은 그림 속. 미스터리한 그 여자.

"이 여자가 왜 여기에……."

그 여자의 그림이 유라의 상자에도 들어 있는 것이다.

"이 그림, 아무리 봐도 내가 그린 게 맞는데……."

화풍은 물론 아래의 싸인 또한 유라가 한 것이 분명했다. 커다란 눈, 오뚝한 코, 결정적으로 눈 밑의 까만 점. 아무리 봐도 도훈의 방을 빼곡히 채운 그 여자가 틀림없었다. 고등학생처럼 보이는 여자는 교복을 입은 채 환하게 웃고 있었다.

"나도 이 여자를 그렸었다고?"

기억에는 전혀 없었다. 뒤집어서 적어놓은 날짜를 보니 약 8년 전 그림이다.

"이게 뭐야? 대체 이 여자 누구야……?"

서연은 촉촉하게 젖은 머리를 한쪽으로 늘어뜨리고 1층 거실로 내려왔다.

"나왔어?"

"네. 물 뜨끈뜨끈해서 좋았어요."

주방에 서 있던 도훈이 고개를 돌렸다. 그대로 서연의 몸 위를 훑어 내리는 검은 눈이 계속해서 내려가더니 매끈하게 뻗은 다리까지 탐하고 멈추었다. 서연은 숨도 쉬지 않고 그 뜨거운 시선을 온몸으로 받았다.

"내가 준 옷 입었네요."

하도 뚫어져라 쳐다보는 바람에 허벅지까지 내려온 니트 티를 꼬옥 움켜쥔 서연은 어쩔 줄 모르고 쭈뼛거렸다.

"네……."

"안 덥고?"

"……느에……."

도훈의 옷에 닿아 수줍은 살결이 바짝 곤두섰다.

"너무 커서 좀……."

"왜, 잘 어울리는데."

체격 차이로 인해 도훈의 옷을 입은 서연은 마치 옷 속에 폭 빠져서 버둥거리는 토끼 같았다.

도훈이 낮게 웃었다.

"귀엽다."

서연은 방망이질하는 가슴을 겨우 부여잡고 그의 옆으로 갔다. 뜨끈한 냄새가 올라오는가 싶더니 역시나 무언가가 가스레인지 위에서 열심히 끓고 있다.

"뭐 만들어요?"

"콩나물국. 속 안 좋죠?"

"조금요."

"숙취에는 뜨거운 거 먹는 게 좋잖아."

도훈의 말에 서연의 눈이 커졌다. 옆으로 다가가 냄비를 빼꼼히 들여다봤다.

"헉……."

그녀의 입술이 슬쩍 벌어졌다. 진짜다. 진짜 콩나물국이었다. 괜히 눈물이 핑 돌아서 헛숨을 들이켰다. 지난 7년간 술을 매일같이 마셔왔으나, 누군가가 콩나물국을 끓여주는 이런 호사는 상상도 못 했던 것이었다.

"……고마워요. 내가 어제 심한 말도 엄청 했는데……. 실수도 하고……."

가까스로 차오르는 감정을 내리눌렀다.

"실수?"

"네. 키스요. 제가 잠결에 한 거 아니에요? 저 술 마시고 잠들면 키스한다고 오빠가 그러던……."

서연이 말끝을 흐렸다. 아, 김성찬 얘기는 하는 게 아니었는데.

"오빠라……."

도훈의 눈썹 끝이 치켜 올라갔다.

"아니, 내가 한 거야."

"네?"

"내가 하고 싶어서 한 거야. 키스."

서연의 뒷목이 빳빳하게 곤두섰다.

"앉아요, 식탁에."

도훈이 가스 불을 끄며 말했으나, 서연은 가만히 서 있었다.

"앉으라니까?"

"도울게요."

서연이 눈동자를 도로록 굴리자 도훈이 픽 웃었다.

"자꾸 말 안 들으면 또 키스할 거야. 그러니까 앉아요."

서연이 마른침을 꿀꺽 삼키며 홀린 듯 식탁 의자에 앉았다. 그가 오기를 기다리며 지금까지 제대로 보지 않았던 집 안을 쓱 훑어보았다.

"어?"

놀란 서연의 눈이 커졌다.

"잠깐만, 이 집……!"

일순 깨달은 충격으로 적갈색 동공이 뒤흔들렸다. 너무 놀란 서연은 벌어진 입을 다물지 못했다.

"아……."

왜 여태 눈치채지 못한 거지? 아침에 도훈에게 화장실을 묻지도 않고 자연스럽게 찾아간 것. 한 치의 헤맴도 없이 단번에 계단을 타고 내려가 거실로 찾아간 것. 머리는 일순 망각한 것을 몸은 똑똑히 기억하고 있었다.

"어떻게 이런 일이……."

서연의 눈꺼풀이 가늘게 떨렸다.

"왜?"

그릇을 꺼내던 도훈이 뒤를 돌아보았다. 달려들 듯 의자 위에 무릎으로 선 서연은 의자 등받이를 꼬옥 움켜쥐었다.

"여기……."

믿을 수 없는 일이 일어났다.

"여기 예전에 제가 살았었던 집이에요……."

서연은 보고도 믿기지가 않았다. 하늘은 생각보다 더, 그들을 검질기게 엮어놓았다.

"진에 살던 집이 우리 집이었어요?"

"네. 21살 때까지 여기 살았었어요. 설마 새 집주인이 백도훈 씨일 줄이야……."

전에 왔을 때도 어딘가 이상하다고 느꼈는데, 정말로 집주인이 바뀌었을 줄은 몰랐다. 심지어 다른 사람도 아닌……. 가슴속에서 무언가 뜨거운 것이 움찔움찔 요동치기 시작했다.

"말도 안 돼. 이런 우연이……."

탁, 도훈이 국그릇을 식탁에 올려놓는 소리에 서연의 눈동자가 커졌다.

"이런 우연이 세상에 어디 있어."

끼이익, 한쪽 손으로 테이블을 짚은 도훈은 천천히 서연에게로 다가왔다.

"더 좋은 단어가 있지 않나?"

도훈이 장난스럽게 소곤거렸다.

"운명…… 같은데, 난."

서연의 입술이 툭 벌어졌다. 어젯밤 서연이 끔찍하게 증오했던 그 단어였다. 벼랑으로 몰고 가 죽음까지 논하게 만들었던 바로 그 단어가 도훈의 입술을 타고 서연의 귓가를 촉촉하게 적셨다.

"먹어요."

찌릿, 하고 전기가 흐른다. 어두운 음성에 침식되어버린 서연을 깨운 것은 새하얀 접시에 담긴 도훈의 정성이었다. 누군가가 해준 밥을 먹는 게 몇 년 만일까? 콩나물국과 흰 쌀밥이 전부인 식단이었지만 그 어느 것보다도 진수성찬처럼 느껴졌다.

"와, 잘 먹겠습니다."

말간 국물을 한 수저 떠서 입 속에 넣었다.

"우와, 대박!"

서연이 똥그란 눈동자를 빛냈다.

"진짜 맛있어요! 어떻게 이렇게 끓이지?"

"맛있어?"

몇 번이고 붉은 입술로 쏙 사라졌다 나오는 수저를 보며 도훈이 흐뭇하게 웃었다.

"응! 요리 되게 잘하네요. 속이 막 풀려."

"앞으로는 술 많이 마시지 마요."

"에헤이, 사람이 어떻게 술 없이 살아요? 물고기가 물 없이 못 살 듯이 강서연은 술 없이 못 산다구요."

"그래서 다른 남자한테 가서 키스하게?"

컥. 서연은 그의 말에 목에 걸린 콩나물을 캑캑거리며 도로 빼냈다.

"……역시 내가 먼저 키스한 거 맞죠. 그쪽이 한 게 아니고."

부끄러워서 죽을 것만 같았다. 쥐구멍이라도 있으면 당장에 다이빙했을 것이다. 도훈은 느긋하게 손을 뻗었다.

"나랑 있을 때는 끝까지 마셔도 상관없어요."

커다란 엄지가 서연의 턱 밑으로 흐른 국물을 쓱 훔쳤다.

"대신 안 건든다는 보장은 없어."

그렇게 말하는 입술이 능청스럽다. 움찔해서 입술을 쌜룩거리던 서연도 이내 소리 내어 웃어버렸다.

"하하하, 그거 걱정해주는 거죠?"

"그래."

"사람 설레게 그러지 마."

"마음껏 설레도 돼."

서연이 달음박질하는 가슴을 들킬까 봐 고개를 푹 숙였다. 수저로 말간 콩나물국을 휘휘 젓자 노란 대가리를 가진 길쭉한 것이 서연의 수저에 달라붙어 춤을 추었다. 투명한 미색의 국물을 보자, 옛날 생각이 나서 슬쩍 웃었다.

"엄마가 콩나물국 자주 해줬는데, 옛날 생각나네요."

그녀가 고개를 위로 쭉 젖히고 그리웠던 천장을 올려다보았다.

"심지어 이 집에서 먹고 있으니까 느낌이 이상해요. 진짜 옛날로 돌아간 것 같은 기분이 들어요."

잊고 지냈던 사랑의 온기가 서연의 가슴에 새록새록 되살아났다.

"갓 스무 살 됐을 때, 대학교 오티를 갔는데 선배들이 술을 왕창 먹였었거든요. 그때는 안 마시면 눈치 없이 분위기 깨는 거였잖아요."

"그랬지."

"선배들이 작정하고 다 저만 죽어라 먹이는 거예요. 결국에 잔뜩 취해서 집에 실려 왔는데……."

그 대목이 마음에 들지 않는지 도훈이 한쪽 눈을 찡그렸다. 그러나 이내 눈앞에 보이는 서연의 부드러운 미소에 금방 풀려버렸다.

"엄마가 단 한 번도 화를 안 내고 콩나물국을 끓여주더라고요. 그것도 엄청 팔팔 끓고 얼큰하게."

"직접? 감동했겠어."

"네, 가사도우미 아주머니 시키지도 않고 직접 끓여주셨어요."

"좋은 어머니였네."

서연이 고개를 힘없이 끄덕였다.

"근데 소금이 너무 많이 들어가서 엄청 짰어요."

허탈하게 웃었다.

"그래서 맛없다고 성질부리면서 안 먹고 친구들 보러 집 밖으로 나가버렸어요. 그 국은 맛이 전부가 아니었는데, 그때는 너무 어려서 몰랐던 거죠. 얼마 가지 않아 부모님 돌아가시고 나서, 그 국을 먹지 않은 걸 아직도 후회해요. 익숙해져서 몰랐던 거죠. 그게 얼마나 소중한 거였는지……."

서연이 말끝을 흐리자, 도훈이 씩 웃으며 큰 손을 들어 서연의 국그릇을 그녀 쪽으로 밀어 넣었다. 그리고 은근한 목소리로 속삭였다.

"그럼, 사랑이 담긴 국인데."

"……."

"맞지?"

도훈의 입꼬리에 걸린 미소가 달콤했다. 기분 좋은 심장박동을 느끼며 서연이 웃었다.

"응, 맞아요."

도훈은 서연에게 더할 나위 없이 다정했다. 마치 상처를 어루만지듯 나긋나긋한 목소리로 속삭인다. 어딘가 애틋한 마음이 들자 목이 멘 서연은 조용히 콩나물국을 떴다.

"저기…… 있잖아요."

쪼르륵, 떠 올린 수저에서 국물이 방울져 조금씩 떨어졌다.

"어제…… 소리 지른 거 미안해요."

도훈은 스르르 턱을 괸 손을 내렸다.

"실은 저 어제 회사 잘렸거든요. 제 잘못도 아닌데 누명 쓰고 그 책임으로 그만뒀어요."

많은 것을 포기하고 꿈을 좇아 들어간 회사였다.

"그 와중에 알바도 잘리고요. 게다가…… 봐서 알죠? 문 앞에서, 하하."

서연이 창피하다는 듯 어색하게 웃었다.

"어젠 꿈이고 뭐고 그냥 다 지겨워지고, 내 끔찍한 인생도 여기서 끝이구나 싶었는데……."

세상을 잃은 것 같았던 어제의 서연, 그 탓에 어렴풋이 상황을 짐작하고 있었던 도훈은 그저 말없이 서연을 내려다보았다.

"우리 이제 만나지 말자고 한 거 진심 아니에요. 사실 나 지금껏 내내 속으로 외쳐왔어요. 제발 누가 나 좀 잡아줬으면 좋겠다고……."

서연의 눈가가 고요하게 촉촉해졌다.

"고마워요. 날 잡아줘서……."

마음속에 빛이 들어와 시린 가슴이 따뜻해졌다.

"고마워요……."

커다란 눈망울에서 또르륵 흐른 이슬이 똑, 똑, 손등 위로 떨어져 투명하게 번졌다. 창틈으로 들어오는 햇살에 눈이 부셔서 고개를 푹 숙였다.

"울보네."

"……아니거든요."

도훈은 나직하게 웃더니 서연의 머리를 어루만졌다. 커다란 손은 한참 동안 그 위에서 떠날 줄을 모르고 서연을 위로했다. 그 따스함에 머지않아 눈물을 그친 서연은 다시 활기차게 수저를 들었다.

"다 먹었네."

작은 입으로 열심히도 먹더니, 결국 국물 한 방울 안 남기고 전부 먹었다.

"네. 나중에 후회 안 하려고."

도훈이 픽 하고 웃음을 터뜨렸다. 귀여워 죽겠네……. 헤실헤실 웃는 서연을 보던 도훈이 저도 모르게 그녀에게 손을 가져다 댔다.

"엇, 스톱!"

서연이 몸을 뒤로 쭉 뺐다.

"가만 보면 나를 너무 쉽게 만지는 경향이 있어?"

"만지면 안 돼?"

"당연하죠!"

"왜?"

"왜냐니……!"

서연이 양팔을 들어 제 가슴을 엑스자로 가리고 성큼 물러섰다.

"그, 그쪽 남자고 나 여자예요."

갈 곳 잃은 도훈의 손은 그의 턱 아래를 지그시 받쳤다. 그 대신 더욱 뜨거워진 시선은 서연의 몸을 보란 듯이 달구었다.

"자꾸 불쑥불쑥 막 만지고……."

침을 꿀꺽 삼킨 서연이 살짝 입술을 삐죽거렸다.

"만지고?"

"……그니까 자꾸 동네 강아지 만지듯 조물딱거리지 말…… 라구요."

서연이 아무 생각 없이 말하다가 고개를 갸웃했다.

"어?"

강아지……?

"아, 맞다!"

문득 생각이 난 서연이 짝 손뼉을 쳤다.

"또띠!"

곧장 마당으로 달려간 서연이 하얀 개를 품 안에 끌어안았다.

"또띠야!"

또띠는 오랜만에 주인을 만나 신난 듯 헥헥 대며 서연에게 정신없이 매달렸다. 커다란 몸집을 자랑하며 넘어뜨릴 듯 파고드는 또띠에 정신이 팔려 있는데, 허리에서 느껴지는 묘한 감각에 퍼뜩 고개를 돌렸다.

"앗……."

뒤따라온 도훈이 제 카디건을 벗어 서연의 허리에 묶어주고 있었다. 허벅지로 카디건이 야릇하게 스치자 그제야 제 아래가 맨다리였다는 것을 깨달았다. 제 배꼽 근처에서 매듭을 짓는 그의 커다란 손, 느릿느릿하게 움직이며 살짝살짝 피부에 닿을 때마다 온몸의 신경이 쫑긋거렸다.

"그 개, 아는 개?"

"아…… 네!"

퍼뜩 정신을 차리고 웃음 지었다.

"실은 얼마 전에 여기 왔을 때, 얘가 밖에 나와 있길래 제가 다시 집 안에 넣어놨었거든요. 이전 집주인이 이사 가면서 버리고 간 줄도 모르고……."

"그럼 그날 이 유기견이 마당에 들어온 이유가……."

"네에…… 제가 개구멍으로 넣었어요. 백도훈 씨 갑자기 집에 개가 들어와서 완전 당황했겠다. 쏘리, 쏘리."

서연이 품 안에서 또띠를 바닥으로 내려놓았다.

"옛날에 또띠도 저랑 같이 이 집에서 살았었거든요. 얘 얼굴은 이래도 엄청 늙어서 할머니예요, 할머니."

부모님이 돌아가신 이후, 서연에게 또띠는 유일한 가족이나 마찬가지였다. 서연이 울적한 얼굴로 또띠의 머리를 쓰다듬었다.

"너도 버려진 거였다니……. 너무하네. 차라리 도로 데려가라고 말을 하지……."

원룸에서 기를 수 없어 위탁한 입장에서 따질 수는 없었으나, 그렇다고 여기에 버리고 갔을 줄은 상상도 못 했다.

"곤란했을 텐데 안 내보내고 데리고 있어 줘서 고마워요."

콕콕 아파오는 가슴을 누르고 말을 이었다.

"부동산에 전 집주인 이사 간 주소 물어봐서 데려가라고 말할게요! 그때까지만 데리고 있어 주면 좋겠는데."

"얼마든지."

서연이 웃음으로써 회답한 후 또띠를 도로 번쩍 안아 들고 마당 안쪽으로 걸어갔다.

곧 우뚝 멈춰 섰다.

"흐엑……."

그리고 눈앞에 보이는 화려한 광경에 경악했다.

"이건……."

흡사 견(犬)계의 만수르? 인간으로 따지면 강남 초호화 아파트 수준의 초호화 개집이 그 자리에 있었다. 안쪽에 뭉텅이로 놓여 있는 사료 또한 최고급 브랜드 제품으로 전부 도빈이 도훈의 카드를 멋대로 불이 나게 긁은 결과물이었다.

"나도 못 먹고 자라는 걸 또띠 네놈이 먹고 있구나……."

강서연 세포 내 동정여론이 증발하는 것은 순식간이었다. 역시 개고 사람이고 돈이 많고 봐야 하는 건가! 괜히 심통 난 서연이 또띠를 콕콕 찌르며 집 안으로 들어가도록 유도했다.

"쳇."

평범한 회사원이라며? 사기꾼! 역시 돈 무지 많은 거였어. 이 집에 혼자 산다는 백도훈의 재력을 예상하며 서연이 꿍얼거렸다. 그때, 안쪽의 사료 그릇을 꺼내 구경하던 서연이 우뚝 숨을 멈추었다.

<♥우리 흰둥이잉잉♥>

핑크색 네임텍에 상큼발랄하게 적혀 있는 손 글씨.

"……."

……뭐지 이게?

"저기…… 진짜 혼자 사는 거 맞아요?"

"응. 왜?"

도빈이 적고 홀연히 사라진 것이었지만 서연으로서는 알 리가 없었다.

"아…… 아니에요."

좀 많이 충격적이긴 했지만, 이런 은밀한 취향은 모른 척해주는 게 예의라고 생각했다.

집으로 돌아오는 길, 서연은 차로 데려다주겠다는 도훈의 호의를 거절하지 않았다.

"진짜 진짜 감사했어요! 저 들어갈게요."

"응, 들어가요."

집에 가는 길이 이렇게 짧게 느껴졌던 적은 처음이었다.

"푹 쉬고."

어쩌면 그와 계속 같이 있고 싶다고 생각했을지도 모른다. 서연은 집에 들어가기 위해 잃어버렸던 열쇠를 새로 복사했다. 곧 맞이한 집은 여전히 비좁고 열악했지만, 그 어느 때보다도 아늑하게 느껴졌다. 그녀는 폭 들어가 편안한 옷으로 갈아입고 대자로 누웠다.

"으아! 일 안 하니까 너무 좋다!"

회사도 잘리고, 아르바이트도 잘리고, 인생 최악의 상황인 날백조가 됐는데도 기분이 이렇게 좋다니 신기할 노릇이다. 미래에 대한 대책이 없는데도 실실 새어 나오는 웃음을 막을 수가 없다.

"그나저나 이제 어떻게 하지?"

이 모습으로 얼마나 갈까? 한 달? 두 달? 피식피식하던 서연이 짐짓 심각한 표정을 지었다. 그러나 지이잉, 막 도착한 문자는 마법이라도 부린 듯 다시 입꼬리를 올라가게 만들었다.

[아까 잊고서 말 안 했는데, 지금부터 강서연 씨 정체 좀 알아내려고.]

휴대전화를 움켜쥔 손바닥이 화끈하게 달아올랐다.

[영혼이라도 팔게. 내 옆에 있어.]

"……아하하하."

두근, 두근, 떨리는 심장이 튀어 나가지 않도록 한 손으로 가슴을 꼭 붙잡았다.

"흐하하하!"

데굴데굴 굴러다니며 실성한 사람처럼 큰 소리로 웃었다.

"하하하! 가자, 가!"

어떻게 하긴? 죽기 살기로 붙어 있어야지. 이왕 이렇게 된 거, 갈 데까지 가보자!

서연을 데려다주고 집에 도착한 도훈은 여느 주말과 마찬가지로 평범한 일상을 보냈다. 책을 보다가, 업무를 보다가, 텔레비전을 보다가, 이제는 운동을 시작했다. 그런데 긴 다리로 러닝머신 위를 뛰다가도 멈칫. 팔 근육을 불끈거리며 아령을 들다가도 멈칫. 땀으로 미끌미끌해진 손바닥으로 푸시업을 하다가도 멈칫.

"하아……."

결국 거친 숨을 토해내며 그대로 바닥 위에 드러누웠다. 잡념을 지우는 데에 운동은 효과적인 방법이라고 생각했는데, 지금 보니 그런 것도 아닌 것 같다.

"미치겠네……."

뭘 해도 서연의 모습이 구름처럼 뭉게뭉게 떠오른다. 눈앞에 자꾸만 어른거리는 서연 때문에 도저히 아무것도 할 수가 없었다.

"……잡을 걸 그랬나."

빳빳하게 마른 타월로 굵직한 목덜미의 땀을 닦다가 문득 중얼거렸다. 보내지 말고 좀 더 같이…….

"……아."

서연의 모습을 또다시 떠올리니 머리에 온통 피가 쏠렸다. 순순히 보내준 것에는 다 그럴 만한 이유가 있었다.

"그 니트를 입히는 게 아니었는데……."

서연을 생각해서 줬다지만, 사실 도훈이 덜 괴롭자고 준 옷이었다. 인내심이 강한 타입이 아니었기에 얇은 셔츠 안으로 서연의 몸이 비칠 때마다 이성이 끊어질 것만 같았기 때문이었다. 그래서 두꺼운 니트를 줬는데, 그 옷이 문제였다. 그 옷이 그렇게…….

"야할……."

도훈이 땅이 꺼져라 한숨을 뱉었다. 옷 사이즈가 큰 탓에 서연이 가느다란 팔을 움직일 때마다 네크라인 안으로 우물처럼 깊은 쇄골이 야릇하게 고개를 내밀었다. 거기에 부러질 듯 얇은 서연의 손목 위, 볼록하게 올라와 있는 동그란 뼈의 굴곡에 가슴이 터질 것처럼 설레었다. 무엇보다 부풀어 오른 것처럼 도톰하고 빨간 입술은 그녀가 쌜룩일 때마다 계속해서 도훈의 이성을 뚝뚝 끊어버렸다.

"하……."

들끓는 욕망을 들키지 않으려고 얼마나 애를 썼는지 모른다. 만지고 싶고, 키스하고 싶고, 안고 싶고…… 10년을 그렇게 기다려온 여자였다. 그러나 도훈은 자신에게만 10년이고, 서연에게는 자신이 아직 잘 모르는 낯선 사람이라는 사실을 누구보다 잘 알고 있었다. 겁먹게 할 생각도 없었고, 상처받게 할 생각은 더더욱 없었다.

타월로 얼굴을 덮고 소파에 편하게 누운 도훈은 어젯밤의 일을 떠올렸다. 술집에서 쓰러진 서연을 업고 거리를 걸었던 그 찰나의 순간을 그렸다. 세상이 멈춘 것처럼 피의 흐름이 느려지던 그 감각, 등에 업힌 안쓰러운 여자에게 동정 이상의 감정을 느낀다는 것을 완벽하게 인정했던 그 순간을.

'사랑…….'

도훈의 목덜미에 푹 눌린 서연의 작은 입술이 꼬물거리며 잠꼬대하듯 중얼거렸다.

'응?'

'그거…… 진짜 힘든데……. 그래도…….'

술기운에 꼬인 혀와 흐리멍덩한 음성에도 불구하고, 도훈은 그 작은 목소리를 똑똑히 들었다.

'나는 사랑을 해야…… 살아 있는 느낌을 받는데…….'

'…….'

'사랑할래요, 나랑…….'

알코올과 졸음에 휩쓸려 튀어나온 건지, 뭔지.

'백도훈 씨이…… 심심하면 나랑 사랑해요…….'

넌 아마 이 말을 했다는 것도 기억하지 못할 테지만…….

'……그래.'

도훈은 나른하게 늘어진 서연을 한번 고쳐 업었다.

'하자.'

슬며시 웃으며 만취한 서연을 조수석 안에 소중하게 태웠다. 허리를 일으키자 화사한 달빛을 받은 서연의 작은 얼굴이 도훈의 눈 안에 오롯하게 들어찼다.

"……."

잠깐 멍하니 허공을 응시하던 도훈이 소파에서 몸을 일으켰다. 무언가에 현혹된 사람처럼 성큼성큼 2층으로 올라가 서연이 입고서 벗어두었던 니트를 손에 쥐었다. 부드럽고 따뜻한 서연의 온기는 여전히 남아 있었다. 한참을 물끄러미 내려다보다가, 제 얼굴에 그것을 가져다 대고 크게 심호흡했다. 후우……. 폐로 들어오는 뜨거운 숨과 함께, 어질어질할 정도로 달콤한 서연의 체취가 코끝에서 진동한다.

"너는 모르겠지만……."

쪽, 도훈은 부드럽게 그 니트 위로 짧게 입술을 눌렀다가 뗐다. 사랑은 이미 10년 전부터 열렬히 진행 중이었다.

한편, 주말에 열심히 퍼질러 자던 여진을 깨운 것은 다름 아닌 진영의 전화였다.

"아…… 씨."

휴대전화 액정을 확인한 여진이 미간을 찌푸렸다.

"또 이 인간이야. 또!"

아무래도 찜찜해서 적당히 응대해주고 말았더니, 멈출 조짐도 없이 계속해서 연락을 해온다. 클럽에서 한 번, 차 얻어 탄 날 한 번, 겨우 두 번 본 인연치고는 집착이 너무했다.

"뭐지, 대체? 첫눈에 반했다, 뭐 그딴 거야?"

참다못한 여진은 진영의 연락에 매일같이 불이 나는 휴대전화에 응급조치를 시행하기로 했다.

"그래, 약속대로 술 먹어주자."

깔끔하게 한번 같이 먹어주고 끝내자! 휴대전화를 비장하게 집어 들고 빠르게 진영에게 연락했다. 오늘 당장 만나요, 라고…….

진영은 오늘 당장 만나자는 여진의 연락에 기다렸다는 듯 단번에 오케이를 외쳤다. 용수철처럼 밖으로 튀어나온 진영은 상관에게 복장검사라도 받는 것처럼 빳빳하게 여진 앞에 섰다.

"오른쪽."

여진의 말에 진영이 오른쪽으로 홱 고개를 돌렸다.

"왼쪽."

"넵!"

여진이 진영의 얼굴을 찬찬히 살펴보았다. 쓸데없게도 말을 어찌나 잘 들었는지 수염 자국도 완전히 사라졌고, 안경도 쓰지 않았다.

"나쁘지 않네요. 대신 앞으로 발목 보이는 바지 입지 마요. 알겠어요?"

"네! 태희 씨!"

뜨끔. 싱글벙글 순진하게 대답하는 진영 때문에 여진은 양심에 가책이 느껴졌다.

"그럼 오늘 술 한잔 제가 사 드려도 될까요?"

"그러든가요, 그럼."

도도하게 짧은 단발머리를 찰랑 휘날리며 말했다. 신이 난 진영이 서둘러 자신의 차에 여진을 태웠다.

"여대생들은 뭘 좋아하려나? 하하하."

또 뜨끔. 그는 아직도 여진을 22살 대학교 3학년 최태희로 알고 있었다. 20대 초반으로 보기에는 분명히 무리가 있었음에도 말이다.

어쩌다 이런 발칙한 거짓말에 홀랑 속아 넘어간 걸까? 쓸데없이 순진하다고 생각하며 여진이 입술을 꾹 다물었다. 빨리 이 남자에게 진실을 밝히고, 이 의미 없는 관계를 끝내야 하는데……. 왜일까, 이상하게 입이 잘 열리지 않는다. 이상하게…….

버스의 하차 계단을 내려오며 서연이 후, 하고 길게 숨을 내쉬었다. 큰 의류 매장에 들어서기 전 쇼윈도에 모습을 살짝 비추니 오목조목한 이목구비와 되찾은 몸은 아직 도망가지 않고 그대로 남아 있었다. 얼굴을 드리운 머리카락을 한 손으로 휙 넘기니 긴 물결이 일렁였다. 옆을 지나던 남자가 우뚝 멈춰 서더니 매장 안으로 들어서는 서연을 넋을 놓고 바라보았다. 지나가는 사람들 모두 한 번쯤 돌아보게 하는 외모는 마치 여왕벌처럼 당연하게 사람을 홀린다. 남녀노소 할 것 없이 넋을 놓고 계속 쳐다보게 하는 외모를 가진 사람이 바로 서연이었다. 그런 외적인 부분을 차치하고도, 원래 모습으로 돌아온 것은 서연이 자신의 잃었던 정체성을 되찾았다는 것을 뜻했다. 내 얼굴, 내 몸. 이 믿을 수 없는 기쁨에 온종일 얼마나 신이 났는지 모른다. 7년 만에 되찾은 몸으로 온갖 곳을 다 돌아다니며 답지 않게 사치도 부렸다.

"이걸로 할게요. 계산해주세요."

마지막으로 백화점 1층에 빼빼로처럼 줄지어진 립 제품 중 하나를 골라 들었다. 그리 귀 얇은 타입은 아니었으나, 이번만큼은 광고 멘트에 속는 셈 치고 넘어가보기로 했다.

〈키스를 부르는 입술.〉

이 놀라운 키스의 마법을 지속시켜주기를 바라며. 쇼핑백을 양손에 바리바리 끼고 백화점 밖으로 나섰다. 어제는 지구의 종말이 가까워지기라도 한 듯 비를 뿌려대던 하늘이 오늘은 언제 그랬냐는 듯 화창하다. 비과학적이게도 하늘에 뚫렸던 구멍을 저 솜사탕 같은 하얀 구름이 촘촘히 막아줬다는 상상을 했다. 아마, 백도훈이라는 남자가 서연의 가슴에 뚫린 구멍을 막아주기 시작했기 때문일 것이다.

-어디예요?

집에 도착하사마사 울린 것은 도훈으로부터의 전화였나.

"집이에요. 오늘 미용실도 가고 쇼핑도 했어요."

속옷도 새로 사고, 서연은 속으로 쿡쿡 웃었다. 그것이 오늘 한 일 중에 가장 기쁜 일이었다는 것은 도훈에게 당연히 비밀이었다.

-좋았겠네요?

"네! 제 평생 이렇게 흥청망청은 또 처음. 나중에 카드 값 보고 기절하겠죠, 뭐."

-내가 뭐든 해주고 싶었는데.

"하하, 괜찮아요. 마음으로 땡큐예요!"

-머리도 새로 했구나. 보고 싶네……."

서연의 가슴이 설렘으로 두근거렸다.

-오늘은 이제 다른 일정 없어요?

"네, 딱히 할 일은 없어요."

-그러면 나랑 저녁 먹자. 내가 데리러 갈 테니까 한 30분 있다가 나와요. 준비할 수 있죠?

"아, 네네!"

-오케이. 이따 봐.

서연은 전화를 끊자마자 서둘러 쇼핑백을 뒤집어 오늘 산 옷들을 훑어보았다. 지난 세월 꿈도 못 꾸던 화사한 컬러의 옷들이었다. 이것저것 뭘 입어도 서연을 위해 만들어진 것처럼 환상적으로 잘 맞았다.

"아, 뭐 입지?"

늘 손에 집히는 대로 입었던 서연이었다. 오랜만에 신경 써서 입으려 하니 감각이 없어서 미칠 지경이었다. 화사한 셔츠와 청바지를 입고 거울에 선 서연이 고개를 갸우뚱했다.

"아까 그 원피스가 나은 것 같……."

욱신.

"윽……."

갑자기 심장에 따끔한 충격이 느껴졌다. 숨이 가빠지는가 싶더니 눈앞이 팽팽 돌기 시작했다. 순간적으로 무언가가 끊기듯 정신이 아찔하더니, 온몸에 힘이 축 빠져서 그대로 맨바닥에 툭 쓰러졌다.

"아……. 뭐야……."

다행히 5초도 채 지나지 않아 몽롱한 육체를 가까스로 일으킬 수 있었다. 그런데 뭔가 움직이는 관절이 유연하지 않고 뚝뚝 끊어지는 듯했다. 바스러질 것처럼 아픈 소리가 귀를 뚫고 들어왔다.

"어?"

서연의 심장이 낭떠러지 아래로 곤두박질쳤다. 핏기 없이 사색이 된 얼굴은 금방이라도 픽 쓰러질 것만 같이 위태로웠다. 바들바들 떨리는 손으로 우선 휴대전화부터 잡았다.

[오늘 못 만날 것 같아요.]

[왜?]

뭐라고 답장을 해야 할지 몰라 한참 뜸을 들였다. 적절한 변명거리를 생각하며 눈을 꾹 감았다가 떴다. 속이 바짝바짝 타기 시작하는데, 그 순간 휴대전화가 짧게 진동했다.

[그래. 알았어.]

"하……."

서연이 안도의 한숨을 길게 내쉬었다. 바닥에 주저앉은 채 숨만 힘겹게 몰아쉬던 서연이 이내 후들거리는 다리를 종종걸음으로 옮겨 화장실로 향했다.

"아……. 너무하다, 진짜."

거울 속에서 뿌리 깊게 좌절하는 사람이 자신이라는 것을 믿고 싶지 않았다. 피부는 다시 거칠고 푸석해졌고, 가슴은 흔적도 없이 사라져버렸다. 돌아간 것이다. 남성화가 진행된 모습으로. 심지어 도훈을 만나고 조금 생기 있게 변했던 모습도 아닌, 그를 만나기도 이전의 모습으로 돌아왔다.

"진짜 너무하다. 어떻게 이래……."

이런 모습을 보여주고 싶지 않은 것이 당연했다. 이 몰골로는 새로 산 옷들도 전부 어울리지 않았고, 머리 역시 도로 짧아졌으니 애써 다듬었던 것도 다 쓸모없게 되었다.

"못해도 한 달은 갈 줄 알았는데……."

운명의 신도 잔인하시지, 이를 바득 갈았다.

"한 달은 무슨. 하루를 못 가네. 하루를……."

강북의 한 술집, 시끌벅적한 음성 속에서도 단연 1등을 차지하는 것은 다름 아닌 성찬의 고함이었다.

"강서연……!"

친구들과의 술자리 끝에 만취한 성찬이 연신 잔을 테이블 위로 내리쳤다.

"강서연 데리고 와!"

완전히 대화 불능 상태, 아까부터 서연의 이름만 수도 없이 중얼거리며 소란이란 소란은 혼자 다 피우는 성찬이었다.

"야, 재 대체 누가 불렀냐?"

성찬의 친구들은 동창 모임까지 기어 나와 술주정으로 분위기를 깨는 그를 한심하게 생각했다.

"강서연! 강서연!"

"아 진짜, 이 자식 미쳤네. 강서연이 누군데 자꾸 아까부터……!"

"백도훈…… 그 새끼! 순진한 여자 꼬셔서 어떻게 해보려는 거 누가 몰라? 꼴같잖은 새끼 죽여버릴 거……."

영준이 성찬의 입을 손바닥으로 틀어막고 대각선에 앉은 재경을 돌아봤다.

"미안하다, 재경아. 처음 동창회 왔는데 이 새끼 때문에."

"아니, 나야 오랜만에 너희 얼굴 봐서 좋지."

재경이 나직하게 웃으며 잔을 내려놓았다.

"그런데……."

고개를 비스듬히 내려 성찬 쪽을 응시했다.

"강서연?"

성찬은 꿀 먹은 벙어리처럼 묵묵부답이었다. 잠깐 내려앉은 고요를 뚫고 영준이 문득 입을 열었다.

"아, 강서연! 그 이름 어디서 들어봤나 했더니. 재 혹시 미대 여신 말하는 거 아니야?"

시선이 영준에게로 우르르 쏠렸다.

"그 왜, 대학 때 김성찬 저놈이 미대 여신 죽어라 쫓아다녔었잖아. 안 사귀어주면 호수에 빠져 죽겠다고 협박해서 그 여자가 울며 겨자 먹기로 사귀어줬잖아."

"아, 그 역대급 자선 봉사?"
"자선 봉사 아니야!"
"아우 씨, 깜짝이야!"
갑자기 소리치는 성찬 때문에 영준이 움찔했다.
"사랑이야, 사랑! 최근까지 사귀었었어!"
"망상병 좀 자제해라. 미대 여신 자퇴하고 행방불명된 지가 몇 년인데."
"아니라고! 사귀었었다고!"
"뭐래, 그럼 네가 왜 우리한테 말 안 했는데?"
"네놈 같으면, 어? 여친이 점점 마동석으로 변하는데 쪽팔려서…… 우웩!"
입을 틀어막은 성찬이 다급하게 자리에서 일어나 화장실로 헐레벌떡 뛰어갔다.
"뭐라는 거야, 저거?"
그 모습을 보고 혀를 끌끌 차던 영준이 문득 재경을 돌아보았다.
"그러고 보니 재경이 너 미대 여신이랑 되게 친하지 않았냐? 어렸을 때부터 친했다고."
아까부터 조용히 상황을 지켜보던 재경이 고개를 위로 쭉 꺾었다.
"뭐. 서연이와는……."
재경은 길쭉한 검지로 테이블을 톡톡 두드렸다.
"좀 각별한 사이였지."
재경이 부드럽게 웃었다. 그 말을 끝으로 자리에서 미련 없이 일어난 그는 옷깃을 깔끔하게 폈다.
"어, 너 가냐?"
재경은 소리 없는 웃음으로 회답했다.
"결제 추가로 더 해놨어. 마음껏 마시고 가."
그 말을 끝으로 재경은 술집을 나섰다. 대리운전을 부르려던 그는 문득

하늘을 올려다보고는 잠시 사색에 잠겼다.

"……."

최근 몰아치는 추위와 짙은 농도의 미세먼지로 인해 오래도록 날씨가 좋지 않았다. 그런데 오늘은 전날 쏟아진 비 때문인지 공기는 쾌청했고, 적당히 시원한 것이 완연한 봄 날씨였다. 재경은 휴대전화를 주머니에 넣고 다리를 느긋하게 움직였다. 선선한 밤공기를 마시며 거리를 거닐자니 유난히 맑은 날씨를 실감할 수 있었다. 오늘 낮의 화창하던 하늘을 떠올린 재경이 지그시 눈을 감았다가 떴다.

"좋네, 날씨."

날씨가 좋은 날이면 유독 그녀에 대한 생각이 더욱 깊어졌다. 푸른 하늘의 빛나는 햇살과 같이 해맑은 웃음을 가진 여자였기 때문이었다. 재경은 휴대전화를 꺼내 익숙한 번호를 눌러 전화를 걸었다.

-지금 거신 번호는 없는 번호입니다. 다시 확인하시고…….

이제는 당연해진 안내음을 들으며 재경은 휴대전화를 살짝 움켜쥐었다. 그녀가 받을 것이라는 희망을 바라고 전화를 건 것은 아니었다. 그저 화창한 날이면 한번쯤 눌러보는 오래된 습관이었다.

"……넌, 지금 어디에 있니."

휴대전화를 들고 있던 재경의 손이 하릴없이 아래로 떨어졌다.

"보고 싶다, 서연아."

조금의 시간이 흘렀다. 서연은 온몸을 지배하는 우울감에 결국 힘없이 드러누워 송장 흉내를 내고 있는데, 갑자기 서늘한 초인종 소리가 불쑥 집 안을 울렸다.

"누구세요?"

서연이 고개를 갸우뚱했다. 문밖은 묵묵부답이었다.

"택배인가……?"

전에 주문했던 게 있었는지 곰곰이 생각해보았다.

띵동.

한 번 더 초인종이 재촉을 하자 서연이 힘겹게 일어나서 현관으로 걸어갔다. 이상하게 몸이 두 배로 무거워진 느낌이었다. 서연이 뻐근한 어깨를 주무르며 계속해서 재촉하는 초인종 소리에 네, 네, 건성으로 대답했다. 두꺼운 철문을 조금 밀어 여는데…….

"꺅!"

때아니게 등장한 도훈이 현관문의 틈이 벌어지자마자 무섭게 휙 열어젖혔다. 놀란 서연이 무언가 행동하기도 전에, 그의 눈이 그녀를 발견하고 말았다.

"이래서 못 본다고 했구나."

순식간에 집 안으로 치고 들어온 도훈은 거만하게 웃으며 성큼성큼 서연을 구석까지 몰아붙였다. 당황한 서연은 그가 몰고 가는 방향대로 뒷걸음질 쳤다.

탁, 벽 한편에 서연의 등이 거칠게 달라붙었다. 서연은 숨을 멈추었다. 등 뒤에 단단한 벽이 닿았다는 것은 서연에게 더 이상 물러날 곳이 없다는 뜻이었다. 거대한 그림자는 여린 몸 위를 자비 없이 덮쳐왔다. 어둡게 그늘진 서연은 고개를 수그렸다.

"보지 마요……."

지금만큼은 그에게 이 모습을 보이고 싶지 않았다. 서연이 양손으로 얼굴을 가리자 도훈이 살풋 웃음을 터뜨렸다.

"가리지 마. 얼굴 보러 온 건데 가리면 무슨 소용이야?"

도훈이 서연의 얼굴을 가리고 있는 작은 손바닥을 치우려고 하자, 그녀가 뿌리치며 소심하게 반항했다. 그러나 도훈에게는 그마저도 귀여운 앙탈로밖에 보이지 않았다.

"이렇게 비싸게 나올 거야?"

도훈이 장난 섞인 목소리로 묻자 서연의 어깨가 움찔했다. 그 틈을 놓치지 않고 도훈이 서연의 손을 잡고 벽에 훅 밀어붙였다.

"아!"

저도 모르게 열린 입술 사이로 짧은 신음이 터져 나왔다. 목소리는 장난이어도 자세와 힘은 전혀 장난이 아니었다. 자신을 결박하고 내려다보는 그의 까만 눈이 이글이글 타오르는 것만 같았다. 긴장한 서연이 침을 꿀꺽 삼켰다.

"몇 번을 말해. 예쁘다고."

도훈과 서연의 아랫배가 뜨겁게 찰싹 달라붙었다. 긴장이 배가 되는 야릇한 접촉이었다. 도훈은 몸을 더욱 낮게 밀착하며 나직하게 속삭였다.

"어떤 모습이든……."

그의 고개가 비스듬히 내려왔다.

"예뻐서 죽겠다고."

지난 10년간 사랑해온 여자가 강서연이라는 것을 알게 된 순간부터, 그녀의 겉모습 따위는 아무래도 좋았다. 머리가 짧든 길든, 목소리가 굵든 얇든, 심지어 성별이 남자라 하더라도 상관없었다. 자신이 반한 사람이 눈앞의 이 작고 가여운 사람이라는 것으로 족했다. 10년도 더 된 사랑이 현실로 찾아와줬다는 사실만으로도 미치게 행복했다.

"여기 좀 봐줘요."

고개 숙인 서연의 눈꺼풀이 파르르 떨렸다. 서연이 망설이다가 슬쩍 고개를 들었다. 그는 만족스럽게 웃으며 서연의 반질반질한 이마에 쪽 입술을 맞추었다. 짧은 입맞춤에도 서연의 가슴에는 홍수가 몰아닥쳤다. 간질간질한 그의 키스는 꿀을 바른 듯 달콤했다.

"어떻게 하든 넌데, 뭐가 달라져?"

"그, 그래도……."

일자로 굳게 다물어져 있던 서연의 입술이 드디어 열렸다. 도훈이 강하게 결박했던 그녀의 양팔을 풀고 이번에는 달래듯 왼손을 부드럽게 꼭 잡았다.

"밥이나 먹자. 나가요."

커다란 손에 착 감긴 서연의 손은 그에 비하면 한참 작았다. 도훈과 서연은 두 손을 절대 놓지 않고 꽉 붙잡은 채 근처에 주차된 그의 차로 향했다. 땀이 날 정도로 뜨겁게 마주 잡은 손이 서연의 마음을 살살 다독였다. 도훈은 조수석 문을 열고 조심스럽게 서연을 앉힌 후 시동을 걸었다. 부르릉 하고 차가 발열하는 소리가 좁은 차 안을 시끄럽게 울렸다.

"왜, 무슨 일이야?"

액셀을 밟으려는데, 서연이 언뜻 도훈의 슈트 자락을 꼭 붙잡았다. 강아지가 어미에게 하듯 옷자락을 잡은 손이 귀여워서 슬쩍 웃으며 물었다. 서연은 도훈의 옷자락만 꼭 쥔 채 정면을 응시하고 있었다. 어딘가 비장해 보이는 꾹 다문 입술이 아주 느리게 열렸다.

"키스."

"응?"

서연이 고개를 돌려 도훈의 새까만 눈동자를 흔들림 없이 응시했다.

"키스해요, 우리."

그 말에 도훈은 운전대를 잡은 채 한참을 말없이 시선을 마주쳤다. 서연은 초조하게 침을 삼켰다. 까맣게 타오르는 눈동자에 설레기도 전에 도훈의 상체가 가깝게 내려왔다. 커다란 손이 뜨거운 목덜미를 스르륵 쓸자 온몸에 나른한 기분이 번졌다.

웃는다……. 서연은 관능적으로 말려 올라가는 그의 입꼬리를 보았다. 어렴풋이 잡히는 그의 보조개에 심장이 아프다고 생각할 때쯤, 그의 입술이 서연의 입술을 단번에 감쳐물었다.

"음……."

그는 도톰한 입술을 강하게 삼키고선 집요하게 빨아 당겼다. 열기에 젖은 입술은 순식간에 더욱 붉어졌다. 날카로운 도훈의 콧대가 매끈한 서연의 볼에 부드럽게 비벼졌다. 잠깐 떨어진 도훈이 야하게 벌어진 서연의 입술을 엄지손가락으로 쓸었다.

"하아……."

파르르 떨리는 조그마한 입술 사이로 거친 숨결이 끈적하게 튀어나왔다. 그 숨결에 자제심을 잃은 그가 서연의 어깨를 잡고 구석으로 위태롭게 확 밀쳐 세웠다.

창문에 거세게 눌린 등으로부터 밤공기의 관능이 전해졌다. 허리에 뱀처럼 감겨 들어오는 그의 손길에 전기가 흐르는 듯 등줄기가 짜릿하게 달아올랐다. 도훈의 혀가 닫힌 서연의 입술을 조급하게 열고 거세게 침범해 들어왔다. 입 안 깊숙이 치고 들어온 말캉한 혀가 서연의 젖은 입천장을 훑자, 작은 몸이 속절없이 전율하기 시작했다. 여린 입 안을 이곳저곳 거침없이 찌르는 도훈의 행위에는 일말의 망설임도 없었다. 점점 너머로 사라지는 이성 아래 갈급해지는 손길이 불덩이처럼 뜨거웠다.

서연은 사실상 그와의 키스가 처음이었다. 만취 후 잠결에 했다고 하지만 그저 상상만 할 뿐, 알코올 한 방울 섞이지 않은 맨정신에서 하는 키스는 상상보다 더욱더 자극적이었다.

"……늘어난다."

조금 떨어진 도훈의 입술이 은밀하게 속삭였다. 열 오른 두피에 찔러진 커다란 손가락 사이로 서연의 머리카락이 물결처럼 길게 흘러나왔다. 끝을 모르고 길어지는 머리카락은 그의 손가락에 끈적하게 얽혀 자동차 시트에 닿았다.

"다시 봐도 신기하네……."

도훈이 도로 풍부해진 곡선을 신비롭게 보며 감탄했다. 흥분한 열기는 좀처럼 식지 않고 차가운 공기마저 뜨겁게 달구었다.

"악마도 천사도 아니면……."

그림처럼 예쁜 얼굴에 흘러내린 머리카락을 작은 귀에 정성스레 꽂았다.

"외계인인가."

뜬금없는 발언에 서연이 헛웃음 쳤다.

"예쁜 외계인."

장난스럽게 중얼거리더니 수줍게 드러난 서연의 귓바퀴에 부드럽게 입을 맞추었다. 두근두근. 기분 좋은 울림이 심장을 가득 메웠다.

"이쪽이 원래 모습이라고 했지."

서연이 잘게 떨며 고개를 끄덕였다.

"다른 남자와 키스해도 변하는 건가?"

"그건……."

서연이 뒷말을 채 마치지 못하고 입술을 꼭 깨물었다. 온 세상에 백도훈 하나, 이 남자 하나만이 서연을 원래 모습으로 돌려줄 수 있었다. 그에게 온몸을 다 바쳐 매달려야 하는 운명. 그것을 들킨다면 그는…….

"표정 보니까, 강서연 씨 원래 모습으로 되돌려줄 수 있는 남자."

도훈이 서연의 가느다란 손을 끌어당겨 자신의 어깨에 감았다. 곧이어 커다란 품에 으스러질 듯 안기자 그의 단단한 근육이 가감 없이 느껴졌다.

"나 하나네. 맞지?"

어른스러운 체향과 다정한 온기에 여린 심장이 미친 듯이 박동하기 시작했다.

"하늘이 내 편이네. 어떡해요?"

도훈이 서연의 턱 끝을 붙잡아 올렸다.

"너 나 없이 못 살겠다."

그 말을 끝으로 도훈은 다시 입술을 내렸다. 야들야들한 서연의 아랫입술을 혀끝으로 달콤하게 문질렀다. 조금 벌어진 입구에서 잘금거리다가, 거대하게 자리를 차지하고 들어와 서연을 탐닉했다. 기승을 부리는 도훈 때문에 혼미해진 서연이 그의 품으로 축 늘어졌다.

"하……. 키스 너무 잘한다."

도훈은 대답 대신 낮은 소리로 웃었다.

"그쪽 수상해. 여자 많이 안 만났다는 거 거짓말이죠? 10년째 짝사랑도 거짓말이고."

"글쎄, 어땠으면 좋겠어?"

"매일 키스해줬으면 좋겠어."

서연의 노골적인 대답에 웃음이 터진 도훈이 소리 내서 크게 웃었다. 덩달아 웃음이 터진 서연도 가세하자 좁은 차 안이 감미로운 웃음소리로 가득 찼다.

"기가 막힌 여자야, 너는."

도훈이 씩 웃었다.

"나랑 연애하자. 매일 키스해줄게."

그 말에 서연의 가슴이 커다랗게 부풀어 올랐다. 입 안에 고인 수많은 말들이 마구마구 엉켜서 끈적하게 수면 아래로 가라앉았다. 떨리는 입술을 달싹이며 마른침을 삼키고 있는데, 도훈이 서연의 뽀얀 이마에 제 이마를 지그시 눌렀다가 뗐다.

"나 고백한 건데."

"……."

"대답 안 해주나?"

그 재촉에 서연이 작게 웃으며 팔을 뻗어 도훈의 목덜미를 바싹 끌어안았다.

"좋아요. 너무 좋아……."

도훈의 입술 위로 포근하게 내려앉았다.

"지금 또 해줘……."

서연이 뜨거운 입술을 벌렸다. 두 입술이 또다시 강렬하게 겹쳤다.

모라비 디자인 2팀의 회의 시작 전, 소회의실에 모여 앉은 팀원들은 월요일 아침부터 멘붕 그 자체였다.

"스와치 받으러 누가 가기로 했어?"

"그거 보영이가 한다고 했어요."

"네? 임 대리님이 가시는 거 아니었어요?"

"뭐? 너 웃긴다. 내가 언제!"

"하아……."

든 자리는 몰라도 난 자리는 안다고, 서연의 빈자리를 절실히 느끼는 팀원들이었다.

"그런데 진짜 서연 씨가 그 귀걸이 그렇게 한 거 맞아요? 솔직히 서연 씨가 얼마나 꼼꼼한 사람인데 말도 안 돼요."

"뭐? 그럼 내가 했다는 거야? 어?"

"예? 제가 언제 그랬어요?"

왜 저래, 진짜……. 임 대리가 죽일 듯이 노려보자 보영이 구시렁거렸다.

한편 회의실 문 앞에서 그 혼란스러운 대화를 다 듣고 있던 유라는 한숨을 내쉬었다. 그날 자신의 묵인으로 발발한 서연의 퇴직은 사내 업무에 꽤 많은 지장을 주고 있었다. 온갖 잡일부터 궂은일들까지 나서서 도맡아 하던 사람이 사라졌으니 어찌 보면 당연지사였다. 유라는 곧 흐트러진 정신을 갈무리하고 문을 열고 들어갔다.

"자, 회의 시작할게요."

어수선한 분위기에서 회의가 끝나고, 유라는 비상계단 쪽으로 걸어 나왔다. 초조한 얼굴로 도훈에게 전화를 걸었으나 역시 받지 않는다.

"나한테 이러지 않는 게 좋을 텐데……."

마음처럼 되는 게 하나 없다. 한국으로 온 이후로 일어나는 사건들과 상황들에 속이 답답하기만 했다. 유라가 다시 어디론가 전화를 걸었다.

"어, 난데. 혹시 내가 전에 물어본 거 알아봤나 해서."

-아, 그 여자 그림?

"응, 맞아. 그거에 대해 아는 사람 있었어?"

전에 유라가 자신의 추억 상자에서 발견했던, 도훈이 사랑한다는 여자와 똑같이 생긴 그림. 자신이 그렸지만 정작 기억에 없는 그 그림에 대해 아는 사람을 수소문하던 차였다.

-그거, 내가 애들한테 쫙 물어봤는데…….

긴장한 유라가 침을 꿀꺽 삼켰다.

-있었어. 우리 과 동기 정혜연 알지?

……아.

-걔가 기억력이 되게 좋잖아. 혜연이도 그 여자 그렸던 기억이 있대.

찾았다…….

"그럼 왜 그 여자를 그렸었던 건지…… 아니."

작게 심호흡한 유라가 침착하게 목소리를 가다듬었다.

"그 여자, 누구래?"

"흥, 만났구먼."

서연을 보면 '업보야!'라고 먼저 고래고래 소리치던 무당이 오늘은 조금 다르게 나왔다. 콧방귀를 뀌며 부채를 손바닥 위로 탁 내리쳤다.

"여시 같은 모습, 쓸데없이 사내놈들을 홀리게 생겼어."

끌끌 혀를 차며 서연의 인어처럼 긴 머리와 아름다운 얼굴을 못마땅하게 응시했다. 그러든지 말든지, 기분이 날아갈 듯 좋은 서연은 여유 있는 웃음을 안면에 띠었다.

"감사해요. 덕분이에요."

"감사는 내가 아니라 신령님께 올려야지."

"하하, 신령님께도 대박 감사드릴게요."

무당이 길쭉한 부채를 들어 서연의 얼굴을 좌우로 돌려 살펴보았다. 불그죽죽한 눈이 실처럼 가늘어졌다.

"정기만 얕게 취해서 겨우 모습을 유지하고 있구나. 해봐야 하루를 채 못 가고."

어쩌면 저렇게 귀신같이 아는지, 날카로운 눈은 송곳이 되어 서연을 한 치도 남김없이 꿰뚫었다.

"보아하니 이미 마음은 거의 준 듯하고……. 저 자신을 제물로 바친다고 생각하고 정갈하게 준비해서 합방하도록 해."

다소 민망한 어감에 서연이 꿈틀했다.

"합방하면 온전히 여인의 몸으로 되돌아갈 수 있을 터이니. 그러나 그것조차도 몸과 마음이 온전하게 향한 상태가 아니면 의미가 없어."

"네? 온전히 향한 상태가 뭔데요?"

"그걸 모르더냐? 이 어리석은!"

무당이 서연의 이마를 부채로 탁하고 가볍게 내리쳤다. 서연이 미간을 찌푸리며 얼얼한 이마를 짜증스럽게 문질렀다.

"신뢰! 서로를 진정으로 온전히 받아들이는 자세. 단순히 육체적 쾌락이 아닌 혼백의 결합을 의미하지 않겠느냐."

"결, 결합……."

"죽을힘을 다해서 홀려봐. 전생에 네 특기였잖아."

"전생에 제 특기요?"

특기가 사람을 홀리는 거였다고? 서연이 고개를 갸웃했다.

"전생에 제가 뭐였는데요? 생각해보니 그걸 말을 안 해주셨네."

서연이 그간 무당에게 들은 것은 오로지 자신이 전생에 도훈에게 죄를 지어 벌을 받는 중이라는 것뿐이었다.

"뭔데요, 제 전생?"

그 순간 서연을 노려보는 무당의 눈빛이 오싹해졌다. 쥐 잡아먹은 듯 시뻘건 입술이 느릿하게 열렸다.

“기생.”

벌어지는 턱에서 고물끼리 부딪치는 듯한 딱딱한 소리가 터져 나왔다.

“춤추고 노래하면서 온갖 사내들을 홀려 파멸로 이끌던, 못돼 처먹은 기생년이었다.”

기생? 아, 전생에도 천했던 것인가!

“그리고 또 한 가지.”

“어떤……?”

“네 녀석 주변에 그놈을 연모하는 계집년이 하나 있을 것이다.”

서연의 미간이 살짝 구겨졌다.

“본모습을 되찾은 이상, 고 계집을 주의하는 것이 네년 신상에 좋을 것이다.”

“어……. 음…….”

왜요? 라고 묻고 싶었으나 마징가 제트처럼 번뜩이는 눈에서 뿜어지는 기세가 하도 살벌하여 타이밍을 놓치고 말았다.

“어찌 됐건 네 전생의 특기를 살려 죽을힘을 다해 그놈을 홀려.”

저건…… 꼬시란 뜻?

“좌우지간 반드시 합일을 이루도록 해라!”

“으악 깜짝이야!”

무당의 목소리가 귓전에서 쩌렁쩌렁 울리자 흠칫 놀란 서연의 어깨가 들썩였다.

“제발 소리 좀 안 지르시면 안 돼요? 호랑이 기운이 아주 그냥 팔팔 넘치시고 막…….”

“닥쳐라.”

“네.”

"그리고 무엇보다 가장 중요한 것은……."
"중요한 것은?"
서연이 눈에 힘을 바짝 주고 무당과 시선을 똑바로 마주했다.
"첫 합방 후, 이틀 안에 반드시 나를 다시 찾아오도록 하여라."
이틀……?

MS푸드 본사의 점심시간, 도훈은 거래처로부터 오찬에 초대받아 나가고, 여진은 총무팀 직원들과 근처의 식당에 가서 정식을 주문했다.
"오, 여기 맛있다."
"그러게요. 가격도 싸고!"
정갈하게 나온 한정식은 군침을 돌게 할 만큼 모양이 좋았다. 맛 또한 지지 않고 미뢰에서 정신없이 폭죽을 터뜨리기 일쑤였다. 다들 정신없이 젓가락을 움직이는데, 오직 여진만 넋을 놓고 멍하니 앉아 있었다.
"여진 언니? 왜 그러고 계세요?"
"……으아아악!"
"아이 깜짝이야! 왜 그래요?"
여진이 갑자기 소리를 지르며 머리를 마구 헝클어뜨리자 놀란 직원들이 동시에 입을 모아 물었다.
"내가…… 거짓말을 좀 한 남자가 있는데요."
"거짓말요?"
"네. 제가…… 되게 치명적인 거짓말을 좀 했는데……."
여진답지 않게 망설이는 목소리는 직원들의 호기심을 자극했다.
"처음엔 그냥 속아주는 거로 알았거든요? 근데 이제 보니까 그냥 진짜 속은 거더라고."
"무슨 거짓말을 했길래 그래요?"
여진이 침을 꼴깍 삼켰다.

"제가…… 22살 여대생이라는 거짓말."

내부가 순식간에 물을 끼얹은 듯 조용해졌다. 총무팀 막내인 김유리는 젓가락 한쪽을 툭 떨어뜨리고 입을 쩍 벌렸다.

"그 남자 개그맨이에요? 유머 감각 있다. 최 비서님이 22살인 걸 믿다니. 푸하하."

파릇파릇 젊은 23살의 유리가 깔깔 웃으며 손뼉을 치자, 모든 직원이 동시에 웃음을 터뜨렸다. 여진이 발끈하며 젓가락을 반으로 뚝 갈랐다.

"어머, 유리 씨 나랑 겨우 네 살 차이야. 그렇게 실실 웃다가 눈가에 주름 살살 잡힌다?"

"죄, 죄송."

"그런데 그 남자가 그렇게 순진해요?"

불쑥 질문하는 다른 직원의 말에, 여진이 한숨을 푹 내쉬었다. 그리고 어제 저녁 식사 때 진영과 있었던 일을 회상했다.

'병원 일은 안 힘들고요?'

'힘들지만 나름대로 의미를 찾으면서 하고 있어요. 그런데 사실 어디를 가나 일보다는 인간관계가 문제죠. 사람 대하는 게 제일 어려워요.'

'아 맞아요. 진짜 사람이 제일 어렵죠! 저도 제 상사가…….'

'네? 상사요?'

'아, 아니. 대학교 선배요. 하하하.'

어휴. 심장이 쫄깃했던 어제 일을 회상한 여진이 고개를 절레절레 내저었다. 27살이나 먹어서 22살 여대생 흉내를 왜 내야 해? 가식과는 거리가 먼 여진이었기에 그런 오글거리는 연기는 보통 힘든 일이 아니었다. 무엇보다 양심에 찔려서 더 이상은…….

"으악, 몰라, 몰라!"

아, 역시 끊어내는 게 상책이겠어. 굳게 다짐한 여진은 비장하게 고개를 끄덕였다.

그렇게 밥을 먹는 둥 마는 둥 하며 회사로 들어왔다. 그때까지도 아직 도훈에게 연락이 없었다. 그가 돌아오려면 멀었다고 생각하고 화장실에서 통화하며 잠깐의 여유를 부렸다. 수신인은 회사에서 잘린 사람이라고는 믿기지 않을 만큼 기분 좋아 보이는 서연이었다.

"뭐? 사귀기로 했다고?"

화장실에서 손을 닦던 여진이 깜짝 놀라 회사가 떠나가라 소리를 질렀다.

-응……. 키스도 했다.

수화기 너머로 수줍은 서연의 목소리가 들려오자 여진의 눈이 휘둥그레졌다.

"키, 키…… 우욱!"

여진이 헛구역질하며 세면대를 힘겹게 짚었다.

"우웩! 우웩! 컥컥!"

-뭐야, 왜 그래?

여진이 입가를 손등으로 아무렇게나 벅벅 닦았다. 도저히 제 귀를 믿을 수가 없어서 다시 한번 되물었다.

"키스? 뽀뽀도 아니고 키스?"

-우리 나이에 뽀뽀 찍고 키스로 넘어가야 하냐? 왜 난리야, 답지 않게?

"아, 신이시여. 말도 안 돼……."

천하의 개재수탱이 백싸가지가 내 소중한 친구를 감히……. 여진은 열흘도 못 가서 서연이 먼저 스트레스로 사망할 거라고 확신했다.

"야, 그 인간이 명령하지 않더니?"

-무슨 명령을 해?

"강서연. 내가 누누이 말했지. 키스는 기본이라고. 발전 아니면 도태야! 연습 안 하면 도태야!"

-뭔 소리야?

"키스를 이렇게밖에 못 해? 이따위로 할 거면 집에 가서 이불 뒤집어쓰고 혼자 해!"

-죽을래? 네가 그 사람에 대해 뭘 아냐? 내 집에서 딱 한 번, 그것도 몇 분 봤잖아!

"어머, 어머, 얘 봐라……. 벌써 편든다. 진짜, 너 진짜 그러는 거 아냐."

백싸가지가 얼마나 사이코인지 내가 그 누구보다 잘 알고 있다고! 여진이 차마 입 밖으로는 내뱉지 못하고 속으로 절규했다. 도훈이 비밀 엄수를 신신당부했기 때문이었다.

"야, 어쨌든 너 전기충격기나 호루라기 같은 거 꼭 들고 데이트하라고. 알겠냐?"

마른 페이퍼 타월을 두어 장 뽑아 물기를 제거하고 화장실 밖으로 또각또각 걸어 나갔다. 그녀가 목에 핏대까지 죽어라 세우며 당부를 했다.

"그 인간이 허튼 수작 부리려거든 확 갖다가…… 꺄아아아아악!"

화장실 밖에서 귀신처럼 우뚝 서 있는 도훈을 발견한 여진이 소스라치게 놀라 뒷걸음질 쳤다. 그러든지 말든지, 도훈은 알파고처럼 조금의 표정 변화도 없이 입을 열었다.

"재밌네. 확 갖다가, 뭐?"

"이, 이, 이사님."

그가 길쭉한 검지로 툭툭 두 번 신호하자 여진이 황급하게 전화를 끊었다.

백싸가지! 언제 온 거지? 언제부터 여기 있었지? 언제부터? 언제부터?

"최 비서도 허튼 소리하면……."

오싹하고 음침한 음성에, 여진이 바들바들 떨며 시선을 바닥으로 내리깔았다.

"알지?"

험난한 인생의 시작이었다.

"체크한 거 다시 하세요."

도훈은 남자 앞에 서류를 툭 던져놓았다. 대체 몇 번째 수정인지 몰라 고개를 푹 숙인 그가 얌전하게 이사실을 나갔다.

쯧쯧, 남자의 얼굴을 본 여진은 알 만하다는 듯한 표정으로 고개를 절레절레 내저었다. 연애의 시작과 관계없이 도훈은 여전히 일에 깐깐하다 못해 집착적이었다. 똑똑, 문을 두드리니 무감정한 목소리가 들려왔다.

"들어와."

"실례하겠습니다, 이사님."

안으로 들어온 여진은 품 안의 서류를 도훈에게 건넸다. 그가 그것들을 보고 있는 동안, 여진은 골똘히 그의 얼굴을 바라보았다.

"뭘 봐."

그 말에 흠칫 놀라 숨을 멈추었다. 도훈의 미간에 미세하게 실금이 그어졌다.

"할 말 있나?"

"아니요. 그럴 리가요. 하하하……."

어색하게 웃으며 황급히 시선을 내리깔았다. 솔직히 말하면 오늘 아침을 떠들썩하게 만든 사건에 대해 너무 묻고 싶었다. 역대급 뜬금없고 수상한 인사 발령! 김성찬 대리의 중국 베이징 법인 발령에 대해.

서연은 곧 퇴근할 여진과 저녁을 같이 먹기 위해 버스에 올라탔다. 덜컹거리는 버스 안으로 그녀가 입장하자마자 온갖 시선은 전부 그곳으로 빨려 들어갔다. 단정한 블라우스에 무난한 청바지를 입고 있었지만 되찾은 몸매와 찰랑거리는 머릿결은 사람들의 시선을 끌기 충분했다. 그런데 정작 누군가와 통화 중인 스포트라이트 주인공의 표정은 그리 밝지 않았다.

"네, 보고 연락드리는데, 학력 관련 자격 요건이 빠져 있어서……."

도훈에게 고백 받은 이후, 마음이 내내 콩밭에 가 있었던 것은 사실이다.

그러나 언제까지나 날백조로 놀고 있을 수는 없는 법이었다.

"아…… 초대졸은 되어야 한다고요?"

열심히 구직하고 있었으나 고학력자들이 판치는 세상에서 서연이 갈 수 있는 곳은 드물었다.

"네, 알겠습니다……."

힘없이 전화를 끊은 서연이 고개를 푹 숙였다.

"하……. 서러워 숨지겠네. 모라비도 겨우 두 달 다녀서 경력으로 인정도 안 되고."

이대로라면 패션 쪽에서 일하는 것은 포기해야 할지도 모른다. 서연이 휴대전화를 움켜쥐고 한숨을 쉬는데 손바닥이 부르르 진동했다.

[오늘 저녁 약속 있다고 했었나?]

서연의 입가에 부드러운 미소가 번졌다. 도훈의 활자들이 스포이드로 똑 하고 웃음을 떨어뜨린 것이다.

[네, 친구랑.]

[데리러 갈게요. 몇 시쯤 갈까?]

"엇, 안 와도 되는……."

서연이 서둘러 손가락을 움직이는데, 그사이에 지잉, 하고 진동이 울렸다.

[안 와도 된다고 하지 말고.]

어떻게 알았는지 도훈이 먼저 선수를 쳤다. 어차피 보지 못하면 아쉬운 건 서연도 마찬가지였기에 얌전히 답장했다. 보낸 지 30초도 가지 않아 새 메시지가 도착했다.

[보고 싶어서.]

휴대전화만 쥐고 있었나 의심스러울 정도로 빠른 속도였다.

[일에 집중이 안 돼.]

가슴에 새싹이 튼 것처럼 간질간질했다. 그 연애하는 기분에 빠져 해롱거리다가 자칫 내려야 할 정류장도 지나칠 뻔했다. 허둥지둥 내린 서연이 약속한 식당으로 들어가 앉은 후, 여진에게 전화를 걸었다.

그 시각, 여진은 막 근처에 도착해 서연의 전화를 받았다.

"응, 강써. 나 다 와서 지금 들어가."

-난 방금 도착해서 앉았어. 문에서 들어오면 오른쪽 구석에 있어.

여진이 식당 문을 열고 서둘러 들어가자 벌써 상당히 많은 인파가 득실거리고 있었다. 열심히 두리번거리며 서연을 찾았으나 여진은 그녀의 실루엣조차 발견하지 못했다.

"야, 너 어디에 있어? 안 보여."

-오른쪽 구석에 있다니까?

오른쪽 구석, 오른쪽 구석…….

"없는데?"

여진이 한쪽 눈을 찡그렸다. 도대체 어디에 있는 거야?

"최여진, ㅎㅎㅎ."

그때 여진의 귀를 울리는 높고 단아한 음성, 여진이 흠칫 놀라 두리번거리자, 자신을 바라보며 웃고 있는…….

"가, 강서연?"

여진이 넋을 놓고 서연의 얼굴을 바라봤다. 낭창낭창하게 허리까지 흐르는 생머리며, 화사하고 잡티 하나 없이 뽀얀 얼굴이며, 무엇보다 최소 C컵은 거뜬히 넘길 정도로 풍만하게 자리한…….

"야! 너 기어코 가슴 수술을 한 거야? 너 회복도 안 되는 체질에 어쩌려고……!"

"으하하하."

"머리는 뭐야? 얼굴은 어떻게 한 거야!"

여진이 놀라 휘둥그레진 눈으로 그녀의 앞에 삐걱거리며 앉자 서연이 까르르 웃었다.

"무당 말이 진짜더라고. 전생에 죄지은 그 남자를 만나 옆에 딱 달라붙으라는 말."

"뭐? 그러면 진짜 백싸…… 아, 아니, 백도훈 씨가 무당이 말한 그 남자가 맞았던 거?"

"응! 대박이지?"

명랑한 서연의 대답에 여진의 표정이 일그러졌다.

"너…… 절대로 못 자네 마네 순진한 척하더니 결국 덮쳐 먹……!"

"미쳤어? 아니거든!"

"그럼 뭔데? 설마…… 반대? 덮쳐진……."

"아니라고! 그냥 키스만 했어. 키스만……."

서연이 부끄러운지 옆에 놓인 물컵을 들어 벌컥벌컥 단숨에 삼켰다. 물을 넘기는 그 모습마저 청초하고 우아해 보이자 여진이 입을 떡 벌렸다.

"그런데도 이렇게 완벽하게 옛날 모습으로 예뻐진단 말이야?"

"나도 놀랐어. 진짜 무슨 마법이라도 부린 것처럼 이 모습이 돼."

"세상에……."

이 어린양! 어쩔 수 없이 평생 백싸가지에게 묶여 살아야 할 팔자라는 건가? 여진이 허망하게 허공을 바라보았으나, 정작 서연은 행복한 듯 생글생글 웃었다.

"그런데 이 모습 유지 기간은 한 20시간 정도인 것 같아."

"그렇게 짧다고?"

"응, 심하지?"

"그, 그러면 어떡해? 어?"

여진의 질문에 서연이 부끄럽다는 듯 깔깔 웃더니 그녀에게 귀를 대라는 제스처를 했다. 여진이 바짝 신경이 곤두선 채 귀를 갖다 대자, 서연이 그녀의 귀에 조용한 목소리로 속삭였다.

"그 사람이 글쎄, 매일 키스해준대!"

맙소사, 여진의 안면이 경악으로 일그러졌다. 그러거나 말거나 서연은 함박웃음을 지으며 양팔을 번쩍 들었다.

"아, 미친 듯이 해피! 세상이 이렇게 아름다웠니? 강서연 더러운 27년 인생에 아주 그냥 꽃이 막 그냥 핀다! 으하하!"

"어디로 가요?"

-나오면 바로 있어.

여진과 서연은 식사를 마치고 함께 식당을 나섰다. 여진은 사랑에 빠진 여자 같은 목소리로 전화하는 서연이 낯설어도 너무 낯설었다. 지금 저거 내숭? 내숭을 부리는 거지?

"아, 보인다! 여기예요!"

서연이 손을 붕붕 흔들었다. 차를 한편에 세워두고 팔짱을 낀 채 기대서 있던 도훈이 웃으며 서연의 어깨에 손을 둘렀다. 뒤에 뻘쭘하게 서 있던 여진의 눈이 휘둥그레졌다.

설마 지금 저 인간 웃은 거야? 2년을 넘게 곁에 있었지만 한 번도 보지 못한 게 백싸가지의 웃음이었다. 비즈니스 미소조차도 결여된 사람이 저런 싱그러운 웃음을 짓다니, 도저히 제 눈을 믿을 수가 없었다.

"친구분도 같이 모셔다드리겠습니다."

땀만 비죽 흘리는 여진과 대비되게, 도훈은 얼굴에 철판이라도 깐 듯 태연하게 연기했다. 여진이 침을 꿀꺽 삼키고 뒷걸음질 쳤다.

"아, 아닙니다. 저 먼저 이만 들어가 보겠습니다. 죄송합니다."

여진이 횡설수설하더니 뒤도 돌아보지 않고 꽁지 빠지게 도망갔다.

"왜 저러지?"

"바쁜가 보지. 타."

도훈의 웃음에 겁도 없이 설레는 심장은 멈출 줄을 모르고 뛰기 시작했다. 그가 열어준 조수석으로 쏙 들어가서 안전벨트를 당겼다.

"앗, 이거 왜 안 돼."

조금 긴장한 탓인지 뻑뻑해서 잘 잡아당겨지지 않았다. 달각거리고 있는데, 그 위로 서늘한 손이 내려앉았다. 도훈이 쭉 뽑은 안전벨트는 서연의 골반 옆의 구멍에 알맞게 밀어 넣어졌다. 어김없이 그의 어른스러운 향수 냄새가 코를 자극했다. 서연이 눈을 동그랗게 뜨고 그저 깜빡이고만 있는데, 그의 커다란 손이 안전벨트에서 스르륵 올라와 잘록한 허리를 부드럽게 감쌌다.

쪽, 도훈이 조그마한 입술에 짧게 입맞춤했다. 서연이 수줍게 웃으며 입술을 감쳐물고 촉감을 되새겼다. 곧 차가 출발하고, 빨간 불에 서자 도훈이 제 손을 서연에게로 움직였다.

"자, 손."

"손?"

서연이 왼손을 조금 내밀었다.

"옜다, 손."

이상한 추임새에 도훈이 실소를 터뜨렸다. 그녀의 손을 덥석 쥐어 가느다란 손가락에 하나하나 깍지를 끼웠다. 조그마한 손과 커다란 손이 샌드위치처럼 뭉근하게 하나로 겹쳐졌다.

"오늘은 술 안 먹었네?"

"응. 그쪽 앞에서만 마시라며."

서연이 장난스럽게 답하자 도훈은 웃음이 터졌다. 그의 낮은 웃음소리가 서연의 심장을 울렸다.

"중지가 엄청 길다."

도훈이 그녀의 손을 조물딱거리며 부드럽게 주물렀다.

"새끼손가락도 기네."

마사지라도 하듯이 문지르는 손길에 열이 파도처럼 올랐다.

"백도훈 씨, 오늘 일하느라 힘들었죠? 피곤하겠다."

"응. 힘들었어."
도훈이 고개를 비스듬히 돌려 서연을 내려다보았다.
"하루 종일 엄청 보고 싶었거든."
잡은 손을 살살 비비는 행위에서 요구하는 바가 빤했다.
"이대로 목적지가 강서연 집이면 슬프겠지."
서연이 픽 웃음을 터뜨렸다.
"아, 집 가봤자 할 일도 없구, 완전 심심할 텐데."
서연이 붉은 입술을 동그랗게 말고 쪽 하는 시늉을 했다.
"어디 잘생긴 남자 집 가서 또띠랑 뽀뽀나 찐하게 할까."
그 말에 도훈이 입꼬리를 섹시하게 말아 올렸다.
"좋네, 그거."
핸들을 크게 꺾었다.
"나와도 해."

전에 도훈의 집에 왔을 때는 앉아 보지 못했던 커다란 소파에, 또띠를 품에 안은 서연이 엉덩이를 딱 붙이고 앉았다.
"와, 소파 완전 푹신푹신! 침대보다 더 침대 같아!"
꾹 눌리는 쿠션감이 황홀할 지경이었다.
"와서 같이 앉아요!"
도훈이 낮게 웃으며 따뜻한 차를 들고 와서 서연의 옆에 앉았다.
"오, 잘 마실게요."
서연이 또띠를 옆에 내려놓고 잔을 받아 들었다.
"오늘 뭐 했어?"
"이제 다시 일 알아보고 있어요. 그런데 아마 오래 걸릴 것 같아서 당분간 알바하면서 구직하려고요."
"아르바이트 또 해?"

"네. 일단 평일에는 식당이랑, 편의점 야간하고, 주말에는…… 음."
"주말에는 나랑 붙어 있어야지. 어딜 가려고?"
"어휴, 일해야죠. 돈 벌려면 주말에도 쉬면 안 되지."
"그렇게 힘들게 돈 벌어서 뭐 하려고. 집이라도 사려고?"
"헐, 어떻게 알았어요?"
반 농담으로 물은 말에 빙고라는 대답이 돌아왔다.
"제가 전에 사정이 있어서 주말에도 일한다고 했었잖아요. 그거 실은 이 집 들어와서 살려고 그랬었어요."
생각지도 못한 이야기에 도훈의 눈이 가늘어졌다.
"일단 지구가 멸망하지 않는 이상 매입은 어려울 것 같고, 세 들어 사는 게 목표인데 그러려면 돈이 있어야 하니까."
가족들과 행복하게 살았던 소중한 추억이 깃든 집이었다. 다시 들어와 살겠다는 일념으로 무리해서 한 푼 두 푼 돈을 모은 지 벌써 수년이었다.
"저기, 여기 다른 사람한테 팔지 말아요! 응?"
"우리 집?"
"네. 딱 10년! 아니, 아니 15년만 살아줘요! 내가 돈 엄청 모으고 있으니까 그때까지 살다가 저한테 세주시면 완전 퍼펙트한데."
서연이 흥분한 듯 눈을 빛내자 도훈이 꼬고 있던 다리를 풀었다.
"글쎄, 어쩔까."
"또, 또 그렇게 대답 애매하게 하신다."
"너 하는 거 봐서."
"와, 몰랐는데 되게 치사하시다."
서연이 입술을 비죽였다. 다시 소파에 등을 기대고 내려놓았던 잔을 들었다.
"앗뜨뜨……."
차를 마시던 서연이 데이기 전에 얼른 잔을 떼어냈다. 도톰한 붉은 입술을 동그랗게 말아 호호 불었다. 도훈은 그런 서연을 웃음기 머금은 눈으로 쳐다보았다. 뭘 해도 귀엽고, 뭘 해도 예뻐서 24시간 곁에 두고 싶은 마음뿐이었다.

"밤도 늦었는데, 자고 갈래?"

도훈이 서연의 손을 잡아끌어 길쭉한 손가락 하나하나에 입을 맞추었다. 밀가루를 쏟은 듯 하얀 손가락이 참을 수 없을 만큼 아름다웠다.

"어머…… 아저씨, 속 보여요."

"연애하는데 속 좀 보이면 어때."

도훈이 서연의 손을 펼치고 손바닥에 입술을 푹 묻었다.

"응?"

그대로 눈만 살짝 들어 서연을 똑바로 응시했다. 수줍고 미묘한 기분에 사로잡힌 서연이 입술을 살짝 벌렸다.

"백도…… 으악!"

그 야릇한 분위기는 옆에 있던 또띠가 마구잡이로 서연과 도훈의 틈을 치고 들어가면서 깨져버렸다. 또띠는 동네 망아지처럼 난동을 부리더니 서연의 무릎 위로 펄쩍 올라갔다. 그 위에서 정신없이 다리를 발발거리더니, 이내 그녀의 가슴으로 폭 파고들었다.

"이 개……."

도훈이 미간을 험악하게 구겼다.

"수컷이지."

"……암컷인데요."

지금껏 밥 줄 때 외에는 별 관심 없던 또띠를 도훈이 뚫어져라 노려보았다.

"줘봐. 확인하게."

"네? 뭘 확인해요!"

"암컷인지, 수컷인지."

"암컷이라니까요! 확인해서 뭐하게요!"

"봐봐."

"싫어, 저리 가! 으악, 어딜 만져요!"

커다란 손이 민감한 곳에 스치자 서연의 얼굴이 새빨갛게 달아올랐다. 그러거나 말거나 도훈은 서연의 품에서 또띠를 데려가 집요하게 관찰했다. 이내 심각한 얼굴로 고개를 끄덕였다.

"맞네."

"맞긴 뭐가 맞아요!"

서연이 도로 또띠를 데려가 꼭 품에 안았다. 곁눈질로 도훈을 흘겨보며 입술을 쫑긋거렸다.

"이씨, 우리 또띠 할머니, 이상한 사람한테 성추행 당했어."

그 말에 웃음이 터진 도훈이 한쪽 손으로 입가를 가렸다. 심통 난 척하다가 저도 모르게 풋 웃음이 터진 서연도 함께 따라 웃었다.

"저기, 있잖아요."

"응."

"염치없는 거 아는데…… 강아지 백도훈 씨가 길러주면 안 돼요?"

"내가?"

"그게 실은 부동산에 전화해봤는데, 그 사람들 어디로 갔는지 자기네들도 모른다고 하더라고요. 그래 가지구……."

서연이 뜸 들이며 도훈의 눈치를 살폈다.

"제가 키울 형편도 안 되구요. 입양은 싫어서요. 어디로 갈지도 모르고……. 무엇보다 여기 살면 자주 보러 올 수 있으니까……."

은근슬쩍 운을 띄워봤지만, 도훈은 표정 변화가 없었다. 초조해진 서연이 또띠를 바닥에 내려놓고 도훈에게로 상체를 기울였다.

"제발, 네? 제발…… 응?"

서연이 애원하듯 도훈의 팔을 움켜쥐었다. 그러나 희미한 미소만 드리운 입술은 도무지 열릴 기미가 없었다.

"제바알……."

서연이 도훈의 옷자락을 잡아당겼다. 그 약한 힘에 살짝 기울어진 도훈의 상체는 빠르게 서연 위로 무너져 내렸다. 훅 하고 거리가 가까워지자 어쩐지 쑥스러워진 서연은 도훈의 눈을 제대로 쳐다보기 힘들어 비스듬히 고개를 틀었다. 수줍은 침묵이 이어졌다. 부끄러워하는 서연을 한참 보던 도훈이 그녀의 뽀얀 볼 위로 입술을 가볍게 눌렀다. 그 뜨끈한 감촉에 움찔했던 서연이 천천히 고개를 돌려 도훈과 눈을 마주쳤다.

눈 깜짝할 사이였다. 쪼옥, 물끄러미 올려다보던 서연이 굳어 있던 목을 뻗어 도훈의 입술 위로 꾹 제 입술을 눌렀다.

"으헤헤, 길러줄 거죠? 응?"

귀찮아지는 것은 딱 질색이었지만 똘망똘망한 눈동자 앞에서는 어쩔 도리가 없었다. 처음부터 원하는 대로 다 해줄 생각이긴 했지만 먼저 키스까지 해주니…….

좀 더 놀려보기로 했다.

"길러주기만 하면, 매달 10만 원! 이니 30만 원씩 강아지 사육비 시급할게요!"

"……."

"아니 사료비부터 병원비 돈 드는 거 내가 다 부담할게요! 산책도 제가 웬만하면 다 데리고 나갈게요! 이 정도면 완전 파격적인 거래 아닌가? 응?"

"……."

"아, 왜 말이 없어요!"

대답이 없으니 슬슬 답답해진 서연이 도훈의 팔을 쿡쿡 찔렀다. 그가 여유롭게 서연의 머리를 쓸어 넘겼다.

"돈은 됐고……."

"네?"

"일주일에 한 번 강아지 보러 와."

도훈이 그 머리카락을 미끈하게 끌어당겨 제 입술로 가져갔다.

"그리고 나머지 6일은 나 보러 오고."

도훈의 한쪽 입꼬리가 올라갔다.

"쉽지?"

서연이 침을 꼴깍 삼켰다. 그의 손가락 사이사이로 엉킨 머리카락만큼 끈적해진 분위기 속에 잠깐의 침묵이 흘렀다.

"어……. 기다려봐. 계산 좀 하구."

서연이 입술을 코 쪽으로 바짝 꾸기며 이상한 표정을 지었다.

"오케이! 매일!"

"무르는 거 없어."

저 까만 눈동자에 담긴 뜻을 알 수가 없어 얼떨떨한 얼굴로 고개를 끄덕였다. 서연에게서 상체를 뗀 도훈이 바닥에 돌아다니던 또띠를 번쩍 안아 들었다.

"강아지 이름은 내가 새로 지어도 되나?"

"네? 또띠 이름 바꾸게요? 뭐로 부르려고?"

예상치 못한 질문에 서연이 눈을 동그랗게 뜨고 물었다. 도훈의 입술이 길게 늘어졌다.

"이름은……."

흘러가는 목소리가 서연의 귓가에서 느릿느릿하게 잠겼다.

"그래, 강서연이 좋겠다."

"……어?"

서연이 입을 멍하게 벌렸다. 도훈은 그런 서연의 턱을 한 손으로 톡 밀어 닫았다.

"마음에 들어, 새 이름?"

도훈이 또띠를 바라보며 물었다. 물론 당연히 대답하지 못하는 또띠는 그저 개소리인가, 하고 도훈의 팔에 소시지처럼 껴 있을 뿐이었다.

"앞으로……."

도훈이 견고한 목을 위로 쭉 꺾으며 서연을 내려다보았다.

"나랑 같이 살자, 서연아."

당황한 서연이 멍청하게 도훈을 올려다보았다. 도훈은 태연하게 흰 털 속 콕 박혀 있는 까만 눈동자로 시선을 옮겼다.

"앞으로 내가 널 길러줄게, 서연아."

그렇게 말하며 품 안 또띠의 엉덩이를 두 번 톡톡 두드렸다. 서연이 화끈거리는 얼굴을 황급히 가리며 소리쳤다.

"……그 이름 양손 양발 다 들고 반대합니다!"

온통 시뻘게진 서연이 목이 터져라 소리를 질렀다.

"왜, 예쁘잖아."

"사람 이름이잖아요. 게다가 내 이름이고!"

"길러달라면서? 주인 맘이지."

"그, 그건……."

대꾸할 말이 없어지자 서연이 입술을 부루퉁하게 내밀었다.

"강서연."

"네?"

도훈이 픽 하고 웃으며 또띠의 머리를 쓰다듬었다.

아, 나를 부른 게 아니었나. 서연이 벌렸던 입을 꾹 다물었다.

"움직이지 말고 가만히 있어."

도훈이 서연을 지그시 내려다보며 웃는다.

"서연아."

움찔, 서연이 한쪽 눈을 찡그렸다. 큰 손은 여전히 또띠를 쓰다듬고 있는 걸 보아 저것도 저를 부르는 게 아니었다. 자신을 부르는 게 아니란 것을 아는데도 자꾸만 두근대는 심장은 서연이 조절할 수 있는 부분이 아니었다. 서연은 마치 묵언 수행하는 사람처럼 입을 다문 채 도훈과 또띠를 번갈아 쳐다보았다. 도훈의 표정으로 보아 그는 지금 이 상황을 즐기고 있는 게 틀림없었다. 연애 시작부터 그에게 말려들지 않겠다고, 나는 굉장히 어려운 여자라고 스스로 세뇌하며 서연은 코로 숨을 크게 들이마시었다.

그때, 또띠가 도훈의 손바닥을 할짝댔다.

"침 묻히지 마, 서연아."

서연이 퍼드득 움츠러들었다.

"서연아, 내가 좋아?"

적갈색 커다란 눈동자가 거침없이 흔들렸다.

"왜 이렇게 핥아……."

아, 이번에는 심장이 철렁 내려앉았다.

"응? 서연아."

화르륵, 터질 것처럼 붉어진 작은 얼굴에 도훈이 웃음을 터뜨렸다.

"또띠, 또띠 그렇게 부르지 말라구요!"

화상 입은 것처럼 화끈거리는 얼굴을 한 손으로 가리고 고개를 홱 돌렸다. 벌어진 손가락 사이로 달콤하게 눈웃음 짓는 도훈이 보였다.

"너무 열 내지 마요, 강서연 씨."

……이럴 때만 존댓말이지.

여진은 집으로 돌아가기 위해 어김없이 도떼기시장처럼 붐비는 지하철역을 찾았다.

"태희 씨!"

그때 누군가가 여진을 불러 세웠다. 자신의 이름도 아닌데 화들짝 놀란 것은 이 이름으로 한 남자를 속여 먹은 발칙한 역사 때문일 것이다. 여진이 슬금슬금 뒤를 돌아보자 진영이 해맑게 웃으며 서 있었다.

"오늘 아침에 접촉 사고 나서 차 수리 맡겼거든요. 그래서 지하철 타고 퇴근하는데, 아니, 세상에!"

"……"

"여신을 만났네?"

움찔, 자신의 본명과 비슷한 발음에 저도 모르게 찔리고 말았다.

"참나, 그럼 택시를 타고 가지 왜 지하철을 타요?"

"이런 거 좋잖아요. 사람 많은 곳에 다 같이 모이는 거, 따뜻하잖아요?"

"이게 따뜻해요? 다 자기 휴대전화만 쳐다보고, 사람은 미어터져서 나는 내장도 터지게 생겼는데 이게 따뜻해?"

"온종일 아픈 사람들 사이에 둘러싸여 있다가 여기 오면 다들 건강해 보여서요."

"그게 이유예요?"

"무엇보다 이 많은 인파 속에 저도 끼어 있다는 거, 느낌 좋은데요! 사람 사는 것 같고. 사랑 넘치고, 인정 넘치고!"

"도통 말하는 게 어렵고 이해가 안 되네요."

"하하하."

진영이 너털웃음 지었다. 여진은 그냥 상대하지 않기로 마음먹었다.

"그런데 전화는 왜 안 받으세요?"

"안 받든 말든 내 맘이지……."

끊어내기로 작정한 이상 여지를 주면 안 된다. 여진이 고개를 휙 돌려 진영을 등지고 섰다.

"왜 그러세요? 오늘은 불합격이에요?"

"합격이었던 적 없거든요? 됐으니까 아는 척 좀 하지 마세요."

"태, 태희 씨……."

"자, 여기."

여진이 팔짱을 풀고 지갑에서 오만 원권 두 장을 꺼내 그에게 건넸다.

"저번에 술값, 제가 먹은 만큼 드릴게요. 부담스러우니까 이쯤 하죠."

"태, 태희 씨. 어떤 걸 더 고칠까요? 말만 해주시면……."

"클럽에서 만난 남자 안 만나요, 나."

애초에 시작부터 잘못됐기 때문이었다. 이름, 나이, 직업 전부 거짓으로 시작한 관계가 끝이 좋을 리가 없었다.

게다가……. 여진이 눈을 꾹 감았다가 떴다. 이런 부류는 누구보다도 잘 알고 있다. 예전처럼 그런 비참한 최후는 이제 이쪽에서 사양이다.

"만난 장소로 사람 단정 짓다가 만나야 할 인연 놓치고 말 거예요."

그의 목소리가 순간적으로 착 가라앉자, 여진이 움찔했다.

"클럽에서 만났다고 제가 가벼워 보였어요? 태희 씨도 그 클럽에 왔었잖아요. 그러면 태희 씨도 가벼운 여자인 건가요?"

"그, 그건."

머저리처럼 헤헤 웃으며 굽신대기만 하던 진영이 진지하게 반응하자 당황했다.

"선입견 가지면 결국 태희 씨만 손해예요. 아직 대학생이라 잘 모를 수도 있지만, 사회에는 선입견 가지면 놓치는 것들이 많아요."

"아, 알았어요. 미안해요. 충고 받아들일게요."

꼰대같이 굴긴, 하여간……. 나무라는 듯한 말투에 여진이 한숨을 내쉬며 사과했다. 지하철 문이 열리자 황급하게 안으로 들어가려는데, 진영이 여진의 손을 살짝 붙잡았다.

"한마디로 맛있는 거 사주고 싶단 소리예요."

"아……. 이 오징어 짜증나……."

집으로 돌아가는 길. 여진은 두 번째 휴대전화에 저장된 진영의 연락처를 보며 이를 갈았다. 결국, 또 그에게 술을 얻어먹었다. 그것도 비정상적인 가격을 가진 양주를.

"끊어내야 하는데! 아악!"

여진이 하이힐 뒷굽을 사정없이 아스팔트에 내려치며 소리쳤다. 함께 있는 내내 여대생 연기를 하느라 신경이 바짝 곤두서 있었다.

"아니, 애초에 왜 몰라봐? 세상에 이러고 다니는 22살이 어디에 있어?"

얼굴도 얼굴이었지만, 그보다 충격적인 것은 그녀의 복장이었다. 화이트 블라우스에 정장 스커트, 검은 하이힐은 직장인 여성의 정체성과 같은 옷이었다. 그뿐만 아니라 그녀가 품에 쥔 명품 핸드백 또한 22살이 메기에는 과한 가격대의 브랜드였다.

"오징어 그 인간……. 다음엔 진짜 죽어도 상대 안 해줄 거야."

여진이 고개를 끄덕이며 의지를 불태웠다.

"죽어도!"

대중교통이 끊길 정도로 야심한 밤이 돼서야 서연은 도훈의 집을 나섰다. 도훈은 자신의 의무라도 되는 것처럼 묻지도 않고 당연하게 운전대를 쥐었다. 그런 사소한 다정함은 처음 만난 순간부터 서연에게 이어져 오던 따뜻함이었으나 남녀관계에서 발생한 뿌리 깊은 변화는 그 다정함조차도 새롭게 보이게 만들었다.

"그래서."

운전석에 앉은 도훈은 핸들을 부드럽게 쓸며 서연을 내려다보았다.

"언제 들어올래?"

서연이 의문스러운 눈을 했다.

"우리 집."

"……어?"

그리고 멍해졌다.

"어어어어으으어어어?"

서연은 이상한 소리를 내며 눈을 휘둥그레 뜨고 도훈을 쳐다보았다. 순간적으로 제 귀가 잘못되었나 툭툭 쳐서 확인하기까지 했다.

"아까 동의했잖아?"

"동의? 내가 뭘……!"

"매일 보겠다고."

"……."

"그게 같이 사는 거지, 뭐야."

설마 아까 매일 보러 오겠다고 한 걸……. 놀란 얼굴로 그를 바라보자 살며시 길어지는 입술이 있었다.

"진심인데."

심장이 그 자리에서 사르르 녹아버리는 느낌이었다.

"같이 살자."

답을 잃은 서연이 입술을 초조하게 달싹거렸다. 그의 입술에서 뱉어진 엄청난 발언과 무관하다는 듯, 길게 찢어진 눈은 여전히 여유롭게 서연을 바라보고 있었다.

그 시선에 서연의 머리에서는 가지각색의 생각들이 혼란스럽게 뒤엉키기 시작했다. 백도훈과 한집에서 자고, 한집에서 일어나고, 쉽게 상상이 가지 않는 장면이었다. 다만 지금 이 순간에서도 죽을힘을 다해 이 남자를 홀리라는 무당의 말은 여전히 서연의 귓가에서 앵앵 시끄럽게 울리고 있었다. 물론 겨우 하룻밤을 함께 보내는 것에 동거는 필수적 요소가 아니었다.

"진심이에요?"

"이미 진심이라고 말했는데."

서연의 굳은 혀끝이 움츠러들었다.

"난."

도훈이 서연을 끈적하게 내려다보았다.

"너 매일 보고 싶어."

평범한 남녀의 사랑은 미지근하게 타올라서 조금씩 절차를 밟아 올라가는 복잡한 과정이다. 하지만 그들의 연애는 상식의 범주를 조금씩 벗어나기 시작했다.

7. 운명이 그린 그대

동요한 서연은 물끄러미 도훈을 바라볼 뿐, 대답이 없었다.

"강요 아니고."

그 위로 도훈의 목소리가 연기처럼 자욱하게 퍼졌다.

"부탁도 아니고."

빨간 신호 앞에 차가 부드럽게 멈춰 섰다.

"제안."

도훈이 서연의 손을 부드럽게 그러쥐었다.

"선택권은 네 손안에."

마치 뭉그러지기 쉬운 스펀지케이크를 들어 올리는 듯한 손짓이다.

조용해진 자동차는 곧 음습한 원룸촌 안으로 차분하게 들어섰다. 서연이 사는 빌라에 도착했으나 도훈은 돌아가지 않고 현관까지 함께했다. 어깨를 두른 손에 살짝 힘이 들어가자, 서연의 몸이 도훈의 품에 폭 안겼다.

그의 심장이 뛰는 소리가 바로 옆에서 두쿵 두쿵 울렸다. 그 감미로운 선율은 이 남자 역시 지금 이 순간 떨고, 이 관계에 설레고 있다고 말해주는 듯했다. 그렇게 생각하니 이전과 또 다른 기묘한 긴장감이 일어났다.

"편히 쉬어. 일은 천천히 구해도 되니까 무리하지 말고."

"응. 고마워요."

서연이 고개를 들어 도훈을 올려다보았다. 열쇠 꺼내려고 가방 안에 넣은 손에서 금속이 짤랑이는 소리가 울렸다.

선택권은 네 손안에.

짤랑, 열쇠가 서연의 손 틈에서 미꾸라지처럼 빠져나갔다.

"백도훈 씨."

서연이 열쇠를 꺼내길 포기하고 대신에 입술을 열었다.

"내가 뭔가 당신한테 말리는 기분이라 좀 억울해."

"……그래?"

도훈이 한 발짝 성큼 서연에게 다가섰다.

"그…… 내가 그쪽을 먼저 좋아한 것 같긴 한데요."

그가 픽 웃었다.

"막 엄청 죽을 만큼 좋아하는 거 아니니까 괜히 오해하지 말구요."

서연은 자신이 왜 변명하고 있는지 몰라 머리가 어질어질했다. 그러나 애써 부정의 말을 뱉어내는 입술과 달리 아름답게 피어난 눈망울에서 서연의 진심이 내비쳤다. 그것을 도훈이 꿰뚫어 보지 못했을 리 없다.

"그리고…… 비록 우리 시작은 좀 이상하긴 했지만요."

그는 대답 대신 나지막한 웃음을 흘렸다.

"나 평범하게 사람들 하는 것처럼 밀당도 할 거구요."

"밀당?"

"네. 그리고 괜히 튕기는 것도 할 거구요."

"좋아, 해."

도훈이 서연의 턱 끝을 느슨하게 잡고 위로 들어 올렸다.

"또?"

도훈의 입꼬리가 부드럽게 올라갔다.

"또……."

서연이 말끝을 흐렸다. 꿀꺽 침을 삼키자 가녀린 목이 부드럽게 곡선으로 물결쳤다. 침묵이 감돌았다. 팽팽한 긴장과 함께 고요가 깃들었다.

"목이 뻐근해요."

살짝 떨리던 도훈의 손이 순순히 물러났다. 그리고 곧 물 흐르듯 재킷 안쪽으로 들어갔다. 서연이 몽롱한 눈으로 그 경로를 졸졸 따라갔다. 그 안에서 작은 상자가 모습을 드러냈다.

"이게 뭐예요?"

"선물. 열어봐."

연한 분홍색 상자에 새하얀 리본이 유연하게 감싸져 있었다. 서연의 길쭉한 손가락이 리본 위를 천천히 보듬었다. 그 안에 정갈하게 자리한 것은 화려한 보석들로 호화스럽게 치장된 머리핀이었다. 단순히 외관으로만 보아도 보통 값어치는 이미 넘어 보였다. 서연이 할 말을 잃고 고개만 빼꼼 들어 도훈을 올려다봤다. 오늘이 내 생일이었던가?

"내 눈에 넌 어떤 모습이어도 예쁘고 좋아. 그런데 넌 언제 변할지 모르는 네 모습 보면서 매일 전전긍긍하고 있고, 나는 너 힘든 거 싫고."

도훈이 상자 안에서 머리핀을 꺼내 오른손에 쥐었다. 그리고 머리를 부드럽게 쓸어 그녀의 귀에 꽂았다.

"마법의 핀."

도훈은 머리핀을 신중하게 밀어 천천히 서연에게 안착시켰다.

"변하지 말기."

눈이 시릴 정도로 멋있게 웃는 남자였다. 이 남자의 존재로 인해 서연의 심장이 뜨겁게 타올랐다.

"예쁘다. 잘 어울려."

도훈이 직접 서연을 생각하며 고른 머리핀은 붉은빛이 은은하게 도는 머리카락과 미술품처럼 완벽한 조화를 이루었다.

"이제 앞으로 완전히 강서연으로 사는 거야. 내 옆에서."

서연은 멍하게 입을 조금 벌린 채 그를 응시했다. 심장 고동 소리는 서서히 늘어졌다. 시간이 멈춘 듯한 착각이 드는 것은 한순간이었다.

그때, 갑자기 복도의 전등이 툭 하고 꺼졌다. 앞이 보이지 않는 칠흑 같은 암흑이 둘을 불시에 덮쳤다. 시각이 사라진 공간에서 서연의 신경이 바짝 곤두섰다.

"전등이 나갔……."

뭐라고 말을 잇기도 전에 도훈의 큰 손이 서연의 뒷목을 부드럽게 감쌌다. 느껴지는 체온에 서연이 여린 숨을 꿀꺽 삼켰다. 본능적으로 눈을 감았다. 그의 입술이 강하게 부딪혀왔다.

도훈은 서연의 윗입술을 부드럽게 물고 핥았다. 정신이 아찔해지는 감각이었다. 이어 단번에 삼켜진 서연의 아랫입술은 흐드러지게 빨렸다. 노골적인 마찰음에 서연의 얼굴에 홍조가 띠어졌다.

덜컹.

도훈은 팔로 현관문을 세게 짚어 서연을 품에 가두었다. 앞에서 덮쳐오는 도훈의 무게에 밀려 서연의 가녀린 몸이 차가운 현관문에 닿았다. 암흑 속에서도 철저하게 느껴지는 그의 힘에 서연의 심장이 살살 녹아들었다. 그와 현관문 사이에 옴짝달싹 못 하게 갇힌 서연이 그의 셔츠 자락을 꼭 잡았다. 그 연약하지만 자극적인 손길에 도훈의 턱에 더욱 힘이 들어갔다.

자연스럽게 벌어진 입 안으로 미끈하게 들어온 도훈의 혀가 서연의 혀를 찾아 감아 당겼다. 비벼지는 혀의 돌기가 낱낱이 느껴지자 서연은 심장이 터질 것만 같았다. 말캉한 혀가 엉기고 또 엉겼다. 달콤한 타액이 열기를 갖고 끈적하게 섞였다. 점점 거칠어지는 키스에 따라 뜨거운 숨결도 거칠어졌다.

"하아……."

시각이 배제된 곳에서도 서로가 서로를 뚜렷하게 느낄 수 있었다. 격렬한 입맞춤으로 상기된 서연의 뺨을 커다란 손이 감싸 안았다. 후끈해진 열기와 함께 서연을 보는 도훈의 눈빛이 더욱더 뜨거워졌다.

"나는 처음부터 널 알아봤어."

도훈의 목소리가 살짝 잠긴 채 흘러나왔다.

"처음부터 우리는……."

그의 턱이 나른하게 벌어졌다.

"이렇게 엮일 운명이었어……."

운명, 도훈이 또다시 뱉은 그 단어에 서연은 한 가지 중요한 사실을 깨달았다.

큼지막한 손은 서연의 목덜미를 부드럽게 매만졌다. 서연이 작게 떨었다.

"네 입술에서."

도훈이 무릎을 굽혀 더욱 강하게 몸을 밀착시켰다.

"날 미치게 하는 향이 나."

도훈의 커다란 몸과 서연의 야리야리한 봄이 조금의 틈도 없이 뜨겁게 맞물렸다. 맞닿은 육체에서 흘러나오는 야릇한 감촉은 두 남녀의 심장에 더욱 불을 지폈다.

"하……. 백도훈, 진짜 사람 죽을 만큼 설레게 한다."

서연이 픽 웃더니 암흑 속에서 기다란 손을 뻗어 그의 얼굴을 더듬었다. 조각 같은 이마를 타고 오뚝하게 솟은 코를 천천히 쓰다듬었다.

"그 말로 여자 몇 명이나 꼬셨나 몰라?"

"반했어? 반했으면 한 명."

"하하, 응. 반했어. 완전히 넘어갔어."

어떻게 사랑하지 않을 수 있을까? 심해 같은 눈을 가지고 똑바로 바라봐 주는 남자인데……. 서연은 손을 내려 열기로 가득 찬 도훈의 입술을 쓸었다.

"내가 전에 말했죠."

부드러운 손길에 그의 입술이 가늘게 떨렸다.

"왜 나를 그쪽 맘대로 공중으로 띄웠냐고."

서연은 촉촉한 음성을 내었다.

"하늘로 떠서 언제 처박힐까 무서워할 바에는 그냥 바닥에 있겠다고."

그 목소리가 도훈을 가슴을 흠뻑 적셨다.

"백도훈 씨, 나 떨어뜨리지 말아요."

도훈은 말 대신 서연의 허리를 으스러지게 끌어안았다.

"잘 잡고 있어요."

앞은 보이지 않지만, 도훈의 입꼬리를 따라 더듬어 내린 감촉으로 서연은 그가 웃고 있다는 것을 알 수 있었다.

"날 강서연으로 만들어줘서 고마워요. 앞으로 당신 옆에서 완벽하게 나를 찾아갈 거니까……."

운명에 얽힌 지독한 관계는,

"우리 같이 살아요."

처음부터 상식이나 순리를 벗어나 있었다.

때는 자정 무렵이었다. 도훈의 집 앞에 서 있는 유라는 초조한 얼굴로 계속해서 도훈에게 전화를 걸었다.

"이 시간에 어딜 간 거지."

그가 호락호락하지 않다는 것을 누구보다 잘 알고 있었고, 자정에 여자를 문전 박대 하고도 남을 사람이라는 것도 알았다. 쫓겨날 각오하고 이 시간에 찾아왔으나 집 안에는 인기척이 없었고, 전화도 받지 않았다. 혹시나 싶어 진영에게 전화해봤지만 모른다는 대답만 돌아왔고, 이어서 도빈에게도 전화했지만 지금 자신은 일본이라는 황당한 응답이 전부였다.

"하……."

도훈의 방 안을 한가득 채운 한 여자, 언젠가 자신도 그렸던 적이 있는 그 여자의 정체를 알게 된 후 그녀의 머릿속에서는 조금씩 퍼즐이 맞춰지던 중이었다. 그런데 정작 연락조차 받지 않는 도훈 때문에, 유라는 달걀로 바위를 치는 듯 위태로운 심정으로 속이 바싹바싹 타들어갔다.

'누구래?'

어제 그 질문에 수화기 건너편에서 들려온 동문의 대답은 유라에게 예상치 못한 충격을 안겨주었다.

'김형원 교수님의 딸……?'

혜연에게 들은즉슨, 8년 전 고등학생이었던 김형원 교수님의 외동딸이 그날 인체수업 강의의 특별 모델로 섰었다는 것이었다. 또한 그녀는 당시 김형원 교수 내외가 각각 대표와 수석디자이너로 있던 SS어패럴의 유일한 후계자였다.

백도훈이 좋아하는 여자의 정체가 어렴풋이 밝혀지는가 싶은 순간이었다. 그러나 동문의 뒷말을 들은 유라는 이 미스터리의 결말이 도로 미궁으로 빠져버렸다고 확신했다.

'그런데 SS어패럴 부도나고, 교수님도 돌아가신 이후에 그 여자도 같이 사라졌다나 봐.'

'……그 여자도?'

'응. 그 이후로 몇 년째 실종이래. 아마 죽은 거 아닐까?'

철컹, 유라가 대문을 잡고 살짝 흔들자 날카로운 파열음이 터졌다.

"나한테도 아직 승산은 있어……."

백도훈이 좋아한다는 여자는 이미 죽었고,

"게다가 이건 서연 씨한테도 못 할 짓이지, 오빠."

강서연은 그저 그 여자를 닮은 사람에 불과하니까.

탁, 서연은 현관문을 닫았다. 뚜벅, 뚜벅, 뚜벅, 도훈의 발소리가 멀어지는 동안 서연은 현관문에 기대서서 가만히 숨만 몰아쉬었다. 이내 발소리는 아예 들리지 않고, 인기척도 완전히 사라졌다.

도훈이 갔다. 서연은 무표정한 얼굴로 삐딱하게 기대섰던 몸을 일으켰다. 입술을 꾹 다물고 멍하니 바닥을 내려다보았다.

"……흐."

굳게 다물어져 있던 입술에서 가느다란 웃음이 비식 새어 나왔다.

"으하하하하하!"

곧 큰 소리로 웃음이 터졌다.

"내가 저 남자랑 사귄다니! 으하하하! 미쳤다!"

심장이 터질 것처럼 쿵쾅쿵쾅 뛰어서 찢어지게 입을 벌리고 미친 사람처럼 목을 놓아 웃었다.

"동네 사람들! 저 남자가 제 애인입니다! 동네 사람들! 우리 같이 산다! 부럽지? 부럽지? 으하하핫!"

방음이 안 되는 빌라라는 것도 잊고 고래고래 소리를 지르며 벽을 쾅쾅 내려쳤다.

"완전 잘생겼어! 흐하하하, 설렌다! 너무 잘생겨서 숨 막힌다! 좋아서 죽! 을! 것 같! 다! 예예!"

이상한 춤사위까지 보이며 다리를 동동 구르다가 퍼뜩 고개를 들었다.

"어! 잠깐만, 잠깐만! 이럴 때가 아니잖아!"

서연이 붉어진 뺨을 양손으로 폭 가리고 몸을 배배 꼬았다.

"당장 속옷 세트로 사야겠다! 완전 야하구 섹시해서 백도훈 꼭지 돌아버리는 걸루다……!"

똑똑.

그때, 현관에서 노크 소리가 들려왔다. 서연의 숨이 뚝 끊겼다.

똑똑.

"……."

멍청하게 서 있다가 뻣뻣하게 몸을 돌렸다.

"……."

문을 살짝 열고 틈새로 빼꼼히 얼굴을 내밀자 기둥처럼 굳건하게 서 있는 도훈이 보였다. 쿵, 심장에 코끼리가 내려앉았다. 서연이 그대로 석고상처럼 딱딱하게 굳어버렸다.

"휴대전화 차에 두고 갔길래, 주려고 다시 왔어."

도훈은 문고리를 잡은 채로 돌이 된 서연을 배려해, 그녀의 휴대전화를 오른쪽 선반에 올려놓아 주었다. 서연은 여전히 숨도 쉬지 않고 일시 정지 상태였다.

"그리고……."

도훈이 마네킹같이 멈춰 선 서연의 턱을 한 손으로 잡아 훅 끌어당겼다. 끼익, 그 반동으로 문이 조금 더 벌어졌다. 도훈이 서연의 귓가에 제 입술을 가까이 가져다 찰싹 붙였다. 그는 꿀보다 달콤한 저음으로 느긋하게 속삭였다.

"깜찍한 속마음……."

후우, 도훈이 서연의 귓속에 뜨거운 입김을 불어 넣었다.

"잘 들었어."

그는 길쭉한 손끝으로 그녀의 턱을 한번 쓸고서 유유히 자리를 떴다.

"……."

입이 방정.

유라는 모라비의 디자인 2팀에 현실적인 인원 충원이 필수적이라고 생각했다.

"임 대리, 오전에 부탁드린 자료는 어떻게 됐나요?"

"아! 맞다!"

점심 이후부터 병든 닭처럼 졸던 임 대리가 유라의 재촉에 눈을 번쩍 떴다. 그녀가 입가에 있는 침 자국을 닦으며 허둥지둥 자리에서 일어났다.

"죄송합니다! 제가 지금 바로……."

"아니에요. 그냥 제가 하겠습니다."

유라가 싱긋 웃으며 임 대리의 어깨를 가볍게 눌렀다. 허술한 팀원 겨우 몇 명으로 굴러가는 모양새가 이상적일 리가 없었다.

덕분에 아주 불편한 심기로 정보실에 도착했다. 유라는 필요한 자료를 직접 찾아보다가, 문득 조금 전 보영에게 들은 이야기가 떠올랐다. 서연이 공모전 대상 수상 후 특채로 모라비에 들어오게 됐다는 이야기였다.

"……한번 볼까."

지난 모라비 주최 공모전의 출품작들을 훑어보았다. 다 고만고만한 아이디어들과 디자인들이 유라의 눈앞에서 도미노처럼 줄줄이 쓰러졌다.

"이건……."

그중, 유일하게 무너져 내리지 않은 쪽은 대상을 수상한 서연의 출품작이었다.

"보통 실력이 아닌데……."

배움의 역사가 짧다고 들었던 것 같은데, 마치 오래전부터 디자인과 동고동락한 사람처럼 아마추어적인 허름함이 없었다. 재능을 논하기 전에 깊이 있는 교육 없이는 나올 수 없는 결과물이었고, 프로들의 틀에 박힌 형식의 집착을 벗어난 아이디어 콘셉트 또한 신선했다.

유라가 입술을 약하게 깨물었다. 어떤 생각이 유라의 머릿속에서 일렁이기 시작했다.

늦은 밤, 도훈의 집에는 어김없이 진영이 각설이처럼 찾아왔다. 도훈은 이미 오래전에 서연과 식사를 마친 후였기에 팔짱을 끼고 가만히 식탁에 앉아 있었다. 도훈이 라면을 먹다가 줄줄 흘리는 진영을 보며 미간을 찌푸렸다.

"턱에 구멍 났냐?"

진영이 티슈로 턱을 꾹꾹 눌렀다.

“내 환자한테 한 대 맞았어. 보호자가 본인 전 부인인데 내가 꼬셨다나 뭐라나.”

“맞을 짓 했네.”

“안 꼬셨어! 넌 대체 나를 어떤 양아치로 보고 있는 거냐?”

“양아치 맞잖아.”

“야, 그 여자 내 스타일 진짜 아니야! 그리고 난 이미 찍은 데스티니가 있어서 그쪽 작업하느라 바빠.”

진영이 젓가락을 툭 내려놓았다. 그의 얼굴이 순식간에 꿈꾸는 듯 몽롱해졌다. 진영의 머릿속에 매혹적으로 치솟은 눈꼬리, 짧은 칼 단발과 도톰하고 작은 입술이 둥실둥실 떠올랐다.

“그 여자야말로 살아 있는 아프로디테라고 할 수 있지. 어쩌면 그렇게 도도하고 앙큼한지…….”

그녀는 고양이처럼 영악하고 도발적이다. 그러면서도 뜻밖에 가끔 내비치는 순수한 면이 진영이 홀딱 반한 킬링파트였다.

“귀여워서 주머니에 넣으면 딱인데.”

“누군지는 몰라도 네놈한테 걸리다니 불쌍하게 됐다.”

진영에게는 한번 목표한 것은 죽어도 이루고 마는 집요한 성질이 있었다. 원하는 것이 생기면 죽는 한이 있어도 온전히 제 소유로 만들어야 풀리는 직성이었다. 그것이 명예이든, 돈이든, 심지어 사람이든.

“그보다, 아까 그 얘기 좀 계속해봐. 그 여자가 옛날에 이 집에서 살았었다고?”

“응.”

“와, 그거 완전 운명이네!”

진영이 흥분한 듯 목청을 높였다.

“너 처음 이 집에 다른 이유도 없이 부득불 이사 올 때부터 이상하다고 생각했는데, 와우!"

진영이 젓가락으로 접시를 가볍게 치자 쨍쨍, 맑은 소리가 터졌다.

"이건 그러니까 비과학인 거지. 과학을 초월한 운명. 하늘의 계시, 막 그런 거! 어떻게 이런 일이 다 있냐?"

"사귀어."

"어?"

"사귄다고."

"……누가? 너랑 그 여자랑?"

"어."

"……."

진영이 한 대 맞은 얼굴을 했다.

"연애……?"

"응."

"교우 관계 아니고 연애……?"

도훈이 대수롭지 않다는 듯한 얼굴로 고개를 끄덕였다. 그러나 서연과의 연애는 도훈에게만 당연했고, 진영에게는 더없이 충격적인 사건이었다.

"와……."

진영이 마른침을 삼켰다.

"역사적 순간이다. 백도훈 10년 만의 솔로 탈출이라니."

얼마 전만 해도 꿈속 여자와 닮아서 흥미가 갈 뿐, 그 이상의 감정은 아니라고 선을 그었었던 도훈이었다.

"누가 먼저 만나자고……."

"나."

진영이 또 한 번 침을 꿀꺽 삼켰다. 도훈에 대해 누구보다도 잘 안다고 확신했는데, 생각지도 못한 급전개에 놀랐다.

"그리고 주말부터 같이……."

살기로 했으니까 이제 불쑥 집에 오면 죽여버린다, 고 도훈이 말하려고 하는 순간. 띠리리리, 진영의 전화가 울렸다. 그러나 충격받은 진영은 그 소리가 들리지 않는 듯, 여전히 메두사를 만난 사람처럼 멈춰 서 있었다.

"받아."

도훈이 고갯짓하자 굳은 목이 끼긱거리며 뻣뻣하게 내려갔다.

"아."

멍한 얼굴은 곧 엄청난 환희로 접어들었다.

"……우우와와와우!"

벌떡 일어난 진영이 빛의 속도로 전화를 받으며 현관으로 뛰어나갔다.

"태희 씨!"

진영에게 전화를 건 사람은 여진이었다. 10통 가까이 찍힌 부재중 표시를 보고 응답한 것이었다.

-미쳤어요? 내 휴대전화 폭발시키라고 사주 받았어요? 왜 그렇게 전화를 죽어라 해요!

"하하, 죄송합니다! 목소리 듣고 싶어서요."

-하……. 진짜! 다시 말할 테니까, 귓구멍 열고 잘 들어요, 오빠.

"네!"

-제 상황이 연애할 여유도 없고요.

"여유는 있는 게 아니라 만드는 거죠, 하하."

-오빠 나이도 너무 많고요.

"제가 동안이라는 소리 좀 듣습니다! 하하하."

-저 졸업도 못 한 대, 대학생이라 누구 만나고 그럴 시간도 없다고요!

"잘 알고 있습니다! 따로 시간 안 내주셔도 됩니다. 하하하! 제가 태희 씨 학교로 데리러 갈게요! 세성여대라고 하셨었죠?"

진영이 씨익 하고 웃었다.

"세성여대가 어디쯤 있더라, 잠시만요. 제가 검색을 지금…… 어? 여보세요?"

뚝, 수화기 건너편이 연결을 끊어버렸다.

"태, 태희 씨? 태희 씨?"

어느덧 봄이었다. 도훈은 눈을 떴다. 아직 어스름한 햇살이 미세한 커튼 틈을 비집고 들어와 이불 위로 좁은 길을 만들었다. 그 길을 멍하니 바라보던 도훈은 홀린 듯 일어나 습관적으로 펜과 종이를 쥐었다.

"……."

하지만 아무것도 그리지 못했다. 그녀가 꿈에 나타나지 않았기 때문이다. 딸각, 딸각, 초조하게 펜촉을 넣다 뺐다를 반복하던 도훈이 번개처럼 침대에서 튀어나갔다. 물결치는 매트리스를 뒤로하고 당장에라도 서연을 보러 갈 사람처럼 카디건을 걸치고 문고리를 움켜쥐었다.

목울대를 눌러 다급함을 삼키자 그제야 시계의 숫자가 눈에 들어왔다. 전전긍긍, 점점 더 몸이 달았다. 도망가진 않았겠지, 혹시 허상은 아니었겠지, 별의별 이상한 생각을 하던 그가 무작정 협탁 위의 휴대전화를 낚아챘다.

뚜루루루, 뚜루루루. 달칵.

"응……. 왜……."

실직자의 본분답게 침대와 혼연일체 중이던 서연은 눈을 감은 채로 도훈의 전화를 받았다. 단잠을 깨운 사람치고 도훈은 말이 없었다.

"아침부터 왜요……. 나 지금 완전 자는 시간인데에……. 웬 자명종 코스프레……."

도훈의 나직한 웃음소리가 들려왔다.

"자제 플리즈……."

그러나 여전히 말은 없었다.

"아, 전화했으면 말을 하지……."

-눈곱 꼈다.

그 소리에 서연이 눈을 번쩍 떴다.

"……헐."

영상 통화였다.

"으아아악. 엄마야!"

기겁한 서연이 황급하게 휴대전화를 이불 아래로 삭 감추었다. 덕분에 도훈의 액정은 먹물을 엎지른 듯 새까매졌다. 도훈이 그 액정 위를 느리게 보듬으며 쿡쿡 웃었다.

-아 진짜! 나 놀리는 맛에 살죠!

우렁차게 휴대전화를 점령한 서연의 목소리가 도훈의 귓가를 사르르 녹였다. 그가 꿀 떨어지는 눈으로 액정 한편에 빼꼼히 보이는 서연의 새끼발가락을 바라보았다.

"좋다……."

-응? 뭐라고 했어요?

도훈은 안심했다.

"아무 말도."

네가 꿈이 아닌 현실에 있고, 지금 바로 내 옆에 있다는 사실에 안심해.

깔끔하게 정리된 서류를 검토하던 도훈은 삐딱하게 들고 있던 펜을 고쳐 들었다. 결재를 받으러 온 남자는 절도 있게 움직여 사인하는 도훈의 손을 보며 속으로 쾌재를 불렀다.

"이건 이렇게 진행하는 거로 하죠."

도훈이 한 손으로 정신 사납게 진동하는 휴대전화를 잠재우며 말했다. 허리를 깍듯하게 굽힌 남자는 싱글벙글하며 퇴장했다. 홀로 남은 도훈은 딱딱해진 목을 뒤로 쭈욱 꺾었다. 우두둑, 하는 관절소리와 함께 섞인 것은 문자 메시지의 진동이었다.

[전화 왜 자꾸 안 받아?]

유라에게서 온 문자를 본 도훈이 짜증스럽게 미간을 구겼다.

[우리 좀 만나.]

번호를 길게 눌러 '전화번호 차단'이라는 문구를 클릭하려는데…….

[강서연 씨 관한 일이야. 중요하게 할 말 있어서 그래.]

"……."

[오늘 저녁 7시 30분. 청담동 카페 라인넬.]

[거기 2층에서 봐.]

유라는 초조한 얼굴로 손톱을 딱딱 물어뜯었다. 씁쓸한 화학제품 맛이 혀에 감돌자, 그제야 예쁘게 네일아트 한 손톱을 괴롭히고 있었다는 사실을 깨달았다.

"……긴장된다."

꿀꺽 침을 삼키고 카페 계단을 쳐다보았다.

올까?

"제발 왔으면……."

예쁜 눈매가 간절하게 일그러졌다. 그렇게 아무 소득 없이 한참의 시간이 흘렀다.

역시 안 오려나, 휴대전화를 확인하니 이미 약속 시각에서 삼십 분 가까이 지나 있었다. 크게 심호흡하고서 고개를 내려 커피를 한 모금 넘겼다.

"……아."

어느새 소리 없이 다가온 도훈은 유라의 건너편에 털썩 앉았다. 유라가 고개를 서서히 들었다.

"왔어?"

도훈은 대답 대신 눈을 가느다랗게 좁히고 유라를 응시할 뿐이었다. 저 짙은 눈에 심장이 뜨끔거려 유라가 등받이에서 몸을 퍼뜩 일으켰다.

"어, 뭐 마실래……? 내가 살게."

유라가 황급히 제 얼굴 앞을 커튼처럼 드리운 머리카락을 넘기며 목소리 톤을 높였다. 그러나 도훈은 서늘한 동작으로 제 왼쪽 소매를 조금 올려 시간을 확인했다.

"5분."

그 차가운 눈은 다시 위로 올라와 유라의 목을 가차 없이 베었다.

"그 안으로 말해."

빙하에 찔린 사람처럼 유라의 손이 바르르 떨렸다.

"……나는 오빠 하나 보겠다고 프랑스에서 12시간 비행기를 타고 왔는데."

유라가 입술을 깨물었다가 열었다.

"5분이구나, 오빠는."

예쁜 눈매가 표독스러워지는 것은 한순간이었다.

"기분 진짜 더럽다."

전혀 유라답지 않은 언어 사용이었다. 계속해서 온화한 척 차분함을 유지하던 치마 역시 퍼석하게 구겨졌다. 허벅지 위에 올려둔 손으로 쥐어짜듯이 천을 움켜쥐며 유라가 쇳소리를 냈다.

"서연 씨한테도 그따위로 말하니?"

"할 말은 그게 끝?"

"……."

"쓸데없는 수작 좀 하지 마."

끼이익, 도훈이 일어나려는 듯 의자를 뒤로 밀었다.

"오빠."

유라가 다급하게 그를 잡았다.

"요즘도 강서연 씨 만나?"

그 이름이 도훈을 속박하는 주문이라도 되는 듯 그는 다시 자리를 잡았다.

"만나."
"그럼 우리 회사, 왜 그만뒀는지 들었어?"
"어."
전에 서연이 도훈에게 했던 억울하게 누명을 쓰고 잘렸다는 말, 그리고 뉴스에 대문짝만 하게 보도되었던 모라비의 엽기적인 사고를 대입해 내막을 파악한 도훈이었다.
"그러면 얘기 쉽겠네."
유라는 백도훈이 좋아하는 여자가 죽은 이상, 그의 아킬레스건은 그 여자와 아주 닮은 강서연일 것이라고 추측했다.
"서연 씨 그렇게 잘린 거, 오빠 책임 없는 거 같아?"
"뭐?"
"나 서연 씨 잘못 없다는 거 다 알아. 직접 봤어. 내가 유일한 목격자라고."
도훈의 까만 동공이 유라를 노려보았다.
"그런데 나 입 닫았어. 누명 쓰는 거 보고만 있었어."
"……."
"솔직하게 말할게. 질투 나서 진실 안 밝힌 거 맞아."
"하."
도훈이 씹듯이 숨을 뱉었다.
"미쳤구나."
움찔. 등골이 얼어붙을 만큼 오싹했으나 유라는 눈을 부릅떴다.
"……회식 날. 오빠가 서연 씨에게는 우산 씌워주고 뒤에서 쫄딱 젖는 나는 완전히 찬밥 취급했잖아."
"왜 그걸 나한테 말하는데."
"나 서연 씨 복직 돕고 싶어."
"……뭐?"

"디자인적으로 재능 있는 사람이야. 센스도 좋고, 일도 잘해. 사적인 감정으로 누명 쓰는 거 가만두고 본 거에 죄책감 느껴서 그런 거 아니고, 인간적으로 좋아서 그런 건 더더욱 아니고. 일로 판단했을 때 곁에 두는 게 유리하다고 생각했어."

"……."

"칼자루 쥐고 패악 부리는 거 내 스타일 정말 아닌데."

유라가 희미하게 웃었다.

"어떻게 할래?"

도훈이 깊은 한숨을 토해냈다. 서연이 회사를 그만두고 얼마나 괴로워했는지는 바로 곁에서 지켜본 도훈이 그 누구보다도 잘 알고 있었다. 죽으려는 듯 붉은 신호를 건너는 그녀의 허리를 잡아끌었던 그날의 감촉은 아직도 도훈의 손에 선연했다. 더군다나 어제는 구직에 어려움을 겪고 이제 꿈을 놓아줄 때가 된 것 같다며 넋두리까지 했다.

"바라는 게 뭔데."

"내 연락 받아."

"뭐?"

"내 전화, 내 문자. 무시하지 말고 받아줘."

도훈이 눈썹을 포악하게 구겼다.

"그게 전부야."

반면 유라의 어조는 그 어느 때보다도 차분했다. 서슬 퍼런 시선이 제 목을 겨눌수록 더욱 필사적으로 침착해졌다. 마주 보는 유라와 도훈의 사이에서는 찌릿한 스파크가 튀는 한편, 싸늘한 침묵 또한 내려앉았다.

그녀를 노려보던 도훈이 입을 연 것은 정확히,

"싫어."

5분 후였다.

"간다."

도훈이 미련 없이 자리를 털고 일어났다. 유라는 어이가 없어 헛웃음 쳤다.

하긴 백도훈이 누군데. 거지가 한 푼만 달라고 무릎 꿇고 동냥질을 해도 쳐다도 보지 않는, 피도 눈물도 없는, 남한테 한 치의 관심도 없는 남자. 사랑하는 여자와 닮은 여자를 찾아 곁에 둔 것치고는 꽤 강서연에게 빠져 있다고 생각했지만, 결국 그의 차가움에는 이길 수 없었던 것이었다.

"오빠는 서연 씨가 불쌍하지도 않아?"

도훈이 멈칫했다.

"힘없다는 죄로 누명 쓰고 쫓겨난 건데."

유라는 자신이 지금 누구 때문에 화가 난 건지 파악하기 어려웠다. 확실한 것은 피가 거꾸로 솟는다는 점이었다.

"너, 뭔가 혼자 착각하고 있는 것 같은데."

도훈은 느릿하게 고개를 돌렸다.

"죄 없는 사람한테 누명 씌우고 관두게 한 회사, 그런 쓰레기 같은 곳에 강서연을 돌려보낼 생각 없어."

"……뭐?"

유라의 동공이 거칠게 흔들렸다.

"좀 더 공부하고 싶다면 공부 시켜줄 거고, 패션 하고 싶다고 하면 아예 회사 차려줄 수도 있어."

"……."

"그럴 능력도 되고, 그럴 의향도 있고."

유라는 머리가 하얗게 물드는 경험을 했다. 이내 지끈지끈 아파오는 머리 탓에 눈을 꼭 감았다. 힘겹게 눈을 뜨니 냉정하게 멀어지는 긴 다리가 보였다. 잡아야 한다, 잡아야…….

"그럼 서연 씨한테 그거 말해도 되지?"

유라가 아무렇게나 입술을 움직였다.

"7년 전 그날 일."

도훈의 굳게 다물린 입매가 비틀렸다. 따끔따끔 아파져 오는 미간을 왼손으로 천천히 짚었다.

"7년 전 그날, 나한테 왜 그랬어?"

"아……. 짜증 나게."

깊어지는 두통, 어김없이 옛날 일을 들먹이는 유라 때문에 도훈의 미간 틈이 더욱 깊어졌다.

"내가 그 얘기 하지 말랬지."

바닥까지 깔린 도훈의 목소리가 서늘하게 흘러나왔다.

"미적지근하게 타던 감정에 불붙였잖아, 오빠가."

유라가 입술을 한 번 물었다가 말을 이었다.

"그날 나한테 왜 그랬는지 설명하라고."

"뭘 설명해, 대체!"

도훈이 큰 소리를 내자 움찔한 유라가 저도 모르게 몸을 움츠렸다. 지난 7년간, 불리해지면 그날 일을 입에 담으며 피해자인 것처럼 구는 유라 때문에 도훈은 진절머리가 나던 참이었다.

"그날 남의 침대에 몰래 기어들어 온 거 너야."

책임 소재를 명확히 하기로 하고 입을 거칠게 놀렸다.

"난 설명할 거 없고, 괜히 허튼수작으로 입 놀리면 너 그날로 나한테 죽는 거야."

도훈의 이가 바득 갈리자 유라의 얼굴이 파랗게 질렸다.

"……오빠 진짜 나한테 왜 그래?"

"네가 선을 넘었잖아. 난 그만하라고 했어."

"그날 충격 때문에 난 도망치듯이 외국으로 떠났어. 알아?"

"야."

도훈이 헛숨을 토해냈다.

"작작해."

저 말. 또…… 저 말이다. 그는 7년 전 그날 밤에도 저 싸늘한 말과 눈빛으로 사람 가슴을 갈기갈기 헤집어놓았었다. 유라는 더 이상의 말을 잃어버린 채 주먹만 꼭 쥐고 도훈을 올려다보았다. 상대할 가치도 없다는 듯 뒤돌아 걸어가는 그를 잡지 못하고 그대로 꼿꼿하게 얼어붙었다.

집에서 치킨을 시켜 닭을 멸종시킬 듯이 뜯어먹던 여진은 도착한 문자메시지에 전의를 잃고 말았다.

[태희 씨! 벌써 밤이네요. 오늘도 좋은 하루 보내셨나요?]

"하아……."

진영에게 온 문자를 한참을 응시하던 그녀는 착잡한 심경을 감출 수가 없었다. 꼭두새벽부터 밤늦게까지 꾸준히 안부 문자를 보내는 진영 때문에 신경이 바짝 곤두섰다. 여전히 말도 안 되는 비밀을 지키고 있는 중이라 과도하게 예민해진 탓인지 뒷목이 아찔하게 아파왔다.

"미쳤어. 끊어내야 히는데 계속 받아주는 최여진…… 진짜 미쳤어."

그와 연락을 끊겠다고 수없이 힘차게 다짐했으나, 말과 마음이 다른지 결국 한참을 이렇게 어영부영 그와 연락을 취해 왔다.

"그냥 확 다 불어버리고 연락을 끊어? 정떨어지게?"

고개를 팍 치켜들었다.

"이런 부류들은 안 봐도 비디오지. 100프로 어려서 좋아하는 거야, 20대 초반 여대생 한번 사귀어보겠다고."

나이와 이름을 속였다는 것을 밝히면 한순간에 정이 뚝 떨어져서 더 이상 작업 걸지 않을 것이 분명했다.

"……후으아아."

그런데 이상하게 그의 얼굴만 보면 입이 떨어지지 않는다. 항상 말이 목구멍 언저리까지 튀어나왔다가, 진영의 순박한 웃음을 마주하면 다시 그 아래로 쏙 꺼지고 말았다.

"아, 오징어 하나 때문에 내가 왜 이렇게 심란해야 해? 건방지게! 확 그냥 차단……!"

띠링.

[오진영님이 Choi님께 땡구 치킨 반반 세트(大)를 선물하셨습니다.]

막 도착한 문자에 여진이 넋을 놓고 액정을 바라보았다. 군침이 삼켜진 것은 어쩔 수 없는 본능이었다.

[잘…… 잘 먹을게요.]

치킨 앞에서 완벽히 무너지는 여진이었다.

주말이 되고 서연은 도훈의 집으로 들어가기 위해 살던 원룸을 정리했다. 뭔 놈의 좁아터진 집구석에 쓸모없는 살림살이가 이렇게 많은지, 서연은 도훈의 집에 들어가서는 안 되는 물건들과 버려야 하는 짐을 걸러내느라 진땀을 뺐다.

"어쩌면 이렇게 예뻐졌어? 팔자가 폈네, 폈어."

"하하, 감사합니다."

살던 원룸의 짐 정리를 겨우겨우 끝낸 서연이 마지막으로 건물 앞에서 집주인 아주머니와 담소를 나누었다. 180도 달라진 서연의 외양에 몰라봤다며 너스레를 떠는 아주머니에 서연이 호탕하게 웃었다.

"덕분에 지금까지 너무 잘 살았어요. 월세도 매번 밀리고……. 그동안 이해해주셔서 감사해요."

"내가 뭘 한 게 있다고. 다 돕고 사는 거지. 좋은 곳으로 가는 거긴 하지만, 304호 아가씨 정들었는데 이제 떠나니까 아쉽네."

그녀가 서연의 어깨를 토닥이자 서연이 해사하게 입꼬리를 말아 올렸다.

"보증금 남은 거는 되는 대로 바로 빼줄게. 갑자기 나가는 거라 미리 준비 못 한 거는 자기도 알지?"

"네, 괜찮아요. 지금까지 편의 봐주신 거로도 충분히 감사드리죠."

"하하, 얼른 가봐. 이러다 짐이 사람보다 먼저 도착하게 생겼네."

"네. 나중에 한번 다시 뵈러 올게요!"

꾸벅 허리를 구십 도로 굽힌 서연이 웃으며 뒤를 돌았다.

"아, 날씨 좋다!"

구름 한 점 없는 맑은 날씨였다. 고개를 쭉 꺾어 하늘을 보니 이렇게 푸르를 수가 없다. 골목을 빠져나가 큰길로 깡충깡충 나아가는 걸음걸이가 낭창낭창했다.

"참, 도훈 씨한테 전화를……."

이제 정말 같이 산다는 생각에 입꼬리가 헤벌쭉 올라갔다. 그와 함께라면 앞으로 행복한 일만 생길 것 같다는 근거 없는 기대감이 샘솟았다. 서연이 고개를 살짝 숙이고 꾹꾹 도훈의 번호를 누르며 발걸음을 옮기는데, 갑자기 일순 시야에 어둑한 그림자가 졌다. 멈칫해서 살짝 고개를 드니 웬 남자가 바리케이드처럼 서연의 앞에 바짝 다가서 있었다.

"아, 죄송합니다."

서연은 하마터면 부딪힐 뻔했다고 생각하며 살짝 비켜선 채 통화 버튼을 꾹 눌렀다. 띠리리리, 이어지는 수화음을 들으며 오늘따라 상쾌하게 느껴지는 공기를 잔뜩 음미하는데, 갑자기 누군가가 서연의 팔을 잡았다. 갑작스러운 자극에 화들짝 놀란 서연이 반사적으로 고개를 돌렸다.

놀란 서연은 휴대전화를 천천히 내렸다. 서연은 눈앞에 보이는 남자가 허상인지 진짜인지 믿을 수가 없었다. 막 도훈과 연결이 되어 그의 여보세요, 하는 나지막한 목소리가 휴대전화를 울렸으나, 미처 그것을 받을 생각을 하지도 못하고 그대로 꼿꼿하게 얼어붙었다.

"오랜만이다, 서연아."

재경은 부드럽게 웃으며 서연의 팔을 놓아주고 매너를 챙겼다. 한재경다운 특유의 깔끔한 동작에, 서연은 그제야 그가 진짜라는 것을 확신할 수 있었다.

"아……."

그녀는 예상치 못한 곳에서 만난 인물 때문에 얼떨떨한 얼굴로 입술을 한 번 초조하게 축였다. 눈을 한번 깜빡였다가 떴더니 여전히 같은 얼굴이 시야에 들어찬다.

"재경…… 오빠?"

"응. 얼마 만이지, 우리?"

"와, 오빠……!"

서연이 넋이 나간 얼굴을 한 손으로 가리고 물러났다. 재경은 그런 서연을 잔잔한 미소를 띤 채 내려다보았다.

"재경 오빠! 진짜 오랜만이다! 이게 몇 년만이야?"

이내 서연이 환하게 웃으며 소리쳤다. 그 반가운 음색에 미동 없이 부드럽게 올라가 있던 재경의 입술이 나긋하게 움직였다.

"그동안 어디에 있었어?"

"그건 내가 묻고 싶은 말이야, 오빠 얘기 통 들을 수가 없어서."

"난 그동안 일 때문에 외국에 나가 있었어. 가서도 서연이 네 소식 찾으려고 그렇게 노력했는데, 너와 연락된다는 사람도 없고 전혀 근황을 들을 수가 없더라."

"아…… 그건 내가 사정이 있어서."

수년 전, 남자로 몸이 변하기 시작하고 학교까지 자퇴한 이후, 모든 사람과 담을 쌓고 교류 없이 외톨이를 자처하며 살아왔던 서연이었다. 당시에 재경은 유독 서연을 애타게 찾았던 사람 중 하나였다. 당시 매일 수십 통씩 부재중 전화가 태산처럼 쌓여 있었는데, 그중 가장 많은 지분을 차지했던 사람이 다름 아닌 재경이었다.

"내가 널……."

그리고 그 부재중 전화는 서연이 쫓기듯 전화번호를 바꿀 때까지 계속

되었었다.

"얼마나 찾았는지 알아?"

재경이 웃음기 젖은 입술로 속삭였다. 그의 어머니는 서연의 어머니의 친구이자, SS어패럴에서 오랜 시간 간부의 자리를 지켰던 아주 관계가 깊은 사람이었다. 그렇기에 재경과 서연은 어린 시절, 나이가 두 자릿수에 못 미칠 때부터 밀접하게 교류하며 지내왔던 소꿉친구 사이였다. 생애 가장 오래된 기억에서부터 있었던 사람이 한재경, 서연은 그를 누구보다도 믿고 의지하며 친오빠처럼 따랐었다. 비록 어쩔 수 없는 선택이었으나, 그렇게 친했던 재경과 제대로 된 인사도 없이 헤어지게 된 것이 서연에게는 마음의 짐이자 슬픔이었다.

"네 목소리만이라도 듣고 싶었는데. 한국 오니까 이렇게 딱 만나게 됐네."

"와, 정말……. 오빠를 여기서 보다니. 진짜 반갑다!"

"하하, 많이 보고 싶었어, 서연아."

재경이 큰 손으로 서연의 머리카락을 귀 뒤로 넘겨주었다.

"우리 서연이, 어떻게 더 예뻐졌어."

그렇게 말하며 내려다보는 시선이 너무도 따뜻했다. 오랜만에 만났으나 그는 여전히 말 한마디 한마디, 행동 하나하나에 온화함이 물씬 느껴지는 남자였다. 도훈이 서늘하지만 알고 보면 따뜻한 남자라면, 서연이 느끼는 재경은 머리부터 발끝까지 온통 따뜻한 색으로 물들어 있는, 그런 따뜻하고도 따뜻한 남자였다.

"그동안 잘 지냈어?"

"응, 그럭저럭 지냈지, 뭐. 오빠는?"

"나야 잘 지냈지."

재경은 서연의 얼굴을 가만히 들여다보았다.

"매일같이 너 보고 싶었던 거, 그거 하나 빼면 나도 그럭저럭 잘 지냈어."

서연이 픽 웃음을 터뜨렸다.

"뭐야, 그게. 하하하."

소리 내서 웃느라 잘게 진동하는 서연의 작은 어깨에 재경의 시선이 머물렀다. 두 눈동자가 찬찬히 서연을 담아내기 시작했다.

전과 같이 그녀는 눈이 시리게 아름다웠다. 윤기 흐르는 머리카락은 세월과 무관하다는 듯 찰랑거렸고, 그토록 보고 싶었던 큼지막하고 또렷한 이목구비는 여전히 재경의 심장을 빠르게 박동시켰다. 견딜 수 없을 만큼 사랑스러웠다.

"물론 변함없이 예쁠 거로 생각했는데, 실제로 보니까……."

바람에 살랑이는 서연의 머리카락은, 따가운 햇볕을 받아 더욱 밝은 색으로 영롱하게 빛이 났다.

"정말…… 좋다."

널 드디어 찾았어, 서연아.

찾았으니까…….

"이제 절대 안 놓지."

재경이 입술 끝을 부드럽게 밀어 올렸다.

"어?"

서연의 눈이 살짝 커졌다.

"방금 뭐라고……."

재경은 대답 대신, 유려하게 입꼬리를 올려 웃으며 한 발짝 서연에게 성큼 다가섰다. 그 행동에 움찔한 서연이 주춤 물러섰다. 그러나 재경은 더 이상 가까이 가지 않고 그런 서연의 눈을 빤히 바라볼 뿐이었다.

"왜? 내 얼굴에 뭐 묻었어?"

당연히 당황한 쪽은 서연이었다. 그는 마치 오랜 시간 기다려온 사람을 보는 것처럼, 애틋한 눈빛으로 자신을 내려다보고 있었기 때문이었다.

"너와 만나게 되면 하고 싶은 얘기가 정말 많았는데, 다음에 해야겠네."

"응? 바로 가게?"

서연이 아쉬운 듯 입술을 쫑긋거렸다.

"왜, 몇 년 만에 봤는데 밥이라도 같이 먹지."

서연이 볼멘소리로 투덜거리자 재경은 그런 그녀의 머리를 한번 쓰다듬으며 나직한 웃음을 흘렸다.

"우리, 오늘 본 건 우연이라고 해두자."

재경은 서연을 웃음기 젖은 따스한 눈으로 내려다보았다.

"다음에 보는 건 우연이 아니겠지?"

"오빠……?"

재경은 뙤약볕처럼 내리쬐는 시선은 거두지 않고 그대로 느릿하게 입고 있던 재킷을 벗었다.

서연의 동공이 흔들렸다. 재경이 갑자기 그의 재킷을 서연의 어깨에 포근히 덮어주었기 때문이었다. 느껴지는 감촉에 화들짝 놀라 몸을 뒤로 뺐지만, 그가 다시 유연하게 훅 끌어당겼다.

"아!"

도리 없이 그와 가까워진 서연이 눈을 동그랗게 뜨고 재경을 바라보았다. 재경은 토끼처럼 커진 그녀의 눈이 귀엽다는 듯 어깨를 으쓱하며 재킷의 단추까지 하나하나 잠가주기 시작했다.

"뭐야, 오빠. 갑자기 왜……."

"서연아."

단추를 다 잠근 재경이 상냥하게 웃으며 서연의 팔뚝을 툭툭 다독였다.

"블라우스 세 번째 단추, 떨어진 거 몰랐어?"

서연의 숨이 뚝 끊겼다.

곧이어 하얀 볼에 화르륵 불이 붙었다. 서연이 빨개진 얼굴로 허겁지겁 앞섶을 움켜쥐며 뒷걸음질 쳤다.

"재킷 빌려줄게. 나중에 만나서 돌려줘."

"아, 오빠 진짜! 왜 그걸 지금 말해!"

"하하, 미안. 네가 귀여워서 좀 더 놀려보고 싶었나 봐."

"어휴. 하여간 한재경, 나 놀리는 맛으로 사는 건 똑같네."

서연이 홍당무가 된 볼을 한 손으로 살포시 가렸다.

"어쨌든 지금은 네 상황이 여의치 않을 것 같고. 재킷 돌려줄 때 우리 제대로 대화하자."

재경이 품에서 휴대전화를 꺼내 부드럽게 서연의 앞에 내밀었다.

"네 바뀐 번호. 알려줄래?"

재경이 눈을 길게 늘이며 웃었다.

재경이 단단한 핸들 위를 문지르다가 가볍게 움켜쥐었다. 반대쪽 손은 휴대전화를 아슬아슬하게 들고 있었다. 그 빛나는 액정 위에 나열되어 있는 열한 자리의 숫자는 서연의 휴대전화 번호였다. 재경이 그 번호를 보며 소리 없이 미소 지었다. 단순히 숫자 몇 개를 손에 얻은 것에 불과했지만 세상을 다 얻은 기분이었다.

곧 제 눈앞에 보이는 커다란 2층짜리 주택을 느긋하게 지켜보았다. 이삿짐센터의 트럭이 커다란 소음을 내며 떠나고, 서연은 활기차게 대문을 닫고 안으로 들어갔다.

"역시……."

서연의 모습을 계속해서 묵묵히 지켜만 보았던 재경이 드디어 입을 열었다.

"이 집으로 다시 돌아온 건가."

재경은 장대한 대문을 뚫어져라 응시했다.

"혼자 살려나?"

고개를 비스듬히 내렸다. 재경이 애매한 얼굴로 입술을 쓸었다.

"뭐…… 번호도 알았으니까."

단정한 입꼬리가 미려한 곡선을 그리며 상승했다. 계속해서 새어 나오는 웃음을 통제할 수가 없었다. 그의 가슴은 그 어느 때보다도 벅찬 설렘으로 가득하였기 때문이었다.

"짐이 이게 전부야?"

"좀 많이 버렸어요. 새로 시작하는 기분 내고 싶어서."

도훈의 방 바로 옆의 방은 이제 서연의 차지가 되었다. 화장대에 침대에 옷장 등 고급스러운 가구들로 서연이 지낼 방을 예쁘게 풀 세팅해준 그가 고마우면서도 쓸데없이 침대까지 준비해준 건 내심 아쉬운 서연이었다. 하긴, 같이 살자고만 했지 같이 자자고는 안 했으니 당연한 걸지도 모른다. 물론 티 내면 너무 밝히는 것처럼 보일까 봐 말은 안 했지만 말이다.

"짐 푸는 거 도와줄까?"

"괜찮아요. 금방 끝나요."

도훈이 잠깐 문 앞에 서서 분주한 서연을 지켜보다가, 천천히 그 안으로 들어가 서연의 침대에 팔베개하고 누웠다.

"어? 백도훈 씨, 거기 누워 있지 마요!"

"왜?"

도훈이 웃으며 물었다.

"누워 있으면……!"

"있으면?"

"나도 눕고 싶잖아요."

"그럼 누우면 되지."

서연이 황당하다는 듯 눈을 뜨자 도훈이 제 옆을 툭툭 치며 능글맞게 꼬시기 시작했다.

"이리 와서 같이 눕자."

"안 돼요, 나 이거 해야 해요."

"철벽이네."

도훈이 살짝 몸을 비틀자 그가 입고 있던 티셔츠가 살짝 말려 올라갔다. 그 속으로 도훈의 탄탄한 복근이 은밀하게 모습을 드러내자 서연의 본능 가득한 시선이 저도 모르게 그곳으로 쪼르륵 빨려 들어갔다.

"눈 빠지겠다."

입을 헤 벌린 채 넋을 놓고 도훈의 배를 보던 서연이 그 말에 흠칫 놀랐다.

"아니. 내가 뭘 봤다고, 참나. 그러니까 거기 있지 말라구요! 신경 쓰여서 정리를 못 하겠잖아!"

괜히 찔려 툴툴거렸다. 도훈은 그런 반응이 웃겨 죽겠다는 듯 쿡쿡거리며 검은 머리를 한 손으로 쓸어 올렸다. 서연이 짐짓 무서운 표정을 지어봤지만 그럴수록 도훈의 표정에서는 단물이 뚝뚝 떨어졌다.

"짐 정리 다 하면…… 상으로 키스 한 시간."

도훈의 말에 서연이 배시시 웃었다.

"선불은 안 되나?"

유혹적인 속삭임이 숨죽여 있던 도훈의 신경을 불러일으켰다.

"철벽 치더니, 지금 나 꼬셔?"

서연은 대답 대신 나긋하게 걸어서 누워 있는 그의 몸 위로 올라탔다. 상체를 낮게 내린 서연이 그의 입술에 쪽 하고 뽀뽀했다. 잠깐 커졌던 도훈의 눈이 이내 길게 가늘어졌다.

"내가 말했잖아요. 밀당 하겠다고."

입술을 뗀 서연이 예쁘게 웃었다.

"지금은 되게 세게 당기는 중이니까 각오하는 게 좋아요."

도훈이 웃음을 터트렸다. 품에 폭 안긴 서연의 등을 양팔로 꼭 끌어안았다. 헤실헤실 웃는 서연의 입꼬리에 우물같이 깊은 보조개가 패여 있었다. 도훈이 검지로 보조개를 꾹 누르자 그 틈은 더욱 깊어진다.

"이러고 있으니까 진짜 같이 사는 기분 난다. 그죠?"

서연은 도훈의 단단한 가슴에 얼굴을 마구마구 비비며 속삭였다. 도훈의 넓은 품에서 기분 좋은 향기가 진동을 했다.

"응, 꿈 같아……."

도훈이 큰 손으로 서연의 턱 언저리를 문질렀다. 반질반질한 촉감이 미치게 사랑스러웠다. 만지면 만질수록 더욱 올라가는 입꼬리가 싱그럽다.

"강서연하고 살 맞대고 산다는 거. 안 믿겨."

행복하다는 듯 웃은 도훈이 커다란 손으로 서연의 머리를 쓰다듬었다. 그 따스한 온기에 서연의 마음도 흐물흐물 흐트러졌다. 도훈이 서연을 끌어안은 손에 더욱 힘을 주자 두 몸이 자석처럼 찰싹 맞물렸다. 뜨거운 체온에 근육이 팽팽하게 긴장했다. 서연의 가슴이 도훈의 가슴에 짓눌러지자, 맞닿은 심장으로 찌릿찌릿한 기류가 흘렀다. 심장이 쿵쾅쿵쾅 터질 듯이 박동하기 시작했다.

"내 심장은 지금 터질 것 같은데……."

도훈은 서연의 머리카락을 살살 쓸어 넘기며 그 손을 그대로 내려 뽀얀 볼을 지분거렸다. 그대로 흘러내려 간 손가락은 가느다란 목덜미, 그리고 반듯하게 자리한 쇄골을 차례로 쓸었다.

"강서연 때문에 심장마비 오면 어떡하지."

밀고 당기고 재는 것은 도훈의 사랑에는 없었다. 서연은 자신을 내려다보는 그의 까만 눈동자에 온 신경이 잠식될 것만 같아 눈을 감아버렸다.

"그런데 있잖아."

도훈이 표정 변화 없이 입술만 움직였다.

"재경 오빠가 누구?"

콩닥콩닥 뛰던 서연의 심장이 일순 서늘해졌다. 그의 입에서 나올 줄은 상상도 못 했던 재경의 이름에 당황한 서연이 커다란 눈동자를 이리저리 굴렸다.

어떻게 재경 오빠를 알고 있는 거지? 무표정한 얼굴로 답을 재촉하는 도훈 탓인지 찔릴 일도 없는데 괜히 들킨 기분에 사로잡혔다.

"그…… 꼬꼬마 시절부터 친하게 지냈던 동네 오빠. 그냥 친오빠! 친오빠 같은 사람."

도훈은 말없이 서연을 응시하며 그녀의 머리카락을 만지작거렸다. 그의 입술은 굳게 닫혀 있었으나 그 침묵이 서연에게는 더욱 고역이었다.

"그런데 백도훈 씨가 재경 오빠를 어떻게 알아요? 난 말한 적 없는 것 같은데."

서연이 당혹스러운 눈을 깜빡거렸다.

"아까 나에게 전화해놓고, 재경 오빠란 놈과 보란 듯이 대화하던데."

서연은 그제야 아까의 상황을 떠올렸다. 재경과의 갑작스러운 만남에 너무 놀라 도훈에게 전화를 걸고서 끊지도 않고 그냥 내버려뒀었다.

"그러면 설마……."

"덕분에 처음부터 끝까지 다 들었지."

도훈의 눈이 가늘어졌다.

"질투하라고 일부러 들려준 건가?"

낮디낮은 음성에 서연의 입술이 툭 벌어졌다.

"꺅!"

그 순간 도훈이 서연의 몸을 확 끌어당겼다. 거구의 횡포 아래 여린 육체는 종잇장처럼 뒤집혔다. 도훈의 위에 안겨 있던 서연이 순식간에 그의 아래로 납작하게 깔렸다. 그 거센 반동으로 출렁이는 매트리스에 서연의 등이 찌릿 달아올랐다.

"그런 거라면 너, 성공했어."

전신이 흔들리는 기분이었다. 그가 입술을 내려 서연의 붉은 입술 바로 앞에서 멈추었다.

"질투 나서…… 미치는 줄 알았으니까."

은밀하게 속삭이자 도훈의 입술과 서연의 입술이 스치듯 비벼졌다. 맞물리지 않고 살짝살짝 쓸리기만 하는 입술은 소름이 돋을 정도로 간지럽고 야릇한 감각을 불러일으켰다. 도훈의 어둑한 눈빛에 서연이 침을 꿀꺽 삼켰다.

"난 질투심도 많고, 독점욕도 강해."

서연이 소심하게 발버둥 쳐봤으나 도훈의 힘 아래 꼼짝도 할 수 없었다.

"블라우스 세 번째 단추."

도훈이 길쭉한 손가락으로 서연의 셔츠의 단추를 만지작거렸다.

"나 말고 다른 남자가 그 틈을 보는 건."

입을 벌린 도훈이 서연의 아랫입술을 살짝 깨물었다. 곧 부드럽게 놓아주며 말을 이었다.

"상상만으로도 피가 거꾸로 솟아……."

물었다가 놓는 행위는 반복적이었다. 점점 더 먹혀들어 가는 입술 끝으로 열감이 톡톡 탄산처럼 터졌다. 도훈은 제대로 키스하지 않고 계속 그 위만 맴돌며 서연의 애를 살살 태웠다.

"그냥 친오빠 같은……."

"친오빠는 무슨."

"너무 오랜만에 봐서 반가워서……."

커다란 덩치의 도훈이 서연의 작은 몸을 더욱 억세게 옥죄어왔다. 읏. 서연은 숨이 막혀 죽든, 심장이 빵 하고 터져 죽든, 이대로라면 어떻게 될지 모른다고 생각했다. 위에서 자신을 덮쳐오는 그의 무게가 위압적이었다.

"강서연 애인은 난데, 그 남자는 오빠고 난 그쪽 아니면 백도훈 씨."

거칠게 파고든 그의 무릎이 서연의 다리 사이 매트리스를 꾹꾹 눌렀다.

"이런 데 질투가 안 나?"

야한 자세와 그보다 더 야한 도훈의 표정에 참을 수 없을 만큼 부끄러워진 서연이 얼굴을 새빨갛게 붉혔다.

"그럼 뭐라고 불러요? 아저씨라고 부를 수는 없잖아요?"

서연이 쑥스러워 괜히 딴청을 피웠다. 부드럽게 스치는 살결이나 끈적하게 쓰다듬는 도훈의 손에 서연은 기절할 것처럼 나른한 기분에 빠져들었다.

"그거 있잖아."

"어떤 거요……?"

"그거."

"그러니까 어떤?"

"빨리."

도훈의 커다란 손이 그녀의 골반을 툭 한 번 치면서 재촉했다.

"엄마야! 어딜 쳐요?"

"얼른."

음란한 손길과는 상반된 산뜻한 미소를 띠고 있었다. 서연이 울상을 짓고 도훈의 짓궂은 미소를 바라보았다.

"으…… 오빠……?"

붉은 입술이 웅얼거렸다. 그 호칭이 마음에 드는 듯 도훈이 턱 끝을 들어 올렸다.

"한 번 더."

도훈의 날렵한 콧대를 따라 서연의 시선이 떨어진다.

"오빠……."

손을 뻗은 서연이 도훈의 뒷머리를 잡아당겼다.

"도훈 오빠……."

작은 손으로 움켜쥐자 새하얀 손가락 틈에서 도훈의 까만 머리카락이 부드럽게 빠져나왔다. 서연의 촉촉한 눈동자는 도훈을 탐하듯이 쳐다보고 있었다. 원색적인 시선에 숨을 멈춘 도훈이 이내 정신을 차리고 툭 웃음을 터뜨렸다.

“그 눈빛 예술이네…….”

도훈의 한쪽 입꼬리가 솟아올랐다. 그가 서연의 작은 입술을 단번에 집어삼켰다.

“으음…….”

이어지는 격렬한 키스를 받으며 서연이 팔을 벌려 위로 올리자, 협탁 위에 아슬아슬하게 올라와 있던 휴대전화가 바닥으로 툭 떨어졌다. 그 순간 띵동, 하고 휴대전화가 울렸으나, 서로에게 푹 빠진 두 사람은 그 작은 소음을 듣지 못했다.

[서연아. 집에 잘 들어갔어?]

발신인은 재경이었다.

[방금 봤는데도 또 보고 싶다.]

“하아……. 잠깐. 내 휴대전화에 뭐 온 것 같은데…….”

입술을 뗀 서연이 숨찬 듯 중얼거리자, 도훈의 엄지가 그녀의 미끌미끌한 턱 위를 꾹 눌렀다.

“키스 먼저 해.”

거칠게 속삭이고 다시 여린 입술 위로 날아들었다.

띵동.

두 사람의 침대 옆 바닥에 놓인 휴대전화 액정 위에는 또다시 재경의 문자가 한가득 떠올랐다.

[시간 되면, 다음 주에 같이 저녁 먹을래?]

[분위기 괜찮은 레스토랑에서.]

금요일 오후, 도훈이 출근한 후 서연은 자신의 방에서 구직 공고를 들여다보며 신세 한탄을 했다. 얼마 전 손을 빌려주겠다는 도훈의 뜻을 정중히 거절하고 자신의 힘으로 서고 싶다고 말했지만, 언제까지나 백수로 살 수는 없는 노릇이었다.

"하아……."

게다가 심각한 문제가 하나 더 있었다. 그와 같이 살기 시작한 지 수일이 지났으나, 합방하라는 무당의 미션을 클리어하기는커녕 손잡고 자본 적도 없었다는 충격적인 사실. 둘이 있을 때 틈만 나면 쪽쪽거리고 한번 키스를 시작하면 입술을 잡아먹을 기세로 퍼부어대는 도훈이었는데, 의외로 자정만 넘어가면 부처처럼 굳건한 얼굴로 서연을 그녀의 방으로 돌려보냈다.

"설마……."

죽기 살기로 그를 홀리라는 무당의 말. 혹시 이런 일이 일어날 것을 미리 예견한 거였을까? 서연의 표정이 일순 심각해졌다. 전생과 무관하게 서연은 남자를 유혹해본 역사가 없었다. 유혹하고 싶을 만큼 좋아한 남자도 없었고, 20살에 김성찬에게 코 꿰이고 다른 남자는 만나본 적도 없었기 때문이었다. 이렇게 되면 넋 놓고 살다가 그의 몸이 동할 때까지 1년이고 10년이고 기다려야 할지도 몰랐다.

"에휴, 나는 왜 이런 몸을 가지고 태어나서."

사랑만 하기도 아까운 시간에 속으로 열심히 계산기를 두드려야 한다는 점이 처절하게 느껴졌다.

"그래도 키스에 스무 시간 지속되는 게 어디야."

입술만큼은 아낌없이 주는 도훈이었기에.

슬며시 웃음을 띤 서연이 간단하게 끼니를 때우기 위해 방 밖을 나섰다. 계단으로 내려가려다가 잠시 멈칫했다. 서연이 고개를 돌려 복도 맨 끝에 있는 방문을 물끄러미 바라보았다.

"……음."

그 방은 오래전 서연이 가족들과 살았던 시절, 그녀가 사용하던 방이었다. 견고한 도어록으로 굳건하게 잠겨 있는 방은 서연의 궁금증을 불러일으키기에 제격이었다.

"으, 궁금해 죽겠다."

이 집에 입주한 첫날, 저 방에 들어가서는 안 된다고 신신당부하던 도훈이 떠올랐다.

"안에 뭐가 있길래 그러는 거지? 혹시 야한 거라도 숨겨놓은 건……."

서연이 심각하게 중얼거리는데, 휴대전화가 부르르 떨렸다.

"문자?"

꾹 눌러 확인한 서연의 얼굴이 퍼석해졌다. 뻣뻣해진 손끝이 가늘게 떨렸다.

[강서연 씨, 안녕하세요. 팀장 오유라입니다. 연락 가능한 시간을 몰라 문자 남깁니다.]

팀장님……?

[회사 일 관련해서 가능하면 오늘 좀 뵙고 싶은데, 혹시 지금 통화 가능하실까요?]

서연은 고민 끝에 만나자는 유라의 제안을 받아들였다. 죄진 것도 없는데 피하는 게 더 우습다는 생각이었다.

어디 무슨 말을 하는지 들어나 보자, 그렇게 생각하며 버스에서 내렸다.

"아, 이게 계속……."

낮에 산 구두의 사이즈가 잘 맞지 않는지 계속 헐떡거려 불편했고 여간 신경 쓰이는 것이 아니었다. 그래도 도도하게 또각또각 자신 넘치는 걸음걸이로 걸었다. 길을 가던 사람들도 한 번씩 돌아보며 감탄할 만큼 모델처럼 쭉 뻗은 다리와 날씬한 몸매, 오목조목한 이목구비는 고아한 분위기를 자아냈다. 평소보다 배는 힘줘서 꾸미고 나온 차였다.

"그래, 당당하게 살자. 강서연."

예전에는 몰라도 이제는 유라에게 꿀릴 이유가 한 치도 없다고 생각했다. 이 모습으로 당당하게 서서 백도훈과 정식으로 만나게 됐다, 그러니 그에게 더 이상의 연락은 자제해달라고 정중하게 말할 생각이었다. 그녀가 그를 짝사랑한다는 것을 뻔히 아는데, 계속해서 그의 주위를 맴도는 것을 두고 볼 수는 없는 노릇이었기 때문이었다. 서연은 오른쪽 위에 살포시 꽂힌 도훈이 준 머리핀을 오른손으로 한 번 꾹 눌렀다. 기를 확 눌러 주겠다고 결심했다. 더는 고개 숙이고 살지도, 우울해하지도 않겠다는 다짐도 했다. 비장한 표정의 서연이 유라와 만나기로 한 카페의 문을 힘차게 밀어 열었다.

띠리리리, 그 순간 마치 초를 치듯 시끄럽게 울리는 전화벨 소리. 서연이 짜증스럽게 휴대전화를 들어 보니 유라에게서 온 전화였다. 카페 안쪽 구석으로 가서 적당히 자리한 서연이 전화를 받았다.

"네. 강서연입니다."

-서연 씨. 정말 죄송하지만, 퇴근 시간이라 길이 많이 막혀서요. 한 10분 정도 늦을 것 같은데, 괜찮으실까요?

"괜찮습니다."

-최대한 빨리 가겠습니다. 죄송해요.

"네, 그럼 이따 뵙겠습니다."

사무적인 태도로 전화를 끊은 서연은 시간을 확인했다. 전날 새벽 1시 가까이 돼서 마지막으로 도훈과 키스했으니, 몸이 다시 변하기까지는 1시간 반 정도 여유가 있었다. 핸드백에서 콤팩트를 꺼내 내장된 작은 거울로 얼굴을 비추어 외모 상태를 체크했다.

"좋아, 이상 없고!"

왜 이렇게 얼굴이 변했냐고 놀랄 것이 뻔했으나, 그래도 유라에게만은 눌리고 싶지 않았다. 이 정도로 열심히 힘주었으니 그 세상 혼자 사는 얼굴 앞에서 꿔다놓은 보릿자루로 보이지는 않을 것이라 확신했다.

톡톡, 테이블을 손끝으로 두드리며 무료하게 시간을 보내고 있는데, 문득 도훈에게 외출할 것이라고 말하지 않고 나왔다는 사실을 깨달았다. 휴대전화를 들고 도훈에게 전화를 걸려다가, 문자를 보내기로 하고 도로 내렸다. 터치패드를 엄지손가락으로 꾹꾹 누르는데, 일순 시야가 흐려지는 듯한 느낌이 들었다.

"……."

터치패드의 문자가 읽히지 않을 만큼 뿌옇게 번졌다. 서연이 극심한 어지럼증을 느끼며 제 머리를 짚었다. 갑자기 엄청난 고통이 서연의 심장을 콱 옥죄었다. 누군가가 잡고 쥐어짜는 듯이 가슴이 욱신거렸다. 머리는 깨질 것처럼 아파오고 눈앞이 캄캄해지기 시작했다. 숨이 목 아래까지 울컥 치달아 가빠지더니 훅 하고 몸에 기운이 일순 달아나기 시작했다.

"이 느낌…… 설마……."

온몸이 부서질 것 같은 아픔에 비명이라도 새어 나올 것 같아 입을 틀어막았다. 안간힘을 다해 눈꺼풀을 들어 주변을 살펴보았다.

"……."

사람이 많았다. 많아도 너무 많았다. 그 사실이 서연을 두렵게 만들었다. 지금 이곳에서 몸이 변해버린다면? 그야말로 파국이었다. 휴대전화로 동영상이라도 찍히는 날에는 서연의 인생은 끝장인 것이다. 겨우 되찾은 행복한 일상이 전부 깨지는 것이다.

쿵!

힘이 빠진 서연이 테이블에 이마를 부딪쳤다. 그 탓에 카페 내의 모든 시선이 서연에게로 쏠렸다. 서연이 침을 꿀꺽 삼켰다. 지금 이대로라면 어떤 일이 벌어질지 누구보다 잘 알고 있었다. 벗어나야 한다, 사람이 없는 곳으로.

"아, 아……. 하아."

쓰러질 것처럼 아픈 몸을 일으키고 필사적으로 다리를 움직였다. 덜걱거리는 하이힐 때문에 몇 번이고 넘어졌으나 계속해서 일어나 죽을힘을 다해 카페 뒷문으로 향했다.

"서연 씨?"

뒷문 손잡이를 잡는 순간, 뒤에서 유라의 목소리가 들려왔다.

한편 여진은 퇴근을 위해 지하철역으로 걸어가던 중이었다. 집으로 가서 치킨이나 시켜 먹으며 불금을 보낼까 고민하던 차, 어김없이 울려대는 진영의 전화에 미간을 신경질적으로 구겼다.

"이 사람 또 전화했네?"

오늘만 벌써 세 번째 전화였다. 이 정도면 스토커가 아닌가 싶을 정도였다. 여진이 그의 집요함에 혀를 내두르며 무시하고 전화를 끄려는데…….

"으악!"

지나가던 사람이 툭 여진의 어깨를 치는 바람에 실수로 통화 버튼을 꾹 눌러버리고 말았다.

'아씨. 똥 밟았네!'

이미 연결된 거 할 수 없이 귓가에 쭈뼛쭈뼛 가져다가 댔다.

"네. 왜요."

-태희 씨! 어디세요?

"그건 또 왜요!"

-제가 오늘 엄청 일찍 끝나서 가는 길에 태희 씨 볼까 해서요! 어디세요? 잠깐 시간 괜찮으시면 저와 식사라도…….

"저 시간 안 괜찮고요. 저 학교거든요? 수업도 아직 안 끝났고요. 저녁도 친구들이랑 먹기로 했고요."

나름 이제 실수 없이 연기를 하는 여진이었다. 그런데 그게 문제였던 것이다.

-그럼 제가 세성여대로 모시러 갈게요! 하하하.

미친.

-저 세성여대 근처거든요. 바로 가요.

"오지 마세요!"

사색이 된 여진이 필사적으로 꽥 소리를 질렀다.

설마 찾아올 생각을 할 줄이야! 상상도 못 했던 전개에 눈앞이 아득해졌다.

-보자, 정문으로 제가 바로 갈게요? 거기서 한 20분 있다가 봬요!

"네? 오지 말라고 내가……!"

뚝.

"……."

여진이 허망한 눈으로 끊긴 전화를 내려다보았다. 꿀꺽, 침을 삼킨 시간이 약 1.5초. 곧 빛의 속도로 도로로 달려가 허겁지겁 택시를 잡았다. 정신없이 안으로 들어간 후 목이 터져라 소리를 질렀다.

"기사님! 세성여대 정문이요! 완전 빨리 15분 내로!"

황급히 화장실로 향한 서연은 좁은 칸막이 안으로 뛰어들었다. 곧 휴대전화가 정신없이 울리기 시작했다. 그 벨소리마저 뒤틀린 듯 왜곡되어 들려오는가 싶더니, 이내 털썩. 다소 쿵쾅거리며 소란스럽게 변기에 엎어졌다.

겨우 정신을 차린 서연이 덜덜 떨리는 손으로 가슴을 살짝 움켜쥐었다. 그 순간, 심장이 아랫배까지 똑 하고 떨어졌다. 사시나무처럼 떨리는 손끝을 주체할 수 없었다. 서연이 서둘러 주머니에서 휴대전화를 꺼내 카메라를 켰다.

"이런 미친……."

돌아왔다. 남성화가 일어난 모습으로.

"미쳤어……."

어떻게 해야 할지 상황 파악도 채 되지 않는 상황에서, 유라가 또다시 걸어온 전화의 벨소리가 서연의 고막을 찢을 기세로 돌진했다. 기겁한 서연은 사색이 되었다.

분명히 20시간이 한참 모자랐는데, 왜 갑자기 도로 돌아온 것인가, 대체 왜!

설마 점점 지속 시간이 줄어드는 걸까? 말도 안 돼!

"그건 너무하잖아……."

띵동, 서연이 식은땀을 흘리며 도착한 문자 메시지를 열어보았다.

[저 카페에 도착했는데, 혹시 어디에 계세요?]

문자 내용으로 보아 다행히도 유라는 아까 서연을 발견하지 못한 모양이었다.

그렇다면 지금 이 몰골로 밖을 나서야 하는 건가?

"아!"

일어서려다가 느껴지는 아픔에 도로 풀썩 주저앉았다. 고개를 황급히 내리니, 아까는 덜걱거리던 큰 구두가 지금은 너무 꽉 끼어 엄지발가락이 접혀 있는 것이다.

"어떻게 해야 해……!"

당혹스러운 상황이 계속되자 이성적인 사고가 전부 틀어 막혔다. 그러나 계속 여기에 앉아 있을 수는 없는 법. 다시 억지로 일어나서 조금씩 문을 밀어 열었다.

"……하."

문을 연 순간 보이는 세면대 거울에 비친 것은, 그야말로 거지꼴을 한 저 자신이었다. 쓰러질 때 바닥에서 이물질이 묻어 깨끗하던 원피스는 온통 숯덩이처럼 새카만 것이 덕지덕지 묻었고, 도로 짧아진 머리는 더러워진 데다가 핏기가 싹 가신 얼굴은 미라라고 해도 믿을 수준이었다.

말 그대로 기괴한 몰골이었다. 남자 노숙자가 의류수거함에서 젊은 여자의 옷을 주워다 입은 느낌이라고 하면 딱 맞았다. 이대로 유라를 만날 수는 없다고 판단한 서연이 휴대전화를 가방 안에 넣고 서둘러 밖을 나섰다.

"아……."

그러다 화장실 안으로 들어오는 유라와 딱 맞닥뜨리고 말았다. 유라는 순간 놀란 듯 눈이 커지더니, 곧 당혹스러운 기색으로 서연의 머리부터 발끝까지를 한 번 훑어보았다. 서연은 산사태처럼 몰려오는 수치심과 창피함에 얼굴이 붉어졌다. 저도 모르게 뒷걸음질 치다가 바닥의 타일에 뒷굽이 걸려 또다시 뒤로 우당탕 넘어졌다.

"어머! 괜찮아요?"

서연의 모습에 놀라 멍하게 있던 유라가 넘어진 서연을 향해 물었다.

"아…… 네, 괜찮아요. 저 괜찮아요."

비참한 수준이 죽고 싶을 정도였다. 서연이 벌떡 일어나서 핸드백을 쥐었다. 발목을 살짝 접질린 탓에 비틀거리는 서연을 유라가 어정쩡하게 부축했다.

"다리 접질린 거 아니에요?"

"아니에요. 이 정도는 아무것도……. 아니, 괜찮아요. 저 혼자 설 수 있어요."

횡설수설하다가 시야에 저의 거지꼴과 대비되는 유라의 말끔한 옷차림이 눈에 들어오자 눈앞이 컴컴해졌다. 서연이 고개를 푹 숙였다.

"그런데 서연 씨……."

"네?"

"스타일이 좀…… 바뀌었네요."

"……."

하, 유라의 말에 수치스러운 감정이 다시금 왈칵 치밀었다. 슬쩍 곁눈질해 본 유라의 얼굴은 표정 관리가 잘 안 되는지 난해한 얼굴을 하고 있었다. 서연이 입술을 꾹 깨물었다.

"저, 저 오늘은 먼저 가봐야 할 것 같아요. 여기까지 오셨는데 죄송해요. 제가, 제가 나중에 저녁 살 테니 그때 다시 봬요."

서연이 유라와 눈도 잘 마주치지 못하고 얼른 옆을 지나가려고 하는데,

유라가 서연을 붙잡아 세웠다.
"잠깐만요."
유라는 조금 망설이는 투로 말을 이었다.
"그…… 이런 상황에서 할 말은 아닌 것 같은데, 너무 도훈 오빠 취향에 맞추려고 노력하지 않는 게…… 좋을 것 같은데요……. 사람마다 어울리는 모습이 있는 거잖아요. 다른 사람 흉내는 내지……."
유라는 말을 채 이을 수 없었다. 서연이 뒷말을 끝까지 듣지 않고 고개를 꾸벅 숙였기 때문이었다. 곧바로 뒤를 돈 서연은 다리를 절며 꾸역꾸역 유라에게서 멀어졌다.
"하……."
서연이 완전히 시야에서 사라지자 유라는 헛숨을 토해냈다.
"이게 무슨 상황인지……."

카페를 나선 서연은 참담한 심정에 이를 바득 갈았다. 뭐? 너무 백도훈 취향에 맞추려고 노력하지 않는 게 좋다고? 사람마다 어울리는 모습이 있다고?
"하."
어이가 없어서 기가 찼다. 물론 지금 모습은 도훈을 만나고 조금 고와진 모습도 아닌, 그를 만나기 전의 투박하고 큰 골격과 얼굴을 하고 있었다. 게다가 화장실에서 수도 없이 넘어지는 바람에 차림은 그야말로 너덜너덜 엉망진창. 그러나 비록 이런 몰골이어도 서연이 어떻게 하고 다니든, 다른 사람도 아닌 유라에게 참견 받을 이유는 없었다.
"게다가 내가 누구 흉내를 냈다는 거야? 어이가 없어, 진짜!"
참다 참다 마지막 말에 폭발해서 고개를 숙이는 것으로 유라의 입을 다물게 하기는 했지만, 그래도 '다른 사람 흉내'라는 뒷말은 똑똑히 들었다. 설움이 밀려와서 눈물이 터질 것 같은 와중, 지나가던 사람들은 연신 서연을 쳐다보며 저들끼리 낄낄거리며 비웃기 시작했다.

"……."

한동안 잊고 있었던, 하찮다는 듯 보는 시선들이었다. 서연이 몸을 퍼드득 움츠렸다. 기분 나쁜 웃음소리가 뇌를 앵앵 울리며 어지럽히자 눈앞이 까맣게 번지고 신경이 뚝뚝 끊어졌다.

"아."

갑자기 몸이 거세게 흔들리나 싶더니, 툭, 실수로 지나가는 남자와 어깨를 부딪쳤다. 두개골이 지잉 하고 요동쳤다. 남자의 체격이 월등했기에 딱딱한 벽에 부딪힌 것처럼 부서질 것 같은 통증을 느꼈다.

"죄…… 죄송합니다."

잇새를 꽉 악문 서연이 흠칫 물러나서 남자의 반듯하게 빛나는 구둣발을 보며 중얼거렸다. 통증에 대한 표출보다 어디론가 도망쳐야 한다는 생각이 더 간절했다. 서연이 남자에게 고개를 꾸벅인 후, 뒤를 돌아 다리를 재게 움직여 도망치듯 걸어갔다.

"허. 뭐야, 저 거지?"

어깨를 부딪친 남자의 옆에 있던 남자가 황당하다는 듯 툭 내뱉었다.

"너 어깨 괜찮냐? 뭐 더러운 거 묻은 거 아니야?"

"……."

"재경아?"

재경은 여전히 제 어깨를 치고 간 사람의 뒷모습을 뚫어져라 바라보는 중이었다.

"재경아."

"……저 사람, 아는 사람하고 좀 닮은 것 같은데……."

"뭐? 저 거지랑?"

재경은 대답 없이 어디에 홀린 사람처럼 제 어깨 위를 보듬다가 살짝 움켜쥐었다.

"근데 저 거지새끼는 왜 저러고 다니냐? 변태야, 아니면 정신 나간 거야? 요즘 노숙자들 사이에서는 저런 해괴한 패션이 유행인가?"

옆의 남자는 평생에 기괴한 꼴을 다 봤다며 헛숨을 토해냈다. 그러나 재경은 그가 무슨 말을 하던 들리지 않는다는 듯 그저 가만히 서 있을 뿐이었다. 재경이 벌어진 입술을 꾹 다물었다. 곧 굳어 있던 다리가 급 발진하는 자동차처럼 빠르게 튀어나갔다.

"야, 한재경! 어디 가!"

뒤에서 남자가 외치는 소리를 뒤로하고 재경은 아까 저와 어깨를 부딪친 사람의 뒤를 쫓아 날쌔게 달려갔다. 추격하듯이 돌진하니 머지않아 서연의 뒷모습이 재경의 시야에 담겼다.

속도를 줄인 재경이 일정 거리를 유지하고 서연을 빤히 주시하기 시작했다. 여자라면 평균보다 큰 키, 남자라면 비교적 작은 키……. 한눈에 보기도 굉장히 마른 몸, 성세되지 않은 숏 컷 스타일과 옷차림……. 서연이 절뚝거리며 사람이 없는 공원으로 향할 때까지 재경의 관찰은 계속되었다.

"아!"

위태롭게 걷던 서연이 또다시 허공을 가르며 쿵! 더러운 바닥에 엉덩방아를 찧었다. 재경이 문득 가까이 다가가려다가 멈칫했다.

"망할 신발……."

화로가 들끓는 듯한 목소리로 뇌까린 서연은 피 터질 듯 꽉 끼는 구두를 벗어서 아무렇게나 휙 던져버렸다. 그러고선 지체 없이 맨발로 벌떡 일어나 또 절뚝절뚝 걷기 시작했다.

계속해서 서연의 뒤를 쫓던 재경은 얼마 가지 않아 우뚝 멈춰 설 수밖에 없었다. 서연이 여성용 공중화장실 안으로 홀연히 자취를 감췄기 때문이었다. 그 앞에서 한참 시선을 두었으나, 나올 기미는 전혀 없었다.

"……."

톡, 톡, 길쭉한 손끝이 손목에서 번뜩이는 시계의 유리판을 가볍게 두드렸다. 똑딱똑딱, 여린 초침의 운동에 맞추어 손가락이 일정하게 운동했다.

한재경은 태생부터 꽤 치밀한 사람이었고, 우연히 찾아온 기회를 놓치는 타입이 절대 아니었다. 한 번 미끼를 물면 물 샐 틈 없이 견고한 수조에 먹잇감을 넣고 천천히, 아주 천천히 관찰한다.

물론, 그것에 대한 확신이 생겼을 때. 재경이 어깨를 틀었다. 아까 서연이 던진 구두가 포물선을 그리며 비행한 경로를 따라 그의 구둣발도 딱, 딱 움직였다. 재경은 느슨한 동작으로 버려진 구두를 들어 올렸다.

"명품이……."

재경은 느릿하게 서연이 사라진 방향으로 턱을 돌렸다.

"아니네."

"아, 아파……."

음산한 화장실에 자리를 잡은 서연은 저도 모르게 앓는 소리를 냈다. 퉁퉁하게 부은 발목을 봐서 전에 다쳤던 오른 발목을 또다시 다친 모양이었다. 한숨을 푹 내쉬며 가만히 쪼그리고 앉았다. 견딜 수 없는 비참함에 입술을 잘근 씹었다. 서연은 멍한 동작으로 휴대전화를 들었다. 액정에서 뿜어지는 밝은 빛이 어둠을 조금 몰아냈다.

"……."

지금까지 서연은 도훈에게 괜한 자존심으로 오지 말라고, 사정이 생겼으니 보지 말자고, 수도 없이 그렇게 말해왔었다. 전에 회사에 잘린 날도, 처음 모습이 바뀌었다가 도로 돌아온 날 또한. 비참하고 수치스러운 모습을 그에게 보여주고 싶지 않은 탓이었다. 하지만 그렇게 말할 때마다, 도훈은 그런 서연의 진심을 꿰뚫어 보는 사람처럼 보란 듯이 서연을 찾아왔었다.

잠시 멍하니 있던 서연이 휴대전화 액정 위를 꾹꾹 눌렀다. 곧 몇 번의 신호가 가고 도훈이 전화를 받았다.

-여보세요.

그의 나직한 목소리가 들리자 또 울컥 설움이 북받쳐 올라왔다. 왜 내 인생은 이렇게 끝까지 꼬이는 것 같지, 내 맘대로 되는 게 하나 없구나, 하고…….

-강서연?

서연이 입술을 꼬깃거리며 말을 하지 않았다. 사실 무슨 말을 해야 할지도 알 수 없어 숨만 몰아쉬었다. 도훈 또한 입을 열지 않자 침묵이 내려앉았다. 곧 서연이 눈을 꾹 눌러 감았다.

"와줘……."

뱉고 싶어서 뱉은 말이 아니었다. 그저 본능적으로 토해진 말이었다.

-지금 와줘요…….

"……."

도훈은 이유를 묻지 않았다. 아침과 달리 굵어진 서연의 목소리가 모든 것을 말해주었기 때문이었다. 도훈은 덥석 차 키를 낚아채듯 들었다. 급하게 시동을 걸고 기다렸다는 듯 서연이 말한 장소를 향해 거칠게 운전대를 놀렸다.

서연이 자신에게 직접 와달라고 말한 것은 처음이었다. 그 사실 하나에 몸이 단 도훈이 재킷을 아무렇게나 벗어 조수석에 던졌다. 붉은 신호가 켜지고 액셀을 힘껏 밟았다. 이리저리 차선을 바꾸는 그의 팔뚝에 핏줄이 솟아 있었다.

그 어느 때보다 흉포한 운전 끝에 겨우 도착한 도훈이 긴 다리로 성큼성큼 갈급하게 내달렸다. 차오르는 숨으로 인해 거친 호흡이 튀어나왔다.

망설임 없이 공중 화장실 문을 벌컥 열고 들어갔다. 도훈이 유일하게 닫혀 있는 가장 안쪽 칸으로 걸어갔다. 서연의 이름을 부르자 굳게 닫혀 있던 칸의 문이 아주 조금 열렸다. 그 틈으로 도훈의 거친 손길이 쑥 파고들었다. 이내 비좁은 칸 안으로 도훈의 실루엣이 싹 바람처럼 사라졌다.

탁, 칸막이 문이 닫혔다.

도훈은 웅크리고 있는 서연과 시선을 마주했다. 서연의 삐죽삐죽한 머리에 화려한 머리핀이 위태롭게 달랑달랑 매달려 있었다.

“가자.”

도훈이 길쭉한 손가락으로 핀을 빼서 서연의 머리카락 위에 정갈하게 고쳐 끼워주었다.

“미안해…… 꺅!”

침울한 얼굴로 사과하는데, 뒷말을 잇기도 전에 몸이 붕 떴다. 정신을 차리고 나니까 그의 품이었다. 도훈이 양팔로 서연을 번쩍 안아 들고 화장실 문을 벌컥 열었다. 서연이 화들짝 놀라 그의 어깨를 마구 쳤지만, 거침없는 도훈은 성큼성큼 칸막이에서 걸어 나왔다.

“뭐, 뭐예요! 내려줘요!”

서연이 토마토처럼 빨갛게 달아오른 얼굴로 그의 어깨를 찰싹 때렸다.

“아파.”

“그러니까 내려줘요! 다 쳐다본다고요!”

“보라고 해. 내가 내 여자 안겠다는데 왜.”

“지금 내 꼴이 이 모양 이 꼴인데…….”

“쉿.”

서연의 몸이 흠칫 떨렸다.

“불만은 집에서 듣는 거로.”

그렇게 말하는 눈빛이 언제나처럼 뜨거웠다. 도훈의 차 근처에 도착해서야 서연은 땅에 두 발로 설 수 있었다. 조수석에 올라탄 서연은 흘끔거리며 도훈의 눈치를 살폈다.

도훈은 자신의 재킷을 서연의 몸에 천천히 덮어주었다. 그의 향수 냄새가 은은하게 퍼진 직물이 몸을 감싸자 여전히 그의 품속인 것 같은 착각이 들었다.

"일단 집으로 갈게."

서연은 대답 대신 고개를 푹 숙였다. 도훈은 힘없는 그녀를 보자 마음이 불편했다.

널 어떻게 해야 할까……. 10년 동안 꿈속의 그녀를 만난다면 평생 웃게만 해주기로 다짐했는데, 그게 쉽지가 않았다.

집으로 향하는 내내 멍하니 창밖을 바라보는 서연의 눈이 점점 더 일그러졌다. 도훈은 운전하는 내내 온통 신경이 서연에게만 쏠려 있어 애가 닳았다. 지쳐 보이는 안색과 내려앉은 입꼬리에 심장이 저릿했다.

"왜 그래?"

"……부끄러워요."

갈기갈기 헤진 목소리는 충분히 지쳐 있었다. 도훈을 만나서 여자로 돌아오고, 이제 다 끝이라고 생각했는데 오히려 시작이었다. 지속 시간이 점점 짧아진다니, 생각지도 못한 일이있다.

"진짜…… 내 인생이 너무 쪽팔리고. 억울하고……."

저도 모르게 차오른 눈물방울은 볼을 타고 조금씩 흘러내렸다. 그 작은 눈물에 도훈의 동공이 일렁였다. 도훈은 거칠게 핸들을 돌려 차를 한편에 적당히 세웠다. 빠르게 안전벨트를 푼 도훈이 팔을 뻗어 서연의 가녀린 몸을 품에 꼭 끌어안았다. 훌쩍이는 그녀의 등을 토닥이며 위로했다.

"떨어져요. 나 지금 옷도 더럽고…… 그냥 다 꼬질꼬질해서 백도훈 씨까지 물들어."

이 남자와 함께하고 싶다는 욕심 때문에, 남들처럼 행복해지고 싶다는 욕심 때문에 그의 곁에 있기로 결정한 것이었다. 그런데 그런 서연의 욕심이 도훈까지도 지치게 만드는 것만 같았다. 나는 왜 늘 주위 사람들을 힘들게 하는 걸까, 왜 내가 사랑하는 사람들은 다 힘들어지는 걸까. 밀려오는 서러움에 눈물이 멈추지가 않았다.

"네가."

품 안에서 바르르 떠는 몸을 쓱 쓸어내렸다.

"눈물 뚝 하면."

부드럽게 허리를 쓰다듬었다.

"그쪽 없이는 못 사는 내가 너무 싫어요. 바보 같아. 한심해."

"왜? 나는 좋은데."

도훈이 픽 웃으며 서연의 등을 다독였다.

"하늘에 감사하다고 절이라도 해야 할 판이야."

전혀 지치지 않았다고, 오히려 행복하다고 말해주는 남자가 있었다. 평생의 한이 스르르 녹아내리는 다정한 위로에 천천히 안정이 찾아왔다. 서연이 고개를 그의 목 쪽으로 살짝 돌렸다. 촉촉한 입술이 도훈의 목덜미에 살짝 닿자, 사랑스러운 촉감에 그의 입술이 나직하게 벌어졌다.

"……키스는 집에 가서 해야 해. 그렇지?"

서연이 고개를 끄덕였다. 어둑한 차 안이었지만 그래도 누군가가 볼 가능성이 있었기 때문이었다. 서연의 짧은 머리카락이 굵직한 목덜미에 천천히 비벼지며 도훈의 살갗을 간지럽혔다.

"그러면 그만 유혹해."

도훈이 서연의 뒷덜미를 한 손으로 감싸 내리고, 보드라운 이마에 입술을 맞대며 중얼거렸다.

"나 이러다 심장 터지겠어."

오로지 서연에게만 뛰는 심장은 주인의 말을 듣지 않고 미친 듯이 내달리기 시작했다. 서연은 그 눈물 나게 좋은 심장 소리를 들으며 아득한 눈을 감았다.

쾅.

집에 들어오자마자 서연이 도훈을 벽으로 밀쳤다. 그녀의 힘에 밀린 성난 등 근육이 문에 큰 소리를 내며 부딪쳤다. 도훈은 제 가슴에 저돌적으로 안

겨오는 체구를 반갑게 맞이했다. 그가 서연의 양 볼을 부드럽게 감쌌다. 볼이 땀으로 인해 촉촉하고 미끄러웠다. 서연이 반쯤 풀린 눈으로 도훈을 물끄러미 올려다보았다.

"못 참겠네……."

도훈은 당장에라도 먹어버릴 듯 서연의 입 바로 앞에서 아주 작게 속삭였다. 그 움직임에 따라 서연의 붉은 입술 끝을 새하얀 앞니가 살짝살짝 건드렸다. 쪽, 가볍게 부딪혔다. 곧바로 서연과 도훈, 둘 중 누가 먼저랄 것도 없이 거세게 서로의 입술을 탐욕스럽게 집어삼켰다. 도훈이 서연의 아랫입술을 쭉 빨아들이자 서연의 속눈썹이 쾌감으로 파르르 떨렸다. 자극적인 촉감에 정신이 혼미해지는 것은 한순간이었다. 도훈이 왼손으로 그녀의 짧은 머리가 토독 드리워져 있는 목덜미를 끈적하게 어루만졌다. 어김없이 거미줄처럼 쭉 늘어나는 적갈색 머리카락은 끝도 없이 엿가락처럼 길어졌다. 곧이어 거칠게 섞이는 더운 숨결 아래, 도훈이 서연의 허리를 한 손으로 꽉 움켜쥐었다. 그녀의 몸이 활처럼 아찔하게 꺾였다. 가냘픈 팔은 그의 목덜미를 더욱 옥죄었다. 도로 봉긋해진 그녀의 뭉클한 두 봉우리가 그의 살결에 천천히 닿았다. 도훈의 심장이 곧 폭발할 듯 거칠게 뛰었다.

두 육체가 엉켜서 수도 없이 진한 키스를 나누며 집 안으로 들어갔다. 벌어진 입술 틈으로 섞인 혀가 격렬하게 율동하며 서로를 애무했다. 도훈의 미끈미끈한 혀는 적극적으로 흥건한 서연의 입 안을 헤엄쳤다. 짐승처럼 불뚝불뚝 요동치는 남자의 근육 아래, 서연이 식탁 위로 흐드러지게 눕혀졌다.

"하아, 하아……."

도훈이 입술을 떼자 서연이 거친 숨결을 토해내며 그를 풀린 눈으로 올려다보았다. 도훈은 서연의 상기된 볼을 천천히 쓰다듬었다.

"씻고 와……."

그렇게 말하는 도훈의 입술로 서연의 온 신경이 빨려 들어가는 듯했다.

8. 발칙한 입술

서연은 홀린 듯 비척비척 욕실로 향했다. 빠르게 샤워를 마치고 나와 편안한 옷으로 갈아입었다. 더러워진 원피스를 세탁기에 넣고 돌리고서 거실로 주춤주춤 나갔다. 주방에 있던 도훈이 그녀에게로 눈을 돌렸다.

"거기 소파에 앉아."

고개를 끄덕이고 가서 앉자, 곧 다가온 도훈이 서연의 부은 발목을 천천히 살폈다.

"심한 것 같진 않은데. 일단 응급처치 해줄 테니까 지금은 최대한 걷지 않는 거로."

"응, 미안……. 폐 끼쳤어."

"폐 끼친 거 아니야. 미안할 일도 아니야."

"으응, 미……."

저도 모르게 또 미안하다고 할 뻔하다가 도훈이 슬쩍 올려다보자 움찔했다.

"안 미안."

황급히 말하는 서연을 보며 도훈이 픽 웃음을 터뜨렸다. 곧 가느다란 발목에 붕대를 감아 응급처치를 마쳤다.

"앉아, 거기."

주방으로 향하자 먹음직스러운 향기가 서연의 코끝을 찔렀다. 지글지글 굽는 소리가 이어지며 달큼한 기름 냄새가 나는 걸로 보아…… 고기 종류?

"오늘 저녁은 내가 만들어주고 싶었는데."

솜씨는 없어도 도훈에게 뭐든 요리해주고 싶은 마음이 한가득하였는데, 결국 또 본의 아니게 호의를 받아버리고 말았다. 시무룩해진 서연을 보는 도훈의 눈이 부드럽게 휘었다.

"난 이미 먹고 싶은 거……."

도훈이 서연의 촉촉한 입술을 뚫어져라 보며 입꼬리를 말아 올렸다.

"먹었어, 마음껏."

서연이 긴장한 채로 침을 꼴깍 삼켰다. 곧 도훈이 접시에 스테이크를 올려 서연의 앞과 제 앞에 탁 내려놓았다. 육즙이 질펀하게 흐르는 스테이크를 보며 서연이 감탄을 내질렀다.

"와, 때깔이 미쳤어요. 진짜 맛있겠다!"

"먹어봐."

도훈이 포크와 나이프를 서연의 손에 살포시 쥐여주었다. 마치 섬세한 유리를 다루듯 행동이 나긋나긋 조심스러웠다. 그녀의 기분을 생각하는 도훈의 세심한 배려였다. 서연은 열심히 고기에 칼을 댔지만 몸에 나른하게 힘이 풀린 탓에, 날카롭게 세운 나이프를 아무리 움직여도 고깃덩이가 잘리지 않았다. 그저 뭉툭한 힘에 형편없이 짓눌려지기만 할 뿐이었다. 몇 번 헛손질하고 있으니 도훈이 제 것을 깔끔하게 잘라 서연의 입술 앞으로 들이밀었다.

"아."

서연이 눈을 크게 떴다.

"뭐, 뭐예요?"

"얼른, 아."

난생 이런 닭살스러운 짓은 해본 역사가 없는 서연이 우물쭈물하고 있자 도훈이 왼손으로 그녀의 턱을 슬쩍 잡았다.

"입 벌려."

움찔, 서연이 입술을 파드득거렸다.

"옳지."

저도 모르게 홀린 듯 벌어진 입술 속으로 그의 포크가 유연하게 들어갔다가 나왔다. 기분이 기묘했다.

"어때?"

"마…… 맛있어요."

하여간 사람을 긴장시키는 재주가 있다니까, 뻣뻣해진 혓바닥은 얼간이처럼 꼬였다. 그녀가 입 안에 고인 육즙을 꼴깍 삼켰다. 눈앞에서 부드럽게 사르르 녹아내리는 그의 미소를 보자 심장이 아프게 떨렸다.

"그럼 나도 맛있지."

도훈이 서연의 입술에 반질반질하게 묻은 스테이크 소스를 엄지로 슬쩍 훔쳐서 입 속에 넣고 쪽 빨았다.

"그걸 왜 먹어요! 더럽게!"

"왜 더러워. 난 이게 제일 먹고 싶었는데."

"변태 같아!"

"서운하네. 그걸 지금 알다니."

도훈이 능글맞게 웃으며 서연의 스테이크를 작게 썰어주었다.

"오늘 누구 만났던 거야?"

"……오유라 씨요."

도훈의 손이 일순 멈추었다.

"오유라?"

"응, 말 안 해서 미안해요. 팀장님이 먼저 만나자고 하셔서 그냥 잠깐 만나고 올 생각이었거든요. 여전히 징글징글하게 예쁘더라고요. 하필이면 만나기 직전에 모습이 돌아와서…….”

“……다른 말은 안 했나?”

“말할 정신도 없이 도망쳐 나왔죠, 뭐. 몰골이 말이 아니었지, 하아……. 인생 최고 수치 플레이, 넘버 원.”

“갑자기 돌아와서 놀랐겠네.”

“네, 진짜 놀랐어요. 지속 시간이 줄어드나 봐요. 이제 20시간도 깨지고…….”

다시 시무룩해진 서연이 포크로 접시를 깨작거리며 꿍얼거렸다.

“산소 호흡기 쓰는 사람처럼 도훈 씨 키스 받아먹고 살아야 해요. 밀당은 무슨, 나 완전 을이네, 을.”

서연의 아랫입술이 점점 볼록 튀어나왔다. 도훈은 그것을 응시하며 귀여워 죽겠다는 듯 소리 없이 웃었다.

“그건 역시…….”

“응?”

“내 옆에 딱 달라붙어 있으라는 하늘의 계시?”

장난스러운 도훈의 목소리에 웃음이 서려 있었다.

“치, 장난치지 말고요. 나는 심각한데.”

서연이 고기를 한 점 입에 밀어 넣으며 툴툴거렸다. 도훈은 그런 서연이 사랑스러워 견딜 수가 없었다.

저도 모르게 자리에서 일어난 그가 서연에게로 상체를 내렸다. 바싹 코앞으로 다가온 그의 얼굴에 서연의 눈이 커졌다. 날렵한 콧날이 살갗을 건드리는가 싶더니, 그가 서연의 아랫입술을 앙 물었다. 입 속으로 들어온 입술을 시식하듯이 한번 달게 빨자 품 안의 몸이 작게 바르작거렸다. 표면에 초콜릿이 묻어 있기라도 하다는 듯, 말캉한 도훈의 혀가 서연의 입술을 내리눌렀다. 놀란 서연의 입이 크게 벌어지자, 두 입술이 톱니바퀴처럼 맞물렸다. 겹쳐진 서로의 입 안으로 스테이크 조각이 축구공처럼 이리저리 배회했다. 바쁜 혀끝에 고깃덩이는 치이고 또 치였다.

"음……."

도훈은 그 조각을 혀로 능숙하게 밀어 서연의 입 안에 넣었다. 야릇한 행위 끝에 입술을 뗀 도훈이 서연의 머리카락을 사부작사부작 쓸어내렸다.

"잘 기억해."

서연은 심장이 하도 뛰어 곧 폭발할 것만 같았다.

"을 없어. 무조건 뭘 하든 네가 중심이야."

그는 서연의 심란한 마음의 원인을 정확히 파고들었다. 볼을 매만지던 도훈의 손에 유약한 속눈썹이 살짝 닿았다.

"어느 순간 너 없을 때도 항상 네 생각을 하고 있었어. 보이지 않으면 보고 싶고, 보고 있으면 만지고 싶고. 그게 어떤 감정인지, 내가 조금 늦게 깨달았을 뿐."

"……."

"네가 먼저 날 좋아한 게 아니야. 더듬어보면 먼저 널 필요로 해서 다가간 쪽은 나야."

서연은 자신이 더 도훈을 좋아하는 것 같다는 불안감을 한편에 품고 있었다. 폭발할 것 같은 감정을 억누르고 어쭙잖게 밀당을 하겠다며, 괜히 튕겨보겠다며 말해본 것도 그 때문이었다. 사회에서도 을, 사람 관계에서도 을, 더욱이 지난 연애로 떨어진 자존감은 서연을 을의 연애에 익숙하게 만들었었다.

"그러니까, 우리 관계. 굳이 정의 내리자면 네가 갑이고 내가 을이야."

서연이 침을 꿀꺽 삼키는 소리가 고요한 집 안을 울렸다.

"밀당해도 좋고, 갑질해도 좋아."

도훈이 고개를 비스듬히 틀어 서연의 얼굴을 빤히 쳐다보았다.

"뭘 해도 사랑스러워, 너니까."

도훈의 말에 서연의 정신이 아득해지는 것은 한순간이었다. 그가 서연을 어르는 듯 팔뚝을 톡 두드렸다.
"……진짜."
서연은 입술을 꼬옥 물었다가 놓았다.
"심각하게 멋있다, 백도훈."
갑을 위해 철저하게 을이 되어주는 아주 버거운 남자였다. 감동해서 울 것 같은 기분이 되어버렸다. 그에 대한 사랑과 고마움이 무서울 정도로 넘쳐흐르는 순간이었다. 씩 웃은 서연이 다시 씩씩하게 포크를 들었다. 잘 먹는 그녀를 도훈은 흐뭇한 시선으로 바라보았다.
"그리고 몸 바뀌는 건……."
서연이 고개를 들어 도훈과 시선을 마주했다.
"방법을 찾아보자. 계속 바뀌면 네가 지칠 테니까 영구적으로 원래 모습대로 살 방법. 그러려면 몸이 변하는 원인 분석을 먼저 해야겠지."
도훈의 깊은 눈이 서연을 꿰뚫을 듯이 응시했다.
"짚이는 거 있어?"
움찔한 서연이 바짝 마른 혀를 꿈틀거렸다.
사실 알고 있었기 때문이었다. 원인부터 영구적으로 살 수 있는 방법까지, 전부 다 알고 있었다. 왜 전 세계 모든 남자 중 단 한 사람, 백도훈의 몸에만 반응하고 원래 몸으로 돌아오는지까지도.
"글쎄요……."
그러나 차마 말할 수는 없었다. 어떻게 말하겠는가? 당신에게 몸과 마음을 전부 바쳐야 내가 여자로 살 수 있다고…….
아, 말 못 해. 절대 말 못 해.

잠자리에 누운 도훈은 한참을 뒤척이며 생각했다. 서연은 감정이 얼굴에 쉽게 드러나는 타입은 아니었으나, 감추는 데 능한 타입은 더더욱 아니었다. 저녁 식사 동안 도훈이 서연에게 알아낸 것은 그녀가 뭔가를 숨기고 있다는 사실이었다. 무언가 중요한 것을 알면서도 모른 척하는 것이 틀림없었다. 대체 뭐길래?

"하긴, 나도 숨기는 게 있는데……."

도훈이 한숨을 푹 내쉬었다. 서연을 보면 항상 드는 생각이 있었다. 그녀는 그동안 사랑받지 못한 것 같았다. 사막의 메마른 꽃처럼 누구보다도 외로워 보이고 고통스러워 보였다. 충분히 사랑받을 자격이 있는 여자인데, 그 사랑에 익숙지 않은 듯 매일 바들바들 떨기만 한다. 부모님도 여의고, 전 애인은 그 따위로 대접을 했으니 어쩌면 저런 모습이 당연하였다.

"그렇다면……."

도훈의 입술이 작게 벌어졌다.

"질식할 만큼 사랑해줘야지. 온몸으로 느끼게."

유려한 입매가 부드럽게 올라갔다. 반평생을 바라본 여자인데, 가진 모든 걸 바치고 그녀에게 올인하는 것에는 자신이 있었다.

똑똑.

그때, 방문을 두드리는 소리가 도훈의 귓전을 울렸다. 그쪽을 응시하자 작게 열린 문틈으로 새하얗고 미끈한 발이 먼저 모습을 드러냈다.

"강서연?"

누워 있던 도훈이 상체를 벌떡 일으켰다. 꼬물거리던 발이 불쑥 들어오더니 베개를 가슴에 끌어안은 서연의 모습이 반쯤 드러났다. 인어처럼 머리카락을 늘어뜨린 서연은 시야가 끊길 만큼 아찔했다. 도훈이 조금 당황하여 입을 살짝 벌리고 서연을 응시했다. 갑작스럽게 방으로 찾아온 서연의 등장에 어김없이 심장이 쿵쾅쿵쾅 요동쳤다. 유연한 곡선의 몸은 야릇하게 천천히 다가왔다. 그가 최대한 태연한 얼굴로 서연과 시선을 마주했다.

"왜?"

"그…… 저 방 말이에요. 아직 익숙하지도 않구요. 사람 사는 방 같지도 않구."

"어?"

"그러니까…… 방이 좀 어수선하고, 무섭고…… 귀, 귀신 나올 것 같고요. 혼자 있긴 너무 좀 그래서요."

서연이 횡설수설하자 도훈의 표정이 미묘해졌다. 눈치를 보던 서연이 작은 입술을 살포시 벌렸다.

"오늘 나랑…… 같이 자요."

서연의 나지막한 목소리에 도훈이 그대로 딱딱하게 굳어버렸다. 목석처럼 눈도 깜빡이지 않는 도훈은 대답이 없었다. 그러나 딱히 대답을 들으려고 물은 것이 아니었는지, 서연은 꼼질꼼질 걸어 그의 침대로 다가갔다. 뽀얀 무릎 한쪽으로 매트리스를 꾹 내리눌렀다. 도훈의 입술이 더 벌어졌다. 심장에서 덜거덕 소리가 났다. 그가 냉정하게 그녀를 응시하고 있는데, 곧 이어 작은 엉덩이가 침대 위로 살금살금 기어 올라왔다. 도훈이 숨을 훅 멈췄다.

"왜……. 손만 잡고 자자고 하려고 왔어?"

제아무리 태연한 척해도 당황한 기색을 온전히 감출 수는 없었다. 서연이 픽 웃었다.

"어휴, 참. 우리 나이가 몇인데 손만 잡고 자요?"

서연이 눈을 가늘게 뜨고 속삭였다.

"발도 잡고 자요."

늘씬한 몸이 두 발만 빼고 전부 침대로 올라왔다. 도훈의 머릿속이 순식간에 뒤죽박죽 엉망으로 뒤엉켰다. 목울대가 바짝바짝 타들어 가는 것은 감출 수 없는 본능의 증상이었다. 홀린 듯 손을 뻗어 서연의 오금을 한 번 쓸자, 서연이 풀썩 주저앉아 매끈한 허벅지로 그의 손을 꾹 눌렀다. 움찔, 도훈의 어깨가 빳빳하게 굳었다. 이성이 뚝뚝 끊기고 머리는 혼미해지기 시작했다.

“나 몰래 술 마셨어?”

“술은 무슨. 너무 제정신인데요?”

서연이 깔깔 웃으며 다시 엉덩이를 일으켰다. 도훈은 그녀의 행동 하나하나에, 가슴이 달아오르는 것을 느꼈다.

진정, 진정하자. 열 오른 손으로 서연의 잘록한 허리를 끌어 제 옆에 나란히 앉혔다.

“있죠. 남자들은 잘 때 다 벗고 잔다는데, 왜 백도훈 씨는 다 입고 자요?”

서연이 생글생글 웃으며 장난스럽게 중얼거렸다.

“재미없다.”

이불 밖으로 바비인형처럼 길게 쭉 뻗어진 새하얀 다리가 그의 다리를 쿡 찔렀다.

“……혼나, 진짜.”

도훈이 서연의 다리 아래 구겨져 깔려 있는 이불을 들쳐 서연의 하체를 꽁꽁 감쌌다.

계속 보면 저 믿을 수 없을 만큼 매끄러운 다리에, 손이며 입술이며 전부 들이대며 본론을 요구할지도 모른다.

“더운데 왜 그래요?”

“넌 그냥 가만히 옆에서 자. 자장가라도 불러줘?”

“자장가는 됐고, 손이나 잡아줘요.”

도훈이 잠깐 머뭇거리더니, 곧 단단한 손으로 보들보들한 손을 부드럽게 잡았다. 뜨겁게 얽히는 손가락과 함께 메마른 손바닥이 순식간에 축축해졌다. 서연이 툭 하고 그의 어깨에 동그란 머리를 기댔다.

“옛날에, 아주 어렸을 때, 내가 얼마나 사랑을 받고 자랐는지 몰라요. 아주 응석받이라서, 엄마 아빠만 보면 가서 쪼르르 안기고 그랬거든.”

“원래 아기 때는 다 그렇지.”

"맞아요. 그런데 나는 워낙 외로움을 많이 타서, 엄마 아빠 사이에 누워서 부모님을 꼭 끌어안고 잤어요. 그래야 안심이 됐어, 나는."

옆에 사람이 있어야, 누군가의 온기가 있어야 눈을 뜨고 감을 수 있었던 시절이 있었다. 지금은 모난 곳투성이지만 반듯하게 자라 구김살 없이 세상을 바라보던 때가, 서연에게도 있었다. 사랑받는 것을 당연하게 여기던 그때.

"예쁜 딸이니까 옆에 누워만 있어도 좋으셨을 거야."

"그랬을까?"

서연의 부드러운 입꼬리가 슬쩍 올라갔다. 도훈이 그녀의 이마에 드리운 머리카락을 검지로 쓸어 뒤로 천천히 넘겨주었다.

"근데, 그래서 내가 없나 봐."

"뭐가 없어?"

서연이 가느다란 손을 뻗어 도훈의 허리를 콕 찔렀다.

"동생."

"……."

"으히히히."

또 석고상처럼 딱딱하게 굳은 그의 반응이 재밌어서 저도 모르게 이상하게 웃음소리를 흘렸다. 도훈도 일일이 반응하는 자신이 어이가 없어 툭 웃음이 터졌다. 그가 단단한 팔을 들어 서연의 어깨를 두르자 작은 머리가 가슴팍으로 폴썩 안겼다. 품 안에 안긴 서연의 머리에 쪽 소리 나게 입술을 부딪쳤다. 서연이 꿈틀거리며 더욱더 그의 품으로 깊숙이 파고들었다.

"그러고 보면 나는 도훈 씨에 대해 아는 게 별로 없는 것 같아. 맨날 입 꾹 다물고. 먼저 말해주는 법도 없잖아."

도훈이 나직하게 웃었다.

"혹시 신비주의? 그건 내가 하려고 했는데 선수 치면 곤란해요!"

서연의 깊은 적갈색 눈동자가 반짝 빛났다. 도훈은 그 깊은 눈 속으로 성급하게 빠져들고 싶은 충동이 일었다.

"뭐가 듣고 싶은데?"

"음…… 가족 얘기?"

"가족?"

"응. 누나나 동생 있는지, 외동인지, 부모님 얘기나, 뭐든 해줘요. 듣고 싶어."

"글쎄, 나이 차이 좀 나는 남동생 하나. 어머니는 계시고, 아버지는 몇 년 전에 돌아가셨고."

"아……. 아버지가……."

"한참 돼서, 지금은 아무렇지 않아."

"……그게 한참 됐다고 잊히는 상처가 아니잖아요."

가족을 잃은 슬픔, 서연이 그 누구보다도 잘 알고 있었다. 세상이 무너지는 듯한 그 아픔, 그 고통. 서연은 그것을 그 누구보다도 뼈저리게 겪었던 사람이었다.

"혹시 언제……. 아, 이런 거 너무 실례인가."

서연이 뒤늦게 아차 싶어 입가를 가렸다. 그러나 도훈은 별로 아무렇지 않다는 듯 무덤덤하게 중얼거렸다.

"동생 고3 때니까……. 4년 전이네."

"헉, 진짜 얼마 안 됐잖아요. 그런데 어떻게 그게 아무렇지 않아."

서연이 입술을 삐죽거렸다.

"난 6년이야. 그런데 아직도 휴대전화에서 부모님 번호를 못 지웠어. 나는…… 그거 볼 때마다 슬프고, 그런데."

6년의 세월이 지났으나 여전히 어제 일처럼 생생한 죄책감, 그리고…….

"난 어른이니까?"

"치, 그럼 난 애인가."

서연이 토라진 듯 볼을 부풀리자 도훈의 입매에 희미한 미소가 걸렸다.

"만약, 내가 아직도 아프다고 하면."

도훈이 서연의 작은 귓불을 손끝으로 살살 간질이듯 긁었다.

"네가 치료해줄래……?"

날렵한 고개가 비스듬히 내려왔다. 뜨겁게 엉키는 감각 끝에 도훈이 서연에게 나른한 시선을 보냈다.

"내가…… 어떻게?"

"안아줘."

온몸에 퍼지는 끈적한 분위기와 함께 서연의 피부에는 기묘한 소름이 돋았다.

"그거…… 포옹?"

"응."

서연이 톡 터진 캡슐처럼 웃음을 터뜨렸다. 곧 양팔로 꽉 결박하듯 도훈을 끌어안았다.

"좀 낫나, 이러면?"

"아니."

도훈이 서연의 품 안에서 크게 숨을 들이마시었다.

"좋아서 숨도 못 쉬겠다."

그녀의 몸에서 나는 향긋한 체취, 그 치명적인 매혹에 더 돌아버릴 것만 같았다. 어떻게 너 같은 여자가 세상에 있을 수 있지, 속으로 물으며 서연을 쓰다듬었다. 서연은 도훈이 자꾸만 제게 얼굴을 비비는 바람에 호흡이 들쑥날쑥 불안정해졌다. 이상한 감각, 이상한 분위기, 이상한……

"아…… 귀여워서 미칠 것 같아."

쪽.

"도저히 가만둘 수가 없네."

쪽.

"앗!"

폭풍같이 뽀뽀를 퍼붓던 도훈이 서연을 확 끌어당겨 제 무릎에 풀썩 앉혔다. 놀란 서연이 눈을 휘둥그레 뜨고 도훈을 바라보았다. 동요하고 있는 서연의 얼굴과 다르게, 도훈의 얼굴은 잔잔한 수면처럼 고요했다.

"내 침대에."

그 위에 조약돌을 퐁당, 하고 던진 사람은

"무슨 생각으로 들어와?"

다름 아닌 서연이었다.

삑, 삑, 삑.

캄캄하고 썰렁한 집 안을 울리는 도어록의 전자음, 현관문을 열고 자신의 집으로 들어온 재경은 들고 있던 구두 한 짝을 장식장 위에 소리 없이 내려놓았다. 곧 부드러운 소재의 타월을 가져와 지저분한 표면을 닦기 시작했다. 꽤 반질반질했던 원형을 되찾은 구두를 다시 한번 자세히 살피더니, 그대로 안으로 들고 들어갔다. 책상에 그것을 전시하듯 올려놓고 재경이 시선을 아래로 내리깔았다. 곧 서랍을 열고 줄자를 꺼내 쭉 늘려 구두의 길이를 재기 시작했다.

"……240."

작게 중얼거리며 고개를 느릿하게 들었다. 정면에 놓인 액자 속, 재경과 함께 환하게 웃고 있는 서연이 그의 눈에 오롯이 담겼다. 그녀의 사진을 한참 바라보던 재경이 액자를 살짝 움켜쥐었다.

"자?"

도훈이 옆에서 그의 허리를 끌어안고 잠든 서연의 얼굴을 응시했다. 고요한 침대 위에 작게 색색 호흡하는 소리가 들려오면 들려올수록 심장이 점점 거칠게 뛰었다. 뽀얀 볼을 검지로 살살 쓸자 서연이 도리질 치더니 더욱더 그의 가슴을 파고들었다. 뜨겁고 끈적한 숨결이 그의 쇄골 밑을 얄밉게 자극하자 저도 모르게 몸에 힘이 바짝 들어갔다.

"누군 미치겠는데 넌 왜 자……."

본능이었다. 사랑하는 여자의 부드러운 살결을 만지고 볼록 불거진 피부에 입술을 대고 싶은 것이 당연했다. 그 욕망의 크기가 너무도 거대해 도저히 숨을 쉴 수가 없었다.

"안 자면 뭘 어쩌게?"

서연이 픽 웃으며 중얼거렸다. 여전히 눈을 감은 상태 그대로였다.

"……안 잤어?"

도훈에게서 느껴지는 작은 동요에 서연이 입꼬리를 찢어지게 말아 올렸다. 그러나 서연은 약빠르게도 답이 없다. 물끄러미 내려다보던 도훈이 자는 척 누워 있는 서연의 붉은 입술을 검지와 엄지로 살짝 잡았다. 동시에 벌어진 발칙한 입 속으로 굵은 손가락이 빨려 들어갔다. 서연이 뜨거운 혀로 손가락을 감싸 쪼옥 빨았다. 이내 새하얀 앞니가 검지를 앙 하고 물었다.

뜨겁고 말캉한 촉감이 도훈의 손끝에서부터 심장으로 짜릿하게 퍼져 나갔다. 그 오묘한 감각에 끊어진 이성 아래, 도훈이 그대로 고개를 숙여 그녀의 입술에 다시 제 입술을 부딪쳤다. 곧 작은 손을 으스러지게 잡은 도훈이 그대로 서연의 작은 몸 위로 성큼 올라탔다. 비스듬히 내린 시선 속에 잠겨 수줍은 듯 얼굴을 붉힌 서연에게 정신없이 키스하다가, 이내 서연의 얇은 티셔츠를 말아 올렸다. 서연은 그에 맞춰 허리를 튕기더니 가늘게 떨었다. 바깥세상으로 이제 막 드러난 듯 새하얀 배가 보인다. 그 위에 앙증맞게 자리한 배꼽, 그리고 더 위에 그림처럼 자리한 말랑한 살덩이가 사람을 아주 미치게 만들었다. 풋풋한 배를 어루만지던 손을 더 깊숙하게 위로 쑥 올리니…….

"에이, 반응 없네. 재미없다."

흠칫, 불현듯 들리는 서연의 목소리에 도훈이 깜짝 놀라 정신을 차렸다. 서연이 입에 넣었던 도훈의 검지를 툭 놓자 그의 엉큼한 상상이 중단됐다. 아, 뭐 이런 상상을…….

서연은 손가락 끝을 갖고 놀아도 못 느끼는 사람처럼 꿈쩍도 안 하는 도훈을 보며 역시나 선비가 따로 없다고 생각하고 고개를 절레절레 내저었다.

“전생에 내시였나 보죠?”

“잠이나 자, 올라타기 전에.”

정작 머릿속은 얼마나 발칙한지 답도 없다.

“넹.”

하나도 무섭지 않은 경고였지만 서연은 순순히 얌전해지기로 했다. 도훈은 눈을 지그시 감은 그녀를 물끄러미 내려다보았다.

서연은 복도 끝 방에 즐비하고 있을 수백 장의 그림들은 꿈에도 상상하지 못할 것이다. 내막을 알게 된다면 어떤 표정을 지을지는 불 보듯 뻔했다. 저 몰래 꿈속에서 10년간 짝사랑했다는 것을 알게 되면, 두려워하며 멀어지려 할지도 모르는 일이었다.

그렇기에 천천히, 아주 천천히 그녀에게 익숙한 존재가 되기로 결심했다. 서로 모든 걸 터놓아도 여전히 함께할 수 있게. 끝에는 서로 비밀이 하나도 없이, 솔직할 수 있게.

서연이 자신에게 더 의지할 수 있고, 그가 온전히 그녀에게 믿음직한 사람이 되기 전까지. 도훈 자신이 그녀에게 모든 것을 밝히고 떳떳해지기 전까지는 이렇게 참고 또 참기로 했다. 저 자신의 욕구보다 서연을 향한 애정이 더욱 큰 탓이었다.

무려 10년을 참았는데, 앞으로 조금을 못 참을까.

“나는 또띠 밥이나…….”

도훈이 침대에서 어기적어기적 일어났다.

“주러 가야겠다.”

또띠는 자율 배식 중이었다.

그 어느 때보다도 화창한 주말, 아침 7시가 되기 몇 분 전에 진영이 어김없이 도훈의 집으로 찾아왔다.

"도훈아!"

묵묵부답. 쥐 죽은 듯이 조용했다. 주말 아침이니 아마 도훈이 자고 있을 것으로 판단한 진영이 경쾌한 발걸음을 빨리해 2층으로 향했다. 한편, 2층 복도 끝의 욕실에서는 조금 전 도훈의 침대에서 살금살금 기어 나온 서연이 뜨끈한 물에 샤워하는 중이었다. 아침형 인간은 절대 아니었으나, 아직은 막 일어나서 붓고 눈곱이 끼어 있는 흉한 모습을 보여주고 싶지는 않았기 때문이었다. 그런데, 어쩐지 밖이 미묘하게 소란스러운 느낌이다.

"누가 왔나?"

쏴아아, 물소리를 뚫고 점점 크게 느껴지는 인기척에 서연이 의아한 듯 혼잣말로 중얼거렸다.

"아! 따가워!"

서연이 눈으로 찔끔찔끔 기어 들어가는 거품을 팔등으로 슥 닦았다. 일단 다 씻고 나가는 게 우선이라고 생각하며 물 세기를 강하게 높였다.

"역시 자고 있군!"

진영이 낄낄 장난스럽게 웃으며 도훈의 옆에 풀썩 드러누웠다. 매트리스가 거세게 흔들렸으나 죽은 듯 시체처럼 누워 있는 도훈은 눈을 뜰 기미가 없었다.

"오, 이 자식 봐라? 설마 드디어 죽었나?"

여전히 답이 없었다. 진영이 도훈을 콕콕 두어 번 찔렀다. 그래도 반응이 없자 발로도 툭툭 건드리고 검지로 배도 쿡쿡 찔러봤다. 한참을 그러니 움찔, 도훈의 미간이 살짝 구겨졌다.

"일어났어?"

진영이 씩 웃으며 말을 하려고 하는데, 그 전에 벌떡 일어난 도훈이 제가 쓰고 있던 이불을 진영의 몸 위에 휙 뒤집어씌웠다.

"웁!"

순식간에 보쌈하듯 돌돌 말아진 진영의 위로 도훈이 불쑥 올라탔다. 도훈은 눈앞에 이불에 감싸져 꿈틀거리는 사람을 움직일 수 없도록 제압하며 거친 숨결을 토해냈다.

"하…… 내가 강서연 너 때문에 한숨도 못 자서 이제 겨우 눈 붙이는데 또 자극해, 어?"

"읍……."

도훈이 다리 사이에 결박된, 이불에 꽁꽁 싸인 몸을 오른손으로 꾹꾹 눌렀다.

"참으니까 누군 성욕도 없는 줄 알아, 그렇지?"

밤새 참을 인을 새기느라 죽을 뻔했던 도훈이 한 번에 폭발하여 이불 아래 육체를 살짝 움켜쥐었다.

"누군 미치겠는데 말……."

멈칫, 도훈이 어딘가 느껴지는 괴리에 말을 채 잇지 못했다.

……원래 이렇게 덩치가 컸나? 게다가 말랑하던 살이 무슨 아스팔트처럼 딱딱하다.

"이게 무슨……."

"누구 왔어요?"

미간을 찌푸리고 눈앞의 형체를 바라보고 있는데, 서연이 아직 말리지 않아 축축한 머리를 늘어뜨리고 방으로 걸어 들어왔다. 도훈의 눈이 커졌다.

"너 왜 거기에……."

"으아아아악!"

진영이 소리를 지르며 무력으로 그를 퍽 밀치고 발딱 일어나자, 뒤로 밀려난 도훈이 화들짝 놀라 그를 노려봤다.

"뭐야?"

"질식사 시키려고 작정했냐! 난 여자가 좋아! 네가 지금 좀 미친 것 같은데, 나한테 성욕 표출하지 말고 네 꿈속 여자한테나 가서……."

뚝.

발광하던 진영이 멀리서 충격받은 얼굴로 이쪽을 쳐다보는 서연을 발견하고 숨을 멈췄다.

"백도훈 씨……."

서연이 작은 음성으로 망설이며 더듬더듬 말을 이었다.

"둘이…… 무슨 사이예요?"

"……."

"……."

햇살이 커튼 사이로 썰물처럼 밀려들어 왔으나. 침대에 웅크리고 앉은 유라는 어젯밤부터 계속 그 자세 그대로였다. 세상의 흐름은 저와 관계없다는 듯 넋 나간 입과 멍한 동공이 유라의 상태를 대변해주고 있었다. 내내 우울하던 유라의 한국 생활이 어젯밤 정점을 찍었기 때문이다.

야심한 밤, 그 어둠을 뚫고 도훈에게 걸려왔던 비참하고도 비참한 전화. 그가 먼저 전화해줬다는 사실만으로도 기뻐 활짝 웃고는 통화 버튼을 눌렀던 저 자신이 죽을 만큼 창피했다.

"하……."

자꾸만 머릿속에서 플레이되는 어젯밤 전화 통화에, 눈물이 날 것 같아 이불을 바싹 움켜쥐었다.

'너. 작작하라고 했지.'

수화기를 타고 흐르던 애정이라고는 손톱만큼도 담기지 않은, 어쭙잖은 증오조차도 담기지 않은, 그야말로 아무런 감정이 담기지 않은 도훈의 공허하고 차디찬 음성.

'네가 무슨 낯짝으로 강서연한테 보자고 연락을 해.'

가슴을 잔인하게 후벼 파는 음성을 떠올리자 유라의 눈가가 촉촉하게 젖어 들었다.

'제발 주제 파악 좀 해. 낄 데 안 낄 데 구분 못 해?'

그의 강한 어조에 두려운 감정이 밀려왔지만, 그보다 끓어오르는 설움과 화가 더 컸기에 거칠게 입을 놀리는 것은 어렵지 않았다.

'오빠야말로 상황파악 안 돼? 나한테 소리칠 입장 아니지 않나?'

움츠러든 티를 내지 않기 위해 유라는 더 큰소리를 내었다. 억지로 목을 갈라 쇳소리를 내며 태생부터 못돼 먹은 사람인 척 악을 썼다.

'나, 오빠가 자꾸 이런 식으로 나오면 서연 씨한테 내가 아는 거 다 말할 거야. 전부 다 폭로해서 오빠 이도 저도 못 하게 만들 거야.'

'또 웃기지도 않는 옛날 얘기 꺼낼 생각이면 입 다물어.'

유라가 입술을 꼭 깨물었다가 놓았다.

'어쩌지? 또 있는데.'

떨리는 목소리를 감추려고 주먹을 꼭 쥐었다.

'뭐?'

'7년 전 그날 일 말고도 하나 더.'

도훈이 오랫동안 좋아했던 여자의 정체가 SS어패럴의 외동딸이라는 것, 그 여자가 수년 전 SS어패럴의 부도와 함께 죽었다는 것. 그리고 그가 그 여자와 똑 닮은 강서연을 대용품처럼 옆에 끼고 있다는 사실을 무기처럼 세워 여차하면 다 까발릴 작정이었다.

그가 당신을 옆에 두는 것은 당신을 사랑하기 때문이 아니라고, 사랑하는 여자를 닮았기 때문이라고. 그렇게 서연에게 발설해버린다면, 유라는 서연이 알아서 도훈을 떠나게 될 것이라고 확신했다.

'내가 가진 카드가 두 개야. 둘 중에 어떤 걸 서연 씨한테 말해야 말투 좀 예쁘게 할래.'

'헛소리 거기까지 하지.'

'게다가 낯짝? 그러는 오빠는 서연 씨한테 떳떳해?'

'하…….'

'그래, 나도 잘한 거 없어. 그런데 오빠도 서연 씨한테 못 할 짓 하고 있는 건 마찬가지잖아.'

'대체 혼자 무슨 말을 지껄이는지…….'

'…….'

서린 냉기에 가슴이 얼어붙었다.

'끊자, 그냥.'

유라는 횡설수설 끝에 아무 말도 못 하고 그가 전화를 일방적으로 끊는 것을 지켜만 봐야 했다. 그때 좀 더 논리정연하게, 침착하게 내뱉었어야 했는데, 왜 그렇게 말이 엇나가고 꼬였던 건지…….

유라가 입술을 꽉 깨물었다. 눈물을 참아보려고 부득불 한 행위였으나 결국 소용이 없었다.

"흐윽……."

유라가 얼굴을 무릎에 묻고 작게 흐느끼기 시작했다.

"나한테 왜 그래……."

나한테도 조금만 친절하게 대해주면 안 돼? 대체 내가 왜 싫은 건데. 대체 왜……. 대체 내가 왜 꼴 보기도 싫은 건데.

"대체…… 왜……."

눈을 꾹 감았다. 도훈이 유라를 대하는 태도가 유독 차가워지기 시작한 것은 정확히 7년 전, 그날 밤의 사건 이후였다.

7년 전 그날. 자신의 어깨를 으스러지게 잡은 단단한 그의 손을 기억한다. 그 강렬하다 못해 타들어갈 것 같은 힘을 기억한다. 사랑한다고 애원하듯 속삭이던 그의 음성과 굳게 다문 입술 속에서 터져 나온 뜨겁고 거친 숨결을 기억한다.

"흑……."

유라는 그날의 기억이 아직도 어제처럼 생생한데, 도훈은 그날을 꺼내지조차 말라고 경고하고 또 경고한다.

"나한테…… 왜 그랬는데……."

그날을 기점으로 활화산처럼 타오른 건 유라의 심장이었고,

"이럴 거면 그날 밤 왜……."

반면 얼음처럼 차가워진 것은 도훈의 눈빛이었다.

"으하하!"

넓디넓은 거실에서 메아리치며 울린 것은 진영의 호탕한 웃음소리였다.

"그렇게 된 거군요! 이놈이 워낙 말이 없어서 제가 잘 몰랐네요. 우리 아름다운 제수씨께서……."

노려보는 도훈의 시선이 느껴지자 살짝 주눅 든 진영의 목소리가 줄어들었다.

"……계신 줄 알았으면 제가 눈치 없이 안 들어왔을 텐데! 하하하."

"아, 네."

"오진영이라고 합니다. 도훈이랑은 고등학교 때부터 친했던 사이예요. 아침에는 정말 실례했습니다."

오진영? 저 이름을 어디서 들었더라……. 어디선가 들었었는데. 서연이 그의 이름에서 묘한 익숙함을 느끼며 입꼬리를 부드럽게 올렸다.

"괜찮아요. 저는 강서연이에요."

진영이 악수를 제안하며 내민 오른손을 서연이 천천히 잡으려고 하자 또다시 도훈이 그를 형형한 눈빛으로 찌릿 노려보았다. 순간적으로 등골이 오싹해진 진영이 슬금슬금 손을 거두었다.

"아하하, 제가 암살당할 수 있으니 우리 와이파이 악수하죠, 와이파이."

그가 허공에 대고 악수하는 것처럼 위아래로 살짝 흔들었다. 도훈의 눈이

불쾌하다는 듯 가늘어졌다.

"그것도 변태 같으니까 하지 마."

퉁명스러운 목소리에 진영이 입을 떡 벌리고 고개를 절레절레 내저었다.

"진짜 변태가 누군데 적반하장일까! 제수씨, 아까 쟤가 저 제수씨로 오해하고 이불로 뒤집어씌웠을 때 뭐라고 말했는지 아세요?"

"아니요, 뭐라고 했는데요?"

진영이 한 손으로 입가를 가리고 은밀하게 중얼거렸다.

"아니, 글쎄 망측스럽게도 성요…… 윽!"

퍽. 도훈이 서연 몰래 식탁 아래에서 커다란 발로 그의 다리를 후려쳤다. 엄청난 힘에 제대로 주눅 든 진영이 그의 얼굴을 살짝 보자, '죽는다.'라고 말하는 듯한 입 모양이 대뜸 나타났다.

하여간 저 성질 누가 이겨, 그렇게 속으로 생각하며 순식간에 쭈그러드는 진영이었다.

"뭔데요? 말해주세요."

"아, 하하하! 별거 아니에요. 아, 참! 저는 바로 이 근처 아파트에 살고 있어요. 한국대 병원 흉부외과에서 일하고 있어서 집에는 잘 못 들어오지만요. 그래도 틈틈이 집 와서 종일 잠만 자기도 하고요, 하하하."

"아, 외과 의사. 어려운 직업인데 힘드시겠어요."

"크, 사실 아주 고행이죠. 메디컬 드라마랑 현실이 그렇게 다른지 인턴 때 처음 알았다니까요? 그래도 요즘은 보람 느끼면서 합니다. 하하."

퍽, 아래에서 또 도훈의 무자비한 폭력이 느껴졌다. 얼른 사라지라는 무언의 압박임이 틀림없다.

"아……. 어쨌든 주말에 제가 너무 방해한 것 같아 죄송스러운……."

"아니에요! 저 어차피 나가봐야 했어요."

서연이 활짝 웃으며 대답하자, 도훈의 눈썹이 휘었다.

"뭐?"

서연이 일어나려는 듯 의자를 살짝 뒤로 밀자 도훈의 팔이 등받이를 턱 막았다. 그가 서연의 손을 덥석 쥐었다.

“어딜 가?”

“아, 내가 말 안 했나? 오늘 내가 되게 좋아하는 브랜드 패션쇼 날이거든요. 운 좋게 초대권도 받아가지구. 지금 나가봐야 해요.”

도훈이 서연의 손가락 사이를 비집고 들어와 절대 놓아줄 수 없다는 듯 하나하나 깍지를 꼈다.

“데려다줄게.”

“아휴, 됐어요. 친구분이랑 있어요. 나 혼자 가도 돼요.”

“데려다줄게.”

“아, 왜 이러실까.”

“데려다줄게.”

“아아, 안 돼요. 안 돼! 혼자 갈래요. 이거 놔요!”

“그래, 도훈아. 집착하지 마! 집착남은 매력이 없어요.”

도훈이 옆에서 놀리듯이 낄낄대는 진영을 한 번 더 찌릿 노려본 후 푹 한숨을 내쉬었다. 그리고 서연을 똑바로 응시하고 입을 열었다.

“데려…….”

“그럼 다녀올게요!”

서연이 도망치듯이 짐을 챙겨 쏜살같이 집을 빠져나왔다.

또 잡힐까 얼른 현관문을 열고 대문으로 걸어가는 순간, 문 밖에서 낯선 인기척이 느껴졌다.

“혀어어엉!”

고래고래 소리 지르는 남자의 목소리가 서연의 귓가를 찔렀다. 놀란 서연이 움찔했다.

“뭐, 뭐야?”

“형! 형! 형! 형!”

서연은 대문 옆에서 갑자기 튀어나온 앳된 얼굴의 남자에 주춤 뒤로 몸을 뺐다.

"왜 이제 나와! 왜 이제 나와! 왜 이제 나와!"

도빈은 송냥이처럼 와다다다 달려들며 열심히 입 아프게 떠들어댔다.

"비밀번호 바꿨어? 응? 뭐로! 응? 뭐로 바……! 어? 형이 아니네?"

문득 대문을 열고 나온 사람이 도훈이 아니라는 것을 눈치챈 도빈의 눈이 휘둥그레졌다.

"와, 이런."

이내 한쪽 손으로 입가를 꽉 틀어막았다.

"어쩌면 이렇게 아름다우실 수 있죠?"

제 눈을 믿을 수 없다는 듯 넋을 놓고 서연을 바라보았다.

"개안 확 되네, 진짜! 사오리보다 더 예쁘시네요."

"가오리요?"

"사오리요. 일본인 제 전 여친!"

서연은 대뜸 영문 모를 소리를 하는 남자를 이상한 눈빛으로 바라보았다.

"그런데 누구세요? 설마 우리 형 여친? 진짜 여친? 살아 있는 여친?"

"아니, 그러는 그쪽은 누구신데요?"

방방 뛰며 비글처럼 나달거리는 도빈 때문에 서연은 머리가 어지러울 지경이었다. 그러다 문득 어젯밤 도훈이 나이 차이가 많이 나는 동생이 있다고 말했었던 것을 떠올렸다.

"헐, 설마……."

놀란 서연이 입가를 가렸다.

"설마 도훈 씨 동생이세요?"

"네, 맞아요. 안녕하세요?"

"아, 네! 안녕하세요."

그제야 상황파악이 된 서연이 몸을 똑바로 세웠다. 어쩌면 형제가 달라도 이렇게까지 다를 수가 있을까? 수 없이 많은 인간의 성격 중 그 끝과 끝을 보는 느낌이었다. 새삼스럽게 DNA의 신비를 체감하며 정중히 인사했다. 도빈은 명랑하게 웃더니 서연에게 손을 내밀었다.

"저로 말할 것 같으면 올해로 23살 백…… 아아아악!"

서연이 악수에 응하려고 손을 뻗은 순간, 뒤에서 기척 없이 나타난 도훈이 도빈의 손을 휙 낚아채고서 엄청난 악력으로 꽉 짓눌렀다. 핑 도는 고통과 함께 도빈의 찢어지는 비명이 골목에서 메아리쳤다.

"뭐야!"

"이 파렴치한……."

도훈이 흉흉한 얼굴을 하고 죽일 듯이 도빈을 노려보았다.

"감히 누구랑 악수를 넘봐?"

"뭔 소리야!"

도빈이 억울해 죽겠다는 듯 소리쳤다. 이어 현관에서 꽃놀이하는 선비 같은 걸음걸이로 걸어 나온 진영이 도빈을 보고 껄껄 웃었다.

"여, 도빈. 너 일본이라며. 언제 왔어?"

"사오리랑 깨지고 바로 왔지. 그런데 대애박. 사오리보다 백만 배 예쁜 누나가 여기 있었네."

"누나는 무슨. 형수님이시니까 까불지 말고 깍듯하게 모셔, 자식아."

가까이 다가온 진영이 도빈의 등을 퉁 하고 쳤다. 한편 서연은 갑자기 사람들이 잔뜩 모이자 정신이 가출하는 중이었다.

저토록 무뚝뚝하고 말 없는 남자인데, 왜 주위에는 말 많은 사람들밖에 없는 걸까? 아, 설마 나도 말이 많은가? 서연은 갑자기 심각한 얼굴을 하고 자아성찰을 하기 시작했다.

"형! 형! 나! 나! 나!"

꼬리 흔드는 강아지처럼 득달같이 달라붙는 도빈의 머리를 도훈이 한 손으로 밀어냈다. 그는 주머니 안에서 카드 하나를 뽑아 수류탄처럼 그에게

투척했다. 엄청난 속도로 낚아챈 도빈의 입꼬리가 씨익 하고 올라갔다.

"형! 내가 사랑하는 거 알지?"

미간을 구긴 도훈이 묵묵부답하며 꺼지라는 듯 손짓했다. 말 잘 듣는 강아지처럼 고개를 연신 끄덕인 도빈은 꽁지 빠지게 눈앞에서 사라졌다.

서연은 이 상황이 뭔가 싫어 도빈이 사라진 골목을 멍청하게 바라보았다. 그때, 제 어깨 위로 올라온 커다란 손에 고개를 돌려 도훈을 바라보았다. 그는 차 키를 손끝으로 한 바퀴 돌리며 느릿하게 입을 열었다.

"데려다줄게."

"……."

서연은 절대 쫓아오지 말라며 경고를 남기고 떠나버렸다. 그 탓에 도훈은 결국 다시 집으로 돌아올 수밖에 없었다. 서연이 사라진 순간부터 다시 심드렁해진 도훈은 진영을 내쫓으려던 욕구마저도 사라진 듯 보였다. 그저 거실 소파에 송장처럼 누워 휴대전화를 든 채 눈만 껌뻑거렸다. 그런 도훈 옆에 진영이 털썩 주저앉았다.

"와…… 미쳤다고, 진짜."

진영은 아직도 충격에서 벗어나지 못했다는 듯 입을 떡 벌리고 연신 헛숨을 토해냈다.

"너 사귀기로 한 게 얼마 전 아니냐? 근데 벌써 한 지붕 아래 동거라니, 이게 미친 게 아니면 뭐냐?"

"왜 미쳐. 좋아 죽겠는데 그럼 같이 살아야지."

"아니, 감정을 떠나서 사람 간에는 진도란 게 있잖아! 나는 적어도 사귄 지 일주일 된 여자한테 동거하자고는 안 해! 도의적으로, 어? 여기가 뉴욕이야? 워싱턴 D.C야?"

"……혼."

"어?"

부정확한 발음에 진영이 한 번 되묻자, 심각한 얼굴을 한 도훈에게 돌아온 답은,

"역시…… 결혼하자고 할 걸 그랬나."

생각을 잘못했다는 듯 미간을 좁힌 도훈을 보며 진영의 얼굴이 더욱더 경악으로 물들었다. 단단히 미쳤구나, 미쳐도 단단히 미쳤어. 진영이 고개를 절레절레 내저었다.

"그런데 딱 보니까 척 알아보긴 하겠더라. 네가 수천 번도 더 그린 그 여자 얼굴 그림! 그거랑 완전히 판박이야."

지난 수년간 틈만 나면 펜을 들고 그녀의 얼굴을 그려나갔던 도훈이었다. 오랜 시간 그런 도훈의 곁에 있었던 진영으로서는 서연의 얼굴이 전혀 낯설지 않았다. 초면인데도 친근한 수준이 구면 같을 정도였다. 진영은 새삼 대우주의 신비를 느끼는 중이었다.

"그렇게 척 봐도 똑같은데 왜 그동안 혼자 맞다, 아니다, 죽어라 삽질했냐?"

"거기에는 복잡한 사정이 있었고."

"물어보면 대답해주냐?"

"아니."

"응, 그래야 백도훈이지, 암!"

진영이 아무렇지도 않다는 듯 어깨를 으쓱했다.

"근데, 진짜 예쁘긴 하더라. 네가 그동안 정신 못 차리고 꿈속 여자 타령한 게 드디어 이해가 좀 가."

"너 이 새끼, 눈독 들이면……."

"너한테 살해당할 일 있냐? 그리고 전에도 말했지만 난 열심히, 열심히 공들이고 있는 데스티니가 따로 있다고."

진영이 끔찍한 소리 하지 말라는 듯 혀를 찼다.

"아, 근데 그 여자한테 말했냐? 10년간 꿈속에 나타났었다고."

"아니. 믿을 것 같지도 않고, 그런 거로 부담 주고 싶지도 않고."

밝히기에는 아직 좀 이르다는 생각이었다. 시간을 가지고, 인내를 가지고, 천천히 서연의 가슴을 저 자신으로 전부 흐드러지게 채워나갈 생각이었다. 그때까지 필요한 것은 조금의 시간과 노력…….

도훈의 전문 분야였다.

"그런데, 요즘도 그 여자 꿈꿔? 현실에서 만나서 연애까지 하니 안 꾸려나?"

"안 꿔."

"오, 잘됐다! 이제 잠 좀 푹 잘 수 있겠다, 야."

도훈이 소파 등받이에 등을 털썩 기대자 쿠션이 뒤로 꾹 하고 눌렸다.

"아니, 안 꿔서 더 별로야."

진영이 이해할 수 없다는 듯 고개를 갸우뚱하자, 도훈의 표정이 일순 심각해졌다. 현실에 선물처럼 나타난 서연이 도훈의 낮을 전부 훔쳐 간 탓일까. 밤만 되면 10년간의 밀회가 신기루라도 되는 것처럼, 그녀는 도훈의 꿈에 코빼기도 보이지 않는다. 물론 눈을 뜨면 진짜 서연이 살아 숨 쉬고 있었다. 나긋나긋하게 움직이고, 사랑스럽게 웃으며, 도훈의 이름을 불러주고. 만질 수 있었고, 얘기할 수 있었고, 함께 먹고, 자고, 강제로 헤어지지 않아도 되는 현실의 강서연…….

다만,

"잠자는 동안에도 보고 싶어."

"뭐……?"

"꿈에서도 보고 낮에도 보고……. 계속 24시간 내내 보고 싶어."

눈 감아도 네가 보였으면 좋겠어, 강서연…….

어느새 캄캄해진 하늘은 토요일의 끝을 알리고 있었다.

"하아……."

여진은 최근 진영 덕분에 스펙타클한 하루하루를 보내는 중이었다. 대체 왜 이렇게까지 살아야 하는 건지 도무지 이해할 수 없을 만큼 스펙타클한 나날들.

"아, 짜증 나. 으아악, 짜증 나!"

저번에는 진영이 뜬금없이 세성여대 정문으로 데리러 가겠다고 해서, 세성여대까지 죽어라 택시를 타고 가 겨우겨우 시간 내에 세이프 해 그를 만났었다. 거기서 끝나나 싶었더니 만날 때마다 어디 과냐, 학교에서는 뭐 배우냐, 세성여대 근처에는 어떤 맛집이 있냐, 여진으로서는 알 수 없는 질문을 폭풍으로 퍼부어대는 것이다. 덕분에 거짓말까지 앞뒤를 맞추어 생각하고 고민하느라 밤마다 골머리를 싸맸다.

"흐어어……."

지금도 여진은 화장대 앞에 앉아 꿈쩍도 하지 않고 한숨만 푹푹 쉬는 중이었다. 주말 밤 편하게 보내라는 진영의 문자를 받으니 더욱 기분이 미묘해졌다.

"으악, 최여진! 어쩌자고 이 거지 같은 거짓말로 거지 같은 관계를 거지같이 여기까지 끌고 와!"

답이 없다, 답이! 이 오징어를 어떻게 처단해야 할까? 여진이 머리를 싸매고 절규했다.

그 순간, 지이잉, 휴대전화가 또 한 번 울렸다. 당연히 진영이겠거니 하고 신경질적으로 집어 들어 문자를 확인했다.

"……."

여진이 호흡을 뚝 멈추었다. 휴대전화를 쥔 손끝이 가늘게 떨렸다. 진영이 아니었다.

"……뭐야."

여진이 파르르 떨리는 눈꺼풀을 가까스로 치켜세웠다.

"바뀐 번호는 어떻게 안 거야……."

도착한 문자에 안 그래도 심란했던 기분이 더욱 심란해졌다.

[만나자, 여진아. 시간 좀 내. 할 얘기가 있어.]

당연히 진영의 문자인 줄 알고 열었다가 들이닥친 이 불쾌한 텍스트들은 여진의 목을 단번에 졸랐다. 그 덕에 마치 목줄을 단 양 내내 이 문자를 보낸 남자의 손에서 놀아나던 그때의 그 더러운 기분이 상기되고 말았다.

"미친 새끼……."

형철과 헤어지고 난 뒤, 여진은 그가 자신에게 남긴 끔찍한 상처와 고통에도 불구하고 매일같이 그의 SNS 계정을 들락거렸었다. 하루에 그를 잊겠다고 수도 없이 다짐하며 눈물짓다가 화를 내다가를 반복하다가, 결국 미련이 남아 버리지 못하고 그의 새 여자의 계정까지도 스토커처럼 뒤져보았다. 그 여자에 대해 자세히 알게 되자, 그제야 여진은 제가 쥐고 있던 모든 미련을 내려놓게 되었다. 형철이 자신에게 진심이 아니었다는 것을 깨달았기 때문에.

"……."

나는 그에게 그저 심심하니까 만나보는 숱한 여자, 그중 하나. 여진이 입을 꼭 다물고 크게 코로 숨을 들이마시었다. 그런 추잡한 착각과 엇나간 기대로 똘똘 뭉친 부끄러운 과오, 다시는 저지르지 않는다. 여진은 차분하게 손을 움직여 형철의 문자를 삭제했다.

여진은 전날 밤에 왔던 전 남자친구의 연락 때문에 온종일 계속 기분이 나쁜 상태였다. 출처 모를 화가 머리끝까지 나서 도저히 주체할 수가 없었다. 누구든 좋으니 술을 죽어라 마셔야 할 것 같은 기분이었고, 마침 그때 연락이 온 사람이 진영이었다. 그 덕에 오늘 밤 충동적으로 진영과 함께 술잔을 기울이게 되었으나, 문제는 곧바로 돌아온 맨정신이었다. 잠깐 화장실을 간다며 자리를 피한 여진은 그에게로 돌아가지 않고 뜸만 들이는 중이었다.

"후……."

말로만 끊어낸다, 끊어낸다 하지 계속해서 만나고 있다.

"대체 내가 왜 이러고 있는 거지."

지이잉, 그때 시끄럽게 울리는 휴대전화. 이 시간에 누구지? 여진이 휴대전화를 들어 전화를 받았다.

-여진아! 나 연하!

"김연하? 뭐냐. 웬일로 네가 전화를 다 해?"

-아, 다름이 아니고…… 나 방금 너랑 사귀었던 그분 만났는데.

"……뭐?"

-그분이 너한테 뭘 좀 전해달라고 해서.

휴대전화를 쥔 손이 일순 떨렸다.

"뭔데?"

-그게…….

친구의 뒷말을 들은 여진의 숨이 뚝 끊겼다.

"……하."

도저히 제 귀를 믿을 수가 없었다. 그래서 어제 만나자고 문자를 보낸 거였어?

-일단 말은 하는 게 맞는 것 같아서. 그분이 네가 자기 전화도 안 받고 해서…… 이걸 보낼 방법이 없다면서, 나한테 꼭 좀 전해달라고 하더라고…….

여진의 눈꺼풀이 거칠게 떨렸다. 뇌가 웅웅 울리더니 아파오기 시작했다.

"……그래, 일단 알겠어."

가늘게 떨리는 목소리로 대답하고 주먹을 꼭 움켜쥐었다. 그렇게 한참 동안 눈을 꾹 감고 호흡을 가다듬었다. 신경 쓰지 말자, 신경 쓰지 말자, 속으로 주문처럼 되뇌면서.

그렇게 있기를 한참, 신경 쓰지 말자는 그 주문은 진영에게로 돌아가서도 여전히 계속되었다.

"태희 씨도 외국 자주 다니신다고 했죠? 전 아주 가끔 휴가가 조금이라도 길어졌다 하면 무조건 해외로 가거든요. 이런 기회가 흔치 않으니까, 하하."
"예……."
여진은 내내 멍한 상태로 기계처럼 답했으나 진영은 멈출 줄 모르고 종알거렸다. 그런 그를 묵묵히 쳐다보던 여진은 어쩐지 머리가 지끈거리는 것을 느꼈다.
'그분, 자기 이번에 결혼한다고 너한테 청첩장 좀 전해달라더라.'
나쁜 새끼…….
'결혼하는 여자가 글쎄, 23살이래! 이게 말이나 돼? 8살 차이래, 8살. 게다가 여자네 집은 어디 중소기업 딸이랬나, 뭐랬나…….'
겨우 잊고 살았는데 이렇게 들춰내서 상처를 건드리는 이유가 뭐야.
"나중에 제가 모시고 어디 한번……."
"저기요."
"네?"
여진은 해맑게 웃는 진영의 얼굴을 차마 제대로 응시하지 못하고 죄 없는 와인 잔만 죽어라 노려봤다.
"오빠는 대체 제가 왜 좋아요? 딱 봐도 기 세고, 성질 더럽고. 센 여자가 오빠 취향이에요?"
여진이 눈동자를 날카롭게 굴려 그의 눈 속 검은자를 향했다.
"나 때문에 안경도 벗고, 나 때문에 수염 자국도 없애고, 머리, 옷 전부 바꾸고."
여진이 한숨을 짧게 내쉬었다.
"왜 그렇게까지 하는데요?"
해맑게 웃던 진영의 얼굴이 살짝 잔잔해지더니, 이내 입꼬리가 도로 스르륵 상승했다.
"첫눈에 반했으니까요."
여진이 코웃음 쳤다.

"그 멘트 진짜 진부해요."

"하하, 그렇지만 진짜인걸요. 처음에 그 클럽에서 봤을 때부터 저렇게 괜찮은 여자는 처음이다, 싶었어요. 주변이 까맣게 변하고 오로지 태희 씨 하나만 보이는 느낌, 그때 그 느낌을 처음 겪었어요."

"……."

"저 지금까지 아주 가볍게 살았어요. 그리고 태희 씨 처음 봤을 때, 솔직히 그땐 가벼운 마음이었던 거 인정해요."

여진이 입술을 일자로 꾹 다물었다.

"그런데 그날 이후로 계속 생각났어요. 태희 씨 얼굴, 목소리, 몸짓 하나하나 전부."

진영의 목소리가 너무 진지해서 되려 반감이 들었다. 마치 누군가가 연상되는 아주 거북한…… 느낌.

"그리고 볼 때마다 점점 빠져들고 있어요, 태희 씨한테."

진영이 슬쩍 부드럽게 미소 지었다. 완연히 사랑에 빠진 남자 같은 웃음이었다. 저런 류의 웃음을 여진은 잘 알고 있었다.

"제가…… 어려서 좋아요? 20대 초반이라?"

여진이 망설이며 나지막이 물었다. 나이를 속였다는 사실을 알게 되면 그가 어떻게 반응할까, 사기 당했다며 화를 낼까?

"그런 건 상관없어요. 오히려 태희 씨가 조금 더 나이가 있었다면 저한테 더 쉽게 다가왔을 것 같아서 아쉽죠. 그리고 태희 씨가 성숙해서 그런지 말도 잘 통하고 같이 있으면 즐겁고 행복해요."

"말은 청산유수지."

여진이 불만스럽게 테이블을 톡톡 두드렸다.

"……정말로 나한테 마음이 있어요?"

여진의 음성이 불안한 듯 가늘게 떨렸다. 그러나 진영은 그저 대답 없이 입꼬리만 씩 하고 말아 올릴 뿐이었다. 그 이상한 웃음을 보자 여진의 눈이 가늘어졌다.

그래, 전부터 궁금하던 것을 물어볼 기회야. 왜 그는 내게 남자친구가 있냐고 묻지 않는 걸까?

"만약에, 정말로 마음이 있다면 먼저 나한테 애인 있냐고 물어보는 게 순서 아니에요?"

"네?"

"아니, 내가 이렇게 예쁘고 잘 나가는데 기르는 애인 하나 없을 것 같아?"

여진이 다소 퉁명스럽게 내뱉었다. 그러나 돌아오는 답은 그저 시시콜콜한 말장난이었다.

"기르는 애인은 없을 것 같고, 반려동물은 있을 것 같네요. 강아지 기르죠?"

"뭐래. 고양이거든요. 남의 동물 종 멋대로 바꾸지 말아줄래요?"

아, 역시 쓸데없이 진지해지는 게 아니었다. 나답지 못하게. 여진이 쌍심지를 켜며 그를 흘겨봤다.

"역시 주인 닮은 거 기르시네요. 우리 태희처럼 섹시하고 도발적인 고양이."

"뭐라는 거야, 진짜."

기분이 나빠진 여진이 입술을 툭 내밀고 딴 곳으로 고개를 돌렸다. 이제 진짜 슬슬 그만 연락하자고 말하고 일어나야겠다고 생각하는데…….

"태희 씨."

진영이 갑자기 음조를 착 깔았다.

"그럼 정식으로 물어볼게요."

그 목소리가 여진의 머리에 얼얼하게 울렸다.

"뭐를요."

"남자친구 있어요?"

"허, 없으면 어쩌시게요."

"제가 여진 씨 남자친구 하려고요."

쿵.

무언가 커다란 돌덩이가 머리 위로 쾅 떨어졌다. 여진의 눈이 태산만큼 휘둥그레졌다.

지금, 지금 이 남자 내 이름을…….

"뭐, 뭐라고요?"

"남자친구 하고 싶다고요."

진영이 와인 잔을 쥐고 한쪽 입꼬리만 미세하게 들었다.

"27살 최여진 씨의."

그 순간, 여진의 숨이 뚝 끊겼다. 솔잎처럼 흔들리는 속눈썹 아래, 거칠게 떨리는 동공을 막을 길이 없었다.

27살 최여진 씨의.

"……."

그녀의 손에 들린 와인 잔에 강한 힘이 억세게 들어갔다. 혼란으로 가득 찬 눈이 진영을 뚫어져라 노려보았다.

"뭐야……."

여진의 잇속에서 무언가가 갈리는 듯한 소리가 흘러나왔다.

"너 뭐야!"

날카롭게 내지른 목소리에 충격이 서려 있었다. 벌떡 일어난 그녀의 몸짓에 의해 굉음을 내며 쓰러진 의자가 처량했다.

알고 있었던 건가? 대체 언제부터? 가느다랗게 웃고 있는 그의 눈매가 갑자기 뱀의 그것처럼 교활하게 느껴졌다.

"너 어떻게 알아? 네가 그걸 어떻게……!"

당황해서 말도 잘 나오지 않았다. 목을 오른손으로 살짝 누르니 앞에서 변함없이 방긋방긋 실실 웃고 있는 진영의 얼굴이 뚜렷하게 보였다.

"저 이래 봬도 한국대 병원 의사예요. 피부, 목소리, 골격, 관절의 유연한 정도 하나하나까지 척 보면 다 스캔 되거든요."

"……."

"오른쪽 발목 불편하죠?"

"그걸 어떻게……."

"자세히 봐야 알겠지만 예전에 인대 파열이나 손상된 적 있을 거예요. 그때 제대로 치료하지 않고 방치해서 습관적으로 통증을 느끼고 있을 거고요. 특히 하이힐 신을 때는 더 그렇고."

"……."

"전형적인 수년간의 무리한 하이힐 착용으로 발목에 지속적인 부담을 느끼는 케이스인데, 22살은 아직 그렇게 많이 착용하진 않겠죠. 게다가 오랫동안 하이힐을 신고 서 있는 일을 한다면 일단 대학생이라고 보기도 힘들고."

"……지금 겨우 그딴 걸로 나이랑 이름을 맞혔다는 거예요? 지금 나랑 장난해요?"

"물론 아니지."

진영의 눈이 가늘어졌다. 여진의 입술 끝이 파르르 떨렸다. 멀리서 우물쭈물하던 직원이 조심스레 의자를 도로 세워주자, 여진이 그를 형형한 눈빛으로 노려보며 의자에 털썩 주저앉았다. 진영이 입꼬리를 부드럽게 말아 올렸다.

"그냥 물어봤는데요? 저번에 주민등록증 검사한 사람한테."

여진이 험악하게 미간을 구겼다.

"주민등록증…… 검사?"

언제? 언제 주민등록증 검사를 했었지? 여진이 침을 꼴깍 삼키고 기억을 더듬었다.

"아……."

오진영과 술을 처음 마신 날이었다. 그렇다, 처음! 한참 전!

"……."

여진이 진영을 형형한 눈빛으로 노려보자, 진영이 살짝 움찔하며 어깨를 움츠렸다.

여진이 이를 바득 갈았다. 정확히 기억난다. 그때 점원은 주민등록증 검사 할 생각 없었는데 저 인간이…….

'에이, 저희가 그렇게 나이 많아 보여요? 저는 그렇다 쳐도 이분은 이렇게 젊고 예쁜데 검사를 안 하시네.'

그래, 헛소리나 지껄이며 직원이 마지못해 검사하게 만들었어! 능구렁이 같은 인간, 일부러! 그럼 지금껏 순수한 척 방실대면서 나를 가지고 놀았다는 거야? 세성여대로 찾아오고, 어디 과냐고 묻고, 세성여대는 어디가 맛집이냐고 캐묻고.

전부 다 알면서 일부러!

"하……."

여진이 립글로스가 발린 도톰한 입술을 꾹 깨물었다. 입술의 떨림을 막기 위함이었다. 여진이 와인 잔을 거칠게 들어 남은 와인을 꿀꺽 한입에 털어 넣었다. 그리고 말없이 벌떡 일어나려고 하는데, 진영이 다시 그녀의 잔에 와인을 천천히 따라주었다.

"모른 척한 거예요. 알리고 싶지 않아 하는 것 같아서."

"그게 무슨……!"

"남자가 돼서 좋아하는 여자의 비밀은 지켜줘야죠."

움찔, 여진의 미간에 옅은 실금이 그어졌다. 몇 번 봤다고 좋아하니 마니 하는 진영의 가벼움이 퍽 불쾌하게 느껴졌다. 지금까지 이 남자를 손바닥 위에 두고 쥐락펴락하고 있다고 생각했는데, 알고 보니 자신이 그의 발밑에서 바보처럼 놀아나고 있었다.

"장난해? 그럼 끝까지 모른 척하지 그랬어!"

"어떻게 그래요?"

흥분한 여진이 빽 소리를 지르자 진영의 얼굴이 다소 진지하게 굳었다. 그녀의 표정이 더욱더 일그러졌다.

"여진 씨가 날 끊어내려고 하는데."

쿵.

어김없이 심장이 다시 똑 하고 떨어졌다.

"잡아두려면 이 방법밖에 없잖아요?

진영의 입꼬리가 슬쩍 올라갔다.

"푹 찔러야죠."

"……."

"그래야 나한테 오지."

굳게 닫힌 여진의 입매가 비틀렸다.

"하……. 말장난 여기까지 하죠. 이제 나이고 뭐고 다 까발려졌으니 더 이상 가릴 일도 없네요. 난 이만 일어날게요."

"우리 다음엔 언제 볼까요?"

"아니요. 다시는 볼 일 없을 거예요. 내가 오진영 씨 목숨 걸고 피할 거거든."

냉기가 쌩쌩 도는 말투가 진영을 꾹꾹 내리눌렀다. 진영의 입꼬리가 차분하게 내려앉고 무표정하게 변했다. 그녀의 호칭이 오빠에서 이름으로 바뀐 것을 진영은 오히려 긍정적 발전으로 받아들였다. 남자로 생각하기 시작했다는 거지, 저건. 그가 살짝 웃음을 터뜨렸다.

"그러면 저는 목숨 걸고 쫓아야죠. 여진 씨."

여진이 들은 체도 하지 않고 핸드백을 거칠게 어깨에 걸쳐 멘 후 서둘러 또각또각 걸어 나갔다. 등허리에 꽂히는 진영의 시선에 더욱 미간을 찌푸렸다. 그런 여진의 뒤통수를 뜨끔 하고 찌르는 진영의 목소리.

"언젠가 꼭 내 곁에 올 거예요."

……저거 완전 미친놈 아니야?

별꼴이야 진짜! 저래서 공부 많이 한 놈 중에 또라이가 많다더니……. 점점 더 발걸음을 높여 그에게서 벗어나 인도까지 나왔다. 그런데 걸어도 걸어도 이상하게 그의 시선 안인 듯한 느낌을 벗어날 수가 없다. 여진이 입술을 감쳐물고 하이힐 굽으로 바닥을 쾅 내려쳤다.

"아!"

여진이 움찔 몸을 떨며 한쪽으로 비켜섰다. 오른발의 아킬레스건 쪽을 내려다보니 아니나 다를까, 하이힐에 피부 살이 아프게 벗겨져 피딱지가 오글오글 고여 있었다.

"이놈의 거지같은 신발……. 아파 죽겠네, 진짜!"

발뒤꿈치에 작게 난 상처 때문에 더 이상 걷기가 힘들었다. 약국이라도 가서 뭐라도 붙여야…….

띵동.

그때, 여진의 휴대전화가 짧게 진동했다. 신경질적으로 휴대전화를 열자 진영에게 메시지가 도착해 있었다.

"또 뭐야! 이 오징어……."

[하이힐 굽 조금만 낮춰보는 게 어때요?]

"뭐야, 뭐라는 거야?"

[아, 그리고 핸드백에 선물 있어요.]

"선물? 무슨 선물이……."

여진이 핸드백을 뒤지자 제 것이 아닌 생경한 감촉이 언뜻 느껴졌다. 얇은 습자지 같은 감촉의 물건을 덥석 집어 빼내자 흐물흐물한 반창고가 모습을 드러냈다.

순간적으로 섬뜩해서 좌우를 이리저리 둘러봤으나 그의 모습은 보이지 않았다.

[방금 주위 둘러봤죠? 걱정 마요. 저 없어요. 아까 여진 씨 화장실 갔을 때 넣었거든.]

휴대전화를 쥔 손에 더욱 힘이 들어갔다. 지금 이게 누굴 놀려? 오징어 주제에? 발뒤꿈치 까진 건 대체 언제 본 거야?

[기억해요. 여진이는 결국 오빠 옆으로 오게 되어 있어요.]

"……."

[내가 그렇게 만들 거니까요.]

아, 망할. 잘못 걸렸다.

어스름한 가로등이 주변을 밝힌 시간, 저녁을 먹은 서연과 도훈은 또띠를 데리고 공원으로 산책을 나왔다. 두 사람은 밤바람을 맞으며 한적한 산책로를 걸었다.

"아, 바람 진짜 시원하다! 날씨 꽤 더워진 줄 알았는데 밤에는 아직 시원하네요?"

"그러게, 좋네."

집 근처 공원은 밤에 사람이 많지 않아 조용했다.

"손."

도훈이 왼손을 내밀며 말하자, 서연이 배시시 웃으며 커다란 손을 꼭 붙잡았다. 마주 잡은 손가락이 뜨겁게 맞물려서 한군데로 엉켰다. 기분 좋은 서연이 마주 잡은 손을 붕붕 휘두르자, 닫혀 있던 도훈의 입매가 곱게 길어졌다. 서연의 사소한 행동 하나하나가 사랑스러워 가슴이 벅차올랐다.

"너무 좋아서 이대로 한강 물에 뛰어들고 싶다!"

다만 대사는 조금 호러였다.

"그런 말 좀."

도훈이 자유로운 손으로 서연의 말캉한 입술을 톡톡 쳤다.

"어? 하지 말라고."

"표현의 자유 좀 보장해주시죠? 좋다는 걸 조금 극단적으로…… 으응, 바람."

바람이 크게 불자 서연의 옆을 가리고 있던 머리카락이 흩날리고, 새하얀 귀와 앙증맞은 볼이 드러났다. 도훈이 서연의 뺨에 기습적으로 쪽 입을 맞추자 화들짝 놀란 그녀의 눈이 동그랗게 커졌다.

"뭐예요! 누가 보면 어쩌려고?"

"보라고 해. 내 여자 내가 뽀뽀하겠다는데, 왜."

"어휴, 또 저 대사지. 못살아."

악마처럼 장난스럽게 웃는 그를 당해낼 재간이 없었다. 서연도 그만 픽 웃어버리고 말았다.

"참, 오유라 씨 말이에요. 그날 이후로 연락 없더라구요."

도훈의 얼굴이 굳었으나 그 변화를 보지 못한 서연은 계속해서 말을 이었다.

"뭐, 나도 그분 얼굴 보기 싫긴 한데, 할 말 있다고 해 놓고 갑자기 연락 안 하니까 좀 신경 쓰여서요. 괜히 이거 빌미로 도훈 씨한테 연락하는 거 아닌가 싶기도 하고."

"원래 변덕 심한 애야. 신경 쓸 거 없어."

얼마 전 유라에게 전화해 무슨 염치로 서연에게 연락을 했냐고 불같이 화냈었었고, 아마도 그 때문에 서연을 다시 만날 생각을 하지 않는 것으로 추정되었지만 모른 척 대답했다.

"친구 동생이라고 했죠? 혹시 어제 만났던 그 의사분 동생?"

"응."

"와, 도훈 씨랑 동생 분도 그렇지만, 그분들도 되게 정반대다. 성격이 진짜 다르네요. 어제 본 그 친구분은 밝고 쾌활해 보였는데, 팀장님은 되게 차분하잖아요."

"내가 보기엔 둘 다 시끄러워."

서연이 큰 소리로 웃음을 터뜨렸다. 그러곤 앞으로 깡충 뛰어가서 도훈의 앞에 서서 헤실헤실 웃었다.

"그럼 나도 시끄럽나?"

도훈이 헤헤 웃는 서연의 볼을 약하게 꼬집었다.

"귀여워서 사무실에 앉혀놓고 싶어. 네 목소리 계속 듣고 있게."

기분 좋아진 서연이 웃으며 도훈의 팔을 확 잡아끌고 팔짱을 꼈다.

"나도 백도훈 회사 못 가게 납치하고 싶다. 매일매일 1초도 떨어지기 싫다! 일 안 하고 살 수 있으면 얼마나 좋을까?"

"나 회사 그만두고 같이 외국으로 갈까?"

"네?"

"넌 거기서 디자인 공부 더 하고, 난 내 사업 시작하고."

"치, 말도 안 되는 소리."

꿈 같은 소리에 서연이 부드러운 입꼬리를 슬쩍 말아 올렸다. 도훈은 미소 지으며 서연을 지그시 내려다보았다.

"살면서 일하기 싫다고 생각해 본적 한 번도 없는데…… 요즘이 그래. 매일 집에 꿀단지 숨겨놓고 출근하는 기분이야."

"하하하, 고맙네. 나한테 되게 많이 빠진 것 같아서."

서연이 너스레를 떨다가 잔잔한 얼굴을 했다.

"일 많이 힘들죠?"

그녀의 물음에 도훈이 소리 없이 웃었다.

"원래 회사생활이 다 재미없고 힘들잖아요. 직장이라는 게, 매일 사표 품고 다니는 거구. 관두네, 마네 하면서 결국은 꾸역꾸역 다니는 거고요. 내 친구도 맨날 사표 품고 다니는데."

"친구?"

도훈이 멈칫했다.

"네. 제 친구 여진이 기억하죠? 저번에 봤던. 한두 번 봤나?"

실은 한두 번이 아니라 3년째 최 비서와 상하관계로 지내고 있는 도훈이었지만, 모른 척 시치미를 뚝 떼고 입을 열었다.

"응. 대충 기억하지. 그 친구가 사표를 품고 다닌다고……."

"네. 걔도 입사하고 나서 탈모가 왔어요, 너무 힘들어서. 그 애가 비서인데 자기가 보좌하는 상사가 그렇게 성격파탄자라나 봐요."

"아……. 성격파탄자?"

살짝 움찔거리는 도훈의 눈가를 미처 보지 못하고 서연이 말을 이었다.

"응. 뭐만 하면 혼내고 소리치고, 잔소리는 시어머니가 따로 없대요. 그래서 회사 어떠냐고 물으면 무조건 그 이사 욕부터 시작해요."

"……그래?"

"네. 저도 옛날에 잠깐 그 친구랑 통화하다가 둘이 대화하는 거 들었는데, 막 화내고 진짜 성질도 더럽고……. 걔가 탈모가 올 만하더라고요. 어찌나 무섭던지."

"무서웠어? 그놈이 잘못했네. 내가 혼내줄까?"

"하하, 그게 뭐예요. 도훈 씨가 어떻게 혼내요."

서연이 도훈의 어깨를 가볍게 툭 쳤다. 도훈은 표정 변화 없이 태연했다.

"하여튼, 그 상사는 회사 내에서도 악명 높은가 봐요. 글쎄 별명이 백싸가지래요. 백싸가지."

서연이 크게 웃음을 터뜨리며 중얼거렸다.

백싸가지……? 정갈하게 자리하던 도훈의 눈썹이 일순 꿈틀거렸다. 차분했던 입가가 살짝 비틀렸다.

"백…… 싸가지……."

"아, 상사가 그쪽이랑 이름이 똑같대요. 신기하죠? 이름은 같은데 어쩜 이렇게 성격이 다를 수가 있나 싶어요, 하하하."

"뭐…… 그렇군."

도훈이 말끝을 길게 늘였다.

"그쪽 회사에는 그런 재수 없는 상사 없어요? 같이 욕해줄게."

"글쎄…… 있던가."

물론 MS푸드 내에서 그에게 함부로 목소리를 높일 수 있는 사람은 단 한 명도 없었다. 그보다 높은 직급인 임원들도 도훈 앞에서는 허리를 90도로 깊숙이 접고 들어갔기 때문이었다. 정글 속 약육강식의 원리는 사내에서도 똑같이 적용되었고, 도훈이 가진 권력과 서열은 저보다 훨씬 나이가 지긋한 사람들도 양손을 비비며 웃게 만들었다.

"어? 요즘도 저런 게 있네. 아이스크림 트럭."

공원의 구석 한편, 희미하게 켜진 가로등 아래 아이스크림 트럭이 주차되어 있었다.

"사줄까?"

고개를 끄덕이는 것은 긍정의 표시였다. 좁은 트럭 안에도 아이스크림 종류는 생각보다 다양했다. 도훈은 그중에서도 초콜릿 맛을 선택하는 서연을 유심히 살펴봤다.

역시 단걸 좋아하는구나. 우유는 딸기, 아이스크림은 초콜릿, 가장 좋아하는 건 삼겹살에 소주. 입맛도 귀엽지. 픽 웃은 도훈이 관찰일지를 쓰는 모범생처럼 머릿속에 서연의 입맛을 꼼꼼히 기록했다.

도훈과 서연은 아이스크림을 각자 하나씩 들고 어둑한 곳의 뚝 떨어져 있는 벤치에 나란히 앉았다.

"맛있어?"

"응! 완전 달달. 밤공기 쌀쌀해서 그런지 더 맛있는 거 같아요."

또띠는 무언가를 요구하는 듯이 꼬리를 정신없이 흔들며 서연과 도훈을 보며 헥헥거렸다.

"어? 또띠 넌 안 돼. 아이스크림 안 돼. 떽. 가만히."

침 줄줄 흘리는 또띠와 다르게 도훈은 자신의 손에 들린 녹차 아이스크림에는 조금의 관심도 없었다.

"정 억울하면 다음 생에는 아이스크림 공장 여식으로 태어나거라, 또띠여."

도훈은 다 녹기 직전까지 먹는 둥 마는 둥 하며 서연의 얼굴만 홀린 듯 감상했다. 새빨간 혀가 낼름 나와서 아이스크림을 듬뿍 훔치고 작은 입 안으로 쏙 들어간다. 저 진한 초콜릿 아이스크림보다 그걸 훔치는 흉건한 혀가 훨씬 달아 보였다. 어스름한 가로등 조명 아래, 촉촉하게 빛나는 입술에서 도무지 시선을 떼지 못했다. 입술 근처에 살짝 묻은 아이스크림을 혀끝으로 날름 핥는 동작이 도훈의 가슴을 설레게 만들었다.

"먹어볼래요?"

계속 쳐다보는 게 먹고 싶은 거로 생각했는지, 서연이 아이스크림을 도훈에게 내밀며 중얼거렸다. 도훈이 말없이 고개만 끄덕이더니 아이스크림 쪽으로 입술을 천천히 내렸다. 그러나 아이스크림을 지나 그가 단번에 삼킨 것은 농염하게 젖은 촉촉한 서연의 입술이었다.

"음……."

갑자기 덮쳐온 입술에 어정쩡하게 들고 있던 손이 바르르 떨렸다. 도훈이 아이스크림으로 젖은 서연의 입술을 핥았다. 여린 입술 끝이 파르르 떨렸다. 그가 서연의 잘록한 허리를 훅 끌어당기자 단단한 가슴 위로 말랑한 몸이 눌렸다. 도훈이 서연의 뒷머리를 부드럽게 감싸자 그녀의 머리카락과 도훈의 길쭉한 손가락이 정신없이 뒤엉켰다. 서연이 입 안에 남아 있던 아이스크림을 미처 다 삼키기도 전에, 도훈의 혀가 거칠게 침범해 들어왔다. 아이스크림과 타액이 엉킨 채 고여 있는 침샘 아래를 지그시 눌렀다. 서연의 맛인지 아이스크림 맛인지 알 수가 없었다. 그러나 본능적으로 느껴지는 달콤한 감각에 아랫배가 뻐근하게 당겨온다.

"하아……."

두 입술이 떨어질 때쯤 도훈의 손으로 녹은 아이스크림 잔해가 주르륵 흘렀다. 그는 여전히 서연의 입술을 뚫어져라 응시하며 손에 묻은 아이스크림을 할짝 하고 핥았다. 그 야릇한 행동에 서연의 숨이 턱 막혔다.

"……무슨 남자가…… 이렇게 야해."

서연이 입맛을 다시며 침을 꿀꺽 삼켰다. 입 안에서 그가 남기고 간 쌉쌀한 녹차 맛이 가득 퍼졌다.

"녹차 맛 나요."

도훈의 입꼬리에 잔잔한 미소가 퍼졌다.

"이쪽은 초콜릿 맛."

"아이스크림 먹으라니까 왜 입술을 먹고 그래."

도훈이 불쑥 다가가서 한 번 더 서연의 입술을 듬뿍 부드럽게 머금었다. 깜짝 놀라 뒤로 물러나는 가녀린 뒷목을 왼손으로 단단히 휘어잡았다. 격렬하게 음미하고 능청스럽게 뒤로 떨어진 입술은 당당하게 움직인다.

"강서연이 세상에서 제일 달아……."

어쩌면 저렇게 여유로운 얼굴로 저런 부끄러운 말을 아무렇지 않게 할 수 있을까. 부끄러운 것은 온전히 서연 몫이었다. 서연이 잔뜩 열이 올라 붉어신 볼을 가리려고 고개를 살짝 숙였다. 터질 것 같은 심장은 시원한 밤바람 아래에도 진정될 기미가 없었다.

"어떻게 이렇게 완벽한 남자가 있지?"

발칙한 설렘에 질식할 것만 같다.

"자상해, 멋있어, 잘생기고, 능력도 있……."

능력을 말하던 도중 불현듯 깨달은 사실 하나. 서연이 고개를 훽 치켜들었다.

"아, 참. 그러고 보니 나 바보네. 명색이 여자친구가 돼서 그쪽 회사가 어딘지도 모르네요."

서연이 제 머리를 손으로 콩 때리며 말하자, 도훈이 등을 쭉 피고 등받이에 등을 기댔다.

"인제 와서 새삼 묻는 거 좀 웃기긴 하는데, 어디 회사 다녀요?"

"……."

"응?"

그가 갑자기 살짝 시선을 위로 향한 채 뜸을 들이는 게 어딘가 수상하다.

"뭐야, 왜 말 안 해."

서연이 눈을 가늘게 뜨고 도훈을 좀 더 추궁하자, 그의 시선이 미끄러져 내려왔다. 무표정으로 내려다보는 도훈의 얼굴이 이상하게 평온해 보인다. 입술이 아주 느리게 벌어졌다.

"MS푸드."

서연의 눈이 커졌다. 살짝 당황한 서연이 눈을 연신 껌벅였다. 여진이랑 같은 회사라고?

"M…… MS푸드……. 여진이도 거기 다니는데……."

"그래?"

어쩐지 분위기가 기묘했다. 왠지 모를 찜찜함이 머리를 내리눌렀다.

"여진이 회사에서 본 적 없어요?"

"있어."

"그, 근데 왜 저번에 처음 본 척했어요? 그쪽은 어, 어디 부서 무슨……."

불안감이 점점 엄습했다. 저도 모르게 말을 더듬었다. 설마…… 아니겠지?

"경영지원본부……."

쿵.

"직급은 이사."

심장이 방구석 한쪽으로 내몰렸다.

"그 백싸가지가 나인가 봐."

-2권에서 계속-